Leonhardsviertel

Thilo Scheurer, Jahrgang 1964, lebt und schreibt in einer Kleinstadt am Rande des Schwarzwalds. 2012 erschien sein Debütroman »Schwarzer Neckar«, ein Regionalkrimi, im Emons Verlag (Köln). 2013 und 2014 folgten der historische Abenteuerroman »Quadriga« im Bookspot Verlag (München) sowie mit »Letzte Ausfahrt Neckartal« und »Neckarteufel« zwei weitere Kriminalromane im Emons Verlag. Der Autor ist verheiratet und hat zwei Kinder.

THILO SCHEURER

Leonhardsviertel

COLD CASE STUTTGART

emons:

Bibliografische Information der Deutschen Nationalbibliothek
Die Deutsche Nationalbibliothek verzeichnet diese Publikation in der Deutschen Nationalbibliografie; detaillierte bibliografische Daten sind im Internet über http://dnb.d-nb.de abrufbar.

MIX
Papier aus verantwortungsvollen Quellen
FSC® C083411
FSC www.fsc.org

Umschlagmotiv: © mauritius images/Alamy
Umschlaggestaltung: Tobias Doetsch
Gestaltung Innenteil: César Satz & Grafik GmbH, Köln
Lektorat: Lothar Strüh
Druck und Bindung: CPI – Clausen & Bosse, Leck
Printed in Germany 2016
ISBN 978-3-95451-812-8
Cold Case Stuttgart
Originalausgabe

Dieser Roman wurde vermittelt durch die Agentur
EDITIO DIALOG, Dr. Michael Wenzel, Lille, Frankreich
(www.editio-dialog.com).

Die meisten unserer heutigen Wahrheiten
haben so kurze Beine, dass sie
gerade so gut Lügen sein könnten.

Egon Friedell, österreichischer Schriftsteller

Prolog

Schwer und feucht lag der Frühnebel über dem Morgen, der im Grunde noch zur Nacht gehörte. Kaum ein Geräusch durchbrach die Stille im Stuttgarter Leonhardsviertel, das meist nur aus einem Grund aufgesucht wurde: schnelles Vergnügen. Um diese Uhrzeit waren die Kneipen allerdings schon seit Stunden geschlossen, und die letzten Nachtlokale und Clubs entledigten sich in routinierter Art ihrer Gäste.

Eilige Schritte hallten durch das Halbdunkel. Selbst das wenige Licht reichte aus, um das jugendliche Antlitz eines Mannes zu erkennen, der durch die schmutzigen Gassen hetzte. Tatsächlich aber spiegelte sich in seinen Gesichtszügen ein anderer, ungleich stärkerer Eindruck wider: panische Angst. Man musste nicht wissen, vor was er davonlief. Doch ohne jeden Zweifel lief er um sein Leben.

Unvermittelt blieb der junge Mann stehen und drückte sich in den Schatten eines Hauseingangs. Er blickte zurück und suchte die Straße ab, während er mit weit geöffnetem Mund Luft einsog. Sein Brustkorb hob und senkte sich wie ein riesiger Blasebalg. Dennoch reichte keiner dieser Atemzüge aus, das unbändige Verlangen des Körpers nach Sauerstoff zu stillen. Dass er in die falsche Richtung schaute, konnte er nicht wissen. Hätte er seinen Kopf zur anderen Seite gewandt, wäre ihm gewiss die geduckte Gestalt aufgefallen, die eine Pistole mit überlangem Lauf in Händen hielt und auf ihn zuschlich.

Stattdessen drang lediglich ein Rascheln an seine Ohren. Als er den Kopf in die Richtung drehte, aus der das Geräusch kam, hörte er ein helles Pling. Im nächsten Moment existierte nur noch dieser metallische Geschmack in seinem Mund. Es fühlte sich zäher an als Wasser, war jedoch so dünnflüssig, dass es sich schnell im gesamten Mundraum verteilte. Auch in Hals und Rachen, selbst in die Nase drang es. Blitzartig kam die Erkenntnis. Genauso schmeckte Blut: fleischig, roh – metallisch. Und dieser allgegenwärtige Geschmack ließ keinen Zweifel daran, dass das Sterben soeben begonnen hatte.

Auch wenn für Anselm Friedmann die Zeit plötzlich stehen zu bleiben schien, dauerte dieses Gefühl lediglich den Bruchteil einer Sekunde an. Danach wurden die Sinnesreize zwar durch seinen Körper transportiert, aber da das Geschoss den Frontallappen des Großhirns durchschlagen hatte, gab es nichts mehr, das Wahrnehmungen hätte verarbeiten können. Ohne die Gehirnaktivität fielen das Bewusstsein und die Steuerung seiner Lebensfunktionen für immer aus. Anselms Herz machte nur noch wenige Schläge, pumpte ein letztes Mal Blut durch den sterbenden Körper. Dann offenbarte sich ihm das hässliche Antlitz des Todes.

1

Bis zu zehntausend Erreger pro Quadratzentimeter. Sebastian Franck stierte den Haltegriff an und beschloss, das speckig glänzende graue Plastikteil nur im äußersten Notfall anzufassen, obwohl ein halbes Dutzend blauer Klebeschilder ihn dazu aufforderte. Es gab kaum etwas, das er weniger ausstehen konnte als einen überfüllten Linienbus im morgendlichen Berufsverkehr. Überall schwitzende und schlecht riechende Menschen, die ihm auf die Pelle rückten, seinen Anzug zerknitterten und ihre Bakterien verbreiteten. Zu allem Übel stand seit der letzten Haltestelle eine füllige ältere Frau mit toupierten Haaren direkt vor ihm und quetschte ihre ballongroßen Brüste gegen seine Bauchdecke. Sie schnaufte und schwitzte wie ein Schwerarbeiter auf dem Bau. Die Frau hatte ihren Arm über den Kopf gestreckt und hielt sich an einem der Haltegriffe fest, wodurch sie aussah wie ein unförmiger Fisch am Haken. Dabei präsentierte sie einen handtellergroßen Schweißfleck unter dem Ärmel ihres knallroten Wollblazers. Wenigstens war die Frau so klein, dass ihr Atem nicht bis auf Höhe seiner Nase drang, sondern lediglich mit dem der anderen Passagiere an den Fenstern kondensierte.

Sebastian wandte den Blick von dem blonden Haarknäuel ab, das den chemischen Geruch eines Raumsprays verströmte. Rechts neben der Dicken lümmelten drei pubertierende Mädchen mit dem Rücken zum Fenster auf einer durchgesessenen Sitzbank. Unter den bunten Mützen traten die weißen Kabel von Ohrstöpseln hervor. Alle drei fixierten mit verschlafenen Augen das Display ihres jeweils eigenen Smartphones auf dem Schoß. Gleiche Körperhaltung, gleiches Handymodell. Hätten sie nicht derart unterschiedlich ausgesehen, hätte Sebastian auf eineiige Drillinge getippt. Aber vermutlich ähnelten sich in ihrem Alter alle Mädchen und hörten die gleiche dämliche Hip-Hop-Musik. Glücklicherweise musste er sich nicht mit solchen Blagen herumschlagen.

Abrupt bremste der Bus, und die Fliehkraft quetschte die

Brüste der Blonden noch stärker in Sebastians Bauch. Eine äußerst unangenehme Situation. Er murmelte eine Entschuldigung und versuchte, sich wegzudrehen. Ölsardinen in der Dose verfügten garantiert über mehr Freiraum. Schließlich stand er mit dem Rücken zu der Frau und blickte in das gelangweilte Gesicht eines pummeligen, Kaugummi kauenden Teenagers mit Schildmütze, auf der noch das Schild mit der Größenangabe klebte. Seine riesige Nase schwebte direkt vor Sebastians Gesicht, und der Junge schniefte ununterbrochen. Sein Bartwuchs beschränkte sich auf ein flaumiges Etwas an seiner Oberlippe und eine Handvoll längerer Borsten am Kinn. In den Augenwinkeln klebten die letzten Schlafreste, und vermutlich hatte seine Morgentoilette nur aus einem Schwall Deospray bestanden. Zum Glück waren Pickel nicht ansteckend.

Der Bus beschleunigte so ruckartig, dass Sebastian hart auf die Schulter des Pickelgesichts prallte. Vielleicht hätte er doch den Ermahnungen auf den blauen Klebeschildern Folge leisten sollen. Gerade als er einen weniger versifften Haltegriff für seine Hand ausgesucht hatte, bremste der Bus ein weiteres Mal. Sebastian griff daneben und knallte mit dem Hinterkopf auf eine Haltestange. Der Bus fuhr mit einer scharfen Lenkbewegung in eine Haltebucht und kam dann ganz zum Stehen. Zischend öffneten sich die Drucklufttüren, und es kam Bewegung in das Menschenknäuel. Anscheinend wollten genau diejenigen Fahrgäste aussteigen, die sich am weitesten von der Tür entfernt befanden. Das Gedränge im Gang nahm weiter zu, und er war mittendrin.

Er stand kurz davor, einfach auszusteigen und den Rest des Weges zu Fuß zu gehen. Zwei Stationen noch waren es bis zur Bernhardstraße, die im weiteren Verlauf zu der wenig bekannten Liegenschaft B5 des LKA führte: seiner neuen Dienststelle. Er schaute auf seine Armbanduhr. Ein teures Schweizer Modell mit automatischem Werk, wasserdichtem Gehäuse, Kalender und nur einer einzigen Feder für Werk und Wecksystem. Ein Geschenk seines Vaters zum Fünfzehn-Punkte-Abitur. Eine schlichte Schönheit ging von der Uhr auch nach all den Jahren noch immer aus.

Sebastian verzog trotzdem das Gesicht: Viertel vor neun, keine Zeit für den Gang zu Fuß. Immerhin leerte sich jetzt der Bus etwas. Er atmete durch, richtete Krawatte sowie Jackett und spürte, dass sich die Innentasche zu leer anfühlte. Die Brieftasche! Sebastian klopfte Hose und Jackett ab. Nichts. Die Brieftasche fehlte. Er wusste genau, dass er sie am Morgen eingesteckt hatte. Das Pickelgesicht? Er warf seinem Gegenüber einen kritischen Blick zu.

»Ist was?«, fragte der, ohne vom Kaugummikauen abzulassen.

»Jemand hat mich bestohlen.« Sebastian versuchte, im Gesicht des Jungen eine Reaktion zu erkennen.

»Das passiert.« Sein Gegenüber hob die Achseln und ließ das Kaugummi zwischen seinen Zähnen aufblitzen. »Aber vielleicht hat die Dicke da hinter Ihnen etwas damit zu tun. Sie hatte vorhin die Finger in Ihrem Jackett.«

Sebastian fuhr herum und sah, wie der knallrote Blazer nach vorne zum Ausgang strebte, was der Frau trotz ihrer Körperfülle erstaunlich leicht gelang.

Ein weiteres Mal sah er zu dem Jungen. Der nickte ihm auffordernd zu und deutete nach vorne. Sebastian zögerte nicht und drängelte der Alten hinterher, rempelte dabei versehentlich die anderen Fahrgäste an und erntete postwendend den einen oder anderen Fluch.

Die Blonde im roten Blazer kletterte inzwischen die Treppe zum Ausstieg hinunter, während ein älteres Ehepaar den Durchgang vor Sebastian besetzt hielt. In aller Seelenruhe versuchten die beiden, für sich und ihre EDEKA-Plastiktüten Platz in einer Bankreihe zu finden. Mit sanfter Gewalt schob Sebastian die Frau etwas beiseite, machte einen großen Schritt über die Einkäufe am Boden und blieb mit der Fußspitze in einer Schlaufe hängen. Eine Tüte fiel um, und ein gutes Dutzend Äpfel kullerte über den Boden.

»Passen Sie doch auf«, schimpfte der Mann und sah ihn vorwurfsvoll an.

Für gewöhnlich hätte Sebastian sich mehrmals entschuldigt und beim Einräumen geholfen. Doch der rote Blazer hatte inzwischen den Bus verlassen. So zuckte er nur mit den Schultern und wandte sich wieder nach vorne. Er verabscheute es, sich so zu benehmen.

»Elende Rowdys«, hörte er den älteren Mann in seinem Rücken fluchen.

Sebastian erreichte die erste Sitzreihe hinter dem Fahrer, als erneut das Zischen von Druckluft erklang und sich die Türen mit einem lauten Klappern schlossen.

»Stopp, ich muss hier raus!«, rief er schnell und trat auf die Treppe hinunter zum Ausstieg.

»Jetzt isches z'spät«, entgegnete der Fahrer in breitestem Schwäbisch. Der dickliche Mann im dunkelblauen Pullunder über einem blau-weiß karierten Kurzarmhemd machte ein wichtiges Gesicht.

»Nein, ist es nicht. Sie müssen nur nochmals auf den grünen Knopf da drücken.«

»Saget Se mir ned, was i dua soll.« Er musterte ihn von oben bis unten, schien jedoch noch unentschlossen, ob er dem Wunsch seines Fahrgastes nachgeben sollte.

»Bitte, es ist sehr dringend«, schob Sebastian nach und hielt den Kopf schief.

Der Fahrer ließ geräuschvoll den Atem entweichen, als müsste er für das Drücken des Knopfes extra Kraft sammeln. Eine gefühlte Ewigkeit später betätigte er endlich den Türöffner. »Aber bloß des eine Mol.«

Natürlich nur dieses eine Mal. Sebastian hatte nicht vor, nochmals ein- und auszusteigen. Er bedankte sich artig, stieg die Stufen hinunter und hielt nach der blonden Frau im roten Blazer Ausschau. Und er entdeckte sie tatsächlich noch an der Haltestelle. Sie schien auf den nächsten Bus zu warten. Wie abgebrüht musste jemand sein, der nach einem Taschendiebstahl einfach stehen blieb, als ob nichts gewesen wäre?

Sebastian trat vor die Blonde. Sie strahlte über das ganze Gesicht, und als sie ihn anlächelte, bildeten sich lustige Fältchen um Mund und Nase. Sie schien jünger, als er auf den ersten Blick angenommen hatte; er schätzte sie auf höchstens vierzig.

»Grüß Gott«, sagte sie und nickte freundlich.

Die Frau wich seinem Blick nicht aus und zeigte auch sonst

keinerlei Nervosität. Im gleichen Augenblick kam Sebastian siedend heiß ein Verdacht. Der Verdacht, wie ein Anfänger reingelegt worden zu sein. Hinter sich hörte er den Bus anfahren und fuhr herum. An einem der Fenster entdeckte er den pickelgesichtigen Teenager. Mit der flachen Hand klopfte der sich ein paarmal auf seine imaginäre Brusttasche. Dann zuckte der Junge mit den Achseln und grinste.

Sebastian rannte los, und für einen Moment sah es so aus, als ob er den Bus einholen könnte. Doch nach wenigen hundert Metern lichtete sich der Verkehr, der Bus beschleunigte und bog an der nächsten Kreuzung rechts ab. Sebastian hatte keine Chance mehr, egal, wie er sich auch anstrengen würde. Mit rasselndem Atem blieb er stehen und stützte die Hände auf den Oberschenkeln ab. Der Bus verschwand hinter der nächsten Häuserzeile. Er konnte es nicht glauben. Ein Kriminalpolizist, der sich von einem Teenager bestehlen und zu allem Übel gleich darauf noch reinlegen ließ. Er verfluchte seine Dämlichkeit.

Nach einer Weile beruhigten sich Atem und Herzschlag etwas, die Wut im Bauch blieb. Jetzt würde er doch zu Fuß gehen müssen. Sebastian blickte zum Himmel. Immerhin sah es nicht nach Regen aus. Neben überfüllten Bussen und noch einigen anderen Dingen, die allesamt mit zu vielen Menschen zu tun hatten, hasste er nichts mehr als Schmutzflecken auf seiner Anzughose und den polierten Schuhen.

Vorhin noch war er sich sicher gewesen, das Richtige getan zu haben, als er seinem Vater den Mercedes SL Roadster ausgeliehen hatte. Arthur Franck hatte ihn um den Wagen gebeten. Für zwei Wellnesswochen mit seiner neuen Herzensdame ins Allgäu. Ein dummer Anflug von Sentimentalität, musste sich Sebastian jetzt eingestehen. Hätte er mit dem Wagen fahren können, wäre das mit dem Diebstahl nicht passiert. Wie sollte er die zwei Wochen mit öffentlichen Verkehrsmitteln durchstehen? Aber was tat man nicht alles für den eigenen Vater, dessen dritter Frühling offensichtlich soeben begonnen hatte.

Er wusste, die neue Frau an Vaters Seite tat dem zweiundsechzigjährigen Mann gut. Auch wenn die dunkelhaarige Ines auf Sebastian etwas zu aufreizend wirkte und beinahe dreißig

Jahre jünger war. Gut und gerne hätte sie auch die Tochter sein können. Aber vielleicht war da auch unterschwellig die Furcht, dass sie es nur auf Arthurs Geld abgesehen haben könnte. Und die blieb bestehen, obwohl er Ines ergebnislos in den Polizeiregistern überprüft hatte: keine Einträge, nicht einmal wegen unbezahlter Strafzettel.

Sebastian näherte sich einer Brücke, überquerte in gut zehn Metern Höhe eine lärmende Schnellstraße und wich einer Horde Radfahrer aus, die den breiten Gehweg in Beschlag nahm, als ob es sich um ihre Privatstraße handelte. Als Streifenpolizist hätte er nicht gezögert und die Bande zu einem nicht zu knappen Bußgeld verdonnert. Aber so beließ er es bei einem tadelnden Blick, für den sich freilich niemand interessierte.

Nach dem Tod der Mutter hatte es fast acht Jahre gedauert, bis sein Vater wieder eine andere Frau angeschaut hatte. Eine schwere Zeit. Besonders weil er immer großen Wert auf seine Selbstständigkeit gelegt hatte. Unterstützung von anderen Menschen, sogar von seinen eigenen Söhnen, hatte Arthur immer abgelehnt. Auch dann, als das Schicksal erneut zugeschlagen hatte. Damals, vor bald fünf Jahren, als Sebastians Bruder Daniel durch die Kugel eines Bankräubers zu Tode gekommen war.

Beinahe so schlimm wie der Verlust des Bruders wog die Tatsache, dass die Polizei es bis heute nicht geschafft hatte, Daniels Mörder zu fassen. Niemand wurde zur Rechenschaft gezogen. Es konnte kein Täter ermittelt werden wie bei mehr als zweitausend anderen vollendeten Straftaten gegen das Leben, wie die offizielle Bezeichnung lautete. Und jedes Jahr kamen Dutzende neue dazu. Doch Mord verjährt nie. So wurden die Deckel der zugehörigen Ermittlungsakten zwar irgendwann geschlossen, aber nie für immer. Und Sebastian hatte sich nach dem Abbruch seines Literaturstudiums fest vorgenommen, möglichst viele dieser Mörder zu überführen.

Das Hupen eines Autos riss ihn aus seinen Gedanken. Er schaute auf und bemerkte, dass er mitten auf der Fahrbahn stand und die Fußgängerampel auf der anderen Straßenseite Rot zeigte. Er hob seine Hand und deutete eine Entschuldigung in Richtung des Ford Fiesta an, der kaum zwei Meter vor ihm zum Stehen gekommen war. Die junge Frau hinter dem Steuer antwortete, indem sie sich ein paarmal mit dem Zeigefinger auf die Stirn tippte. Sebastian machte einige Schritte rückwärts, während sie in einem großen Bogen an ihm vorbeifuhr und dabei den Kopf schüttelte.

Die Gebäude in der Bernhardstraße standen weit auseinander. Vielleicht war das auch der Grund, warum sie sich so perfekt in die Umgebung einfügten, die mehr nach einer vornehmen Villengegend aussah als nach einem städtischen Büroviertel. Die wellige Landschaft war in ein saftiges Grün getaucht, mächtige alte Laubbäume säumten die Straße. Die LKA-Liegenschaft B5 mit der Hausnummer 22 erinnerte ihn auf den ersten Blick an Pippi Langstrumpfs Villa Kunterbunt. Zwar hatte er sich die Adresse gestern noch in Google Maps per Street View angeschaut, doch mangels weiterer Bilder kannte er das dreistöckige Bauwerk lediglich aus der Vogelperspektive.

Sebastian trat durch das schmiedeeiserne Tor, das offenbar der einzige Durchgang zu dem vollständig eingezäunten Grundstück war. Schon von Weitem räumte ein weiß emailliertes Schild neben der mächtigen doppelflügeligen Eingangstür seine letzten Zweifel aus. Das baden-württembergische Landeswappen sowie die Bezeichnung »Landeskriminalamt Außenstelle B5«, getrennt durch ein schmales schwarz-gelbes Rechteck, verkündeten den offiziellen Zweck des Gebäudes.

Hinter der Tür im Halbdunkel befand sich ein weitläufiger Vorraum. Im Schachbrettmuster führten schwarze und weiße Marmorfliesen zu einer Steintreppe an der gegenüberliegenden Seite. Doch schon nach wenigen Metern sorgte ein mannshoher stählerner Gitterzaun dafür, dass kein Unbefugter diese Stufen je erreichen würde. Wer dorthin wollte, musste zuerst an dem älteren Mann in Uniform vorbei, der hinter einer schusssicheren Scheibe rechts des Eingangs saß und durch die Gläser einer dicken Hornbrille die Zeitung las. Das Datum der Zeitung zeigte den vergangenen Samstag.

Mit einem lauten Knall fiel die schwere Tür hinter ihm ins Schloss, und prompt hatte er die volle Aufmerksamkeit des Pförtners, der die Zeitung sinken ließ. Das silberfarbene Namensschild an seiner Brust wies ihn als »Queschke« aus. Er sah über den Rand der Brille und sagte mit einem leichten pfälzischen Dialekt: »Nicht so schnell, junger Mann. Zu wem wollen Sie?«

»Mein Name ist Sebastian Franck. Franck mit ck. Ich trete heute meinen Dienst beim Dezernat T.O.M. an. Ich bin doch hier richtig, oder?«

Queschke nickte ein paarmal und betrachtete dabei Sebastian abwechselnd durch und über seine Brillengläser. Seine wasserblauen Augen unter den buschigen Brauen wirkten wach und aufmerksam. »Können Sie sich ausweisen?«

»Ja.« Sebastian wollte nach seiner Brieftasche greifen, stockte aber mitten in der Bewegung. Natürlich konnte er sich *nicht* ausweisen.

»Was ist?« Zwei tiefe Falten traten senkrecht auf Queschkes Stirn. »Haben Sie Ihren Ausweis vergessen?«

»So ähnlich ...« Sein erster Arbeitstag fing nicht gut an.

Queschke hob die Augenbrauen, griff zum Telefonhörer und wählte die Dreiundzwanzig.

Irgendwo bellte ein Hund.

»Queschke hier«, meldete er sich. »Morgen, Fräu... äh Frau Hegel. Hier ist jemand für euch. Aber er kann sich nicht ausweisen.«

Queschke schaute auf. »Sebastian Franck, sagt er.« Erneut nickte er ein paarmal. »Gut.«

»Und, was ist?«, erkundigte sich Sebastian, nachdem der Mann aufgelegt hatte.

»Jemand holt Sie gleich ab.« Queschke nahm die Zeitung wieder zur Hand und lehnte sich zurück. Für ihn war die Sache damit offenbar erledigt.

Sebastian wartete kaum eine Minute vor dem Durchgang des Stahlgitters, bis er schnelle Schritte auf der Treppe hörte. Sekunden später kam aus dem Halbdunkel eine junge Frau Anfang zwanzig mit bleichem Gesicht und halblangen pechschwarzen Haaren auf ihn zu. Auf ihrem dunklen Top über dem lilafarbenen Shirt prangte ein weißer Totenkopf. Dazu trug sie eine schwarze, weit geschnittene Cargohose, besetzt mit unzähligen Taschen und Riemen. Ihre Füße steckten in glänzenden Plateauschuhen mit bestimmt fünf Zentimetern Sohlenstärke. Um Hals und Handgelenke baumelte ein gutes Dutzend Ketten, Ringe und Riemen.

Sie lächelte und entblößte eine Art Zahnpiercing zwischen den oberen Schneidezähnen. Dann drückte sie einen Knopf. Ein Summer erklang, und die Tür sprang auf.

»Hallo, Herr Franck. Ich bin Franziska Hegel, Ihre neue Kollegin«, stellte sie sich vor und reichte ihm eine schmale Hand mit schwarz lackierten Fingernägeln. »Sie können mich Franzi nennen. Alle hier nennen mich Franzi.« Sie schaute kurz zu Queschke. »Alle außer Q.«

»Q?«, wiederholte Sebastian mit der gleichen englischen Aussprache wie Franziska und schielte zum Pförtner, der in seiner Zeitung blätterte und sie offenbar nicht gehört hatte.

»Unser Haus-und-Hof-Gremlin. Er nennt mich tatsächlich noch ›Fräulein‹. Obwohl ich's ihm verboten habe. Das kriegt er irgendwann zurück«, flüsterte sie hinter vorgehaltener Hand.

Sebastian musste grinsen. »Dann werde ich Sie sicherheitshalber Franzi nennen.«

Franziska erwiderte sein Lächeln, dabei blitzte erneut ihr Zahnpiercing auf. »Ich hab Sie gestern noch gegoogelt und Ihr Facebook-Profil mitsamt Foto gefunden.«

»Und was macht Sie so sicher, dass dieses Foto kein Fake ist? Oder das ganze Profil?«

Für einen kurzen Moment trat ein nachdenklicher Ausdruck auf ihr Gesicht, das durch die schwarz geschminkten Augen noch bleicher wirkte. »Intuition«, sagte sie, ohne mit der Wimper zu zucken, und wandte sich der Treppe zu. »Ich bringe Sie hoch zur Chefin. Die hat bereits nach Ihnen gefragt.«

»Ich bin zu spät, ich weiß.« Trotz ihrer hochhackigen Stiefel hatte Sebastian einige Mühe, Franziska auf der Treppe zu folgen.

Das erste Türschild im zweiten Stock trug die Aufschrift »2.11 Dezernatsbüro T.O.M. – KK Cem Akay«.

»Das ist Cems und mein Büro, obwohl von mir nichts draufsteht«, erklärte Franziska, als sie Sebastians Blick bemerkte. »Ich bin noch im letzten Praxisjahr. Aber vielleicht wird's ja bald was mit dem Namen.«

Auf der schräg gegenüberliegenden Tür konnte er lesen: »2.12 Dezernatsassistenz T.O.M. – KOK Sebastian Franck«. Franziska ging weiter und blieb vor der letzten Tür im Flur stehen. »2.13 Dezernatsleitung T.O.M. – KHK Marga Kronthaler«, stand auf dem Schild an der Wand.

»Warten Sie hier kurz. Ich gebe der Chefin Bescheid, dass Sie da sind.« Franziska machte kehrt und verschwand durch die Tür zu ihrem Büro.

Das hatte er sich ganz anders vorgestellt. Sollte er jetzt hier warten wie ein Arbeitsloser beim Arbeitsamt? Oder musste er zuerst eine Nummer ziehen?

Sebastian schlenderte den Flur entlang, blieb vor seinem zukünftigen Büro stehen und starrte auf das Namensschild. Im Glas spiegelte sich sein Gesicht. Er richtete den Krawattenknoten und zog sein Jackett glatt.

»Sind Sie der Neue?«, hörte er plötzlich hinter sich eine rauchige Stimme. »Sie sind spät.«

Sebastian fuhr herum und ging ein paar schnelle Schritte auf die Frau zu.

Das war sie also, seine neue Chefin. Auch sie hatte er sich anders vorgestellt: kurze Haare, dunkler Hosenanzug, weiße Bluse und cremefarbene Nylonstrümpfe. Stattdessen stand eine Frau in den Fünfzigern mit schulterlangen rotblonden Haaren auf dem Flur und musterte ihn aus einem Auge. Anstelle des Hosenanzugs trug sie Röhrenjeans, anstelle der Bluse ein enges dunkelgrünes Miss-Sixty-Batik-Shirt. Eigenartiger Kleidungsstil. Doch am meisten irritierte, nein störte ihn der Rauch der filterlosen Zigarette im Mundwinkel, der sie dazu zwang, das andere Auge zusammenzukneifen. Offenbar hielt sie nicht allzu viel vom Rauchverbot in öffentlichen Gebäuden. Oder sie nahm sich ein Beispiel an Altbundeskanzler Helmut Schmidt, der es sich nicht hatte vorschreiben lassen, wo er rauchen durfte.

»Hat's Ihnen die Sprache verschlagen? Sie sind doch der Herr Franck, mein neuer Assi, oder?« Ihr Dialekt klang wie eine abgeschwächte Form des Busfahrer-Schwäbischen von vorhin:

einigermaßen verständlich. Und ohne die Zigarette in ihrem Mund würde Sebastian sie gewiss noch besser verstehen.

Er schüttelte den Kopf, dann nickte er. Auf einem dieser Hippie-Festivals in den Siebzigern hätte die Frau in der knallengen Jeans sicherlich eine gute Figur gemacht. Aber in die Büroräume des LKA wollte sie beim besten Willen nicht passen.

Sie nahm tatsächlich die Zigarette aus dem Mund. »Was jetzt? Ja oder nein?«

»*Nein*, mir hat es nicht die Sprache verschlagen, und *ja*, mein Name ist Franck, Sebastian Franck mit ck.« Er versuchte sich an einem Lächeln.

»Gut, Herr Franck mit ck. Mein Name ist Marga Kronthaler ohne ck. Und ich bin Ihre Chefin.«

Jetzt keine Schwäche zeigen oder gar wegschauen. Für den ersten Eindruck gab es keine zweite Chance. Er nickte ruhig und wachsam.

Marga nahm einen tiefen Zug von der Zigarette, ließ den Rauch langsam entweichen und betrachtete ihn dabei von oben bis unten. »Was ist das?«

Stimmte etwas nicht mit seiner Kleidung? Saß das Jackett oder die Krawatte nicht richtig? Sebastian schaute an sich hinunter. Nein, alles war perfekt. »Was meinen Sie?«

»Na, das Zeugs hier.« Sie fuchtelte mit der brennenden Zigarette vor seiner Brust herum.

»Das ist meine Krawatte. Ich trage immer Anzug und Krawatte.«

»Haben Sie nichts Bequemeres zum Anziehen?«

»Doch, aber nicht im Dienst.«

»Das kann ja heiter werden.« Wieder musterte sie ihn. »Was ist? Warten Sie auf eine Führung?«

»Nein, natürlich nicht.«

»Gut. Dann gehen Sie jetzt zu unserem Quotentürken und lassen sich alles zeigen.« Marga drehte sich um und ließ ihn ohne ein weiteres Wort stehen.

Und jetzt? Wer war dieser »Quotentürke«, und wo konnte er ihn finden? Der Name auf dem ersten Türschild: Cem Akay?

Ohne anzuklopfen, betrat Sebastian das Zimmer mit der

Nummer 2.11, das größer war, als er erwartet hatte. Das Erste, was ihm auffiel, waren die immensen Aktenmengen, die der Raum aufnehmen konnte. Rechts vom Eingang und an der angrenzenden Wand breiteten sich bestimmt zehn Regalmeter mit Ordnern aus. Doch auch diese Fläche schien nicht auszureichen. In Dutzenden Umzugskisten am Boden, auf einem größeren Tisch und den zugehörigen Stühlen lagerten nochmals so viele Ordner und Aktenmappen in allen Farben und Größen. Sie reichten von dünnen Heftchen über armdicke Exemplare bis hin zu Ordnern, aus denen die Seiten herausquollen. Sebastian entdeckte das Wappen des LKA sowie einiger Polizeidienststellen im Land.

Im linken Teil des Raumes standen zwei Schreibtische vor einem Fenster einander gegenüber. Leiser Rock 'n' Roll dudelte aus einem Lautsprecher auf der Fensterbank. Er tippte auf Elvis Presley. Auf der rechten Seite saß Franziska und winkte ihm einzutreten. Der Mann ihr gegenüber hatte einen südländischen Einschlag und schien nicht viel älter als sie. Er trug ein rot-schwarz kariertes Flanellhemd, dessen Ärmel er bis zu den Ellenbogen hochgekrempelt hatte. Sebastian kam sogleich ein Teddybär in den Sinn: klein, rund, haarig, mit schwarzen Knopfaugen.

Der Mann hievte sich mit einem leisen Ächzen aus dem Stuhl und kam hinter seinem Schreibtisch hervor. »Hallo, Herr Franck«, begann er und hielt Sebastian seine mächtige Rechte hin. »Mein Name ist Cem Akay. Seit heute sind wir wohl Kollegen.«

Sebastian ergriff die Hand, die kaum weniger behaart war als das Gesicht des Mannes mitsamt Hals bis hinunter zum Kragen des weißen Knopfleistenshirts. »Hallo, Herr Akay.«

»Nennen Sie mich doch Cem.« Er lächelte unverbindlich.

»Gerne.« Sebastian ließ seinen Blick durch den Raum schweifen. »Die Akten hier drinnen reichen bestimmt für zwei Ermittlerleben.«

»Da könnten Sie recht haben.« Cem kratzte sich am Kopf. »Aber wir sind schon dabei, sie zu priorisieren.«

»Nach welchen Kriterien?«

»Zuerst nach Tatzeit, dann nach Anzahl und Güte der damals

sichergestellten Humanspuren.« Er sprach langsam und betonte jedes einzelne Wort, als wäre es so wichtig wie ein ganzer Satz.

»Erneute forensische DNA-Analyse?«

Cem nickte bedächtig, seine pechschwarzen Locken schaukelten dazu im Takt. »Im Labor können die heute Spurenarten untersuchen, die vor einigen Jahren noch als nicht auswertbar galten.«

Sebastian nickte. Kaum ein Feld der Kriminalistik hatte in den letzten Jahren so viele Fortschritte gemacht wie die forensische DNA-Analyse.

»Ich habe gerade wieder so einen Fall. Er stammt aus dem Jahr 1995.« Cem deutete auf eine dünne rote Aktenmappe, die aufgeschlagen neben einer Reihe leerer Chai-Gläser auf seinem Schreibtisch lag. »Da war ich gerade mal fünf Jahre alt.« Er grinste kurz, wurde aber sofort wieder ernst. »Auf der Kleidung des Opfers wurden damals DNA-Spuren festgestellt, aber nicht weiterverfolgt. Vielleicht weil sie zu klein waren, oder man hat sie als nicht relevant eingestuft.«

»Wie viele Fälle mit solchen Spurenträgern gibt es?«

Statt zu antworten, deutete Cem auf die Regalreihen an der gegenüberliegenden Wand.

»Was, die alle?«, entfuhr es Sebastian.

»Nicht alle, nur die in den linken beiden Regalen. Das sind die Ordner mit den weißen Rückenschildern. Franzi hat sie alle beschriftet. Wie viele sind es bis jetzt, Franzi?«

Franziska zuckte mit den Schultern. »Gezählt hab ich sie nicht. Aber in der Packung mit den Rückschildern sind immer fünfzig. Und letzten Freitag hab ich die dritte Packung aufgemacht.«

»Und die Akten, die in den Kartons liegen, müssen noch priorisiert werden, richtig?«

»Genau.« Cem seufzte und machte ein bedauerndes Gesicht. »Soll ich Ihnen nicht besser zuerst Ihr Büro zeigen? Der Anblick dieser Aktenberge holt einen schnell wieder auf den Boden der Tatsachen zurück. So ging's mir jedenfalls.«

Sebastian ließ seinen Blick ein weiteres Mal über die Kartons, Ordner und bunten Mappen gleiten.

»Hier muss irgendwo der Schlüssel sein.« Cem wandte sich seinem Schreibtisch zu und kramte in einer der Schubladen.

Sebastian hätte später nicht sagen können, warum er einen Blick in die offene Ermittlungsakte auf Cems Schreibtisch warf. Als er jedoch das Foto sah, zuckte er zusammen.

2

Mit verschränkten Armen stand Marga Kronthaler am Fenster und betrachtete die alten, knorrigen Laubbäume am Straßenrand. Genauso fühlte sie sich. *Bäume haben viel gesehen.* Manchmal zu viel. *Bäume haben Geduld.* Noch acht Jahre bis zur Pension. *Bäume laufen nicht weg.* Auch wenn das Disziplinarverfahren noch weit Schlimmeres mit sich bringen könnte als die Versetzung hierher. *T.O.M.*, wie viel dämliches Pathos musste im Kopf jenes Heinis vom Innenministerium herumgeschwirrt sein, als er dieses Scheißdezernat auf die Abkürzung für »Tote ohne Mörder« getauft hatte? Mordfälle, die schon seit Jahren niemand aufklären konnte. *Bäume wissen alles.* Welch idiotische Idee, ausgerechnet eine zweiundfünfzigjährige Kriminalbeamtin mit zwei Frischlingen könnte daran etwas ändern. Und auch dieser neue Spargeltarzan, dieser Franck mit ck, würde ihre Chancen wohl kaum erhöhen. Tanzt mit Schlips und Kragen hier an. Wer trägt denn so was heutzutage überhaupt noch? Politiker, Banker und die Zeugen Jehovas kamen ihr in den Sinn. *Bäume sind stolz.* Der Typ hatte ihr gerade noch gefehlt.

Wie aus der Ferne vernahm sie ein flüchtiges Klopfen, und die Tür ging auf. Im nächsten Moment stand der Spargeltarzan mit einer roten Aktenmappe unter dem Arm mitten im Raum und sah sich um, als ob er etwas suchen würde.

»Sie schauen so munter, Herr Franck. Was gibt's denn?« Marga versuchte einigermaßen freundlich zu wirken, obwohl ihr nicht im Geringsten danach zumute war. Nicht nach den letzten beiden Wochen.

Sebastians Blick blieb für einen Moment an ihrem Schreibtisch hängen. »Eckstein No. 5? Ich wusste gar nicht, dass man die noch kaufen kann.«

Marga schielte zur Zigarettenpackung auf der ledernen Unterlage und runzelte die Stirn. »*Sie* kennen die Marke? Dazu sind Sie doch viel zu jung.«

»Mein Großvater hat dieses Zeugs geraucht. Bestimmt drei Schachteln am Tag. Er ist an Lungenkrebs gestorben.«

Sie konnte nicht verhindern, dass ihre Mundwinkel kurz zuckten. »Sind Sie gekommen, um mir diesen Scheiß zu erzählen?«

»Nein, natürlich nicht.« Sebastian zog die Aktenmappe unter seinem Arm hervor. Umständlich klappte er sie auf und hielt ihr das Foto eines weißen Sportwagens vor die Nase. »Deswegen.«

Marga kniff die Augen zusammen, schaute kurz auf das Bild und wieder zu ihm. Wie gerne wäre sie wieder alleine. Was musste sie sagen, damit er bald das Zimmer verließ?

»In der Akte liegt das Foto eines Porsche Carrera. Das hier ist ein RSR 2.8.«

»RSR 2.8, schön.« Marga gab sich keinerlei Mühe, nicht mürrisch zu klingen. »Aber was wollen Sie mir damit sagen, Herr Franck?«

»Der Wagen gehörte Anselm Friedmann, dem Mordopfer.«

Sie legte den Kopf schief. »Deswegen ist vermutlich auch das Bild in der Akte.«

»Genau. Aber das Interessante daran ist, dass der Wagen seit der Tatnacht als verschwunden galt.«

»Galt?«, echote sie.

»Ja, galt. Aber dazu komme ich gleich. Sie müssen wissen, auf dem Foto hier kann man gut die perlmuttweiße Lackierung und die zusätzlich montierten Cibié-Scheinwerfer erkennen.«

»Perlmuttweiß … und zusätzlich montierte *was*?« Von was faselte der Spargeltarzan denn da?

»Perlmuttweiß und zusätzlich montierte Cibié-Scheinwerfer.« Sebastian hob die Augenbrauen. Er schien nicht glauben zu können, dass sie ihm immer noch nicht folgen konnte. »Wissen Sie nicht, was das bedeutet?«

»Nee.« Sie schüttelte den Kopf. »Sie erwarten jetzt aber nicht, dass ich es errate?« Warum kam der Mann nicht endlich auf den Punkt?

»Perlmuttweiß ist keine Serienlackierung. Auch die Cibié-Scheinwerfer sind nicht serienmäßig.«

Marga hob die Achseln. »Wenn das so ist, gibt's wohl nicht allzu viele dieser Wagen.«

»Das ist es ja gerade. In dieser Kombination wahrscheinlich nur einen einzigen, um präzise zu sein. Und genau der hier ist erst vor ein paar Wochen im Internet bei einer Versteigerung aufgetaucht. Er ging für zweihundertfünfzigtausend Euro über den Tisch.«

»Eine Viertelmillion Euro?« Marga stieß einen leisen Pfiff aus. »Da gibt jemand sein Geld mit offenen Armen aus.«

»Geld … mit offenen Armen?« Sebastian hob die Augenbrauen. »Es heißt ›Geld mit vollen Händen ausgeben‹ oder ›mit offenen Armen empfangen‹. Aber nicht beides zusammen.«

Ohne ihn aus den Augen zu lassen, fischte Marga eine Zigarette aus der Packung, klopfte auf ihrem Daumen den Tabak fest und zündete sie an. Musste sie ausgerechnet an so einen verdammten Klugscheißer geraten? Sie nahm einen tiefen Zug und ließ den Rauch langsam in seine Richtung entweichen. »Ich meine, wer zahlt denn so viel für ein Auto? Ist das Chassis mit Blattgold überzogen?«

»Für einen Porsche Carrera RSR 2.8?« In Sebastians Stimme lag ein Hauch von Ehrfurcht. »Das sind Liebhaberstücke. Davon gibt's höchstens ein paar hundert Stück. Und die meisten davon sind irgendwo im Ausland.«

»Porsche Carrera, soso. Ich kannte mal einen Typen, der hat seine Bulldogge Carrera genannt – ohne RSR. Obwohl das Vieh sich nur zum Fressnapf bewegt hat. Deswegen war er wohl so fett und wurde nicht alt. Der Hund, meine ich.«

»Frau Kronthaler, bitte. Über den Verkäufer des Wagens finden wir vielleicht eine neue Spur, die uns zum Täter führt.«

»Mein lieber Scholli. Das ist Ihr erster Tag. Sie verschwenden wohl keine Zeit. Aber lassen Sie sich nicht aufhalten.« Ihre Chancen stiegen, dass sie ihn gleich wieder loswurde.

Sebastian hob den Kopf. »Sollen wir Vorermittlungen einleiten?«

Das Telefon auf ihrem Schreibtisch klingelte. Im Display erschien die Handynummer ihres Ex-Mannes. Sie nahm einen tiefen Zug von der Zigarette. Bestimmt nichts Erfreuliches.

Marga sah zu Sebastian, dann wieder auf das Telefon. »Das ist privat. Aber Sie wollten sowieso den Verkäufer dieses Wagens ermitteln. Dann machen Sie mal.«

Sebastian schickte sich an, den Raum zu verlassen.

Marga wartete, bis die Tür im Schloss lag, und nahm das Gespräch entgegen. »Was gibt's«, knurrte sie in den Hörer.

»Mal wieder gute Laune, Marga?«, kam es zurück. Rolfs Stimme hörte sich verzerrt an. Vermutlich lag er um diese Zeit noch mit seiner Neuen im Bett. Auf ihrem Scheißbauernhof, irgendwo in der Pampa zwischen Leipzig und Magdeburg, wo es nicht einmal genügend Sendemasten gab.

»Verdammt, was willst du?«, fragte sie lauter als nötig und ahnte schon den Grund.

»Wenn du mich gleich so direkt fragst: Die Bank hat vorhin angerufen.« Auch Rolf hatte seine Stimme angehoben.

Das war nur eine Frage der Zeit gewesen. Trotzdem spielte sie weiter die Unwissende. »So? Wegen was denn?«

»Du hast die letzten vier Raten für das Haus nicht bezahlt«, drang es vorsichtig aus dem Hörer.

»Tatsächlich?« Sie wusste, dass er ihr die Ahnungslosigkeit nicht abnehmen würde.

»Ja, tatsächlich.«

Statt etwas darauf zu erwidern, lauschte sie seinen Atemgeräuschen. Wie in den achtundzwanzig Ehejahren, wenn sie nicht wusste, was sie als Nächstes sagen sollte.

»Marga, ich habe dir bestimmt schon tausendmal gesagt, dass ich das Haus übernehmen kann.«

Das war der falsche Ratschlag. Sie spürte, wie ihr die Galle hochkam, und stieß voller Wut die nur halb gerauchte Zigarette so lange in den Aschenbecher, bis sie erlosch. »Damit du mich rausschmeißen kannst und mit deiner kleinen Schlampe einziehen? In mein Haus? In mein Bett? Vergiss es!«

Sie dachte an Lea, Rolfs Neue. An das honigsüße Lächeln, das immerzu auf ihren vollen Lippen lag. Vermutlich waren die so wenig echt wie ihre überdimensionierten Brüste. Marga betrachtete ihr Spiegelbild im Fenster, straffte den Rücken und drückte mit der freien Hand ihren Busen hoch. Eigentlich konnte sie ganz zufrieden sein mit ihrer Figur. Nur die Falten um die Augen und die Orangenhaut an den Beinen störten etwas. Deswegen ging sie so ungern ins städtische Schwimmbad. Wenn sie tatsächlich auf etwas neidisch sein wollte, dann auf Leas straffe Haut. Vermutlich hatte die noch keine Cellulite. Irgendwie auch kein Wunder mit Anfang dreißig.

»Ich schmeiß dich nicht raus, Marga«, hörte sie Rolfs Stimme, der sich Mühe gab, sie zu beschwichtigen. »Du kannst bleiben. Ich habe hier in Kömmering alles, was ich zum Malen brauche. Da stimmt das Atelier, das Licht, die Umgebung.«

Und dein verfluchtes Sexleben, ergänzte Marga in Gedanken. Rolf war immer noch so berechenbar. Früher das ewige Talent, das mit nur einer einzigen Vernissage zum erfolgreichen Künstler wurde. Schon damals musste nur eine mit dem Arsch wackeln, und er konnte seinen Blick nicht losreißen. Sie wollte gar nicht wissen, wie viel Mal er sie mit irgendwelchen Mädchen betrogen hatte, die für ihn Modell standen.

»Was hältst du davon?«, holte Rolf sie aus ihren Gedanken.

»Gar nichts.«

»Denk doch mal nach, Marga. Es ist die beste Lösung – für uns beide. Ich möchte doch nicht, dass sie uns … dass sie dir das Haus wegnehmen.«

»Ich kläre das«, gab Marga mit einer großen Portion Trotz in ihrer Stimme zurück und knallte den Hörer auf die Gabel. Sie sah zum Laubbaum vor dem Haus. Ein älterer Mann mit Trenchcoat und hellgrauem Tirolerhut wartete geduldig, bis sein Dackel den Baum als geeignete Pinkelstation akzeptierte und das Hinterbein anhob. *Bäume werden angepisst.*

Warum zum Teufel musste sie immer so impulsiv sein? Marga hatte nicht die leiseste Ahnung, wie sie das Problem mit den Raten *klären* konnte. Sollte sie auf der Bank anrufen und erneut um Stundung bitten? Nur für ein paar Monate, bis dieses verdammte Disziplinarverfahren abgeschlossen war. Vielleicht würde die Bank einem Beamten die Bitte auch beim zweiten Mal nicht sofort abschlagen. Schließlich hatte sie bis an ihr Lebensende ein gesichertes Einkommen. Falls, ja falls sich diese dumme Angelegenheit mit dem Marihuana aus der Welt schaffen ließ. Ansonsten, so hatte ihr Vorgesetzter nicht nur einmal angemerkt, wäre neben der Versetzung auch eine Kürzung der Dienstbezüge, sogar eine Aberkennung des Ruhegehalts in Betracht zu ziehen. Und das alles nur wegen Rolf, ihrer Orangenhaut und einem Scheißjoint.

Marga sah zum Schreibtisch. Sie würde anrufen. Bald. Ihr Blick blieb am goldgerahmten Porträt ihrer Söhne hängen. Die beiden waren so verschieden. Alex, der ältere mit dem strengen Gesichtsausdruck, kam ganz nach ihr. Er studierte Maschinenbau in Offenburg und wohnte mit seiner Freundin zusammen. Sie sah ihn nur noch selten. Daneben der siebzehnjährige Lukas, der bisher nicht wusste, was er mit seinem Leben anfangen sollte, und wohl in zehn Jahren noch zu Hause wohnte. Nicht einmal der Führerschein interessierte ihn. Vor einem halben Jahr hatte sie ihn dann quasi genötigt, irgendetwas zu tun. Immerhin fuhr er jetzt mit dem Motorroller Pizza aus.

Das Telefon starrte sie an wie eine Schlange. Es half nichts. Sie musste anrufen. Gleich. Mindestens genauso unwillig wie bei Rolfs Anruf nahm Marga schließlich den Hörer in die Hand und wählte die Nummer dieses Bank-Fritzen, die sie inzwischen auswendig kannte. Sie füllte die Anrufliste ihres Mobiltelefons. Schmid-Irgendwas. Schon aus Prinzip wollte sie sich den Namen nicht merken.

Während es klingelte, sah sie den spaßfreien Jungspund im dunklen Anzug und der immer gleichen lachsfarbenen Krawatte vor sich. Vermutlich war er nicht viel älter als Alex, fühlte sich aber offenbar bereits als Nachfolger des Filialleiters. Er trug sogar die gleiche Frisur in Form eines überlangen Haarwischs, der wirr über seiner Halbglatze lag. Bei ihm sah es aus wie ein angetackertes Pelztier. Das letzte Mal, als sie diesen Schmid-Dingens in der Bank aufgesucht hatte, war sich Marga vorgekommen wie ein Schulmädchen, das ihre Hausaufgaben nicht gemacht hat.

Danach hatte sie beschlossen, alle Geschäfte mit ihm nur noch per Telefon zu erledigen. Und sich so bald wie möglich eine neue Bank zu suchen. Falls sie mit dem Kredit an der Backe überhaupt eine finden würde.

»Stuttgarter Bank. Sie sprechen mit Bernd-Friedrich Schmidberger«, kam es zuckersüß aus dem Hörer. »Was kann ich für Sie tun?«

Mich kreuzweise am Arsch lecken, hätte Marga am liebsten geantwortet. Doch stattdessen meldete sie sich mit einem knappen und eisigen »Kronthaler«.

»Ah, Sie sind's«, kam es nach kurzem Zögern zurück. Marga konnte förmlich die Kälte spüren, die mit seiner Stimme durch den Hörer kroch. Offenbar kannte er ihre dienstliche Telefonnummer nicht und hatte mit jemand anderem gerechnet.

»Hören Sie, Herr Schmid … das mit den Raten …«, begann sie und versuchte so beiläufig wie möglich zu klingen. Um jeden Preis wollte sie den Eindruck vermeiden, sie hätte die Situation nicht im Griff.

»Schmidberger«, unterbrach er. »Inzwischen müssten Sie meinen Namen kennen, so viel, wie wir beide miteinander zu tun haben.« Er ließ ein falsches Lachen folgen.

»Herr Schmidberger, ja.« Marga setzte sich hin. Vielleicht wurde sie im Sitzen ruhiger. »Sie haben mich angerufen. Es geht vermutlich um die Raten für das Haus.«

»Genau. Die letzten vier Raten wurden mangels Deckung zurückgebucht. Frau Kronthaler«, er ließ seinen Atem geräuschvoll entweichen, »das geht so nicht. Wir hatten eine Vereinbarung.«

Mit dem Zeigefinger ihrer freien Hand spielte sie am Spiralkabel des Telefonhörers. Schnell hatte sich ein regelrechtes Knäuel um ihre Finger gebildet. »… das ist natürlich richtig, Herr …«

Marga versuchte, das Kabel wieder zu entwirren. »Aber ich befinde mich derzeit in einem kleinen finanziellen Engpass.« Hoffentlich nahm er ihr die Ausrede ab. Etwas Besseres fiel ihr im Moment nicht ein.

»In einem kleinen finanziellen Engpass … derzeit?« In der Frage schwang unverkennbar Skepsis mit. »Hatten Sie das beim letzten Mal nicht auch schon gesagt? Lassen Sie mich nachschauen. Das war, ja, hier steht es, das war …«

Vor drei Monaten, vervollständige Marga in Gedanken und hatte ihre Finger endlich aus dem Kabel befreit. Sie tastete nach der Zigarettenpackung, konnte sich aber gerade noch dazu durchringen, keine herauszunehmen.

»… im Januar dieses Jahres«, kam es nach einigem Rascheln aus dem Hörer.

»Das könnte hinkommen.« Sie räusperte sich. »Aber dieser Engpass besteht immer noch.«

»Und wie lange wird *dieser Engpass* noch andauern, wenn ich fragen darf?« Schmidberger betonte das Wort »Engpass« auf eine ungehörige Art und Weise.

Hörbar blies Marga Luft zwischen ihren Lippen hindurch. »Vielleicht ein Vierteljahr.«

»Ein Vierteljahr?«

»Höchstens«, schob Marga schnell nach und sprang von ihrem Stuhl auf. War sie zu weit gegangen?

»Frau Kronthaler, ich denke nicht, dass ich das alleine entscheiden kann. Da muss ich meinen Filialleiter mit ins Boot holen, den Herrn Broski.«

»Dann machen Sie das doch einfach. Und sobald Sie und der Herr Broski Näheres wissen, rufen Sie mich wieder an. Meine Nummer haben Sie ja.« Hatte sie tatsächlich so schnell ein paar Tage Zeit gewonnen?

Schmidberger schnaufte in den Hörer. »Nein, auch das geht nicht einfach so. Sie müssen schon vorbeikommen und etwas unterschreiben.«

Verdammt. Genau das hatte sie eigentlich vermeiden wollen: eine neue Unterschrift, einen neuen Vertrag.

»Ich schlage vor, dass Sie heute Nachmittag um vierzehn Uhr zu mir ins Büro kommen. Bis dahin habe ich alles mit Herrn Broski geregelt. Ich hoffe, das passt Ihnen.« Seine Stimme hatte wieder jenen zuckersüßen Tonfall angenommen.

Sie trat ans Fenster. In der Zwischenzeit war der pissende Dackel mitsamt seinem Herrchen verschwunden. So schnell, wie sie Zeit gewonnen hatte, zerrann sie ihr nun wieder zwischen den Fingern. Aber wenn sie nicht zusagte, würde bald jeder Geldautomat in Stuttgart ihre EC-Karte einbehalten. »Das kann ich einrichten.«

»Gut. Dann erwarten wir Ihren Zahlungsplan. Heute Mittag um zwei Uhr. Wiederhören, Frau Kronthaler.«

»Genau.« Marga legte auf. Vollidiot. Sie hasste Banker. Und zwar alle.

3

Auf der dunkelbraunen Schreibtischplatte hatte sich eine Staubschicht gebildet. Sebastian pustete einen Platz für die rote Aktenmappe frei, erst dann legte er sie ab. Auch sein Büro hatte er sich anders vorgestellt. Neben dem Schreibtisch samt Telefon, paketgroßem Bildschirm, Maus und Tastatur gab es in dem muffig riechenden Raum lediglich einen Drehstuhl sowie einen vollkommen leeren Rollladenschrank. Immerhin entdeckte er auf den ersten Blick keine Spinnweben in den Ecken. Dafür einige tote Fliegen auf dem Boden und den Stiel einer pinkfarbenen Fliegenklatsche, der unter der Tastatur hervorragte.

Sebastian suchte den Computer zum Bildschirm und fand unter dem Schreibtisch eine grau-beige, klobige Kiste, zu der die Kabel führten. Er drückte den Einschaltknopf, doch nichts geschah. Schon wollte er nachschauen, ob der Netzstecker überhaupt eingesteckt war, da erklang ein kümmerliches Piepsen, und quälend langsam begann der Bootvorgang. Diese alte Kiste sollte sein Arbeitsgerät sein? Das musste er schleunigst ändern. Schon morgen würde er sein Notebook mitbringen. Zumindest für den Zugriff auf das Internet. Niemals würden sie ihm erlauben, seinen privaten Computer an das Netzwerk des LKA anzuschließen.

Missmutig schob er die Gardinen des rückwärtigen Fensters beiseite, das mit einer akzeptablen Größe und einem französischen Balkon überraschte. Helles Sonnenlicht flutete den Raum und ließ Staub über seinem Schreibtisch tanzen.

Vor ihm breitete sich ein unerwartet großer, gepflegter Garten aus. Kiesbestreute Wege führten über einen akkurat gemähten Rasen, vorbei an immergrünen Büschen und Blumenbeeten zu einem Tümpel. Wenigstens lag das Büro nicht an der Straße, zudem hatte es einen schönen Ausblick mit frischer Luft. Sebastian versuchte, die Fensterflügel zu öffnen. Es knarrte und quietschte, und Farbreste rieselten zu Boden. Ruckartig ging der linke Flügel auf, während der rechte wie zementiert festsaß. Sofort drang das

Quaken Dutzender Frösche und das Zwitschern der Vögel an sein Ohr. Irgendwo heulte eine Motorsäge.

Zu der angenehm kühlen Luft, die in den Raum strömte, gesellte sich schnell ein modriger, fauliger Geruch. Er schaute über das Geländer und musste sich die Nase zuhalten. Direkt unter dem Fenster lag ein Berg Grasschnitt vermischt mit gehäckselten Zweigen und Blättern. Es roch nach Kompost, und ein Mückenschwarm hatte den Luftraum über dem stinkenden Haufen in Besitz genommen.

Als ob sie nur auf das Öffnen des Fensters gewartet hätte, schwirrte mit einem Mal eine Schmeißfliege von der Größe einer Haselnuss durch Sebastians Büro. Während das Insekt in wilden Pirouetten den Raum auskundschaftete, verursachte es einen Lärm wie ein Doppeldecker. Vermutlich lag deswegen auch die pinkfarbene Fliegenklatsche in Schlagdistanz. Schnell schloss er das Fenster wieder, und das Brummen über seinem Kopf schwoll weiter an.

Inzwischen zeigte der Computer die LKA-Anmeldeseite mit dem Benutzernamen »TOM« und forderte ihn zur Eingabe eines Passwortes auf. Sebastian zog den Bürostuhl unter seinem Schreibtisch hervor und klopfte mit der Hand den Staub aus der Sitzfläche. Er setzte sich, nahm die Tastatur von der Fliegenklatsche und starrte auf das Eingabefeld. Sollte er nach dem Passwort fragen? Später vielleicht. Nach dem unangenehmen Beginn dieses ersten Arbeitstages musste er seinen Ehrgeiz befriedigen. Und einen frisch eingerichteten Computer zu benutzen dürfte kein allzu großes Hindernis darstellen. Besonders wenn man wie er die Liste der zehn unsichersten Passwörter kannte. Damit war es ein Kinderspiel, auf gut und gerne die Hälfte aller Computer dieser Welt zuzugreifen.

Sebastian tippte »123456« und drückte die Entertaste. Der Computer quittierte seine Eingabe mit der Meldung »Falsches Passwort«. Gut, dann eben »qwertz«. Doch auch dieses funktionierte nicht. Genauso wenig wie »dragon«, »abc123« und »password«. Aber vielleicht hatte der Administrator in einem Anflug von Sicherheitsdenken ja ein achtstelliges Passwort vorausgesetzt. Mit »12345678« landete Sebastian tatsächlich einen Augenblick später auf der Startoberfläche für die Programme.

Nicht weit über seinem Kopf zog die Schmeißfliege noch immer laut brummend ihre Bahnen. Er griff nach der Fliegenklatsche. Darum würde er sich gleich kümmern. Sobald diese Schrottkiste so lief, wie er wollte. Sebastian suchte das Icon des Internetbrowsers und startete das Programm. Während er die Fliege mit nur einem Auge verfolgte, sah er, dass statt des Anwendungsfensters eine Sanduhr auf dem Bildschirm erschien. Hatte er tatsächlich etwas anderes erwartet?

Die Fliege kam näher und umkreiste den Monitor. Sebastians Hand schloss sich fester um den Stiel der Fliegenklatsche. Langsam hievte er sich aus dem Stuhl, ohne den dicken Brummer aus den Augen zu lassen. Das Vieh drehte noch zwei Kurven und ließ sich ausgerechnet auf dem Deckel der roten Aktenmappe nieder.

»Mordsache Anselm Friedmann« und »Vorläufig geschlossen«, stand da in Schreibmaschinenschrift neben dem baden-württembergischen Polizeistern. Unterhalb hatte jemand handschriftlich ergänzt: »Weitergabe TOM.«

Nerviges Vieh. Mit der Akte wollte er in den nächsten Stunden arbeiten. Und den Dreck würde er nie mehr vom Karton abkriegen. Er scheuchte die Fliege mit der Hand auf, die sogleich wieder ihre Runden über dem Bildschirm zog. Sekunden später lag ihr nächster Landeplatz auf der Schreibtischplatte, kaum eine Handbreit neben der Mappe. Sebastian zögerte einen winzigen Moment und schlug dann zu. Staub wirbelte auf, und irgendwo im Raum brummte die dicke Fliege. Es war, als ob sie ihn auslachte. Er setzte sich wieder hin.

Inzwischen war der Browser bereit. Sebastian legte die Fliegenklatsche beiseite und gab die Adresse des Online-Auktionshauses für Sportwagen ein. Nach einer gefühlten Ewigkeit hatte sich die Website aufgebaut, und er konnte nach dem Porsche Carrera RSR 2.8 suchen. Schon mit dem ersten Treffer hatte er den Wagen gefunden. »Verkäufer Rasputin57«, stand dort und weiter unten: »Diese Auktion ist beendet. Das letzte Gebot lag bei 249.000 €.«

Er schlug die Aktenmappe auf, suchte das Bild und hielt es neben die Bildschirmfotos. Kein Zweifel. Es handelte sich eindeutig um denselben Wagen. Sogar der kleine dunkle Fleck im Glas des linken Cibié-Scheinwerfers war auf beiden Fotos zu erkennen.

Sebastian nahm den Telefonhörer zur Hand und wählte die Dreiundzwanzig. Es klingelte, und statt ihren Namen zu sagen, meldete sich Franziska mit: »Woher kennen Sie meine Durchwahl?«

»Ich hab einfach mal die gleiche Nummer gewählt wie vorhin Queschke.«

Aus dem Hörer drang ein erstauntes »Oh«.

»Gut, Franzi, können Sie kurz in mein Büro kommen? Ich hätte da einen kleinen Job für Sie.«

»Wirklich? Ich bin gleich bei Ihnen«, kam es zurück. »Die Rückenschilder können bestimmt noch ein Weilchen warten.«

Sebastian legte auf und klickte sich durch die Liste der Gebote zur Auktion. Er machte acht verschiedene Bieter aus, wobei ab hundertsechsundzwanzigtausend Euro nur noch zwei davon mitgeboten hatten. Oder einer, wenn man davon ausging, dass der zweite Bieter der Verkäufer des Wagens gewesen sein könnte, der nur den Preis nach oben treiben wollte.

Nach einem leisen Klopfen stand Franziska in der Tür.

Sebastian winkte sie zu sich, wartete, bis sie neben dem Schreibtisch stand, und deutete auf den Bildschirm. »Das ist die Versteigerung des Fahrzeuges aus der Mordsache Anselm Friedmann. Das war vor ein paar Wochen.«

Franziskas Blick pendelte zwischen dem Bildschirm und dem Foto in der Akte hin und her. »Sie haben recht, das ist eindeutig derselbe Wagen.«

»Genau. Und ich will wissen, wer ihn verkauft hat. Das Konto trägt den Namen ›Rasputin57‹. Sie rufen jetzt bei der Auktionsplattform an und versuchen, Namen und Anschrift in Erfahrung zu bringen. Und wenn Sie schon dabei sind, auch gleich von den anderen Bietern und dem Käufer. Lassen Sie sich nicht abwimmeln. Zur Not drohen Sie gleich mit einem richterlichen Beschluss und einer Hausdurchsuchung.«

Franziska nickte.

»Kriegen Sie das hin?«

»Klaro. Wenn Sie mir den Link der Website schicken.« Sie klimperte mit ihren schwarz geschminkten Augen.

Sebastian schaute auf. »Franziska.Hegel@mail.lka.de?«

»Ja. Aber woher wissen Sie …?«

»Ich weiß, wo Sie arbeiten, und kenne Ihren Vor- und Nachnamen.« Sebastian konnte sich einen amüsierten Unterton nicht verkneifen. »Bis wann sind Sie so weit?«

»Ich fange gleich damit an«, sagte Franziska, machte jedoch keine Anstalten, das Zimmer zu verlassen. Stattdessen blickte sie sich um. »Nervt Sie die Fliege nicht?«

Sebastian folgte ihrem Blick und fand das Vieh weit über ihren Köpfen, wo es seine Runden zog. »Doch.«

»Das Brummen würde mich auch nerven.« Franziska wandte sich der Tür zu, drehte sich aber im nächsten Moment wieder um. »Was hören Sie eigentlich so, Herr Franck?«

»Ich glaube, ich verstehe nicht richtig.«

»Na, welche Art von Musik Sie hören. Jeder Mensch hört doch irgendwelche Musik …«

»Ach, Sie meinen klassische oder leichte Musik.«

Franziska verzog das Gesicht. »Nein, das meinte ich nicht. Ich dachte da eher Black oder Heavy Metal.«

»Metal?« Sebastian hatte Mühe, seine Verwunderung zu verbergen. »Ich denke nicht, dass ich das mag.«

»Kennen Sie Black Metal?« Franziska sprach plötzlich schneller und lauter. »Die meisten Menschen haben nämlich Vorurteile, wenn sie das Wort nur hören.«

»So? Glauben Sie?« Natürlich hatte er Vorurteile. Die Bilder vom letzten Wacken Open Air blitzten in seinem Kopf auf. Tausende Menschen, die sich bei Wind und Wetter im Schlamm suhlten. Nie würde er freiwillig dorthin gehen. Er würde sich diesem norddeutschen Kaff während der Festivalzeit nicht einmal nähern.

»Was hören Sie dann?« Franziska zog die Augenbrauen zusammen. »Doch nicht Elvis oder so was?«

»Ich höre mir eher ernsthafte Musik an. Beethoven, Schubert und so weiter.«

»Als ich hier anfing«, Franziska redete, als ob sie seine Antwort entweder nicht gehört hätte oder geflissentlich ignorierte, »musste ich mir wegen Cem den ganzen Tag dieses Rock-'n'-Roll-Zeugs anhören. Jetzt haben wir uns darauf geeinigt, morgens Elvis, nachmittags Metal.«

»Das ist schön für Sie«, gab Sebastian zurück, obwohl er heilfroh war, nicht in Cems Haut zu stecken. Dann doch lieber den ganzen Tag Elvis.

Franziska stemmte die Fäuste in die Hüften. »Sie sollten wirklich mal mitgehen.«

»Mitgehen? Wohin?«

»Nach Wacken. Vielleicht finden Sie danach auch Gefallen an Black Metal.« Ihr Zahnpiercing blitzte auf. »Und dann wären wir zu zweit.«

Wieder erschienen die schlammverschmierten Gestalten vor Sebastians geistigem Auge. »Was meinen Sie mit *zu zweit*?«

»Na, Sie und ich. Wir könnten Elvis und dieses Rock-'n'-Roll-Zeugs aus unseren Büroräumen verbannen.«

Sebastian deutete ein Lächeln an. »Vielleicht ein andermal. Ich möchte mich wirklich nicht mit Cem anlegen.«

»Sie haben noch genügend Zeit, es sich zu überlegen. Das Festival ist erst Anfang August«, entgegnete sie mit gelassener, aber durchaus ernster Stimme. Sie lächelte, ging zur Tür und zog sie hinter sich zu.

Sebastian schüttelte den Kopf. Das konnte sie sich ja wohl abschminken. Er kopierte den Link der Auktionsplattform in eine E-Mail und versandte sie.

Die Vorermittlungen hatten begonnen. Wenn Franziska den Verkäufer fand, würde Marga vermutlich nicht zögern und ihn umfassende Ermittlungen einleiten lassen. Sein erster Fall. Und das gleich am ersten Tag. Es wurde Zeit, die Akte Anselm Friedmann genauer in Augenschein zu nehmen.

Er blätterte durch die Seiten. Neben einigen Bildern des Wagens existierte ein gutes Dutzend Tatortfotos, die die Leiche eines sportlichen jungen Mannes Anfang zwanzig mit halblangen blonden Locken zeigten. Eines davon war frontal von oben aufgenommen, quasi aus der Vogelperspektive, und zeigte den kompletten Leichnam vom Kopf bis zu den Füßen. Friedmann hatte am Tag seines Todes eine weiße Jeans sowie eine dunkelrote Lederjacke mit Schulterpolstern getragen, unter der ein schwarzes Hemd oder Poloshirt hervorschaute. Obwohl tote Körper meist eine gewisse Hässlichkeit ausstrahlten, nahm Sebastian an, dass er zu Lebzeiten wohl der Schwarm so einiger Frauen gewesen war. Sein ebenmäßiges Gesicht mit dem markanten Kinn und einem oft als »Pornobalken« bezeichneten Schnauzbart hatte auch der Tod nicht sonderlich entstellt. Bis auf das fingerdicke Loch über der linken Braue. Augenscheinlich war Friedmann mit nur einem einzigen Schuss in die Stirn getötet worden. Nur wenig Blut war ausgetreten und als dünnes Rinnsal nach einigen Zentimetern auf der Schläfe angetrocknet. Vermutlich hatte es sich um einen aufgesetzten Schuss oder um einen Nahschuss gehandelt.

Doch auch ohne die Schussverletzung war auf Anhieb zu erkennen, dass der Mensch auf diesem Bild nicht mehr lebte. Friedmanns Kopf lag unnatürlich verdreht auf einem Treppenabsatz, vom eigenen Körpergewicht gegen die Backsteinmauer eines Hauseingangs gequetscht. Nur wenige Zentimeter neben seinem Ohr ragte ein rostiger Blech-Schuhabstreifer in Form eines Dackels eine Handbreit aus dem Stein.

Er riss seinen Blick vom Foto los. Über ihm, aber weiterhin außerhalb der Reichweite der Fliegenklatsche, brummte die elende Schmeißfliege. Lange würden seine Nerven das nicht mehr aushalten.

Sebastian nahm die Tatortfotos aus der Mappe und legte sie wie bei einer Patience vor sich hin. Auf einigen Bildern war der Hauseingang, eine braune Holztür mit Bullauge, aus einer anderen Perspektive zu sehen. Ein kleines Messingschild »City-Eroscenter« ließ keinen Zweifel daran, dass es sich nicht um den Eingang zu einem normalen Wohnhaus, sondern um den Hintereingang eines Stripclubs oder eines Bordells handelte. Natürlich – der Tatort lag in der Weberstraße, die parallel zur Leonhardstraße mitten durch das Stuttgarter Rotlichtviertel führte.

Erneut zog das Brummen seine Aufmerksamkeit weg von der Akte. Sebastian versuchte, die Fliege im Raum zu lokalisieren.

Warum verursachten diese elenden Biester überhaupt ein derart nervtötendes Geräusch beim Fliegen? Es reichte wohl nicht, dass sie auf jedem Misthaufen herumsaßen und mehr Bakterien verbreiteten als ein Dutzend Menschen. Zur Not konnte man ja den Kontakt mit ihnen vermeiden. Aber weghören? Das ging nicht. Er wusste, solange das Vieh im Raum herumschwirrte, würde er sich nicht konzentrieren können.

Die Fliege kam näher. Scheinbar magisch angezogen vom Computermonitor, brummte sie im Tiefflug über die Fotos wie ein Sprühflugzeug. Sebastian tastete nach der Fliegenklatsche. Und tatsächlich, einen Augenblick später ließ sich das Vieh direkt auf dem Symbol des Internetbrowsers nieder. Diesmal zögerte Sebastian nicht und schlug sofort zu. Ein Teil des Insekts blieb als glitschige Masse auf dem Gitter der Fliegenklatsche kleben, während sich der andere auf dem Bildschirm verteilte.

Elende Schweinerei. Er zog ein Papiertaschentuch aus der Hosentasche und entfernte mit spitzen Fingern die Reste der Fliege vom Bildschirm. Die Fliegenklatsche bekam er jedoch nicht sauber. So landete die kurzerhand mitsamt Taschentuch im Papierkorb unter dem Schreibtisch. Missmutig schaute er zum Fenster. Vermutlich würde er ein Fliegengitter anbringen müssen. Denn ohne Schutz vor diesen elenden Viechern konnte er die Fensterflügel nicht mehr öffnen. Und sein Gehirn brauchte Sauerstoff.

Sebastian blätterte zum Abschlussbericht der Rechtsmedizin und begann, das achtzehnseitige Dokument zu lesen. Schnell wusste er, dass er mit seiner Vermutung richtiglag: Es hatte nur einen einzigen Schuss gegeben, und zwar frontal in den Stirnlappen. Die Austrittswunde lag oberhalb des ersten Halswirbels. Aufgrund der Schwere der Verletzung ging der Bericht davon aus, dass die Kreislauf- und Atemfunktionen sofort versagten und es keine Überlebenszeit gegeben hatte. Anselm Friedmann war sofort tot gewesen. Andere äußere Einwirkungen, die zum Todeseintritt beigetragen haben könnten, wurden nicht gefunden. Lediglich ein großflächiges Hämatom am Hinterkopf, das vermutlich postmortal durch den Sturz auf die Treppenstufe verursacht worden war. Auch Friedmanns Blutwerte, die toxikologische und histologische Untersuchung des Organtrakts und sein Mageninhalt zeigten keinerlei Auffälligkeiten.

Winzigste Spermaspuren, kleiner als ein Millimeter, sowohl auf Friedmanns Körper als auch in seiner Unterwäsche, zeugten davon, dass er noch kurz vor seinem Tod Geschlechtsverkehr gehabt haben musste. Heutzutage würde mittels DNA-Analyse versucht werden, deren Herkunft nachzuweisen – egal, ob bei einem Mann oder einer Frau. Eine Methode, die damals in den Neunzigern nicht üblich und bei derartigen Kleinstspuren vermutlich auch nicht möglich war.

Sebastian stieß zum Totenschein vor, der als unmittelbare Todesursache ein schweres Schädel-Hirn-Trauma mit Zerstörung des Stammhirns durch ein Projektil angab. Aufgrund der Körperkerntemperatur des Leichnams war der Todeszeitpunkt auf fünf bis sechs Uhr morgens festgelegt worden.

Der Bericht der Spurensicherung bestand aus lächerlich wenigen Seiten und listete vor allem das auf, was nicht gefunden worden war. Es gab keinerlei Spuren, die dem Täter zugeordnet werden konnten. Anselm Friedmanns Tascheninhalt bestand aus einer halb leeren Packung Zigaretten der Marke Camel, einem Zippo-Feuerzeug mit den Initialen »AF« sowie losem Bargeld in Höhe von einhundertacht Mark. Die Autoschlüssel fehlten.

Da am Tatort weder Projektil noch Hülse sichergestellt werden konnten, beschränkten sich die ballistischen Untersuchungen auf Größe und Verlauf des Schusskanals. Und demnach handelte es sich bei der Tatwaffe um eine großkalibrige Pistole, mindestens neun Millimeter, die aus zehn bis zwanzig Zentimetern Entfernung abgefeuert worden war.

Sebastian ließ die Akte sinken und stierte vor sich hin. Ein einziger, sofort tödlicher Nahschuss, kein Projektil, keine Hülse, keine Täterspuren. Ein Profi? Womöglich eine Hinrichtung?

Am meisten irritierten ihn jedoch die viel zu dürftigen Zeugenbefragungen auf den nachfolgenden Seiten: Vater, Mutter und eine Haushälterin. Niemand hatte sich die Mühe gemacht, das Umfeld von Anselm Friedmann auszuleuchten, oder versucht, die Stunden vor seinem Tod zu rekonstruieren. Das letzte Dokument stammte vom Montag drei Wochen nach dem Mord. Sebastian knallte den Deckel der Mappe zu. Eine verdammt dünne Akte für einen Mordfall. Offenbar hatte es damals irgendwer ziemlich eilig gehabt, die Ermittlungen einzustellen. Und genau das weckte seine Neugier.

Schon am Klopfen hörte Sebastian, dass Franziska vor der Tür stand. Hoffentlich würde sie ihn diesmal mit dem Wacken Open Air in Ruhe lassen.

Sie wartete nicht auf seine Aufforderung, einzutreten. Im nächsten Augenblick stand sie im Zimmer und wedelte mit einem Blatt Papier. »Bis auf einen habe ich alle Namen mitsamt der Meldeadresse.«

»Haben Sie die vom Verkäufer?« Nur dessen Identität würde ihn in diesem Mordfall weiterbringen.

»Klaro. Aber nicht die von ›Herman13‹. Das war der vorletzte Bieter. Der, der den Zuschlag nicht bekommen hat. Name und Adresse gibt es nicht in Berlin.«

Kein Wunder. Vermutlich handelte es sich um die gleiche Person wie Rasputin57. »Nicht so wichtig. Wie heißt er denn, unser Verkäufer?«

Franziska sah auf das Blatt. »Rasputin57 alias Michail Kusnezow, geboren am 14. Februar 1957, russischer Staatsbürger mit unbeschränkter Aufenthaltserlaubnis für Deutschland. Er wohnt in Berlin-Treptow.« Gespannt schaute sie auf. »Ich kann noch mehr für Sie herausbekommen, wenn Sie wollen.«

»Danke, Franziska. Aber ich denke, das reicht fürs Erste. Ich muss mit Frau Kronthaler die weitere Vorgehensweise in diesem Fall abstimmen. Sie könnten mir allerdings Ihren Aufschrieb hierlassen.«

Franziska stakste zu seinem Schreibtisch und reichte ihm das Blatt.

»Gute Arbeit.« Das war es tatsächlich. Doch an die Art, wie sie in ihren Plateauschuhen ging, würde er sich wohl nie gewöhnen können. Sie sah darin so steifbeinig aus wie der sprichwörtliche Storch im Salat.

»Danke.« Franziska lächelte. »Aber wie gesagt, ich kann noch mehr für Sie tun. Diese blöden Rückenschilder und die Aktenordner sind so anregend wie ein Glas lauwarme Kuhmilch zum Frühstück.«

Sebastian kratzte sich am Kopf und betrachtete die Fotos auf dem Schreibtisch. »Da wäre tatsächlich etwas, das Sie für mich tun könnten.«

»Und was?«, fragte sie schnell. Ihre dunklen Augen glänzten erwartungsvoll.

»Gibt es bei uns einen Farbkopierer? So einen mit Vergrößerungsfunktion?«

»Drüben bei uns im Büro steht einer.« Franziska winkte ab. »Die Kiste stammt aber vermutlich noch aus dem letzten Jahrhundert.«

»Scanner und Farbdrucker?«

Sie schüttelte den Kopf.

Nichts anderes hatte er erwartet. »Wie dem auch sei, solange der Kopierer funktioniert.« Sebastian reichte ihr das Tatortfoto, das frontal von oben aufgenommen worden war. »Machen Sie mir bitte davon eine lebensgroße Kopie.«

Sie nahm das Foto entgegen und betrachtete es mit einem Stirnrunzeln.

»Ich brauche das ganze Bild mitsamt der Umgebung.«

Franziska wiegte den Kopf hin und her. »Das sind aber mindestens fünfzig Blätter.«

»Nicht schlecht geraten. Es sind dreiundsechzig, um genau zu sein. Das Bild hat eine Größe von neun mal dreizehn Zentimetern. Hochgerechnet auf die Körpergröße von einem Meter fünfundachtzig benötigen Sie neun mal sieben Reihen.«

»Nur im Hochformat. Im Querformat reichen bei dieser Körpergröße zehn mal fünf Reihen. Also fünfzig.« Franziska zeigte ihr Zahnpiercing-Grinsen.

Sebastian mochte Menschen mit schneller Auffassungsgabe. Er reichte ihr ein weiteres Foto. Eines, auf dem möglichst viel von der Weberstraße zu sehen war. »Und von dem hier auch.«

Franziska nickte. »Zu was brauchen Sie das überhaupt?«

»Erklär ich Ihnen später.«

»Da bin ich schon gespannt wie ein Flitzebogen.« Franziska wandte sich um und stakste Richtung Tür.

Er wartete, bis sie das Zimmer verlassen hatte, dann nahm er das Blatt auf seinem Schreibtisch genauer in Augenschein.

In einer Tabelle hatte sie die acht Bieter sowie den Verkäufer des Porsche Carrera RSR 2.8 aufgelistet. Alle mit Klarnamen, Anschrift und Geburtsdatum. Die dürftige Akte vor ihm gab zwar nichts her, was ihn weiterbrachte, dafür hatte sich mit Franziskas Liste tatsächlich eine neue Spur aufgetan. Und die hieß Michail Kusnezow.

4

Marga hatte nicht gezählt, zum wievielten Male sie jetzt schon versuchte, den Artikel im Lokalteil der Stuttgarter Zeitung zu Ende zu lesen. Das lag nicht unbedingt daran, dass sie erst beim dritten Versuch die dringend benötigte Lesebrille aufgesetzt hatte, ihr schwirrte einfach ununterbrochen das Wort »Zahlungsplan« im Kopf herum. Spätestens im zweiten Abschnitt hatte sie den Faden verloren und spürte einen innerlichen Zwang, nach der Zeit zu schauen. Dann galt ihr nächster Blick der Uhr an der gegenüberliegenden Wand.

Diesmal waren weitere fünf Minuten vergangen, und der Termin bei Schmid-Soundso in der Bank rückte näher. Unaufhaltsam drehte der Minutenzeiger seine Runden über das Zifferblatt, das mit Rolfs surrealistischer Interpretation einer Windmühle bemalt war. Ein Frühwerk seiner Schaffenszeit, als er es noch schick fand, alle möglichen Alltagsgegenstände mit dem Pinsel zu beglücken, um sie dann als echt handbemalte Einzelstücke an Souvenirläden zu verkaufen. Im Nachhinein betrachtet ein wenig einträgliches Geschäft. Zu Hause im Keller stapelten sich gewiss noch ein Dutzend Kartons mit Tassen, Uhren, Schildern und anderem Schnickschnack, den schon damals niemand kaufen wollte.

Wenn es nach Rolf ging, war diese Wanduhr hier etwas ganz Besonderes, als allererstes Exemplar seiner Mühlenserie, deswegen hatte sie bis vor Kurzem noch im Wohnzimmer gehangen. Aber weil das quietschbunte Zifferblatt nicht mehr zur neuen Wandfarbe passte und sich kein anderer Platz im Haus fand, hing sie jetzt im Büro. Natürlich hätte Marga die blöde Uhr auch in den Mülleimer werfen können. Hässlich genug war sie jedenfalls. Doch dazu hatte ihr bisher der Mut gefehlt. Aber vielleicht sollte sie das andere Gerümpel aus dem Keller einfach zu Rolf nach Kömmering schicken. In seinem ach so tollen Atelier könnte er sich dann jeden Scheißtag mit Lea an seinen Erstlingswerken erfreuen. Und sie hätte endlich genügend Abstellfläche, um den

Rest der Einrichtung von seinen künstlerischen Einflüssen zu befreien. Ein reizvoller Gedanke, wie sie fand.

Inzwischen zeigte Rolfs surrealistische Mühlenuhr kurz vor halb eins an. Um vierzehn Uhr musste sie in der Bank sein. Sollte sie schon losfahren? Nein. Wenn sie zu früh ankam, wäre sie für die Heinis von der Bank ein zu leichtes Opfer. Die sollten auf *sie* warten, nicht umgekehrt.

Marga wandte sich einem anderen, deutlich kürzeren Artikel zu. Eine Serie von Kleindiebstählen an Tankstellen und Kiosken in der Innenstadt. Ohne den Blick von der Zeitung zu nehmen, tastete sie nach der Zigarettenschachtel. Verdammt, leer. In sechs Stunden zwanzig Stück. Sie zerknüllte die Packung und warf sie in den Papierkorb. Eigentlich wollte sie nur noch eine Schachtel am Tag rauchen. Deswegen hatte sie am Morgen Cem die neue Zigarettenstange gegeben und ihn mit der Überwachung ihres Vorsatzes beauftragt.

Doch heute galt dieser Vorsatz nicht. Der Zahlungsplan bedeutete erschwerte Umstände. Sie griff zum Telefon, zögerte einen Moment und wählte dann Cems Nummer.

»Frau Kronthaler«, drang nach einem halben Dutzend Klingelzeichen seine Stimme endlich an ihr Ohr.

Marga spürte, wie Schweiß auf ihre Stirn trat. »Ich brauche eine der Schachteln, die ich Ihnen heute Morgen gegeben habe.«

Hörbar schnaufte Cem in die Stille.

»Was ist?«

»Nein«, kam es nach einigem Zögern aus dem Hörer.

»Was, nein?« Sie glaubte, sich verhört zu haben.

»Sie hatten gesagt, dass ich Ihnen heute keine Zigaretten mehr geben darf. Egal, wie sehr Sie mich auch darum bitten. Und genau das mache ich gerade.«

»Cem …« Marga hatte Mühe, ruhig zu bleiben.

»Bitte, Frau Kronthaler?« Cem versuchte, unbekümmert zu klingen.

»Sie bringen mich auf die Palme.« Sie fuhr sich mit dem Handrücken über die Stirn. Verfluchte Hitze.

»Aber das waren Ihre Worte.«

»Na und? Das blöde Geschwätz von heute Morgen interessiert mich einen Scheiß.« Neben seiner Trägheit nervte der Quotentürke nun auch noch mit Sturheit.

»Das verstehe ich nicht. Sie sagten doch …«

»Was, verdammt, gibt's daran nicht zu verstehen? Soll ich es für Sie buchstabieren?« Das klang unwirscher als beabsichtigt.

»Frau Kronthaler, ich lasse mich nicht von Ihnen beschimpfen. Nicht wegen dieser blöden Zigaretten.« Auch Cem klang jetzt gereizt.

»Da haben Sie verdammt recht. Sie bringen mir jetzt eine der Schachteln oder Sie können sich auf was gefasst machen.« Marga knallte den Hörer hin, sprang auf und öffnete das Fenster. Sie verschränkte die Arme und atmete tief die frische Luft ein.

Der Termin mit der Bank zerrte an ihren Nerven. Sie wusste genau, dass sie in einer Stunde keinen Zahlungsplan haben würde. Auch nicht in einem Tag oder einer Woche. Eigentlich hatte sie überhaupt keinen Plan, wie es weitergehen sollte. Was war, wenn sie ihr das Haus wegnahmen? Wo sollte sie hin? Irgendwo zur Miete? Für mindestens tausend Euro – kalt? Das konnte sie sich eigentlich genauso wenig leisten wie die Raten für das Haus. Vielleicht sollte sie doch Rolf bitten, einen Teil zu übernehmen? Zumindest für einige Zeit.

Ein paar Vögel verließen die Krone des knorrigen Laubbaums vor ihrem Fenster und flogen laut zwitschernd davon. *Bäume sind einsam.*

Wo zum Teufel blieb eigentlich Cem? Sie brauchte endlich eine Kippe. Ansonsten würde sie bald keinen klaren Gedanken mehr fassen können.

Marga setzte sich wieder. Sie nahm die Stuttgarter Zeitung zur Hand und versuchte sich erneut am ersten Artikel. Doch auch diesmal schaffte sie es nicht weiter als bis zum zweiten Abschnitt. Es klopfte an der Tür zum Nebenzimmer.

Im nächsten Augenblick stand Cem vor ihrem Schreibtisch und streckte ihr die Stange Eckstein No. 5 hin. »Machen Sie diesen Schwachsinn doch selbst. Drüben in meinem Büro liegt eine Tonne Ermittlungsakten.«

Marga zog schnell die Brille von der Nase und verstaute sie in die Schublade. »Die liegen schon einige Jahre rum. Auf ein paar Minuten wird es jetzt wohl nicht mehr ankommen.«

»Ich wollte damit nur sagen, dass ich anderes zu tun habe, als Ihren Zigarettenverbrauch zu überwachen.« Die anfängliche Empörung in Cems Stimme war gewichen.

Marga schaute blinzelnd auf. »Na und? Auch ich habe anderes zu tun.« Sie nahm ihm die Zigarettenstange ab und kramte eine der Schachteln aus dem Papier. »Aber keife ich deswegen hier herum?«

»Ich keife nicht.« Cem stemmte die Fäuste in die Hüften. »Aber so wird das nie was.«

»Was wird nie was?« Marga löste die Folie um die Packung und pulte eine Zigarette heraus.

»Das wissen Sie genau.«

Statt etwas darauf zu erwidern, brannte Marga die Zigarette an und nahm einen tiefen Zug.

»Das mit dem Rauchenaufgeben«, ergänzte Cem vorsichtig.

»Mir wurscht.« Langsam ließ sie den Rauch entweichen und spürte, wie sich ihre Nerven beruhigten. Nur schwitzen musste sie noch immer. Marga entschied, für die Hitzewallungen weder die Wechseljahre noch Entzugserscheinungen verantwortlich zu machen. Vermutlich war es heute in ihrem Büro einfach nur viel zu warm.

»Ich habe vor Kurzem gelesen, dass die Wahrscheinlichkeit, Nichtraucher zu werden, dann höher ist, wenn man von einem Augenblick zum anderen aufhört und es sich nicht langsam abgewöhnt.«

Marga nahm einen weiteren Zug und blies den Rauch genussvoll aus. »Vorschläge, um sich das Rauchen abzugewöhnen, sind so zahlreich wie die Tauben, die in der Innenstadt den Schlossplatz vollscheißen.«

Cem wedelte mit der Hand, um den Rauch von seinem Gesicht fernzuhalten.

Marga kniff die Augen zusammen und musterte ihn. »Ist es Ihnen hier drinnen eigentlich nicht zu warm?« Cem hatte sein dickes Flanellhemd über dem T-Shirt bis zum Hals zugeknöpft. Zu seiner groben, verwaschenen Jeans fehlte eigentlich nur noch eine Axt, und er würde gut als Holzfäller in der kalten Tundra Kanadas durchgehen.

»Meine Familie kommt aus Antalya. Ich bin Hitze gewöhnt.« Cem deutete mit dem Kinn auf die Rauchschwaden, die sich trotz des geöffneten Fensters nur langsam auflösten. »Aber dieser Qualm hier drinnen macht mich ganz verrückt.«

»Dann gehen Sie besser wieder zu Ihren Akten.« Heute fühlte sie sich eh besser, wenn niemand in ihrer Nähe war.

Cem schickte sich an, das Büro zu verlassen, hielt aber mitten in der Bewegung inne. »Wollen Sie denn überhaupt mit dem Rauchen aufhören?«

»Ich hab mich noch nicht entschieden«, log Marga. Natürlich würde sie liebend gerne mit dem Rauchen aufhören. Schon deshalb, weil sie dann locker zweihundert Euro jeden Monat sparen könnte.

Wieder klopfte es, diesmal an der Tür zum Flur.

»Verdammt, das geht ja zu wie im Taubenschlag«, murmelte sie mehr zu sich selbst und knurrte lauter: »Ja!«

Die Tür ging auf, und Sebastian Franck trat mit einer roten Aktenmappe unter dem Arm ein. Er nickte Cem kurz zu und schaute betont kritisch im Zimmer umher, bis sein Blick an der Zigarettenstange auf dem Schreibtisch hängen blieb.

»Rauchen Sie das Zeugs jetzt schon stangenweise?«, wollte er wissen.

Das sollte wohl ein Scherz sein. Versuchte dieser Spargeltarzan mit der Stachelbeeren-Frisur tatsächlich, lustig zu sein? »Woher haben Sie diesen Witz? Irgendwo gefunden?«, gab Marga zurück.

»Ich wollte damit lediglich anmerken, dass es nicht nur für Ihre Gesundheit besser wäre, weniger zu rauchen.«

»Warum zum Teufel muss heute jeder seinen Senf zu meinem Zigarettenkonsum dazugeben?« Sie schaute zwischen den beiden hin und her, bis ihr Blick an Sebastian hängen blieb. Der Neue roch tatsächlich nach Parfüm. »Noch ein Ratschlag?«

»Frau Kronthaler, ich will Ihnen gewiss keine Ratschläge erteilen.«

»Dann tun Sie's auch nicht. Fangen Sie überhaupt nicht damit an. Falls ich jemals zu irgendwas eine fremde Meinung hören möchte, lass ich Sie beide das wissen.« Sie nahm einen letzten Zug von der Zigarette und drückte sie energisch zwischen den anderen Kippen im Aschenbecher aus. »Also, Herr Franck, was gibt's denn so Wichtiges?«

Sebastian zog die Aktenmappe unter seinem Arm hervor. »Ich habe interessante Neuigkeiten zum Fall Friedmann.«

»Anselm Friedmann, das ist der Mord im Stuttgarter Leonhardsviertel«, ergänzte Cem. »September 1995. Eine der Akten, die heute zur Priorisierung anstanden.«

»Ich weiß. Der Typ mit diesem Spinner-Sportwagen für eine Viertelmillion Euro.«

»Der Spinner-Sportwagen ist ein Porsche Carrera RSR 2.8 in Perlmuttweiß.«

Marga schaute zur Wanduhr. Schon nach ein Uhr. »Hat das nicht Zeit bis morgen? Ich muss gleich zu einem wichtigen Termin.« Und zuvor eigentlich noch einen Zahlungsplan aus dem Hut zaubern.

»Es dauert bestimmt nicht lange. Ich brauche lediglich Ihr Einverständnis, um Ermittlungen einzuleiten.«

»Herr Franck, wollen Sie mir tatsächlich weismachen, dass Sie nach …«, Marga kniff die Augen zusammen und schaute ein weiteres Mal zur Uhr, »… nach vier Stunden genügend Anhaltspunkte gefunden haben, um polizeiliche Ermittlungen zu einem Mordfall einzuleiten, der über zwanzig Jahre zurückliegt?«

»Ja«, erwiderte Sebastian trocken.

»Wir sollten jetzt nichts übern Zaun brechen.«

»Übers Knie …«

»Was?«

»Man sagt ›übers Knie‹ brechen, nicht ›übern Zaun‹.« Sebastians Gesicht zeigte immer noch keine Regung.

Marga fischte eine weitere Zigarette aus der Packung und zündete sie an, ohne Sebastian aus den Augen zu lassen. Wie sollte sie nur mit diesem Klugscheißer klarkommen? »Also, welche Anhaltspunkte sind das?«

»Franziska und ich haben den Verkäufer des Wagens mitsamt aktueller Meldeadresse in Berlin bestimmt. Das nennt man wohl eine heiße Spur.«

»Ein heiße Spur? Soso. Und das mit Franziska Hegel? Unserem Vampir mit dem blassen Gesicht und diesen schrägen Klamotten?«

»Genau die.«

Marga nahm einen tiefen Zug von der Zigarette. »Ich bin begeistert, Herr Franck.«

»Tatsächlich?« Sebastian kratzte sich an der Schläfe. »Sie sehen aber überhaupt nicht danach aus.«

»Ich will zuerst über die anderen Fakten Bescheid wissen.« Marga kannte mehr als genug Fälle, bei denen sich eine heiße Spur sehr bald als Irrtum herausstellte. Und bei einem Mordfall, der Jahrzehnte zurücklag, hatte sie so ihre Zweifel, ob es überhaupt noch heiße Spuren geben konnte. »Ich muss jetzt zu meinem Termin. Sobald ich zurück bin, besprechen wir den Fall und entscheiden dann, ob Ermittlungen eingeleitet werden. Einverstanden?«

Sebastian und Cem nickten gleichzeitig.

»In der Zwischenzeit beantragen Sie Ihren Dienstausweis und besorgen sich eine Schusswaffe. Cem hilft Ihnen dabei.«

Sebastian verzog das Gesicht.

»Was ist? Haben Sie schon eine Waffe? Sie können auch Ihre behalten, wenn Sie wollen.«

»Nein, ich habe keine eigene Waffe.« Sebastian räusperte sich. »Aber für den Dienstausweis brauche ich wohl ein Passbild –«

»Kein Problem«, unterbrach Marga, »die machen die Fotos gleich mit.«

»... und meinen Personalausweis.«

»Und den haben Sie nicht dabei?« Marga nahm einen weiteren Zug von der Zigarette und ließ den Rauch genussvoll entweichen.

Sebastian schüttelte den Kopf. »Nein. Der wurde mir heute Morgen im Bus gestohlen. Samt Geldbörse.«

Der schlaue Herr Franck hatte sich doch tatsächlich von einem Taschendieb bestehlen lassen. Besserwisserei schützt eben nicht vor Blödheit. »Das nennt man wohl dumm gelaufen.«

»Ich weiß noch genau, wie der Typ aussah. So ein pummeliges Pickelgesicht mit dunkler Schildmütze, auf der ein goldener Sticker mit der Größenangabe 7 1/8 klebte. Aber es war schon zu spät. Ich war schon ausgestiegen.«

»Das müssen Sie melden. Besonders die Personalausweise von Polizisten sind in bestimmten Kreisen sehr beliebt.«

Eine gute Stunde später und damit die erwünschten zehn Minuten zu spät saß Marga in einem Besprechungszimmer der Stuttgarter Bank. Ringsum hingen Plakate mit dämlich grinsenden und garantiert cellulitisfreien Fotomodellen. Reklame für Anlageprodukte der Bank. Ein Goldinvestment, eine private Rentenversicherung sowie ein halbes Dutzend Sparpläne für verschiedene *Asset-Klassen* jeweils als *dynamic, equal weight* und *secure*. Sie verstand kein Wort. Nur, dass das einfache Sparbuch bei derart hippen Menschen wohl ausgedient hatte.

Auf der anderen Seite des Tisches hatten Bernd-Friedrich Schmidberger und ein anderer Mann Platz genommen, der beinahe so aussah wie die gealterte Ausführung ihres Bank-Fritzen. Anzug, Hemd und Krawatte stimmten bis auf Nuancen überein. Den Haarschnitt der beiden musste gar der gleiche Friseur verbrochen haben, einmal in Blond, einmal in Grau. Und beide machten sie ein Gesicht, als wäre jemand gestorben.

»Frau Kronthaler«, begann Schmidberger, während sein Adamsapfel nervös auf und ab sprang, »schön, dass Sie es so schnell einrichten konnten.«

»Sehr schön, ja.« Marga versuchte, sich ihren Unwillen nicht allzu deutlich anmerken zu lassen.

Schmidberger blickte unsicher zu seinem älteren Abbild neben sich. »Das hier ist Herr Broski, unser Filialleiter.«

Marga nickte dem Mann kurz zu und schaute sich um. »Ich sehe keinen Aschenbecher. Darf man hier nicht rauchen?«

»Nein. Natürlich nicht.« Schmidberger zupfte an seiner Krawatte, als wollte er sie länger ziehen. »In der heutigen Zeit geht so etwas nicht mehr.«

Dämliche Antwort. Wieso kam sie sich schon wieder so vor wie ein Schulmädchen? Ob er das gesagt hätte, wenn sie ein Großinvestor wäre und wegen eines Kredits in Millionenhöhe angefragt hätte? Dann würden hier neben einem Aschenbecher auch Sekt und Häppchen stehen.

»Wir sind schnell durch, Frau Kronthaler. Dann können Sie

rauchen.« Broski präsentierte seine unechten Schneidezähne. »Ich habe nachgerechnet.« Er zog seinen Notizblock zu sich und deutete auf eine Zahlenkolonne. »Sie schulden der Stuttgarter Bank ziemlich genau einhundertdreiundzwanzigtausend Euro. Und darin sind die Zinsen für die letzten vier uneinbringlichen Raten nicht enthalten.«

Marga zuckte zusammen. »So viel?« Die Zahl hatte sechs Stellen. »Aber mein Mann und ich zahlen das Haus schon seit bald zehn Jahren ab.«

»Damals waren die Zinsen noch viel höher als heute. 8,45 Prozent bei Ihnen. Da wird der Kapitaldienst anfangs fast nur von den Zinsen aufgezehrt, erst viel später wird die Schuld selbst substanziell abgetragen. Ein wahres Dilemma.«

Aufgezehrt – das liegt wohl nicht an mir, wollte Marga anmerken, besann sich jedoch eines Besseren und nickte nur.

»Wie stellen Sie sich denn zukünftig Ihre Zahlungen vor?«, fragte Schmidberger. »Ich habe Sie um einen Zahlungsplan gebeten. Haben Sie den dabei?«

Sie bemerkte, wie ihr schlagartig der Schweiß auf die Stirn trat. Lag es an der verfluchten Hitze hier drinnen oder am fehlenden Zahlungsplan? Sie wich Schmidbergers forderndem Blick aus und sah zu Broski. »Solche Dinge habe ich im Kopf. Das bringt mein Beruf so mit sich.«

Der kniff die Augen zusammen. »Kriminalhauptkommissar, richtig?«

Marga spürte die Geringschätzung, mit der Broski sie musterte. Trotzdem nickte sie.

»Sie haben leider Ihr Gehaltskonto nicht bei uns. Aber ich nehme an, Sie sind in der Besoldungsgruppe A11. In Ihrer Altersstufe macht das dreitausenddreihundert Euro brutto. Als Schichtzulage und bei verheirateten Personen und Kindern kommen noch ein paar hundert Euro dazu. Macht netto höchstens zweitausendfünfhundert Euro. Ist das in etwa so richtig?«

»Zweitausendsechshundertfünfzehn«, verbesserte Marga. Broski wollte sie unter Druck setzen. Jetzt musste sie sich schnell etwas einfallen lassen, wenn sie sich nicht so fühlen wollte wie in ihren eigenen Vernehmungen. »Ich denke, ich kann jeden Monat problemlos tausend Euro für die Raten aufbringen, vielleicht auch etwas mehr.«

Broski hob die Augenbrauen. »Ist das Ihr Zahlungsplan?«

»Es ist schon mal der Anfang von einem Plan«, erwiderte Marga mit fester Stimme. Sie fühlte sich jetzt sicherer.

Broski seufzte und blätterte durch seine Notizen. »Bisher betrugen die Kreditraten achtzehnhundertzwanzig Euro. Wenn wir diese auf zwölfhundert verringern, verlängert sich der Zahlungszeitraum um rund zehn Jahre. Und das bei einem Zins von 8,45 Prozent. Das ist ziemlich lange. Wollen Sie das tatsächlich auf sich nehmen?«

»Wenn Sie den Zins auf heute übliche drei bis vier Prozent senken würden, wäre es einfacher.«

»Das geht leider nicht, Frau Kronthaler.« Broski versuchte, ein bedauerndes Gesicht aufzusetzen. »Wir haben noch eine Vertragslaufzeit von knapp fünf Jahren. Und der Zins ist leider festgeschrieben. Ich kann da nichts machen.« Er zuckte mit den Schultern.

Natürlich könnte er etwas machen. Einen neuen Vertrag zum Beispiel. Oder noch einfacher: den Zinssatz senken. Elende Halsabschneider.

»Da wäre noch etwas«, fuhr Broski wie beiläufig fort und suchte ihren Blick.

»Und was?« Diesmal spürte Marga, dass ihr der Schweiß die Achseln hinunterlief. Vermutlich hatte sie längst dunkle Flecken auf dem T-Shirt.

»Die letzten vier Monatsraten müssen zuerst beglichen werden. Ohne das bekomme ich unsere Vereinbarung bei meinem Vorstand nicht durch.« Broski suchte erneut in seinen Aufzeichnungen. »Und Ihr Konto wäre mit einer Einmalzahlung von siebentausendachthundertdreizehn Euro und achtundvierzig Cent ausgeglichen.«

Marga blieb die Luft weg. »Siebentausendachthundert Euro? Und bis wann?«

»Bis Ende der Woche muss der gesamte Betrag auf Ihrem Darlehnskonto eingegangen sein.«

»So kurzfristig? Ich bin mir nicht sicher, ob ich das hinbekomme.« In Wahrheit hatte sie nicht die geringste Ahnung, wie sie das bis Ende der Woche schaffen könnte.

»Falls nicht, wird die Stuttgarter Bank den Kreditvertrag kündigen. Dann ist die gesamte Darlehnssumme sofort fällig, und die Bank wird versuchen, den offenen Betrag einzubringen. Meist geschieht dies unter Verwertung der Sicherheiten.«

Margas Mund fühlte sich ausgetrocknet an. So deutlich hatte es noch nie jemand formuliert. »Dem Haus?«

Broski nickte mitleidslos.

5

»Haben wir einen Dienstwagen?« Ein weiteres Mal hatte Sebastian den Telefonhörer zur Hand genommen und die Dreiundzwanzig gewählt. Im Unterschied zu vorhin war Franziska schon nach dem zweiten Klingeln rangegangen.

»Einen Dienstwagen?«, fragte sie und zog dabei die beiden Worte unnötig in die Länge. Es hörte sich an, als ob sie Sebastians Frage für einen Scherz hielte.

»Ja, einen Dienstwagen – vier Räder, einen Motor und möglichst mit einem Dach überm Kopf. Schön wäre auch ein aufsteckbares Signallicht.«

»Nee, nee.« Franziska stieß ein helles Lachen aus. »Aber die Chefin hat letzten Freitag einen Wagen für das Dezernat angefordert. Ich hab den Antrag getippt. Sie meinte, wenn wir Glück haben, bekommen wir irgendeinen Schrotthobel – in den nächsten ein oder zwei Monaten.«

Schrotthobel? Er fuhr sich über das Kinn. In ein oder zwei Monaten? So lange wollte Sebastian nicht warten und rang sich zu der Frage durch: »Haben *Sie* denn einen?«

»Einen Wagen? Klar hab ich einen. Einen süßen kleinen Panda«, kam es fast überschwänglich zurück.

»Einen Panda, einen … Fiat?« Schon im nächsten Moment hätte er sich für die Frage ohrfeigen können.

»Fiat Panda, ja. Schwarz. Sie steht hinterm Haus.«

»Sie?«

»Ja, sie – meine Pink Lady.«

Pink Lady – Fiat Panda. Sebastian seufzte. »Ein … wie soll ich sagen … ausgefallener Name.« Er versuchte, sich seine Ernüchterung nicht anmerken zu lassen. »Dann machen wir mit dem Wagen jetzt eine Dienstfahrt.«

»Eine Dienstfahrt? Boah ey!«, schlug es ihm aus dem Hörer entgegen. Er konnte Franziskas Aufregung förmlich spüren. »Mit meiner Pink Lady?«

»Ja«, gab Sebastian zurück und dachte an seinen silbernen

Mercedes SL Roadster. Schon zum zweiten Mal an diesem Tag bereute er, den Wagen seinem Vater geliehen zu haben.

»Und wohin geht's, Chef?«

Er zog die Akte zu sich und blätterte die Seiten durch. »Weberstraße.« Im nächsten Augenblick stellte er sich vor, wie Franziska mit ihren Plateauschuhen auf den Pedalen herumdrückte und er daneben auf dem Beifahrersitz saß, keine Chance, einzuschreiten.

»Der Tatort des Friedmann-Falls?«

»Ja. Ich will mir das vor Ort anschauen.«

»Nach über zwanzig Jahren? Dort hat sich seither bestimmt einiges verändert.«

»Ich weiß. Aber so funktioniert mein Gehirn. Ich muss mir etwas zuerst ansehen, bevor ich mich tiefer reindenken kann.«

»Echt? Krass.«

»Schön, Franzi, dass Sie das ›krass‹ finden. Ich hingegen finde es nur folgerichtig.« Sebastian ließ geräuschvoll die Luft entweichen. »Also können wir losfahren?«

»Meinen Sie, jetzt gleich?« Franziska stieß einen Laut des Unmutes aus. »Aber gerade läuft was von den Grabnebelfürsten.«

»Grab…nebel…fürsten?«, wiederholte Sebastian, um sicherzugehen, dass er sich nicht verhört hatte.

»Ja – Grabnebelfürsten. Die sind dieses Jahr auch in Wacken. Echt geiles Black Metal. Hören Sie mal …« Es raschelte und hörte sich an, als ob Franziska den Telefonhörer von sich weg in den Raum hielte. Dumpfe, dröhnende Gitarrenklänge und das rhythmische Stampfen eines Schlagzeugs drangen an Sebastians Ohr.

Wacken – natürlich, die schreckliche Musik. Das hatte er ganz vergessen. Sebastian schaute auf seine Armbanduhr. Es war längst Nachmittag. Statt Cems Rock 'n' Roll musste drüben wohl jetzt dieses Metal-Zeugs laufen. »Franzi, bitte! Natürlich meinte ich, jetzt gleich.«

»Okay, Chef – bin gleich bei Ihnen.« Der Telefonhörer landete mit einem lauten Knall auf der Gabel.

Franziskas Fiat Panda erwies sich als um einiges ausgefallener, als Sebastian erwartet hatte. Zwar schien der Wagen in früheren

Zeiten tatsächlich schwarz gewesen zu sein, allerdings hatten die vergangenen Jahre – er schätzte, gut und gerne fünfzehn – ihre Spuren hinterlassen. Zahlreiche Rostflecken blühten auf dem Lack, der eher ins Gräuliche tendierte, statt schwarz zu glänzen. Dafür erschloss sich ihm der Name Pink Lady sogleich: Der Wagen hatte tatsächlich pinkfarbene Felgen und Zierleisten.

Wohl aufgrund des Zustands hatte Franziska auch keine Notwendigkeit gesehen, ihren Fiat Panda abzuschließen. Trotzdem musste Sebastian neben dem Wagen warten, bis sie eingestiegen war, sich über den Beifahrersitz gebeugt und die Tür entriegelt hatte.

Zweifellos erfreute sich Franziska eines eigenwilligen Geschmacks. Als er die quietschende Tür geöffnet und auf dem Beifahrersitz Platz genommen hatte, registrierte er im Innenraum weitere bunte Details, die vermutlich alle mit einem schlichten Pinsel angemalt worden waren. Er entdeckte pinkfarbene Lüftungsdüsen, Drehschalter, Armlehnen sowie Sonnenblenden.

Allerdings schien sie auf eine Rücksitzbank nicht viel Wert zu legen. Den dafür vorgesehenen Platz blockierten zwei übergroße Lautsprecher. Hoffentlich blieben die Ungetüme die Fahrt über stumm.

Eigentlich hatte Sebastian damit gerechnet, Feuchttücher im Innenraum zu benötigen, bevor er etwas anfasste. Aber der Wagen wirkte frisch gereinigt. Es roch nach Putzmitteln, und das Armaturenbrett glänzte wie eine Speckschwarte. Trotzdem ließ er die Aktenmappe auf seinem Schoß liegen und griff nach dem Sicherheitsgurt, der sich wider Erwarten mühelos abrollen ließ.

»Sie kennen den Weg?« Sebastian musterte Franziska, wie sie in den Seitentaschen ihrer Cargohose kramte und umständlich ein unförmiges Etwas herauszog.

»Wusst ich's doch, dass das Ding hier steckt.« Wie einen Fisch an der Angel präsentierte Franziska einen schweren Schlüsselbund, an dem nicht nur ein halbes Dutzend Schlüssel hing, sondern auch ein Dietrich sowie ein pinkfarbenes Wollknäuel.

»Kennen Sie den Weg?«, fragte Sebastian erneut und klickte den Sicherheitsgurt ein.

Franziska steckte einen der Schlüssel ins Zündschloss und

grinste ihn an. »Natürlich. Ich bin aus Stuttgart. Ich kenne sogar einen Weg, um dem größten Verkehr auszuweichen.«

Passend zum Allgemeinzustand des Panda schien auch der Motor seine Macken zu haben. Zuerst wollte der Wagen nicht anspringen, machte dann jedoch jäh einen Satz nach vorne, was den Motor gleich wieder abwürgte. Trotz des Sicherheitsgurts hätte Sebastian sich beinahe den Kopf an der Scheibe angeschlagen.

Sie hob die Achseln. »Passiert manchmal, wenn er kalt ist.«

Nochmals versuchte Franziska, den Wagen zu starten. Und diesmal klappte es mit dem Losfahren. Sie steuerte durch das Eingangstor und drängte sich mehr in den Verkehr, als dass sie wartete, bis die Straße frei war. Auch in die nächste Kreuzung drängte sie sich hinein und wechselte sogleich auf die linke von zwei Spuren, die in die Stuttgarter Innenstadt führten. »Mögen Sie Musik während des Autofahrens? Ich denke ja, dass es ungemein entspannt. Mich jedenfalls.«

Sebastian konnte einen Schluckreflex nicht unterdrücken, als er an die riesigen Lautsprecher hinter sich dachte. Grabnebelfürsten mit dreihundert Watt. »Nein, eher nicht. Ich konzentriere mich lieber auf den Verkehr.«

»Dann mach ich die Anlage leise.« Franziska hantierte an ihrer Alpine-Musikanlage in der Mittelkonsole, und Sekunden später drangen kreischende Geräusche an Sebastians Ohr, die ihm eine Gänsehaut bereiteten. »Gut so?«, rief sie.

Sebastian warf Franziska einen vorwurfsvollen Blick zu und fragte sich, ob ihre Ohren bei derart lauter Musik überhaupt noch richtig funktionierten. Vielleicht war auch das der Grund, warum sie so viel redete und weniger zuhörte.

Sie drehte den Lautstärkeregler zurück. »Und jetzt?« Sie ließ ihr Zahnpiercing aufblitzen. »Ich finde ja, dass man Metal ruhig etwas lauter drehen kann.«

Sebastian ließ geräuschvoll die Luft entweichen. Natürlich war es immer noch zu laut. Bei diesem Gekreische existierte keine Lautstärke, die die Wertung »gut so« verdiente. Aber bis in die Stuttgarter Innenstadt würde er es wohl aushalten. Und in zwei Wochen sollte er seinen Mercedes wiederhaben. Die Aussicht darauf beruhigte ihn für einen kurzen Moment.

Obwohl sie sich in der Stadt befanden, zeigte die Tachonadel des Panda schon bald siebzig an. Während sie ein Auto nach dem anderen überholte, redete Franziska unbeirrt weiter: »Ich bin der Meinung, wenn alle Musik hören würden, gäbe es weniger Unfälle.«

Sebastian klammerte sich an den Türgriff, während Franziska die meisten Verkehrsregeln nur als unverbindliche Empfehlungen betrachtete. Neben der viel zu hohen Geschwindigkeit wies sie andere Autofahrer mit der Hupe zurecht, dann fuhr sie zu dicht auf oder passierte bei Dunkelgelb eine Ampel. Doch statt sich auf die Straße zu konzentrieren, kramte sie ein weiteres Mal in den Tiefen ihrer Cargohose.

Es dauerte einige Zeit, bis sie eine bunte Blechdose zutage förderte und schüttelte. »Wollen Sie auch?« Sie streckte ihm die Dose hin und blickte ihn fragend an.

»Franzi, bitte.« Sebastian versuchte ruhig zu bleiben, obwohl ihm wegen ihres eigenartigen Fahrstils inzwischen flau in der Magengegend wurde. »Ich will weder Musik hören noch irgendwelche Pastillen, sondern nur in die Weberstraße. Und das möglichst, ohne dass wir einer Polizeistreife auffallen.«

Franziska nickte, nahm nun auch die zweite Hand vom Steuer und pulte umständlich eine Pastille heraus, während sie mit den Oberschenkeln lenkte. »Sie denken, ich rede zu viel. Richtig?« Sie steckte sich die Pastille in den Mund, schob die Blechdose wieder zurück in die Hosentasche und nahm das Lenkrad in beide Hände. »Sagt er auch immer.«

»Wer? Cem?« Sebastian roch den Pfefferminz der Pastille. Offensichtlich vertrug sich der Geschmack mit dem Metall ihres Schneidezahn-Piercings.

Franziska runzelte die Stirn. »Atze natürlich. Ich bin noch nicht lange mit ihm zusammen.« Sie hob kurz die Hände vom Lenkrad, als wollte sie sich ergeben. »Zwei Monate oder so. Ich hab mich noch nicht entschieden, ob es was Ernstes ist.« Wieder wandte sie ihm den Kopf zu. »Wie kommen Sie eigentlich auf Cem?«

Schnell näherte sich der Panda einem roten Mini Cooper mit weißen Streifen, der auf der linken Fahrbahn vor sich hin tuckerte.

Sebastian deutete nach draußen. »Wollen Sie nicht lieber auf den Verkehr achten?«

Sie schaute auf die Straße, überholte den Mini Cooper rechts und setzte sich sofort wieder auf die linke Spur. »Cem hört mir überhaupt nicht zu, voll der Streber. Und neben dem Dezernat kümmert er sich nur um seinen doofen Tee. Haben Sie seinen riesigen Samowar schon gesehen?« Sie nahm ein weiteres Mal beide Hände vom Lenkrad, um die Konturen des Teekessels anzudeuten. »Boah ey, das stinkt vielleicht.«

Sie erreichten eine weitere Ampel, die auf Gelb schaltete. Doch statt abzubremsen, beschleunigte der Panda.

»Und dann diese Musik.« Franziska schüttelte den Kopf, als ob sie ein kleines Kind tadeln wollte. »Wussten Sie eigentlich, dass er in seiner Freizeit manchmal als Elvis-Imitator auftritt? Auf Wettbewerben und so.«

Nein, wusste Sebastian nicht. Und im Grunde interessierte es ihn auch nicht.

Franziska schien eh nicht an seiner Antwort interessiert zu sein, sondern redete einfach weiter – inzwischen mit der Geschwindigkeit einer Maschinenpistole. »Ich hab noch nie einen Elvis gesehen, der so dick ist. Sie etwa?«

Nicht nur das. Sebastian war sich sogar sicher, dass Franziska überhaupt noch nie Elvis gesehen hatte. Dennoch antwortete er nicht. Einer musste sich schließlich auf den Verkehr konzentrieren.

Trotz Franziskas wildem Fahrstil erreichten sie nach zwei oder drei weiteren Schreiattacken der Grabnebelfürsten das Leonhardsviertel – unfallfrei und ohne einer Polizeistreife aufgefallen zu sein. Die Fahrbahn verengte sich auf zwei Spuren, kurz darauf nahm Franziska tatsächlich den Fuß vom Gaspedal, während sie in eine schmale Einbahnstraße steuerte.

Selbst bei den wenigen Menschen, die Sebastian sah, erkannte er, dass es sich um eine jener Straßen handelte, in der Frauen darauf warteten, dass sie angesprochen wurden. Einige lehnten mit schrill geschminkten Gesichtern unter billig wirkenden Perücken an den Hauswänden. Wieder andere staksten in Stiefeln mit hohen Absätzen einige Meter auf und ab. Sie alle hatten eines gemeinsam: knappe Tops oder bauchfreie Shirts über noch kürzeren Röcken. Die gesamte Straße wirkte nicht nur schmuddelig und heruntergekommen, sondern fast abstoßend. Und an die Bakterienhorden, die hier ihren Besitzer wechselten, wollte Sebastian überhaupt nicht denken. Wenn er gewusst hätte, was ihn hier erwartete, hätte er es vermutlich nicht so eilig gehabt, den Tatort im Friedmann-Fall in Augenschein zu nehmen.

»An der nächsten Kreuzung sind wir da.« Franziska schaltete einen Gang zurück und verlangsamte den Wagen auf Schritttempo. »Im Moment ist hier noch nicht viel los.« Sie bog rechts ab, in eine Straße, die durch ihre beidseitigen Gehwege noch enger wirkte.

Für welches Geschäftsmodell sich die meisten Lokale hier entschieden hatten, war nicht zu übersehen. »Nachtclub Oase«, »Girls Girls Girls« oder »Four Roses« verkündeten die bunt blinkenden Reklameschilder an den anliegenden Häusern, die schmutzig und unansehnlich in den Himmel ragten. Kaum fünfzig Meter entfernt blockierten zwei rot-weiß gestreifte Pfosten inmitten der Fahrbahn die Weiterfahrt – dachte Sebastian. Er atmete innerlich aus und tastete nach der Gurtpeitsche, um sich abzuschnallen. Viel länger hätte er es neben Franziska auf dem Beifahrersitz nicht ausgehalten.

Doch statt den Wagen vor dem Hindernis abzustellen, lenkte sie den Panda halb auf den Gehweg und quetschte ihn zwischen dem rechten Pfosten und der Hauswand hindurch. »Aber warten Sie mal, bis es Abend wird. Dann geht hier richtig der Punk ab. Bis zum Morgengrauen.«

Sebastian schluckte. »Die Pfosten da …« Er deutete mit dem Daumen nach hinten und fragte sich ernsthaft, ob Franziska immer so durch die Gegend brauste oder bewusstseinsverändernde Substanzen eingenommen hatte.

»Hab ich gesehen. Was ist damit?«

»Man darf da nicht einfach durchfahren.«

»Ich weiß.« Franziska nickte. Derart Nebensächliches schien sie nicht aus der Ruhe zu bringen. »Aber ich dachte, das ist eine Dienstfahrt. Und dann darf ich auch in eine Fußgängerzone fahren.« Sie brachte den Wagen am Straßenrand zum Stehen und stellte den Motor ab. Die Grabnebelfürsten verstummten.

Welche Wohltat für Sebastians Ohren. Schnell stieg er aus. Diesmal schloss Franziska den Wagen ab, trat zu ihm auf den Gehweg und prüfte am Türgriff, ob sich die Beifahrertür nicht öffnen ließ. »Sicher ist sicher.« Sie lächelte und fügte dann mit einem todernsten Gesichtsausdruck hinzu: »Ich brauche wohl demnächst eine aufsteckbare Signalleuchte.«

»Sie können ja bei Frau Kronthaler fragen, ob Sie eine beantragen dürfen.« Sebastian ließ seinen Blick über die Häuser mit ihrer bunt blinkenden Leuchtreklame gleiten. Es mussten Dutzende Nachtclubs, Stripbars und Sexkinos sein, die sich hier aneinanderreihten wie auf einer Perlenkette.

»Meinen Sie wirklich?« Offensichtlich hatte Franziska die Ironie in seiner Stimme nicht bemerkt.

Er klappte die Aktenmappe auf, blätterte zu den Tatortfotos und hielt jenes davon hoch, das die Weberstraße in der Totalen zeigte. Nichts darauf hatte Ähnlichkeit mit der Straße, in der sie sich befanden. Die Häuser auf dem Bild sahen vollkommen anders aus: höher, näher beieinander, weniger Fenster, kaum Türen. Nicht einmal nach zwanzig Jahren veränderte sich ein Straßenzug derart. Auch der Belag aus brüchigem Teer mit Dutzenden Schlaglöchern stimmte nicht mit dem groben Kopfsteinpflaster auf dem Foto überein. »Das hier ist nicht der Tatort«, sagte Sebastian und drehte sich in die andere Richtung, um diesen Teil der Straße mit dem Bild in seiner Hand zu vergleichen. Doch auch auf dieser Seite konnte er mit einem einzigen Blick ausschließen, dass das Foto hier aufgenommen wurde.

»Die Weberstraße verläuft parallel zu der hier, und zwar hinter diesen Häusern.« Franziska deutete nach vorne. »Über den Durchgang da vorne kommen wir hin. Weiter konnte ich beim besten Willen nicht fahren.« Sie zuckte mit den Schultern. »Da ist es selbst für meine Pink Lady zu eng. Und am anderen Ende der Weberstraße stehen so riesige Blumenkübel, damit niemand auf die Idee kommt, durchzufahren.«

»Und diese Kübel haben Sie tatsächlich davon abgehalten?« Sebastian setzte sich in Bewegung.

Nach wenigen Schritten erreichte er einen Fußweg, der zwischen zwei hohen Gebäuden hindurchführte und gerade so breit war, dass zwei Personen aneinander vorbeikamen. Er trat in den Durchgang, der in kaum hundert Metern auf eine schmale Gasse traf. Auch jetzt, bei Tageslicht, wirkte der Weg düster und wenig einladend. Es roch nach Urin und einigen anderen Dingen, von denen er überhaupt nicht wissen wollte, was es sein könnte. Er hielt den Atem an und beschleunigte seine Schritte. Hoffentlich kam er nicht versehentlich an eine Hauswand. Danach würde er wohl seinen Anzug desinfizieren müssen.

Bei der Weberstraße handelte es sich um eine Sackgasse mit grobem Kopfsteinpflaster. Das Fehlen jeglicher Leuchtreklame und nur wenige schmucklose Türen verrieten, dass sich hier allenfalls die Hintereingänge zu den Etablissements der Parallelstraße befinden konnten. Rechts von ihm, nur einen Block entfernt, endete die Straße vor einem dunkelbraunen mehrstöckigen Sandsteingebäude mit hohen Fenstern. Die Rahmen waren völlig unpassend mit grüner Farbe abgesetzt. Linker Hand, kaum hundert Meter entfernt, bildeten überdimensionale Blumenkübel die Grenze zu einem größeren Platz oder einer Kreuzung. Dahinter, halb verdeckt von den Stämmen zweier riesiger Kastanienbäume, eilten Fußgänger vorbei. Auf den ersten Blick schien es keinen weiteren Zugang zur Weberstraße mehr zu geben.

Die Gasse selbst war so gut wie menschenleer. Bis auf eine etwas mollige Frau, die an einem nahen Treppengeländer lehnte und eine Zigarette rauchte. Trotz ihrer gut fünfzig Jahre trug sie einen Jeansrock, der viel zu kurz und mindestens so eng war wie der schwarze Rollkragenpullover, der sich über ihre handballgroßen Brüste spannte. Am Hinterkopf türmten sich die wasserstoffblond gefärbten Haare zu einem unordentlichen Dutt. Sie würdigte Sebastian keines Blickes und sah dem Rauch nach, der unentwegt zwischen ihren Karpfenlippen hervorquoll.

Hier war er richtig. Sebastian spürte es, bevor er im nächsten Moment auf der anderen Straßenseite das dreistöckige Gebäude mit den rötlichen Backsteinen entdeckte. Und davon gab es nur eines in der Weberstraße.

»Sie haben's aber eilig«, hörte er Franziskas Stimme hinter sich. Sie atmete schnell. »Der Tatort läuft uns nicht davon.«

Sebastian antwortete nicht, sondern überquerte die Straße und zog eine graue Mülltonne beiseite. Er wäre gerne alleine hier gewesen, ohne jemandem erklären zu müssen, was er sah und fühlte. Er wollte die Umgebung in sich aufnehmen. Obwohl die Tat schon vor Ewigkeiten geschehen war, so gab es auch nach derart langer Zeit unverrückbare Sachverhalte. Wohin führten die Straßen, wie lagen die Häuser und Wege zueinander?

So auch hier. Kaum etwas hatte sich verändert, seit Anselm Friedmann vor fünfundzwanzig Jahren an dieser Stelle erschossen wurde. Noch immer bestand der Eingang aus einer braunen Holztür mit Bullauge. Auch der rostige Schuhabstreifer in Form eines Dackels ragte noch aus dem Treppenabsatz, auf dem er mit dem Kopf aufgeschlagen war. Lediglich das Messingschild »City-Eroscenter«, das Sebastian auf einem der Tatortfotos gesehen hatte, fehlte. Stattdessen hing dort jetzt eine Holztafel mit der Inschrift »Erotik Wellness Paradies« und eine Zeile darunter »Tantra-Massage«. Offensichtlich versprach sich der Inhaber mit dem Etikett Wellness mehr Umsatz als durch die einfache Formel »Girls Girls Girls«.

Sebastian sah hinunter zu den Kastanien, dann wieder zum Hauseingang. *Weshalb geschah es genau hier?*

Eilige Schritte auf dem Kopfsteinpflaster hallen durch die schmale Gasse wie Donnerschläge. Aus dem Halbdunkel schält sich eine Gestalt in weißer Jeans und roter Lederjacke.

»Haben Sie es gefunden?« Franziska atmete wie nach einem Hundert-Meter-Sprint.

Das Bild in seinem Kopf verschwand.

Sebastian blätterte in der Akte und hielt ihr die Seite mit dem Foto hin, das den toten Anselm Friedmann im Hauseingang in der Totalen zeigte.

»Kein Zweifel«, sagte sie nur einen Augenblick später.

Sebastian ließ die Akte sinken.

Du läufst schwer, schnell und ohne Zweifel um dein Leben. Keuchend stößt du helle Atemwölkchen aus. Immer wieder wirfst du den Kopf in den Nacken, schaust dich um. Die Kraft scheint dich allmählich zu verlassen. Gerade noch kannst du einen Sturz verhindern. Du erreichst den Hauseingang und drückst dich mit dem Rücken ganz flach gegen die braune Holztür mit dem Bullauge. Für einen Moment sieht es so aus, als ob dich die Dunkelheit verschlucken könnte. Doch die weiße Jeans leuchtet durch die Nacht wie eine Warnlampe. Genauso wie dein helles Gesicht mit dem daumendicken Schnauzbart, als du die Gasse hinunter zu den Kastanienbäumen spähst. Dein Verfolger wird dich mühelos entdecken.

Und der ist bereits hier. Allerdings nicht hinter dir. Ein Rascheln dringt aus der anderen Richtung, aus Richtung des Durchgangs. Der überlebensgroße Schatten einer gebückten Gestalt schiebt sich über die Hauswand. Sie schleicht vorwärts – einen kurzen, schmalen Gegenstand in der Hand.

»Ist was mit Ihnen?«, hörte er Franziskas Stimme neben sich. Erst jetzt registrierte Sebastian, dass sie ihn die ganze Zeit über angestarrt hatte.

Ein Luftzug kam auf und trug den Gestank aus dem Durchgang bis zu ihnen auf die andere Straßenseite.

»Sie können sich da richtig reinversetzen.« Franziska musterte ihn mit großen Augen.

»Vorstellen wäre vielleicht das bessere Wort.« Sebastian zögerte. »Manchmal ist es so, als ob ich es vor mir sehe.«

»Wie in einem Film?« Franziskas Augen wurden noch größer. »Das ist auch der Grund, warum ich Ihnen die beiden Vergrößerungen machen musste. Sie brauchen die Bilder, die Eindrücke. So funktioniert Ihr Gehirn, richtig?«

Sebastian nickte. Schon seit er denken konnte, verfügte er über eine enorme visuelle Vorstellungskraft. Als Kind hatte er sich oft gefürchtet, sobald die Bilder kamen. Heute jedoch kontrollierte er diese im Fachjargon auch »visual imagery« genannte Wahrnehmung ohne Sinnesreize. In seinem Kopf spielte sich dann Vergangenes derart realistisch ab, dass er dem Geschehen folgen konnte wie in einem Film.

»Das ist ja voll abgefahren.« Franziska stemmte die Fäuste in die Hüften. »Und was, denken Sie, ist damals hier passiert?«

»Friedmanns Mörder ist von dort drüben gekommen.« Sebastian deutete in Richtung des Durchgangs, wo der Wind inzwischen Staub und Unrat aufwirbelte.

»Das haben Sie gerade gesehen?«

Sebastian hob die Augenbrauen. »Wenn Sie genau hinschauen und die richtigen Folgerungen ziehen, dann erkennen Sie es selbst.« Erneut hielt er das Foto mit Friedmanns Leiche im Hauseingang hoch. »Warum liegt er genau hier und hat den Kopf so merkwürdig verdreht?«

Sie betrachtete es eine Weile. »Weil er hier erschossen wurde …?«

»Natürlich wurde er hier erschossen. Das steht ja schon im Bericht.« Eigentlich hatte Sebastian eine geistreichere Antwort von ihr erwartet.

»… weil er dachte, in diesem Hauseingang von seinem Mörder nicht entdeckt zu werden?«, fuhr Franziska vorsichtig fort. »Eine Art Versteck?«

»Genau. Friedmann hat sich hier in diesem Hauseingang vor seinem Mörder versteckt.«

»Ansonsten wäre er im Rennen erschossen worden.«

»Wieder richtig. Aber würden Sie sich hier verstecken, wenn Sie aus dem Durchgang dort drüben kämen?«

Franziska sah zur gegenüberliegenden Straßenseite, dann wieder auf das Bild und zuckte mit den Achseln.

»Ich nicht. Der Hauseingang ist vom Durchgang aus einsehbar.« Sebastian rollte die Akte zusammen und deutete in Richtung der Kastanienbäume. »Friedmann kam von dort unten. Er war überzeugt, verfolgt zu werden, und rannte um sein Leben.«

Ein überlegenes Lächeln schlich sich auf Franziskas dunkel geschminkte Lippen. »Vermutlich war er völlig außer Puste und wollte einen Moment durchatmen. Da sieht er den Hauseingang und meint, der wär ein gutes Versteck.«

»Aber hier hatte er nie eine Chance. Auch nicht in jener mondlosen Nacht im September 1995. Friedmann trug eine helle Hose.«

Franziska sah zu dem dunkelbraunen Sandsteingebäude mit den grünen Fensterrahmen, dann in die andere Richtung zu den Kastanien. »Und wenn Sie sich irren? Wenn er von irgendwo anders herkam?«

»Das kann nicht sein. Auf die Weberstraße gibt es nur diese beiden Zugänge.« Sebastians Blick blieb an der Holztafel vor dem Hauseingang hängen. »Es sei denn …«

»Es sei denn … was?«

»Er ist durch den Hintereingang aus einem dieser Etablissements hier geflüchtet.«

»Warum fragen wir nicht einfach?«, sagte Franziska und deutete mit dem Kopf zu der karpfenlippigen Blonden im schwarzen Rollkragenpullover, die sich inzwischen die zweite Zigarette angezündet hatte.

»Nach über zwanzig Jahren?« Sebastian konnte sich beim besten Willen nicht vorstellen, dass es nach dieser Zeit noch Zeugen gab.

Franziska wandte sich ab, ohne ihm zu antworten, stakste zu der Frau und sprach sie an. Nach kurzem, aber unübersehbarem Desinteresse löste die sich jedoch vom Geländer und nickte.

Franziska winkte Sebastian.

»Hallo«, hauchte die Blonde mit rauer Stimme und musterte Sebastian ungeniert. »Du bist ja ein echt Süßer.«

»Oberkommissar Sebastian Franck, LKA Stuttgart.« Von Nahem wirkte die Blonde nochmals ein paar Jahre älter und die Lippen noch eine Spur wulstiger. Vermutlich das Ergebnis eines Botox-Malheurs vor längerer Zeit.

Sie zog an der Zigarette und blies den Rauch gen Himmel. »Der letzte Bulle, mit dem ich gesprochen hab, hatte nicht so viel an wie du.« Sie lächelte schief, was wohl verführerisch wirken sollte.

Sebastian blieb ernst. »Schön für Sie.«

Sie hatte offenbar verstanden. »Die Kleine hier wollte wissen, ob ich mich an diesen Mord damals erinnern kann.«

»Und, können Sie?«, fragte Sebastian.

»Nein. Da war ich gerade mal zehn.«

»Tatsächlich?«, erwiderte Sebastian schnell. Zu schnell. Denn wie dreißig sah die Blonde nicht aus.

»Das war ein Scherz, Süßer. Ich war bestimmt schon zwanzig.« Sie schob die Zigarette zwischen ihre Schlauchbootlippen, wo sie winzig wie ein Streichholz wirkte.

Wohl eher Ende zwanzig, dachte Sebastian, beließ es aber bei einem höflichen Nicken.

»Natürlich kann ich mich daran erinnern«, fuhr die Blonde fort, und die Zigarette wippte in ihrem Mund auf und ab. »Der Typ ist kurz davor durch meinen Laden gerannt, als ob der Teufel persönlich hinter ihm her wäre.«

»Was?«, entfuhr es Sebastian. Die Blonde und Franziska zuckten gleichermaßen zusammen. »Sind Sie sich da sicher?«

»Wie ich schon sagte, Süßer. Das ist mein Laden.« Sie nahm einen tiefen Zug und trat die Zigarette aus. »Ich kann dich gerne ein wenig rumführen und dir alles zeigen.«

»Das wird nicht nötig sein.« Sebastian klemmte die Akte unter seinen Arm. »Haben Sie das den Kollegen damals gesagt?«

»Na klar. Ich hab denen sogar diesen Russen beschrieben, der kurz danach in den Laden gestürmt ist und sich nach ihm erkundigt hat. Aber die damals waren nicht so süß wie du.«

»Ein Russe?« Sebastian konnte nicht glauben, was die Blonde soeben in einem Halbsatz gesagt hatte. »Haben Sie diesem … diesem Russen gesagt, dass das spätere Opfer durch den Hintereingang Ihres Ladens raus ist?«

Sie schüttelte den Kopf. »Er ist auch dann gleich wieder abgehauen. Vorne raus. Hatte es wohl ziemlich eilig.«

»Und wie sah der Russe aus?«

»Das weiß ich doch nicht mehr.« In der rauen Stimme der Blonden schwang ein entrüsteter Unterton. »Aber da muss es doch was Schriftliches geben bei euch Bullen.«

»Natürlich gibt es das«, log Sebastian und bemerkte mit einem Mal, wie dünn die Ermittlungsakte sich unter seinem linken Arm anfühlte. Die Aussage der Frau fehlte darin komplett. »Aber das dauert zu lange, bis ich die angefordert habe. Versuchen Sie es einfach mal.«

Die Blonde zuckte mit den Schultern. »Es war ein Russe. Das hab ich schon gesehen, als er zur Tür reinkam.«

»Und an was? An seiner Kleidung?«

Sie schüttelte den Kopf. »Ich kenn diese Russen. Jeder Zweite hat so ’ne Fresse, wie der hatte.« Sie legte die Stirn in Falten. »Aber Kleidung? Schwarze Lederjacke mit roten Streifen an den Ärmeln. Jeans. Mehr weiß ich beim besten Willen nicht mehr.«

6

Kein Himmel, keine Sonne. Aus tief hängenden dunklen Wolken, die alles und jeden in ein verwaschenes Grau tauchten, fiel feiner Nieselregen. Marga hätte nicht sagen können, seit wann sie auf dieser unbequemen metallenen Parkbank saß und den Zettel in ihrer Hand anstarrte. Nur wenige Ziffern hatte sie sich darauf notiert: eine Kontonummer und einen vierstelligen Betrag. Sonst nichts. Dass sie diesen bis Ende der Woche irgendwie aufbringen musste, würde sie auch ohne Terminangabe nicht vergessen.

An der gegenüberliegenden Haltestelle der Stadtbahn drängten sich die Menschen unter einem viel zu kleinen Glasdach. Und das, obwohl die abendliche Rushhour noch nicht begonnen hatte. Bald würden sich an den meisten Haltestellen regelrechte Menschentrauben bilden. Angestellte, Studenten, Schüler und Touristen – alle wollten zur gleichen Zeit nach Hause. Nur Marga nicht. Bisher fühlte sie sich nicht imstande, den Heimweg anzutreten. Seit sie wusste, was dieser Broski mit ihrem Haus vorhatte. So unausstehlich sie Schmidberger fand, er war nur ein kleines Rädchen in der großen Maschinerie der Bank. Vor Broski hingegen musste sie sich in Acht nehmen. Auch während des restlichen Gesprächs hatte er sich von Marga nicht umstimmen lassen. »So etwas duldet keinen Aufschub«, waren seine letzten Worte, bevor er den Besprechungsraum mit einem Blick auf seine Armbanduhr und einer knappen Verabschiedung verlassen hatte. Gleich darauf hatte Schmidberger sie hinauskomplimentiert. Es gebe nichts mehr zu besprechen.

Auf ein oder zwei weitere Stunden im Büro konnte sie ebenfalls verzichten. Besonders wenn sie an diesen Neuen, diesen Klugscheißer Franck mit ck dachte. Er ging ihr bereits jetzt, nach gerade mal einem halben Tag, auf die Nerven. Auch wenn er in diesem Friedmann-Fall zufällig neue Anhaltspunkte gefunden hatte. Blieben noch der singende Quotentürke und die Vampirbraut. Marga kam sich vor, als ob sie in einer Freakshow gelandet wäre.

Sie kramte in ihrer Handtasche nach der Packung Eckstein, fischte mit zwei Fingern eine weitere Zigarette heraus und zündete sie an. Zwei oder drei tiefe Züge später hatte sie den Gedanken an einen Entspannungsjoint erfolgreich verdrängt. Verdammt, das hatte sie wegen der Geschichte mit der Bank ganz vergessen: das Disziplinarverfahren. Darauf sollte sie sich besser bald vorbereiten. Die Kürzung der Dienstbezüge würde alles noch viel schlimmer machen.

Vielleicht hätte sie es damals einfach ablehnen sollen, die verdammte Plastikbox mit dem sichergestellten Marihuana zu transportieren. So wäre sie erst gar nicht in Versuchung gekommen. Welcher der Kollegen sie gebeten hatte, die blaue Box mit dem durchsichtigen Deckel ins Präsidium mitzunehmen, wusste sie nicht mehr. Sie wusste nur noch, dass sie während der Rückfahrt auf dem Beifahrersitz stand. Lediglich einige wenige Tütchen hatten gefehlt, als sie das Marihuana später ablieferte. Normalerweise wäre das niemandem aufgefallen. Aber woher zum Teufel sollte sie wissen, dass die Kollegen die Tütchen schon am Fundort gezählt und gewogen hatten und nicht wie üblich bei der Einlagerung?

Marga nahm erneut einen tiefen Zug, ließ die nur halb gerauchte Zigarette auf den Boden fallen und trat darauf. Inzwischen lagen vor ihr drei Zigarettenkippen. Drei – für jedes Problem eine: Schulden, Disziplinarverfahren, Trennung. Erst kürzlich hatte sie in einer Zeitschrift gelesen, dass die meisten Menschen maximal drei Probleme gleichzeitig als wichtig betrachteten. Marga lachte auf. Das Soll hätte sie schon mal erfüllt. Allzu viel durfte demnach nicht mehr auf sie zukommen.

Die Zigarette vor ihr auf dem Boden qualmte weiter vor sich hin. Mit der Schuhsohle verrieb sie die Kippe so lange, bis die Tabakkrümel sich auf dem Asphalt verteilten.

Der Zettel in ihrer Hand wog schwer wie ein Stein. Die Zahl starrte sie an: siebentausendachthundert Euro. Ihr blieb keine Wahl. Sie musste über ihren Schatten springen und Rolf anrufen. Marga verstaute den Zettel in ihrer Handtasche, zog das Mobiltelefon hervor und blätterte im Telefonbuch zur Nummer ihres Ex-Mannes. Ihr Daumen kreiste über der Taste mit dem grünen

Hörer und verharrte. Rolf musste ihr mit einem kleinen Kredit für die ausstehenden Raten einfach aus der Patsche helfen. Trotz des Streits heute Morgen. Das war er ihr nach achtundzwanzig Ehejahren schuldig. Und gleich nachdem sie das Problem mit der Bank los war, würde sie sich um das Disziplinarverfahren kümmern. Sie drückte auf die Taste und schöpfte wieder etwas Hoffnung, als sie das Telefon ans Ohr hielt. Danach gab es nur noch eine Sache zu lösen: die Scheidung.

Während das Rufzeichen blechern aus dem Hörer drang, verscheuchte Marga mit den Füßen ein paar Tauben. Böse gurrend und widerwillig stoben sie auseinander. Offensichtlich hielten sie die Zigarettenkippen am Boden für Brotstücke. Rolfs Mailbox sprang an, und ihre Zuversicht verflog. Marga erwog für einen Moment, ihm eine Nachricht zu hinterlassen, doch dafür fehlte ihr mit einem Mal der Mut. Sie legte auf und steckte das Telefon zurück in die Handtasche. Warum konnte er nicht einmal da sein, wenn man ihn brauchte?

Die Tauben starteten einen weiteren Angriff. Und diesmal hatten sie Verstärkung mitgebracht. Bestimmt ein Dutzend Tiere tapste mit wackelnden Köpfen auf die Zigarettenkippen vor ihren Füßen zu.

Ruckartig stand Marga auf, stampfte mit dem Fuß und brüllte: »Haut ab, ihr Scheißviecher. Ich hab nichts.«

Eine gute halbe Stunde später stellte Marga ihren alten VW-Bus vor ihrer Garage in Degerloch ab. Viele Jahre hatte der orangene Wagen mit dem weißen Dach der ganzen Familie als Campingbus gedient. Als Alltagsfahrzeug war er zwar etwas überdimensioniert, davon zeugte schon die eine oder andere Delle. Dafür gab es im Inneren nie Platzprobleme, egal, was sie damit transportieren wollte.

Auch beim zweiten und dritten Versuch hatte Marga Rolf nicht erreicht. Sie wollte es gegen Abend noch einmal versuchen und die Zeit bis dahin irgendwie in ihren eigenen vier Wänden verbringen. Solange sie noch konnte. Marga ließ den Kopf auf die Nackenstütze fallen und atmete tief durch. Wie von selbst wanderten ihre Augen über das ehemalige Bauernhaus mit den großen dunkelroten Fensterläden, als wäre es das letzte Mal. Hoffentlich sah ihr niemand zu, wie sie in ihrem Bus saß, vor sich hin stierte und den Tränen nahe war.

Marga kramte in ihrer Tasche auf dem Beifahrersitz, förderte Feuerzeug sowie Zigaretten zutage und zündete sich eine an. Sie kurbelte die Seitenscheibe hinunter und zog derart ungestüm den übervollen Aschenbecher unter dem Armaturenbrett hervor, dass einige Zigarettenkippen und Asche auf dem Boden davor landeten. Schon seit Tagen wollte sie ihn leeren.

Vor zehn Jahren noch war das Bauernhaus aus dem 19. Jahrhundert dem Verfall nahe gewesen. Unendlich viel Geld und Arbeit hatten sie seither hineingesteckt. Jedes Zimmer war renoviert, Heizung und Verkabelung erneuert worden. Sie hatten das Fachwerk freigelegt und einen kleinen Innenhof mit anliegendem Garten neu angelegt. Rolfs riesiges Atelier im ehemaligen Nutzteil des Gebäudes hatte alleine über zehntausend Euro verschlungen. Im Nachhinein betrachtet eine unnötige und völlig überteuerte Investition. Denn als es ihm schließlich gefiel, wie es war, machte er sich mit seiner genauso faltenfreien wie naiven Lea vom Acker. Weiter zum nächsten Bauernhaus, ähnlich einer Heuschrecke auf der Suche nach einer neuen Wiese.

Aber kampflos würde sie ihr Heim bestimmt nicht aufgeben. Sie musste mit dem wenigen Geld, das sie hatte, einfach besser haushalten. Ab sofort würde sie mit der Bahn hinunter in die Stadt fahren. Eine Monatskarte der SSB kostete gerade mal so viel, wie sie jede Woche nur an Spritgeld für den Campingbus benötigte, und die Haltestelle lag um die Ecke. Auch würde sie die beiden Zeitungsabonnements abbestellen und weniger rauchen. Sie starrte auf ihre Zigarette und quetschte sie in den Haufen Kippen im Aschenbecher.

Marga stieg aus dem Wagen. Schon auf dem Weg zur Haustür hörte sie das Wummern der Bässe aus Lukas' Fenster im oberen Stock. Offenbar testete er mal wieder die Schmerzgrenze seiner Ohren für Hip-Hop-Musik.

Drinnen war die Lautstärke beinahe unerträglich. Marga stellte ihre Handtasche auf dem Küchentisch ab und ging schnurstracks die Treppe hinauf zu Lukas' Zimmer. Eigentlich hatte sie sich angewöhnt, seine Privatsphäre zu achten. Doch bei dem Krach würde er ihr Klopfen sowieso nicht hören, und so trat sie einfach ein.

Lukas war nicht alleine. Neben ihm auf dem Boden kniete Dennis, sein ewiger Schulfreund. Beide wippten mit dem Kopf im Takt der Musik und schienen sie nicht zu bemerken. Äußerlich konnten die zwei unterschiedlicher nicht sein. Obwohl sie gleich alt waren und letztes Schuljahr noch dieselbe Klasse besucht hatten, wirkten sie Jahre auseinander. Der schlaksige Lukas überragte Dennis mit seiner dunklen Baseballkappe sogar jetzt im Sitzen um fast einen Kopf. Der hingegen wog bestimmt zehn Kilo mehr und hatte Dutzende Pickel in seinem kugelrunden Gesicht wie ein frisch pubertierender Teenager.

Wie immer trugen beide dunkle Baggy-Jeans, die im Stehen in den Kniekehlen hingen und meist die Hälfte der Unterhose entblößten. Darüber schlabberte ein einfarbiges T-Shirt, einmal in Weiß, das andere Mal in Grau. Baseballkappen hingegen trug Lukas kaum noch. Vermutlich, weil er beim Rollerfahren immer mit Helm unterwegs sein musste. Im Gegensatz zu Dennis, auf dessen Mütze ein bedruckter goldener Sticker klebte. Warum jemand überhaupt mit einem Etikett auf seiner Kleidung herumlief, würde für Marga wohl immer ein Rätsel bleiben.

Geistig verstanden die beiden sich prächtig. Keiner hatte Lust, eine Lehre zu machen oder gar richtig zu arbeiten. Marga konnte sich des Eindrucks nicht erwehren, dass sie darauf warteten, dass ihnen die Zukunft in den Schoß fiel. Immerhin hatte Lukas vor Kurzem diesen Aushilfsjob als Pizzabote angenommen. Was hingegen Dennis seit der Schule mit seiner freien Zeit tat, wusste Marga nicht. Bei ihm konnte man sich ohnehin nie sicher sein, woran man war. Manchmal schlich er phlegmatisch durch die Gegend und hatte sich wohl vorgenommen, den Rest seines Lebens weder zu lachen noch zu sprechen. Das andere Mal beobachtete er mit wachen Augen seine Umgebung und schien nur auf den Moment zu warten, der vollen Einsatz von ihm verlangte.

»Hey, Jungs«, rief Marga gegen den Krach der Musik an.

Keine Reaktion.

»Hallo«, schrie Marga so laut sie konnte und fuchtelte mit den Armen.

Lukas und Dennis fuhren herum, entdeckten sie und rissen beinahe simultan die Augen auf. Sie wirkten entsetzt, als ob sie vom Blitz getroffen worden wären.

Marga machte Lukas ein Zeichen, die Musik leiser zu drehen.

Der nahm die Fernbedienung zur Hand und drückte so lange darauf herum, bis die Musik gerade noch hörbar aus den Lautsprechern dudelte.

»Du … du bist schon hier?«, stotterte Lukas und schielte für einen Moment zu Dennis.

Erst jetzt sah Marga die handtellergroßen weißen Schachteln, die vor den beiden auf dem Boden lagen. »Ich hatte noch einen Termin auswärts und war früher fertig«, gab sie zurück und bemerkte, wie Dennis auf den Knien etwas nach links rückte und so die Schachteln vor sich verdeckte.

»So?« Lukas reckte das Kinn. Sein Schreck hatte schnell nachgelassen. Stattdessen bildete sich eine ärgerliche Falte auf seiner Stirn. »Du hast mir versprochen anzuklopfen. Und zwar *bevor* du in mein Zimmer kommst.«

»Ich denke nicht, dass ihr das bei dem Krach gehört hättet.« Marga lächelte, obwohl sie sich plötzlich so vorkam, als hätte sie die beiden bei etwas ertappt.

Lukas und Dennis schauten sich wortlos an.

»Und was macht ihr so?« Sie ließ ihren Blick durchs Zimmer wandern, über die Matratze mit dem zerwühlten Bettzeug, die unzähligen Kleidungsstücke, die genau dort auf dem Boden lagen, wo Lukas sie irgendwann ausgezogen hatte. Ob Dennis seine getragenen T-Shirts bis zum nächsten Mal ebenfalls auf dem Boden aufbewahrte? Der Schreibtisch, auf dem sich angetrunkene Colaflaschen, Energydrink-Dosen, halb leere Verpackungen und Zeitschriften türmten, ähnelte einem explodierten Kiosk. Sie registrierte Salzstangen, Schokoriegel, Marmorkuchen, Kabel und einige andere Dinge, von denen sie weder wissen wollte, um was es sich handelte, noch, seit wann sie dort lagen. Und alles das, was auf dem Schreibtisch keinen Platz mehr gefunden hatte, lag darunter oder daneben. Gleichwohl sah es im Zimmer aus wie immer.

»Scheiße. Lass es einfach«, sagte Lukas.

»Was meinst du?« Marga machte einen Schritt nach vorne, um den Bereich vor Dennis wieder einzusehen. Sie zählte sechs Schachteln.

»Du hängst schon wieder den Bullen raus.«

»Polizist … nicht Bulle. Das hast *du* mir versprochen.« Marga kniff die Augen zusammen: ein angebissener Apfel und der goldene Schriftzug »iPhone«. Bei den Schachteln vor Dennis auf dem Boden handelte es sich offenbar um die Verpackungen fabrikneuer Apple Mobiltelefone. Und aus irgendeinem Grund war sie sich sicher, dass auch die zugehörigen Geräte darin lagen. »Was macht ihr denn mit den vielen Telefonen?«

Lukas schaute auf die Verpackungen, als ob er sie zum ersten Mal sähe. »Das geht dich nichts an.«

»Oh doch.« Marga straffte den Rücken. »In meinem Haus geht mich alles was an.«

»Das ist nicht dein Haus. Jedenfalls nicht alleine.« Der vorwurfsvolle Unterton in Lukas' Stimme war nicht zu überhören.

Schon wieder die alte Leier. Eigentlich sollte sie von einem bald Achtzehnjährigen erwarten, dass er irgendwann die Trennung seiner Eltern akzeptierte. Aber genau das tat Lukas immer noch nicht, obwohl Rolf schon vor mehr als zwei Jahren seine Koffer gepackt hatte. »Gut. Die Hälfte gehört auch deinem Vater. Besser so?«

Lukas' Augen pendelten zwischen ihr und den Schachteln hin und her. Er schien sich weniger für ihre Antwort zu interessieren als für das, was vor ihm auf dem Fußboden lag. Er verbarg etwas.

»Dann wiederhole ich mal meine Frage: Was macht ihr mit den Telefonen?«

Lukas öffnete den Mund, beschloss dann aber, darauf nicht zu antworten.

»Die braucht er bei seinem Job«, sagte Dennis plötzlich. Ohne mit der Wimper zu zucken, sah er Marga mit seinen hellen, durchdringenden Augen an.

»Beim Pizzaausfahren?« Sie spürte, wie sich ihre Kopfhaut

zusammenzog. »Und warum kleben da so kleine gelbe Zettel auf jeder Schachtel?«

»So halt«, entgegnete Lukas schnell. »Lass uns jetzt alleine. Wir kommen schon klar.«

»Darauf stehen die Namen der Kunden.« Dennis versuchte sich an einem Lächeln.

»Kunden?«, echote Marga. »Jetzt habt ihr mich aber neugierig gemacht. Darüber würde ich gerne ein wenig mehr wissen.«

Dennis tätschelte kurz Lukas' Unterarm. »Lass mich das machen. Okay?« Er blickte wieder zu Marga auf. »Wir können die Telefone billiger einkaufen, weil wir sie in größeren Mengen bestellen. Lukas kommt in seinem Job viel rum und nimmt dabei die Bestellungen auf. Sobald sechs zusammen sind, kauf ich die von unserem Lieferanten, und Lukas liefert sie aus. Ein tolles Geschäft. Bald vergrößern wir.«

»Soso, ihr vergrößert bald. Was bleibt denn an so einem Telefon hängen?«

»Knapp zehn Prozent.« Wieder war Dennis schneller als Lukas, der erneut protestieren wollte.

»Und wie viel sind das in Euro?«

Dennis legte die Stirn in Falten. Er schien zu rechnen. »Dreihundertzwanzig bei jeder Lieferung, sechs mal sechzig.«

Kopfrechnen gehörte sicher nicht zu Margas Stärken. Aber offensichtlich waren Dennis' Rechenkünste noch bescheidener als ihre. »Das macht aber dreihundertsechzig.« Er hatte sich um vierzig Euro verrechnet.

»Ja, natürlich.« Dennis lächelte schief. Wieder dieser abgeklärte Gesichtsausdruck, als ob ihm nichts etwas anhaben könnte.

Marga verließ Lukas' Zimmer mit einem merkwürdigen Gefühl im Bauch. Tiefer würden die beiden sie nicht in ihre Geschäfte einweihen. Hoffentlich rechneten sie beim Einkauf der Telefone wenigstens richtig. Denn Lukas' Geschäfte zu finanzieren würde sie nicht auch noch verkraften.

Zurück in der Küche lehnte sie sich an die Kühlschranktür, verschränkte die Arme vor der Brust und sah hinaus in die verregnete Landschaft. Immerhin schien sich das Wetter ihrer Stimmung anzupassen. Beides konnte kaum schlechter sein. Mit einem Brummen und Zittern erwachte der Kühlschrank in ihrem Rücken zum Leben. Marga löste sich von der Tür, zog sie auf und griff nach einer Bierflasche. Es war mal wieder die letzte. Sie entfernte den Kronkorken und nahm einen kräftigen Schluck.

Aus dem oberen Stock drangen Geräusche an Margas Ohr. Das Schlurfen von Schritten, dann ein dumpfes Murmeln, das auf der Treppe lauter wurde und zu einem Zischen anschwoll. Dennis war im Begriff zu gehen. Schließlich fiel die Haustür knallend ins Schloss. Schritte kamen näher, und plötzlich stand Lukas vor ihr. Er erschien ihr älter und größer, überragte sie um mehr als einen Kopf.

»Wieso machst du das?« Lukas ließ seine Frage wie einen Vorwurf klingen.

»Wieso mache ich was?« Marga stellte die Bierflasche auf dem Küchentisch ab, lehnte sich an und verschränkte die Arme vor der Brust.

»Mir nachschnüffeln.« Lukas schob seine Hände in die Hosentaschen und straffte den Rücken. Es schien, als ob er sie mit seinem vorwurfsvollen Blick festnageln wollte.

»Hör mal. Ich war nur kurz bei dir im Zimmer und habe dich gebeten, die Musik leiser zu machen. Das hat doch mit Nachschnüffeln überhaupt nichts zu tun.«

Lukas' Augen blitzten. »Du hast deinen Bullenblick aufgehabt und mein Zimmer gescannt, als ob du nach Drogen suchst. Aber vielleicht solltest du eher bei dir suchen.«

Marga konnte nicht vermeiden, dass sie zusammenzuckte. Woher wusste Lukas von dem Disziplinarverfahren? Sie hatte es ihm gegenüber nie erwähnt. »Du sollst das Wort ›Bulle‹ nicht in meiner Gegenwart verwenden.«

»Du bist die Einzige im Haus, die raucht und trinkt.« Lukas deutete zur Bierflasche auf dem Küchentisch.

Innerlich atmete Marga auf. Wie es aussah, wusste er tatsächlich nichts über das Marihuana. »Das ist nur ein Bier. Und außerdem rauche ich gerade nicht.«

»Stimmt, es wundert mich tatsächlich, dass das ganze Haus noch nicht nach deinen Scheißzigaretten stinkt. Das kostet ein paar hundert Euro, jeden Monat.«

Daher wehte also der Wind. Er ahnte, dass es finanziell nicht gut um sie stand. »Ich schaff das. Keine Angst, Lukas. Aber bei mir auf dem Tisch stapeln sich jetzt alle Rechnungen, seit Vater nicht mehr da ist.«

»Seit Vater nicht mehr da ist«, wiederholte er düster. Auch seine Miene hatte sich jetzt verfinstert. »Bevor wir jetzt noch einen auf Familie machen, geh ich besser.«

»Brauchst du Geld?« Marga schaute fragend zu ihm auf.

Lukas wich ihrem Blick aus und sah zu Boden. »Nein.«

»Wohin gehst du?«

Er wandte sich ab und ließ sie stehen. »Geld verdienen.«

Marga schaute ihm nach, bis er im Durchgang zur Diele verschwunden war. Das Nächste, was sie hörte, war das Knallen der Haustür.

Verdammt, warum musste sie sich heute so dämlich anstellen? Ihr Einfühlungsvermögen entsprach dem einer Planierraupe. Sie blickte nach draußen und sah Lukas zu, wie er seinen Sturzhelm aufsetzte, den Roller startete und mit einem lauten Knattern davonfuhr. Mittlerweile hatte sie sich wohl ihr viertes Problem eingehandelt. Sie griff nach der Bierflasche, setzte an und trank sie in zwei, drei Schlucken leer.

7

Der nächste Morgen begann, wie der Abend zuvor geendet hatte. Schwere graue Wolken tauchten die Landschaft in ein neblig-trübes Licht, und der Nieselregen dauerte weiter an. Schon seit Tagesanbruch saß Marga hinter ihrem Schreibtisch in der Bernhardstraße. Lediglich unterbrochen vom Anzünden dreier Zigaretten starrte sie mit abgestütztem Kopf zum Fenster hinaus. Autos huschten vorbei wie dicke Käfer auf der Flucht. Spritzwasser landete auf dem Gehweg und füllte Pfützen, in denen sich die Bremsleuchten spiegelten. Der Gehweg lag fast verlassen im Zwielicht, kaum jemand ging zu Fuß. Außer dem älteren Mann mit Trenchcoat und hellgrauem Tirolerhut, der wie tags zuvor schon seinen Dackel Gassi führte.

Dumpfe Stimmen und Schritte hallten durch das Gebäude. Vermutlich war es bald acht Uhr, und die letzten Mitarbeiter suchten ihre Büros auf. Dienstbeginn. Damit war Marga bereits seit mehr als drei Stunden wach, und eigentlich sollte sie todmüde sein. Bis weit nach Mitternacht hatte sie sich in ihrem Bett gewälzt und sich vor einem weiteren Versuch gedrückt, Rolf anzurufen. Und das, obwohl sie nicht wusste, wie es ohne seine finanzielle Unterstützung weitergehen sollte. Auf keinen Fall wollte sie vor ihm als die Frau mit den unlösbaren Problemen dastehen. Obwohl sie keine Nachricht auf seiner Mailbox hinterlassen hatte, wünschte sie sich, dass er zurückrief. Und sie hoffte, dass es bald sein würde – sehr bald. In drei Tagen musste das Geld auf dem Darlehnskonto gutgeschrieben sein.

Schlagartig ging die Tür zum Flur auf. Marga fuhr herum und erblickte Sebastian. Erneut trug er einen Anzug, diesmal in Hellgrau, mit weißem Hemd und Krawatte. Wenn Sie sich nicht täuschte, ebenfalls eine neue. Doch so genau konnte sie sich an die gestrige nicht mehr erinnern.

»Guten Morgen, Frau Kronthaler«, rief er ihr entgegen und sah zuerst zum Aschenbecher, als er vor ihren Schreibtisch trat. »Wie geht es Ihnen heute Morgen?«

»Mir ginge es besser, wenn Sie mich beim nächsten Mal nicht so erschrecken würden, sobald Sie mein Büro stürmen«, gab sie zurück, statt den Gruß zu erwidern. »Wie wär's mit Anklopfen?«

»Ich habe angeklopft. Zweimal sogar.« Sebastian hielt ein Smartphone in der Hand, unter seinem linken Arm klemmte eine rote Aktenmappe.

Der Friedmann-Fall. »Gibt's was Neues?«

»Und ob«, entgegnete Sebastian mit unüberhörbarem Triumph in seiner Stimme und deutete auf das Display seines Telefons.

Marga atmete hörbar aus. Schade, dass sie im Moment nichts anderes zu tun hatte. Aber dieser Klugscheißer ließ gewiss nicht locker, bevor er ihr alles berichtet hatte. Hoffentlich beschränkte er sich wenigstens aufs Wesentliche.

Sie ergab sich ihrem Schicksal und fischte eine Zigarette aus der Packung. Viel konnte ja auf dem winzigen Telefondisplay in seiner Hand nicht stehen. »Na, dann schießen Sie mal los.« Sie lehnte sich zurück, zündete die Zigarette an und schaute ihn auffordernd an.

»Müssen Sie jetzt rauchen?« Sebastians Miene hatte sich schlagartig verfinstert.

»Ja, muss ich.« Marga nahm einen besonders tiefen Zug und blies genussvoll den Rauch in Richtung Zimmerdecke. Es machte Spaß, ihn ein wenig zu ärgern.

Sebastian hüstelte, obwohl der Qualm nicht in seine Nähe kam. Er deutete auf die rote Mappe unter seinem Arm. »Mit dieser Akte gibt es ein Problem.«

»Soll heißen?«

»Dass sie unvollständig ist.«

»Was meinen Sie damit?«

Sebastian rollte mit den Augen. »Unvollständig wie unvollständig eben. Ich denke nicht, dass das Wort noch eine andere Bedeutung hat.«

Ganz schön forsch. Marga nahm einen weiteren Zug von der Zigarette und hinderte den Rauch diesmal nicht daran, in Richtung Klugscheißer zu ziehen.

Sebastian musterte sie einen Moment, als ob er auf eine Erklärung von ihr wartete. »Mir kommt es so vor, als ob etwas vertuscht werden soll.«

»Nur weil das alte Zeugs da unvollständig ist?«

Sebastian nickte.

»Das kann auch andere Gründe haben. Sie sollten bei der damals ermittelnden Dienststelle nachfragen, ob in deren Kellern noch was vor sich hin staubt. Es wäre nicht das erste Mal, dass etwas fehlt.«

Sebastian schüttelte den Kopf, presste die Lippen aufeinander. »Habe ich schon. Beim Polizeipräsidium Stuttgart liegt zu diesem Fall nichts mehr.«

»Gut.« Marga nahm einen letzten Zug von ihrer Zigarette und drückte sie aus. »Dann lassen Sie mal hören.«

»Franziska und ich waren gestern Nachmittag noch am Tatort in der Weberstraße. Unter anderem haben wir dort eine Frau angetroffen, die sich an einen Vorfall in der Mordnacht erinnern konnte.«

»Nach über zwanzig Jahren?« Marga wies den Gedanken weit von sich, dass es nach einer derart langen Zeit brauchbare Zeugenaussagen geben könnte.

Sebastian konsultierte kurz das Display seines Smartphones. »Lauren Bristol alias Marianne Filipowitsch führte damals an gleicher Stelle eine dieser … Freizeiteinrichtungen. Ein … ein …« Er druckste herum, schien sich nicht sicher, welches Wort er verwenden sollte.

Marga beschloss, ihn zu erlösen. »Ein Puff?«

»So nennt man es wohl in einschlägigen Kreisen.« Schnell hatte Sebastian sich wieder unter Kontrolle. »Das Interessante ist allerdings, dass Frau Bristol alias Filipowitsch damals eine Aussage gemacht hat.«

»Lassen Sie mich raten: Diese Aussage fehlt.«

Sebastians Schweigen war Antwort genug.

»Und was hat sie ausgesagt?«

Erneut las Sebastian von seinem Smartphone ab. »Friedmann kam damals in ihr … Etablissement gerannt, um es sogleich wieder durch den Hintereingang zu verlassen. Kurz danach erkundigte sich ein russisch aussehender Mann nach ihm, der ihn offenbar verfolgt hat. Schwarze Lederjacke mit roten Streifen an den Ärmeln. Jeans.«

»Ist das alles?«

Sebastian blickte auf und nickte. »Aber dazu passt ein weiteres interessantes Detail. Seit gestern wissen wir, dass der Verkäufer von Friedmanns Porsche ebenfalls ein Russe ist: Michail Kusnezow, wohnhaft in Berlin mit unbeschränkter Aufenthaltserlaubnis für Deutschland.«

»Zwei Russen also«, sagte Marga mehr zu sich selbst. »Das kann Zufall sein. Andererseits …«

»Ich hab gestern außerdem zwei Telefonate geführt«, fuhr Sebastian sogleich fort. »Eines davon mit dem Käufer des Wagens, um die Fahrgestellnummer mit Friedmanns Porsche abzugleichen.«

»Der gleiche Wagen?«

»Nein, derselbe Wagen.« Sebastian straffte den Rücken. »Um die Gleichartigkeit einer Sache auszudrücken, verwendet man immer ein Demonstrativpronomen wie ›derselbe‹. ›Der gleiche‹ wird nur für die Übereinstimmung in einer Gattung oder Art benutzt …«

»Und Sie sind sich sicher?«

»Sicher bin ich mir sicher.« Sebastian zupfte an seiner tadellos gebundenen Krawatte. »In unserem Fall handelt es sich eindeutig nicht um gleich aussehende Modelle, sondern um ein und denselben Wagen. Und zwar um Friedmanns Porsche Carrera RSR 2.8.«

Marga seufzte. »Sind Sie eigentlich immer so anstrengend?«

»Was meinen Sie damit?«

»Wissen Sie was, Herr Franck? Vergessen Sie meinen Einwand einfach.« Marga verkniff sich, dem Wunsch nach einer weiteren Zigarette nachzugeben. »Und der zweite?«

Sebastian runzelte die Stirn. »Der zweite …?«

In manchen Dingen war er ziemlich begriffsstutzig. Oder bereits einen Schritt weiter. »Sie hatten vorhin von zwei Anrufen gesprochen.«

»Hatte ich das nicht bereits erwähnt? Wie dem auch sei, ich habe bei der Kfz-Zulassungsbehörde in Berlin-Kreuzberg angerufen. Friedmanns Porsche war zu keiner Zeit auf Michail Kusnezow zugelassen.«

»Dann hat dieser Kusnezow den Wagen entweder zwanzig Jahre in einer Garage herumstehen lassen oder ihn für jemand anderen verkauft.«

»Letzteres.« Sebastian lächelte, und Marga spürte, dass er eine entscheidende Information zurückhielt.

»Warum?« Im Gegensatz zu seinem bisher so erstaunlichen Mitteilungsbedürfnis schien sie ihm jetzt jedes Wort aus der Nase ziehen zu müssen.

Er ließ sein Smartphone in der Seitentasche des Jacketts verschwinden. »Weil der Wagen seit der Tatnacht gefahren wurde. Und zwar nicht zu knapp. Es stehen über hunderttausend Kilometer mehr auf dem Tacho.«

Langsam begann Marga die Sache zu interessieren. Dieser Sebastian schien tatsächlich etwas Handfestes ausgegraben zu haben. Inzwischen gab es in diesem Friedmann-Fall zu viele Dinge, auf die sie sich keinen Reim machen konnte. Und das war schon immer ein untrügliches Zeichen, dass irgendetwas nicht stimmte. Es wurde Zeit, ein paar Steine umzudrehen und zu schauen, was darunterlag. »Haben Sie in Berlin etwas über die anderen Besitzer herausgefunden?«

Sebastian runzelte die Stirn. »Wieso?«

Marga seufzte lautstark. »Auf die Frage gibt es eigentlich nur zwei mögliche Antworten. Und die Ihre gehört nicht dazu.« Unterhaltungen mit ihm gestalteten sich nach einer gewissen Zeit anstrengend. Inzwischen konnte sie sich des Eindrucks nicht erwehren, dass ihre Denkansätze wohl nie besonders gut miteinander harmonieren würden.

»Sie meinen die bisherigen Fahrzeughalter?«

Marga wäre gerne aus der Haut gefahren, beließ es aber bei einem Nicken.

»Es gibt keine. In Deutschland jedenfalls.« Sebastian kratzte sich an der Schläfe. »Ich folgere daraus, dass der Wagen im Ausland gefahren worden ist.«

Das Verlangen nach etwas Ruhe, aber vor allem das nach Nikotin ließ sich nicht mehr unterdrücken. »Soso, Sie folgern daraus. Mit Ihnen hab ich ja einen richtigen Schlaumeier im Team.« Marga bemerkte, dass er jede Handbewegung verfolgte, als sie nach der Packung griff, sich eine Zigarette angelte und sie anzündete. Sie nahm einen tiefen Zug und spürte, wie das Nikotin sogleich für Entspannung sorgte. »Ich will mehr über diesen Kusnezow wissen. Wer ist an ihm dran?«

Sebastian wirkte erstaunt. »Noch niemand. Ich wollte das zuerst mit Ihnen besprechen. Aber wenn Sie wollen, kann ich sofort Ermittlungen einleiten.«

»Brav, Herr Franck.« Marga nahm einen weiteren Zug von der Zigarette und ließ den Rauch langsam entweichen. Gemächlich wie Nebelschleier trieben die Schwaden Richtung Zimmerdecke. »Sie tun jetzt genau das, weswegen Sie hier sind. Und wenn Sie etwas rausfinden, sagen Sie es mir. Ich möchte nicht, dass Sie alleine loslaufen.«

***

Als Sebastian die Tür zu seinem Büro geschlossen hatte und hinter seinem Schreibtisch saß, spürte er eine merkwürdige Anspannung, die er bisher nicht kannte. Ermittlungen: sein erster Fall. Jahrelang hatte er darauf hingearbeitet. Möglichst viele unentdeckte Mörder wollte er überführen und so einigen Opfern die Gerechtigkeit verschaffen, die ihnen bisher verwehrt geblieben war. Auch wenn es ihnen nichts mehr nützte. So wie seinem Bruder Daniel, der statt ihm in einer Bank erschossen worden war.

Eigentlich hätte Sebastian damals vor fünf Jahren tot auf dem Boden der Schalterhalle liegen müssen. Es war seine Aufgabe gewesen, bei der Bank einen Teil ihres Urlaubsgeldes in US-Dollar einzutauschen. Mit einem Campingmobil wollten sie zusammen durch den Westen der USA reisen. Das Monument Valley, den Grand Canyon und noch einige andere Nationalparks hatten sie sich vorgenommen. Danach wäre es nach Los Angeles und San Francisco gegangen. Sogar einen Ausflug nach Mexiko hatten sie geplant. Doch es sollte nicht dazu kommen. Sebastian hatte eine Autopanne und hätte es nicht mehr rechtzeitig zur Bank geschafft.

Die Schuld lastete schwer auf ihm, und er wusste, dass er sie nie würde abtragen können. Deswegen musste er seinen Job jetzt gründlich machen. Das war er seinem kleinen Bruder schuldig. Und anders konnte er mit Daniels Tod nicht umgehen.

Nur für einen Moment dachte Sebastian darüber nach, die Nachforschungen zu Kusnezow selbst durchzuführen. Als sein Blick auf den kastenförmigen Monitor auf seinem Schreibtisch fiel, verwarf er den Gedanken jedoch sofort wieder. Sein Notebook stand noch immer zu Hause. Außerdem hatte er die Zugriffserlaubnis ins LKA-Netz nicht geklärt. Er griff zum Telefon und wählte Franziskas Nummer.

»KK Cem Akay«, kam es lang gezogen aus dem Hörer.

»Eigentlich wollte ich Franziska sprechen«, sagte Sebastian nach einem Augenblick der Verwirrung. Er hatte nie und nimmer die falsche Nummer gewählt.

Das Kratzen von Cems Barthaaren an der Sprechmuschel drang aus dem Hörer. Leise dudelte im Hintergrund Rock-'n'-Roll-Musik. Vormittags war Elvis-Presley-Zeit. »Ich hab nur ihren Apparat abgenommen. Franzi ist schon eine Viertelstunde im Keller unten. Irgendwas mit den Ordnern. Soll ich ihr ausrichten, dass sie zurückrufen soll?«

Sebastian überlegte kurz. Das konnte auch Cem erledigen. Es gab genug zu tun, und vielleicht würde es so weniger hektisch vonstattengehen. »Lassen Sie mal. Ich möchte, dass Sie Nachforschungen anstellen zu einem russischen Staatsbürger namens Michail Kusnezow, wohnhaft in Berlin. Falls Sie noch weitere Daten benötigen, bekommen Sie die nachher von Franziska.«

»Was wollen Sie denn wissen?« Cem blieb bei einem geschäftsmäßigen Tonfall. Franziska wäre vor Freude über die neue Aufgabe vermutlich zu ihm ins Büro gestürzt.

»Auf was haben wir Zugriff?« Sebastian befürchtete, dass dem Dezernat kaum IT-Anwendungen zur Verfügung standen.

»Auf so ziemlich alles, was Sie wünschen. Die POLAS- und ComVor-Systeme aus Baden-Württemberg. Dann auf CRIME sowie die neue INPOL vom Bund und sogar auf einige internationale Datenbanken und Register. Da muss ich mir aber zuerst die Zugangsdaten besorgen. Das könnte eine Weile dauern.«

»Bei den deutschen Systemen wird schon was dabei sein. Aber mich interessieren nicht nur polizeiliche Informationen.«

»Sondern?«

»Das ganze Programm. Ich will wissen, mit was er seinen Lebensunterhalt verdient, wo er sich herumtreibt, dann seine Wohnorte, Kinder und so weiter. Im Grunde sein kompletter Lebenslauf. Vielleicht lassen Sie einen Teil davon Franziska machen. Ich brauche das schnellstens.«

Sebastian legte auf. Damit hatte er die ersten Schritte eingeleitet. Aber was war der nächste? Im Zeitraffer liefen Vorträge aus Seminaren und Schulungen vor seinem geistigen Auge ab. Sie hatten ihm keine Checkliste mitgegeben, die es abzuarbeiten galt. Mit einem Mal empfand er Bewunderung für die Kollegen, die schon ihr halbes Leben lang Kriminalfälle lösten. Kollegen mit Erfahrung wie Marga, die im Gegensatz zu ihm sofort wussten, was zu tun war.

Sebastian sprang auf und trat vor das lebensgroße Tatortfoto, das den toten Anselm Friedmann im Hauseingang zeigte. Ähnlich einem BRAVO-Starschnitt hatte Franziska es gestern an eine bisher nackte Wand gehängt. Links und rechts davon klebten die Kopien weiterer Tatortfotos sowie die Abschlussberichte der Rechtsmedizin und der Spurensicherung. Einige Blätter hingen ihm zu schief, sodass er sie von der Wand löste, gerade ausrichtete und wieder anklebte. Sebastian verschränkte die Hände hinter dem Rücken und starrte auf das Eintrittsloch über Friedmanns linker Braue. *Was war Sekunden zuvor in der Weberstraße geschehen?*

Lautlos wie eine Katze schleicht der gesichtslose Mann aus dem Durchgang über die Straße. Schnell taucht er in den Schatten der hohen Gebäude und schiebt sich vorsichtig an der Hauswand entlang. Schon vor einigen Minuten hat er sein Opfer entdeckt, die Waffe in seiner Hand durchgeladen und entsichert. Er ahnt, dass es leicht werden wird. Doch so leicht wie in dieser Nacht hat er es nicht erwartet.

Die meisten Lokale haben schon geschlossen, und die Straße liegt vollkommen still da. Nur noch ein paar Meter, und sein Opfer hat die richtige Position erreicht. Ein unerwarteter Nahschuss ins Genick sollte genügen. Und absolut tödlich ist er auch. Innerhalb eines Wimpernschlags.

Doch da ein Geräusch. Es stammt nicht von ihm. Vielleicht ein welkes Blatt oder Unrat, den der Wind vor sich herträgt. Sein Opfer fährt herum. Dem Mann ohne Gesicht bleibt keine Zeit mehr. Der Zufall bestimmt Entfernung und Eintrittsstelle. Er drückt ab, doch nur ein helles Pling ertönt. Fast gleichzeitig wird der Kopf seines Opfers nach hinten geschleudert, als ihn das Neun-Millimeter-Projektil in die Stirn trifft und am Hinterkopf wieder austritt. Blitzartig bricht sein Opfer zusammen und schrammt im Fallen mit den Schultern an der Backsteinmauer entlang, bis der Kopf vom eigenen Körpergewicht eingeklemmt wird.

Sebastian lief vor der Wand auf und ab, ohne das lebensgroße Foto von Friedmanns Leiche aus dem Blick zu lassen. *Damit war es noch nicht vorbei.* Abrupt blieb er vor dem Bericht der Spurensicherung stehen. Er überflog den Text und fand die Stelle, die er suchte. Friedmanns Tascheninhalt bestand aus einer halb leeren Packung Zigaretten der Marke Camel, einem Zippo-Feuerzeug mit den Initialen »AF« sowie losem Bargeld. Sein Autoschlüssel fehlte. Auch das Projektil und die Hülse waren am Tatort nicht gefunden worden. Sebastian musterte erneut das Foto. *Denk wie der Mörder!*

Ein metallenes Klingeln hat mir verraten, wohin die Patronenhülse gefallen ist. Ich hebe sie auf. Aber ich muss auch das Projektil verschwinden lassen. Niemand darf Rückschlüsse auf meine Waffe ziehen. Es ist dunkel. Ich sichere die Pistole, verstaue sie unter meiner Lederjacke und ziehe eine Taschenlampe hervor. Ich muss ihn an der Schulter anheben, um unter den Körper zu sehen. Ich suche weiter nach dem Projektil, das ich nach einiger Zeit im Lichtkegel der Taschenlampe entdecke. Ich stecke es in meine Hosentasche zur Patronenhülse. Erst jetzt ist alles, wie es sein sollte. Ich lasse seinen Körper einfach los. Der Hinterkopf schlägt auf die Backsteinmauer und bleibt direkt neben dem rostigen Blechdackel liegen.

Das letzte Bild in Sebastians Kopf verschmolz mit dem an der Wand. Die vorhandenen Anhaltspunkte reichten nicht aus. Um weiterzukommen, benötigte er neue Informationen. Aber woher? Er konnte nur auf diese dünne rote Aktenmappe zurückgreifen, aus der alles Relevante inzwischen als Kopie an der Wand hing. Es gab keine weiteren Unterlagen. Das jedenfalls hatte Paul Gerhardt, der Kriminalbeamte vom Stuttgarter Polizeipräsidium, am Telefon gesagt.

Im Grunde konnte Sebastian noch froh sein, dass er gestern so kurz vor Feierabend überhaupt noch eine Auskunft von ihm erhalten hatte. Seinen mürrischen und meist einsilbigen Auskünften zufolge war der Mann schon im Begriff zu gehen und konnte es kaum abwarten, das letzte Telefonat des Tages hinter sich zu bringen.

Margas Worte kamen ihm in den Sinn: Es wäre nicht das erste Mal, dass etwas fehlt. Sie hatte »etwas« gesagt, nicht »Akten«. Sebastians Anfrage im Polizeipräsidium hatte sich auf das Archiv beschränkt, weil den Akten keine Einlieferungsliste in die Asservatenkammer beilag. Aber wo waren dann das Zippo-Feuerzeug mit Friedmanns Initialen und die halb leere Camel-Zigarettenschachtel, die in seinen Taschen gefunden wurden? Existierten womöglich weitere Beweismittel? Kleidung? Der Bericht der Rechtsmedizin führte winzigste Spermaspuren in seiner Unterwäsche auf.

Er wusste, dass Asservate so lange aufbewahrt wurden, bis der Grund für deren Verwahrung entfiel. Im Strafverfahren traf dies aber erst dann zu, wenn es abgeschlossen war. Der Friedmann-Fall jedoch war nicht abgeschlossen. Und falls die Staatsanwaltschaft die Vernichtung nicht aus irgendeinem anderen Grund angeordnet hatte, mussten die Beweismittel auch nach über zwanzig Jahren noch existieren.

Sebastian wandte sich von Friedmanns Foto ab, ging zurück zum Schreibtisch und angelte den Telefonhörer von der Gabel. Er wählte Gerhardts Durchwahl im Stuttgarter Polizeipräsidium aus der Wahlwiederholungsliste und lauschte einer schier endlosen Serie von Klingeltönen.

»Gerhardt«, drang es irgendwann aus dem Hörer. Der Mann keuchte, als ob er für das Telefongespräch einen Sprint hinter sich gebracht hätte.

»LKA Stuttgart, Franck hier, Franck mit ck.«

»Ah, Sie schon wieder.« Obwohl es noch weit bis Feierabend war, hörte sich Gerhardts Stimme nur wenig freundlicher an als tags zuvor.

»Ja, ich schon wieder«, gab Sebastian zurück und kam gleich zur Sache. »Es geht noch mal um den Friedmann-Fall.«

»Da hab ich nichts mehr«, gab er schnell zurück.

»Ich weiß. Das sagten Sie bereits.« Sebastian stellte sich Gerhardt als einen langjährigen Beamten mit grauem Haarkranz vor, der als Leiter des Archivs in erster Linie die Tage bis zu seiner Pensionierung zählte.

»Richtig.« Auch die Länge seiner Antworten unterschied sich kaum von denen, die er gestern gegeben hatte.

»Heute interessiere ich mich für die sichergestellten Beweismittel in dem Fall.«

Aus dem Hörer drang ein Grunzen, das Sebastian mit viel gutem Willen als »Ah« interpretieren wollte.

»Ich möchte wissen, ob und, wenn ja, was noch drüben bei Ihnen liegt.« Zwanzig Jahre waren eine lange Zeit. Aber vielleicht hatte er ja Glück.

»In *unserer* Asservatenkammer?«, fragte Gerhardt, als ob es sich um einen unerhörten Vorgang handelte, sich bei ihm nach Beweismitteln zu erkundigen.

»Natürlich in Ihrer Asservatenkammer. Deswegen rufe ich an.« Sebastian verzichtete auf die Rückfrage, ob es sich bei der Asservatenkammer im Stuttgarter Polizeipräsidium um einen heiligen Ort handelte, der nur an hohen Feiertagen betreten werden durfte.

»Nummer des Einlieferungsbelegs?«, schnarrte es am anderen Ende der Leitung.

Mit dieser Frage hatte Sebastian gerechnet. »In den Akten liegt keiner. Ist das ein Problem?«

»Kein Einlieferungsbeleg?«, wiederholte Gerhardt und seufzte. »Aktenzeichen?«

Sebastian nannte ihm das Aktenzeichen, das er noch immer auswendig wusste.

»Moment.« Ein Rascheln erklang. Offensichtlich hatte Gerhardt den Hörer aus der Hand gelegt.

Sebastian stellte das Gespräch auf Lautsprecher und legte ebenfalls den Hörer beiseite. Während er angestrengt lauschte, drangen Geräusche aus dem Telefon, die er nicht sofort zuordnen konnte. Erst nach einigen Sekunden erkannte er das Klappern einer Computertastatur. Die Tastenanschläge folgten derart langsam aufeinander, dass er jeden einzelnen davon zählen konnte.

»Ein Karton dreißig mal dreißig«, kam es nach einiger Zeit und einem weiteren Rascheln aus dem Lautsprecher.

Treffer. Sebastian ballte die Faust. Er hätte jubeln können. »Und was ist in dem Karton?«

»Das weiß er nicht.«

»Wer weiß das nicht?« Jetzt waren Gerhardts Aussagen eindeutig zu knapp, als dass Sebastian folgen könnte.

»Der Computer.«

Sebastian verkniff sich einen Kommentar. Aber offenbar hatte er mit seiner Einschätzung über Gerhardts Alter ins Schwarze getroffen. Es war meist die Generation über sechzig, die von einem Computer sprach, als wäre das Gerät eine männliche Person. »Können Sie kurz nachschauen?«

»Jetzt?«, knurrte Gerhardt. Seine Laune schien noch weiter gesunken. »Wissen Sie, wie groß das hier alles ist? Das ist eine verdammte Turnhalle.«

»Bitte, es ist wichtig.« Sebastian versuchte, so freundlich wie möglich zu klingen.

Wieder seufzte Gerhardt. »Ich leg Sie auf das Mobilteil.«

Warteschleifen-Musik erklang, dann wieder Gerhardts Stimme. »So, hier bin ich wieder. Und Sie haben Glück, Regal vierzehn null acht ist gleich um die Ecke.«

Während das Schnaufen aus dem Hörer wieder anschwoll, verstärkte sich bei Sebastian das Gefühl, dass die örtliche Nähe der einzige Grund war, warum Gerhardt sich schließlich doch von seinem Stuhl bequemt hatte.

Früher als von Sebastian erwartet meldete sich Gerhardt wieder: »Zwei durchsichtige Asservatenbeutel. In einem liegt ein metallenes Feuerzeug, in dem anderen eine angefangene Zigarettenpackung. Dann liegt hier noch eine braune Papiertüte.«

Sebastian spürte, wie sein Herz schneller schlug. »Die braune Papiertüte. Was ist drinnen?«

Für einen Moment drang das Rascheln von Papier aus dem Hörer. »Auf dem Asservatenanhänger steht ›Kleidung‹.«

»Sonst nichts?«

»Doch: ›Achtung, mögliche DNA-Spur‹.«

8

Mögliche DNA-Spur. Sebastian vermutete, dass früher so Spurenträger gekennzeichnet wurden, deren Umfang nicht ausreichte, um sie als DNA-Material nutzen zu können. In diesem Bereich der Kriminalistik jedoch hatte es in den letzten Jahren enorme Fortschritte und vielversprechende Erfolge gegeben, die vermutlich auch zur Errichtung des Dezernats T.O.M. geführt hatten. Während ein Spurenträger vor einiger Zeit noch die Größe einer Münze haben musste, um daraus Erbmaterial zu extrahieren, reichten heutzutage mikroskopisch kleine Mengen Haut- oder Haarzellen, die an der Kleidung hafteten. Sogar längst getrocknetes Spurenmaterial wie Speichel auf Zigarettenkippen oder Blut- und Spermaspritzer stellten kein Problem mehr dar. Einmal gesichertes Erbmaterial hielt sich im Prinzip ewig. Und ein genetischer Fingerabdruck, der in einer Datenbank gespeichert war, überführte den Spurenleger eindeutig. Ein »mutmaßlich« gab es nicht mehr.

Auf Sebastians Bitte hin hatte sich Gerhardt bereit erklärt, alle Asservate im Fall Friedmann noch an diesem Morgen ins Stuttgarter LKA-Labor bringen zu lassen.

Jetzt hieß es abwarten. Da auch Franziska und Cem noch eine Weile für ihre Recherchen benötigen würden, wollte sich Sebastian in der Zwischenzeit um Dienstwaffe und -ausweis kümmern. Dass er dazu den Rest des Vormittags benötigte, hätte er allerdings nicht für möglich gehalten. Das lag nicht an der Waffe, sondern am Ausgabeformular für den Dienstausweis, das partout eine zehnstellige Personalausweisnummer verlangte. Die alphanumerische Kennung des Reisepasses hingegen wollte nicht in den vorgesehenen Platz passen. Erschwerend kam hinzu, dass sich die genauso griesgrämige wie sture Frau Grammel-Alfeld aus der Verwaltungsabteilung weigerte, genau diesen Platz dafür zu nutzen. Erst als Sebastian ihr versicherte, dass ihm der Personalausweis tags zuvor gestohlen worden war, schien sie kompromissbereit. Vor die Ausweisausgabe hatten ihre Vorschriften dann noch ein längeres Telefonat mit ihrem Vorgesetzten gesetzt. Schließlich händigte sie ihm den Ausweis aus und machte dabei ein Gesicht, als wollte sie einen Schüler wegen vergessener Hausaufgaben tadeln.

Der neue Dienstausweis wirkte nicht nur bei Queschke, dem Pförtner, wie ein Türöffner, sondern auch bei der Waffenausgabe im Kellergeschoss. Seine nagelneue Heckler & Koch P2000 samt zwei Sechzehn-Schuss-Stangenmagazinen und dem Brustholster erhielt er innerhalb weniger Minuten gegen eine einfache Unterschrift ausgehändigt. Kein Formular, keine Frau Grammel-Alfeld.

Nach einer kurzen Mittagspause mit einem laktosefreien Cappuccino im nahen Stehcafé saß Sebastian wieder hinter seinem Schreibtisch und kaute auf einem Thunfisch-Sandwich herum. Es schmeckte noch schlimmer, als es aussah. Irgendwie nach Plastik. Er steckte es zurück in die Verpackung und ließ seinen Blick durch das Büro schweifen. Die Eintönigkeit des Raumes hatte ihn schon gestört, als er das erste Mal durch die Tür getreten war. Neben seinem Schreibtisch gab es lediglich den vollkommen leeren Rollladenschrank an der Wand gegenüber. Es existierten keine weiteren Sitzplätze, Tische oder Ablagen. Ein Flipchart oder eine Magnettafel fehlte ebenso wie ein vernünftiger Computer oder Tablet. Auch für einen größeren Flachbildfernseher, Bilder an der Wand sowie eine Ruheliege in der Ecke wäre genug Platz. Gewiss würde es Monate dauern, dies alles zu beantragen und zu bekommen – falls überhaupt. Sebastian beschloss, einer Idee nachzugeben, die schon seit gestern in ihm gärte: Er könnte sich die Einrichtung einfach kaufen.

Nicht einmal Sebastian selbst kannte den genauen Betrag seines Vermögens. Er wusste nur, dass sein vorgezogenes Erbe wohl für mehrere Leben ausreichen würde. Schon als seine Mutter gestorben war, hatte Arthur Franck mit dem Gedanken gespielt, die familieneigene Kunstgalerie zu verkaufen. Es gab Dutzende Interessenten mit beinahe unerhört hohen Geboten, die die »franck & franck galeries d'art« kaufen wollten. Doch sein Vater zögerte. Nach Daniels Tod schließlich gab es nichts mehr, das ihn in Hannover hielt. Kurzerhand verkaufte Arthur

Franck damals seine inzwischen noch wertvollere Kunstgalerie an den Meistbietenden. Er übertrug Sebastian die Hälfte des Erlöses und beschloss mit seinen damals knapp sechzig Jahren, in Stuttgart ein neues Leben anzufangen. Das war seine Art, mit dem Verlust umzugehen. Und Sebastian folgte ihm, nachdem er sein Literaturstudium in Göttingen abgebrochen hatte. Er war fest davon überzeugt, dass sein Vater ihn brauchen würde. Aber im Gegensatz zu ihm, der mit Ines wohl einen neuen Sinn für sein Leben gefunden hatte, fühlte Sebastian sich in Stuttgart noch immer nicht heimisch. Wenn er ausging, dann alleine und oft in die Oper, wo kaum jemand seines Alters verkehrte. Die meiste Zeit jedoch verbrachte er mit den fünf Guppys in seinem sündhaft teuren Penthouse. Ganz alleine wollte er dort nicht wohnen, und Zierfische gehörten nun mal zu den Haustieren, die leise waren und keinen Dreck machten.

Sebastians Shoppingtour im Internet dauerte eine gute Stunde. Nach dem Einkauf in einem Möbel-Onlineshop war er stolzer Besitzer eines Sideboards und dreier Bücherregale aus weiß lackiertem Holz, eines runden Besuchertischs mit vier Stühlen sowie einer Liegecouch aus hellem Stoff samt passender oranger Kissen. Bei den knapp viertausend Euro waren Lieferung und Aufbau innerhalb einer Woche inklusive. In einem Elektronikmarkt, der die Lieferung sogar innerhalb von achtundvierzig Stunden versprach, bestellte er einen großen und einen kleineren LCD-Fernseher, einen DVD-Rekorder sowie ein Samsung Galaxy Note. Das Flipchart und ein zwei Meter langes, emailliertes Whiteboard fand er bei einem Online-Händler für Büromaterial. Alles in allem kostete ihn die neue Einrichtung für sein Büro bisher rund siebentausendachthundert Euro. Ein Betrag, der ihm gewiss nicht wehtun würde.

Als er nach einigen gerahmten Bildern schauen wollte, klopfte es an der Tür, und Franziska trat gefolgt von Cem in sein Büro.

»Hallo, Chef«, rief ihm Franziska entgegen und ließ das Piercing zwischen ihren Schneidezähnen aufblitzen. Statt eines Totenkopfs auf dem Oberteil trug sie ein schwarzes T-Shirt mit dem roten Schriftzug einer Metal-Band, an dessen Namen er sich vage erinnern konnte. Die weite Cargohose vom Vortag hatte einer relativ engen schwarzen Lederhose Platz gemacht und betonte ihre schlanke Figur. Kaum verändert hingegen schien die dunkle Schminke in ihrem Gesicht sowie die Ketten, Ringe und Riemen an Hals und Handgelenken.

Cem nickte. Auch sein Äußeres wirkte wie tags zuvor. Er trug Jeans und ein Baumwollhemd, das sich lediglich in der Farbe der Karos vom gestrigen unterschied. Nicht so seine Gesichtsbehaarung. Für einen derart dichten Haarwuchs mussten andere Männer gewiss ein bis zwei Wochen warten. Und wenn Cem sich nicht bald rasierte, hätte er vermutlich morgen oder übermorgen einen Vollbart.

»Ich kann Ihnen leider keinen Platz anbieten«, begann Sebastian. »Aber das ist nur vorübergehend. Zukünftig werden wir in meinem Büro eine tägliche Lagebesprechung zum aktuellen Fall abhalten. Es fehlt nur noch die Sitzgelegenheit.« Für einen Moment dachte er darüber nach, mehr über seine Einrichtungsplane zu verraten. Später vielleicht. »Haben wir was zu Kusnezow, mit dem wir anfangen können?« Er schaute zwischen beiden hin und her.

Sebastian hatte nicht erwartet, dass Cem schneller reagierte als Franziska. »Nicht viel«, begann der. »Michail Kusnezow, geboren am 14. Februar 1957 in Sewastopol. Wohnhaft in Berlin-Treptow. Keine Vorstrafen, keine Eintragungen in seinem polizeilichen Führungszeugnis. Bis auf ein halbes Dutzend Ordnungswidrigkeiten wegen Verstößen gegen das Straßenverkehrsrecht hat der Mann eine weiße Weste, wie man so schön sagt.« Cem schaute auf. »Soweit ich das einsehen kann.«

»Soweit Sie das einsehen können?« Im Gegensatz zu seiner vorherigen Aussage gab es wohl doch einige Datenbanken und Register, auf die er keinen Zugriff hatte.

Gemächlich führte Cem seine behaarte Hand an die Schläfe und kratzte sich. »Treptow war früher DDR. Für die Jahre vor 1989 hab ich nichts, wo ich reinschauen kann.«

»Auch ich hab nicht viel mehr«, sagte Franziska beinahe enttäuscht. »Es gibt keine Aktivitäten in sozialen Netzwerken, keinen Internetauftritt, auch kein Foto von ihm. Ist auch kein Wunder bei dem Alter.« Franziska lächelte. »Dann hab ich aber eine Alina

Kusnezow, Jahrgang 1986, in Facebook entdeckt. Ich gehe jede Wette ein, dass das seine Tochter ist.«

»Wie kommen Sie darauf?«, fragte Sebastian.

»Gleiche Meldeadresse.« Franziskas Lächeln wurde zu einem Grinsen. »Und für seine Frau ist sie zu jung.«

»Was haben Sie über sie?«

»Neben dem üblichen Facebook-Gelaber hab ich einen Artikel in der BZ gefunden. Der stammt aus dem letzten Jahr und berichtet über die Eröffnung der zehnten Filiale einer Kaufhauskette mit dem Namen ›alina.ru‹. Laut Handelsregister ist Alina Geschäftsführerin. Im Interview erwähnt sie kurz ihren Vater, ohne jedoch den Namen zu nennen. Moment ...« Franziska pulte umständlich einen Zettel aus der Seitentasche ihrer hautengen Lederhose und las: »Lebt seit 1975 in Deutschland und hat 1984 Alinas Mutter, eine Deutsche, geheiratet. Seitdem verfügt er wohl über eine unbeschränkte Aufenthaltserlaubnis für Deutschland. Bis zur Wende war er in Niederschöneweide stationiert. Das liegt ebenfalls im Bezirk Treptow-Köpenick, aber ...« Ohne den Satz zu beenden, schaute sie auf.

»Was, aber ...?«, fragte Sebastian gespannt.

Franziskas Stirn legte sich in Falten, als sie leiser und nachdenklicher antwortete: »Alina hat im Interview zweimal Niederschöneweide gesagt und nicht Treptow. Das ist merkwürdig.«

»Und was ist daran so merkwürdig?« Sebastian konnte bisher nichts Ungewöhnliches, sondern eher Triviales in Franziskas Schilderungen erkennen.

»In Niederschöneweide konnte man nicht stationiert sein. Dort hat es nie eine Kaserne gegeben, weder Volksarmee noch Rote Armee.«

Wenig später stand Sebastian vor Margas Schreibtisch. Seit dem Morgen hatte sich der Berg Kippen im Aschenbecher beachtlich vergrößert. Er beschloss, den Qualm zu ignorieren, der so dick wie Herbstnebel im Zimmer stand. Je schneller er zur Sache kam, desto früher würde er das Büro auch wieder verlassen können.

Sebastian berichtete Marga zuerst von den Beweismitteln in der Asservatenkammer des Stuttgarter Polizeipräsidiums, die seit

Jahren dort unbeachtet lagerten. Als er die möglichen DNA-Spuren auf Friedmanns Kleidung und das LKA-Labor ansprach, konnte Sebastian förmlich sehen, wie sie aufhorchte.

Nachdem er geendet hatte, zündete Marga sich eine Zigarette an und ließ den Rauch langsam entweichen. »Mögliche DNA-Spur«, sagte sie mehr zu sich selbst. »Das könnte auf Fremd-DNA hindeuten.«

»Diese Hoffnung habe ich auch.« Sebastian überraschte Margas plötzliches Interesse an dem Fall. Besonders wenn er daran dachte, wie gleichgültig sie am Morgen noch geklungen hatte. »Bis wann können wir mit Ergebnissen rechnen?«

»Woher soll ich das wissen?«

Er zuckte mit den Schultern. »Sie haben jahrelange Erfahrung in diesen Dingen.«

»Reden Sie bloß nicht von meiner jahrelangen Erfahrung. Das hört sich an, als ob ich uralt bin«, knurrte sie. Der Qualm aus ihrer Zigarette zwang sie, das rechte Augenlid zusammenzukneifen.

»Soll ich Druck machen?«

»Nein. Dann dauert es noch länger. Sie sollten sich bei denen nicht unbeliebt machen.« Sie schaute auf. »Oder haben Sie das schon? Zuzutrauen wär's Ihnen ja.«

Sebastian dachte einen Moment an Gerhardt, schüttelte dann aber den Kopf. »Dann sollten wir die Zeit nutzen.«

»Die Zeit nutzen? Womit?« Noch immer kniff sie ihr Auge zusammen. Tiefe Falten gruben sich in Stirn und Schläfe.

»Michail Kusnezow.«

Marga nahm die Zigarette aus dem Mundwinkel und klopfte die Asche ab. »Der Russe aus Berlin, der Friedmanns Porsche verkauft hat?«

»Genau der«, gab Sebastian zurück. »Franziska und Cem haben zwar nicht viel über ihn herausbekommen, und polizeibekannt ist er auch nicht. Trotzdem müssen wir klären, wie der Mann an den Wagen gekommen ist und wo er die ganze Zeit über gefahren wurde.«

»Ich weiß, was in Ihrem Kopf vorgeht. Sie denken, dass zwischen Friedmanns russisch aussehendem Verfolger und diesem Kusnezow ein Zusammenhang besteht. Dass es sich vielleicht sogar um ein und dieselbe Person handelt, die nach der Tat den Wagen gestohlen hat.«

Das lag auf der Hand. Nur wie sollten sie das beweisen?

Marga schien seine Gedanken zu erraten. »Gibt es ein Bild von Kusnezow, das wir dieser Puffmutter zeigen können?«

»Keines.« Sebastian erschien es zwar nicht unmöglich, eine Person auf einem Foto wiederzuerkennen, die derjenige über zwanzig Jahre zuvor für einige Sekunden gesehen hatte. Aber er bezweifelte, dass dies dem Staatsanwalt ausreichte.

Marga pustete sich eine Haarsträhne aus dem Gesicht. »Dann bleibt im Moment nur die DNA-Spur an Friedmanns Kleidung. Vielleicht passt sie zu unserem Russen.«

»Für einen DNA-Abgleich brauchen wir eine Probe von Kusnezow. Aber dafür bekommen wir niemals einen richterlichen Beschluss.«

Marga stieß einen Laut der Geringschätzung aus. »Blödsinn. Falls Sie den Fall klären wollen, müssen sie jeder verdammten Spur nachgehen.« Sie drückte die Zigarette aus und musterte ihn. »Fahren Sie nach Berlin, fragen Sie Kusnezow nach dem Porsche und kommen Sie nicht ohne eine DNA-Probe von ihm zurück. Und falls er die Probe nicht freiwillig abgibt, ja dann … dann müssen Sie sich halt was einfallen lassen.«

Es dauerte einen Augenblick, bis Sebastian begriff, was sie von ihm verlangte. »Aber das wäre illegal und hätte im Übrigen keinerlei Beweiskraft. Die Entnahme von Körperzellen sowie die anschließende molekularbiologische Untersuchung stehen unter Richtervorbehalt.«

»Kennen Sie diesen Scheiß wirklich auswendig?« Sie gab sich keine Mühe, ihre Abneigung zu verbergen.

Sebastian reckte das Kinn. »Natürlich, Paragraf 81a Strafprozessordnung.«

»Herr Franck.« Marga straffte den Rücken. »In diesem Fall geht es weder um die beweiskräftige Sicherung von DNA-Spuren noch um deren Verwendung in einem Strafverfahren. Wie ich vorhin bereits sagte, sehe ich derzeit nur diese eine Möglichkeit, Kusnezow einen Zusammenhang mit Friedmanns Tod nachzuweisen. Und falls wir etwas finden, ergibt sich der Rest später.

Sie müssen es ja nicht an die große Glocke hängen.« Sie sah ihn prüfend an. »Also, Herr Franck. Denken Sie, dass Sie das alleine hinkriegen, oder soll ich mitkommen, zum Händchenhalten?«

Sebastian hatte keine Ahnung, was er darauf antworten sollte. Er atmete einmal tief durch. Vermutlich hatte Marga recht. Sie waren meilenweit von einem möglichen Verfahren entfernt. »Gut. Sie sind der Chef.«

Marga lächelte schief. »Eben.«

***

Nachdem Sebastian endlich das Büro verlassen und die Tür hinter sich geschlossen hatte, nahm Marga ihr Mobiltelefon aus der Handtasche und prüfte ein weiteres Mal die Anrufliste. Es wäre nicht nötig gewesen. Sie wusste genau, dass Rolf nicht angerufen hatte, denn das Klingeln hätte sie nur schwer überhören können. Die Lautstärke war auf die höchste Stufe gestellt. Sie drehte das Gerät in der Hand und dachte darüber nach, ob sie einen weiteren Versuch starten sollte, ihn anzurufen. Dann wäre das Dutzend wohl voll. Sie beschloss, noch bis zum Abend zu warten.

Gerade als sie das Telefon zurückstecken wollte, begann es zu vibrieren und zu klingeln. Vor Schreck wäre ihr das Gerät beinahe aus der Hand gefallen. Sie sah auf das Display. Tatsächlich Rolf. Er hatte sich verdammt viel Zeit für einen Rückruf gelassen.

Sie ließ es noch einige Male klingen und nahm dann das Gespräch mit einem knappen »Ja« entgegen. Das musste reichen. Sie wollte auf keinen Fall nett klingen. Nicht nachdem er sie so lange hatte warten lassen.

»Hallo, Marga«, kam es beinahe liebenswürdig aus dem Hörer. »Du hast versucht, mich zu erreichen.«

»Das kannst du aber laut sagen«, platzte es erregt aus ihr heraus. Zu einem freundlicheren Ton fühlte sie sich partout nicht in der Lage.

»Warum so aufbrausend?« Wieder dieser charmante Tonfall, den sie heute nicht ausstehen konnte.

Marga wollte nicht um den heißen Brei herumreden. »Ich hab über deinen Vorschlag nachgedacht.«

»Meinen Vorschlag?«

So viele Vorschläge gab es gewiss nicht, dass er rückfragen musste. »Das mit dem Haus«, entgegnete sie schnell.

»Und? Zu welchem Ergebnis bist du gelangt?«

Wenn sie jetzt auf seinen Vorschlag einging, war Platz eins ihrer Problemliste schlagartig gelöst. Doch sie wollte nicht, dass er das Haus übernahm. Sie wollte auch nicht, dass er die Raten bezahlte. Was sie wollte, war, weiterhin selbst zu bestimmen, wo sie wohnte. »Kannst du mir einen Kredit ... einen kleinen Kredit geben?«

Für einen Moment drang nur Rolfs leises Atmen an ihr Ohr. Dann folgte ein dunkles Lachen.

»Was ist denn daran so witzig?« Marga konnte sich nur noch schwer zurückhalten.

Sofort verstummte das Lachen. »Nichts. Entschuldige, Marga. Aber ich bin keine Bank. Ich kann dir das Geld überlassen, du brauchst es mir nicht mehr zurückzahlen.«

Das war die falsche Antwort. »Ich will dein Geld nicht geschenkt. Nur geliehen. Und nur für ein paar Monate.«

Erneut herrschte für einen Moment Ruhe am anderen Ende der Leitung. »Wenn es dich glücklich macht. Ja, ich kann dir Geld leihen. Wie viel brauchst du?«

Seine Frage klang, als ob er wie Dagobert Duck über einen unerschöpflichen Geldspeicher verfügte. Marga schluckte ihren Ärger hinunter und knurrte: »Siebentausendachthundert Euro bis Freitag.«

Wider Erwarten protestierte Rolf nicht. Kein Laut drang aus dem Hörer. »Klar, das sollte kein Problem sein. Ich werde das Geld heute noch auf das Darlehnskonto bei der Stuttgarter Bank überweisen.« Er räusperte sich, und Marga hörte, wie er sich ein paarmal über die Barthaare fuhr. »Ich wollte dich noch was fragen.«

»Was?«

»Wie geht es eigentlich Lukas? Fährt er immer noch mit seinem Roller Pizza aus?«

Nicht einmal das wusste er. Rolf war auf seinem Scheißbauernhof in der ostdeutschen Pampa nicht nur geografisch viel zu weit von seinem Sohn weg. Marga könnte ihm jetzt sagen, dass Lukas sich total verändert hatte, seit sein Vater ausgezogen war, und kaum noch mit ihr redete. Doch das hatte sie ihm schon Dutzende Male gesagt. Vermutlich müsste sie Rolf auch sagen, dass er sich mehr um ihren gemeinsamen Sohn kümmern sollte. Aber auch das hatte sie ihm schon einige Male gesagt. »Du hast doch seine Telefonnummer«, erwiderte sie schließlich. Es klang frostiger als beabsichtigt.

Rolf seufzte. »Ich wollte es aber von dir hören. Er ist in letzter Zeit so merkwürdig und so … so kurz angebunden. Mir gegenüber jedenfalls.«

Sein Eindruck täuschte ihn nicht. Marga überlegte, ihm die Geschichte mit Lukas' Kumpel Dennis, den Handys und der neuen Geschäftsidee zu erzählen. Doch stattdessen beließ sie es bei einem knappen »Gut«. Was wollte er schon in fünfhundert Kilometern Entfernung ausrichten? Und um nach zwei Jahren plötzlich wieder den Vater zu spielen, schien es ihr zu spät.

Erneut drangen nur Rolfs Atemgeräusche aus dem Hörer, bis er schließlich sagte: »Dann werde ich ihn morgen oder so mal anrufen.«

»Mach das«, gab Marga zurück und wollte auflegen, als sie Rolfs Stimme hörte.

Sie nahm den Telefonhörer wieder ans Ohr. »Was ist?«

»Pass auf ihn auf, Marga. Ich hab die Befürchtung, dass er irgendeinen Blödsinn anstellt.«

9

Wie jeden Mittwochmorgen in den letzten acht Wochen saß Marga in Roman Prechtkranz' Praxis und sollte Antworten auf Fragen geben, die sie nicht kannte. Zentraler polizeipsychologischer Dienst nannte sich diese Serviceleistung ihres Arbeitgebers, die in ihrem Fall eher etwas mit Zwang als mit Service zu tun hatte. Eine Auflage der Disziplinarbehörde, damit sie überhaupt ihren Dienst verrichten durfte. Und das wiederum war Voraussetzung für die monatlichen Gehaltsüberweisungen. Nur deswegen setzte sie sich Woche für Woche in ihren Campingbus und fuhr die dreißig Kilometer nach Nürtingen. Morgens neun Uhr eine Stunde hin, dann eine Stunde möglichst nicht dämlich anstellen und eine weitere Stunde zurückfahren. Ein inzwischen fester Bestandteil ihres Lebensrhythmus.

Die Natur hatte es mit Roman Prechtkranz nicht gut gemeint. Sein rundliches Gesicht war sehr blass und dominiert von einem Überbiss, ähnlich wie bei Kaninchen. Auch sonst sah er nicht so aus, als ob er viele Chancen beim anderen Geschlecht hätte. Seine Augen lagen tief in den Höhlen und schauten traurig drein. Vielleicht bekäme er ja deswegen einen Mitleidstreffer im Stuhlkreis für enttäuschte Singles. Beruflich hingegen legte er mit seinen gerade mal fünfunddreißig Jahren viel Idealismus an den Tag. Prechtkranz glaubte tatsächlich, dass Marga die Sitzungen weiterhelfen würden. Eine seiner Lieblingsaussagen lautete: »Wir sind fester Bestandteil der Polizeiarbeit.« Das hörte sich dann bei Prechtkranz so an, als ob es ohne ihn keine Verbrechensbekämpfung in Baden-Württemberg gäbe.

Seine Praxis unweit der Innenstadt umfasste genau zwei Räume: ein kleines Büro, in dem seine Schwester die Termine für ihn vereinbarte und die restlichen Schreibarbeiten ausführte, sowie ein Behandlungszimmer. Darin befanden sich lediglich einige Bücherregale mit Fachliteratur, die obligatorische Liege sowie ein Schreibtisch mit Besucherstuhl. Und natürlich Benjamin. So hatte Marga jenen ganz besonderen Gummibaum getauft, der gleichberechtigt neben dem Besucherstuhl stand und nach Eukalyptus roch wie ein Hustenbonbon.

»Wie geht's Ihnen heute Morgen?«, begrüßte er Marga und streckte ihr seine Hand entgegen.

Richtig scheiße, seit mein Ex-Mann eine Jüngere vögelt, dachte sie und sagte: »Gut, und Ihnen?« Sie ergriff die Hand, die sich noch weicher und verschwitzter anfühlte als sonst. Marga unterdrückte den Drang, ihre Hand sogleich an ihrer Jeans abzuwischen.

Prechtkranz zeigte seine Schneidezähne, was sie bisher als Lächeln interpretiert hatte. »Auch gut. Aber ich möchte heute über Sie reden.« Es klang, als ob sie in den vorangegangenen Sitzungen über jemand anderen geredet hätten.

Er wandte sich ab. Der Luftzug wehte Marga einen Schwall Eukalyptus entgegen. Sie nutzte den unbeobachteten Augenblick und wischte blitzschnell ihre Hand an der Hose ab.

»Wie viel haben Sie denn geraucht in der letzten Woche?«, fragte Prechtkranz. Er hatte auf seinem hypermodernen Bürostuhl hinter dem Schreibtisch Platz genommen und einen gelben Bleistift auf einem Notizblock bereitgelegt.

»Lassen Sie mich mal nachdenken.« Margas Blick wanderte zur übervollen Tischplatte und blieb an zwei Stapeln Aktenmappen hängen. Sie zählte vierzehn Stück. Offenbar stand jede für einen Patienten. Manche waren so dünn wie ein Schulheft, andere so dick wie ein Versandhauskatalog.

Prechtkranz lehnte sich zurück und machte den Blick frei auf die roten Digitalziffern des Plastikweckers neben seinem Computermonitor. Zehn Uhr acht: noch zweiundfünfzig Minuten, dann war sie hier raus.

»Vierzehn Joints.« Am liebsten hätte sich Marga für ihren dämlichen Scherz geohrfeigt.

Prechtkranz runzelte die Stirn. Noch schien er zu überlegen, was er von ihrer Antwort halten sollte.

»Das war nur ein Spaß.« Sie beeilte sich zu lächeln. »Ich hab die Raucherei im Griff, wirklich.«

Er ließ seine Arme auf die Tischplatte sinken und faltete die Hände wie zum Gebet. »Und wie stellen Sie das an?«

»Ich habe einem Mitarbeiter meine Zigarettenstange zur Verwaltung gegeben. Er darf mir jeden Tag nur eine Packung davon geben.« Immerhin war nicht alles gelogen.

»Sie wissen, was ich von Ihrer Raucherei halte.«

Natürlich wusste sie das. Aber je mehr er davon sprach, desto weniger würde sie ihm zuhören. »Ich weiß.«

»Es ist die Wurzel allen Übels. Kein Rauchen, keine Drogen. So einfach ist das.«

»So einfach ist das, ja«, wiederholte Marga. Damit klang Prechtkranz nicht viel anders als die orthodoxen Spinner, die Hasch nur deswegen als Droge verteufelten, weil es schon immer so war.

»Sie nehmen mich nicht ernst, Frau Kronthaler.« Prechtkranz legte den Kopf schief und beobachtete sie wie ein Insekt unter dem Mikroskop.

»Doch, natürlich.« Marga nickte heftig dazu. Das sollte ihn besänftigen.

Draußen fuhr ein Lastwagen vorbei. Das Dröhnen des Motors ließ die Fensterscheiben hinter den schräg gestellten Lamellen erzittern.

»Junge Erwachsene, die Marihuana als Droge konsumierten, zeigten signifikante Anomalien in zwei wichtigen Hirnregionen, die für Emotionen und Motivation wichtig sind.«

»Ich bin aber kein junger Erwachsener.« Marga lehnte sich zurück. Es kam ihr so vor, als ob er in Gedanken eine Notiz zu ihrer Reaktion formulierte, um sie dann niederzuschreiben. Doch Block und Bleistift blieben unberührt. Warum zum Teufel schrieb er sich nichts auf?

»Das gilt natürlich auch für ältere Menschen.« Prechtkranz bemühte sich um ein bedeutungsvolles Gesicht. »Da existieren bisher lediglich keine Studien. Aber die würden auch nichts anderes enthüllen: dass schon gelegentlicher Gebrauch von Marihuana zu entscheidenden Veränderungen im Gehirn führen kann.«

Von was faselte Prechtkranz da? In ihrem Gehirn gab es überhaupt keine Veränderungen, wenn man davon absah, dass sie die Sitzungen bei ihm jedes Mal als nutzloser empfand. »Habe ich verstanden«, sagte sie und spähte wieder auf die roten Digitalziffern. Noch sechsundvierzig Minuten.

Prechtkranz räusperte sich. »Lassen Sie uns aber über die Gründe Ihres Drogenmissbrauchs sprechen. Das ist bei Frauen ein ganz heikles Thema.«

Marga nickte, obwohl sie ihm gerne gesagt hätte, dass ihn das einen verdammten Scheiß anging.

»Es gibt zahlreiche Mütter, Hausfrauen, auch viele erfolgreiche Geschäftsfrauen, die stillschweigend leiden, weil sie nicht glauben oder verstehen wollen, dass sie ... ja ... Suchtprobleme haben.«

Sie hatte keine Suchtprobleme. Sie hatte nur Lust auf einen Joint gehabt – und die Gelegenheit. Dummerweise war sie dabei erwischt worden. Nicht mehr und nicht weniger. Aber so konnte sie ihm das nicht sagen. »Ich leide nicht stillschweigend. Schon gar nicht wegen ein paar Joints, die ich irgendwann geraucht habe.«

»Drogen sind gefährlich, Frau Kronthaler.« Prechtkranz hörte sich an wie ein Grundschullehrer, der einem Pennäler das Schwänzen abgewöhnen wollte.

»Das war nur Marihuana. Besonders Sie als Mediziner sollten so was nicht mit harten Drogen gleichsetzen. Es ist wie Alkohol oder Nikotin.«

»Alles Drogen, die Sie meiden sollten.«

Marga winkte ab. »In dem Fall besteht mein ganzes Leben aus Drogen. Ihres nicht?«

Prechtkranz lächelte überlegen. »Ich rauche nicht, und ich trinke keinen Alkohol.«

Etwas anderes hatte sie bei ihm auch nicht erwartet. »Sie sagen das so, als wäre es etwas Erstrebenswertes.« Vermutlich waren all ihre Kommentare überflüssig. Er mied gewiss jedes Raucherlokal und trank nur Heilwasser.

»Es ist etwas Erstrebenswertes.« Er deutete mit beiden Händen auf seine Brust. »Schauen Sie mich an. Ich bin kerngesund.«

Marga sah ihn an. Krank schaute er tatsächlich nicht aus. Das schützte allerdings nicht vor Spießigkeit.

»Kommen wir aber wieder zu Ihnen.« Prechtkranz grinste wie ein Neunjähriger.

Marga versuchte, sein Grinsen nachzuahmen. »Wollen Sie wieder über Drogen reden?«

Er nickte. »Natürlich. Nur deswegen sitzen wir hier überhaupt zusammen.«

Marga lehnte sich zurück und schlug die Beine übereinander. Cool bleiben. Noch vierunddreißig Minuten.

Prechtkranz stützte die Ellenbogen auf den Schreibtisch und verdeckte so den Plastikwecker. »Hatten Sie in letzter Zeit irgendwelche Angstattacken?«

»Angstattacken?« Marga stieß laut die Luft durch die Nase. »Wie kommen Sie auf so was?«

»Angstattacken könnten eine Reaktion Ihres Gehirns auf die Drogen sein.«

Marga schaute an ihm vorbei. An der Wand hing ein halbes Dutzend gerahmter Bescheinigungen von Seminaren, deren Titel sie nicht verstand. Sie sah wieder zu ihm. »Ja, letzten Samstag. Da dachte ich doch glatt, der VfB steigt dieses Jahr ab. Die haben zu Hause gegen Hertha verloren.«

»Bitte hören Sie auf, meine Fragen ins Lächerliche zu ziehen, Frau Kronthaler.« Prechtkranz senkte seinen Kopf, nahm sie fest in den Blick. Ein untrügliches Zeichen, dass er auf jedes ihrer Worte achtete.

Marga wich seinem Blick aus, sah kurz zur Decke, dann wieder zu ihm.

»Sie sind es, auf die es hier ankommt. Ich muss nicht mit Ihnen reden, sondern Sie mit mir. Schauen Sie«, er deutete auf den Stapel Aktenmappen, »ich habe andere Patienten. Patienten, die meine Hilfe wirklich wollen.«

»Kommen Sie, Herr Prechtkranz. Auch Sie müssen doch in der Zwischenzeit gelangweilt sein von unseren immer gleichen Gesprächen.«

Es dauerte einen Augenblick, bis er reagierte. »Frau Kronthaler, Sie haben ein Drogenproblem, und das hat nichts damit zu tun, ob wir uns langweilen.«

Irgendwann kam bei jedem der Zeitpunkt, an dem er nicht mehr konnte, nicht mehr wollte. Egal, welche Konsequenzen daraus folgten. Und den Punkt hatte Marga soeben erreicht.

»Sie wollen mir allen Ernstes weismachen, dass ich ein Drogenproblem habe, nur weil ich ab und zu einen Joint geraucht habe?«

Prechtkranz blinzelte zwei- oder dreimal, ansonsten reagierte er nicht.

»In welchem Jahrhundert leben Sie eigentlich?« Marga konnte sich nicht mehr zurückhalten. Es war, als ob ein Ventil platzte. »Das ist ja fast wie zu Zeiten der Prohibition.«

Er nahm den Bleistift vom Block und drehte ihn ein paarmal in der Hand. »Sie verstecken sich.«

»Immer dieses dämliche Psycho-Gelaber. Ich kann's nicht mehr hören. Sagen Sie mir doch geradeheraus, was Sie von mir denken.«

»Das werde ich Ihnen wohl kaum auf die Nase binden, wenn Sie sich weiter so anstellen.«

»Weiter so anstellen? Ist das ein Fachbegriff? Kannte ich bisher nicht. Vielleicht sollten Sie lernen, sich anders auszudrücken. Das ist unprofessionell und wirkt sich auf Ihre Arbeit aus.«

Mit spitzen Fingern legte er den Stift wieder zurück auf den Block. »Vielleicht habe ich ja recht.«

»Recht?« Marga beugte sich vor. Noch zweiundzwanzig Minuten, dann war sie hier raus. »Womit denn?«

Prechtkranz hatte wieder diesen Blick aufgezogen wie ein Wissenschaftler, der gleich ins Mikroskop schaut.

»Sagen Sie mir, warum ich mich Ihrer Meinung nach verstecke.« Marga hatte sich inzwischen in Rage geredet.

»Warum sollte ich Ihnen das sagen?« Prechtkranz sprach weiter mit dieser unangenehm nüchternen Stimme, als ob er eine Vorlesung hielte.

Marga seufzte. »Weil ich Ihnen dann sagen kann, ob Sie recht haben.«

»Frau Kronthaler, es interessiert mich nicht, ob Sie glauben, dass ich recht habe.«

»Sie können mich mal.« Marga lehnte sich wieder zurück und verschränkte die Arme vor der Brust.

»Sehen Sie.« Prechtkranz deutete in ihre Richtung. »Sie verstecken sich hinter Ihren Drogen, und jetzt im Moment tun Sie's auch hinter Ihren Armen. Das ist eine verschlossene Körperhaltung. Sie ziehen sich zurück.«

»Einen Scheißdreck verstecke ich mich. Ich setzte mich nur bequemer hin.« Wie zum Beweis rutschte Marga auf ihrem Stuhl einige Male hin und her. Noch vierzehn Minuten, und sie war hier raus.

»Mit dieser Einstellung schaffen Sie höchstens einen Job im Archiv der Stuttgarter Polizei.« Prechtkranz musterte sie, als ob er wissen wollte, wie sich seine Drohung auswirkte. »Oder wie denken Sie darüber?«

»Wie ich darüber denke? Interessiert Sie das nun doch?« Marga schüttelte den Kopf. »Ich hatte bisher nicht den Eindruck.«

»Natürlich. Zumal Sie das erste Mal ein aktives Interesse an Ihrer Therapie zeigen.«

Aktives Interesse? Blödsinn. »Ich würde es eher als aktive Abneigung bezeichnen.«

Er zog Block und Stift näher zu sich her und notierte etwas, das sie von ihrem Platz aus nicht lesen konnte. »Wenn Sie nicht anfangen, an sich selbst zu arbeiten, werden Sie nie mehr zu der Polizistin, die Sie einmal waren.«

»Woher wollen Sie wissen, was für eine Polizistin ich früher war?«

Prechtkranz legte den Bleistift zurück, zog eine der Aktenmappen aus dem Stapel und hielt sie ihr entgegen. »Wegen dem hier.«

Marga musste nicht hinschauen, um zu wissen, dass es sich um ihre Akte handelte.

»Ich habe viel über Sie gelesen.« Er legte die Akte zurück auf den Stapel und nahm den Bleistift wieder zur Hand.

»Wenn es Sie weiterbringt.« Und mich hier raus, fügte Marga in Gedanken hinzu.

Draußen vor der Tür hörte sie schwere Schritte, dann unterdrückte Stimmen. Der Termin nach ihr war eingetroffen. Noch sieben Minuten.

»Sie haben viel gesehen: das Leben, den Tod, brutale Gewalt, den Zufall, das Schicksal.«

Marga kannte niemanden, der mit derart wenigen Worten

ein ganzes Polizistenleben zusammenfassen konnte. Sie hätte es nicht besser gekonnt.

»Und Sie haben es immer gemeistert. Sie haben Menschen das Leben gerettet, Verbrecher hinter Gitter gebracht und Fälle gelöst, davon könnten sich viele Ihrer Kollegen eine Scheibe abschneiden.« Prechtkranz nahm sie fest in den Blick. »Beruflich zu den Besten zu gehören, aber privat läuft es nicht richtig; diese Konstellation ist keine Seltenheit, Frau Kronthaler.«

Marga hatte Mühe, die Bilder, die plötzlich in ihrem Kopf entstanden, mit dem Gespräch, das sie führte, in Einklang zu bringen. Ein totes Mädchen im hellen Sommerkleid, zwölf Jahre alt, misshandelt und erwürgt von ihrem eigenen Onkel. Zwei Babyleichen zwischen Pizzaschachteln in einer Kühltruhe. Daneben die völlig verstörte Mutter. Dann mehrere Banküberfälle, davon zwei mit Geiselnahme. Sie hatten alle unverletzt befreien können wie auch ein gutes Dutzend Frauen, die von ihren Männern verprügelt wurden. Vermutlich gab es nichts Wichtigeres für einen Polizisten, als vergessen zu können. Und sie war schon immer eine der Besten darin gewesen.

»Daran werden wir beide beim nächsten Mal intensiv arbeiten.« Prechtkranz notierte sich erneut etwas, stand auf und kam hinter seinem Schreibtisch hervor. »Aber für heute soll es das gewesen sein.«

Marga sprang auf.

»Wir sehen uns nächste Woche. Mittwoch um die gleiche Zeit.« Er hielt ihr die Hand hin.

Marga drückte sie. »Ich kann's kaum erwarten.«

10

Unsanft wie ein Ziegelstein klatschte der Airbus A319 mit der Flugnummer AB 6530 um elf Uhr vierundfünfzig auf den Asphalt der Landebahn 08R in Berlin-Tegel. Das eher schlechte Flugwetter an diesem Morgen hatte dafür gesorgt, dass die Air-Berlin-Maschine vierzehn Minuten nach der Zeit landete. Überhaupt war der einstündige Flug von Stuttgart alles andere als ruhig gewesen. Sebastian hatte versucht, seine aufkommende Nervosität in den Griff zu bekommen, indem er die laminierten Notfallpläne, Zeitschriften und Kotztüten in den Rückenlehnen der Größe nach sortierte und ausrichtete. Die verstörten Blicke seiner Sitznachbarn hatten ihn allerdings bald davon abgehalten. Irgendwann hatte er es dann geschafft, sich mit dem Anstreichen der Schreibfehler im Bordmagazin abzulenken. Nach dem dreizehnten Fehler hatte ihn der Pilot endlich erlöst und den Landeanflug angekündigt.

Noch gestern war Sebastian von einigen Tagen Wartezeit und einem umfangreichen anwaltlichen Schriftwechsel ausgegangen, um Michail Kusnezow befragen zu können. Auch weil es keine öffentliche Telefonnummer von ihm gab. Doch einmal mehr hatte er nicht mit Franziskas Entschlossenheit gerechnet. Sie war ein regelrechtes Energiebündel, das nicht nur keine Scheu zeigte, auf Menschen zuzugehen und draufloszureden wie bei der Zeugin Bristol alias Filipowitsch in der Weberstraße. Franziska hatte zudem kurzerhand in der Zentrale von alina.ru angerufen, nach Kusnezows Durchwahl gefragt und diese auch erhalten. Ein genauso forscher wie kluger Einfall. Schon beim ersten Versuch hatte sie ihn erreicht, sein Angebot einer telefonischen Befragung jedoch sogleich abgelehnt. Die versteckte DNA-Probe konnte Sebastian nun mal nicht per Telefon sichern. Nach Franziskas Drohung mit einer Vorladung nach Stuttgart stand am darauffolgenden Tag plötzlich Zeit für eine Befragung durch das LKA Stuttgart zur Verfügung. Wenig später wurde der Termin um dreizehn Uhr in Kusnezows Treptower Büro sogar per Fax bestätigt. Und damit war der Weg frei gewesen für Sebastians Flug nach Berlin. Ob ihn Kusnezow allerdings alleine empfangen würde, wusste er derzeit nicht. Sebastian rechnete damit, dass er anwaltlichen Beistand in Anspruch nahm.

Die dunkelhäutige, füllige Taxifahrerin – aufgrund der bunten, wallenden Tücher um Leib und Kopf sicherlich eine Afrikanerin – zeigte sich hocherfreut über ihren neuen Fahrgast. Kein Wunder. Zwischen dem Flughafen Tegel im Nordwesten und Treptow im Südosten Berlins lagen rund dreißig Kilometer Fahrstrecke und sicherlich um die fünfzig Euro Beförderungsgeld. Sie deutete mit dem Daumen auf den Rücksitz und präsentierte einen Satz strahlend weißer Zähne, als sich ihr Mund zu einem zufriedenen Grinsen verzog. Sebastian stieg ein, legte seinen Aktenkoffer auf den Oberschenkeln ab und schnallte sich an. Keine Sekunde zu früh. Im Rückspiegel blitzten ihn zwei riesenhafte weiße Zahnreihen an, als sie unvermittelt Gas gab.

Sebastian lehnte sich zurück, um sich auf das bevorstehende Gespräch vorzubereiten. Neben der DNA-Probe, die er nachher irgendwie von Michail Kusnezow sichern musste, störte ihn der Umstand, dass er bisher nicht wusste, wie der Mann aussah. Es war wie das Treffen mit einem Phantom. Sebastian und Franziska hatten es nicht geschafft, ein Bild von ihm aufzutreiben. Sie hatten auch kein weiteres von seiner Tochter Alina gefunden. Es gab nur dieses Facebook-Profilbild, das er sich auf sein Smartphone geladen hatte.

Die Taxifahrt gestaltete sich ähnlich turbulent wie der Flug. Genau genommen bestand sie anfangs nur aus ruckartigen Lenkbewegungen, die meist mit Vollgas gefahren oder durch plötzliche Bremsungen gestoppt wurden. Erst auf dem Stadtring wurde es allmählich ruhiger. Sie kamen rasch voran, passierten Wilmersdorf, dann Tempelhof. Wenn es weiter so gut lief, würde die Fahrt bis zur Gutenbergstraße am Zusammenfluss von Müggelspree und Dahme gerade mal eine halbe Stunde dauern. Ab und an schaute seine Fahrerin grinsend in den Rückspiegel und ließ dabei ihre weißen Zähne aufblitzen. Wenigstens nervte sie nicht mit belanglosem Geschwätz.

Sebastian versuchte, sich Michail Kusnezow vorzustellen.

Zuerst kam ihm ein breitschultriger Bulle in den Sinn, bei dem nicht mehr zu erkennen war, ob der massige Oberkörper eher aus Fett oder Muskeln bestand. Aber vielleicht war er eher der drahtige, athletische Typ? Oder doch klein und zierlich? Auf eines jedoch hätte Sebastian gewettet: Falls es sich bei Kusnezow um jenen Mann handelte, den auch die Zeugin Filipowitsch in der Tatnacht gesehen hatte, würde er slawische Gesichtszüge haben. Und spätestens in diesem Fall war ein Foto von ihm beinahe so wichtig wie die DNA-Probe. Auch wenn die Tat schon über zwanzig Jahre zurücklag, wäre es möglich, dass Filipowitsch ihn darauf erkannte. Nur wie sollte Sebastian das anstellen? Er konnte ihm nicht einfach eine Kamera vor die Nase halten und abdrücken.

Das Taxi verließ die Stadtautobahn und brauste durch ein Gewerbegebiet weiter Richtung Osten. Da klingelte das Mobiltelefon in der Mittelkonsole. Die Fahrerin seufzte, griff nach dem Smartphone und hielt es ans Ohr. Sie grunzte etwas und schaute das erste Mal nicht in den Rückspiegel, sondern wandte Sebastian kurz den Kopf zu, ohne jedoch die Geschwindigkeit zu verringern. Das Weiß ihrer Augen blitzte vor dem Hintergrund ihrer dunklen Hautfarbe regelrecht auf. Nach ein paar Worten in einer für ihn komplett fremden Sprache warf sie das Smartphone wieder zurück in die Mittelkonsole. Und mit einem Mal wusste Sebastian, wie er von Kusnezow unauffällig ein Foto machen konnte.

Die Büros von alina.ru in der Gutenbergstraße befanden sich in unmittelbarer Nähe des Barockschlosses Köpenick. Wenn Sebastian die Hausnummern nicht mitgezählt und Stopp gerufen hätte, wäre seine Taxifahrerin vermutlich vorbeigefahren. Mit dreiundfünfzig Euro zwanzig und vierunddreißig Minuten Fahrzeit von Tegel bis hierher lag Sebastian beide Male am oberen Ende seiner Schätzung. Er stieg aus und betrachtete das mehrstöckige Backsteingebäude von der anderen Straßenseite aus. Gewiss stammte es noch aus dem 19. Jahrhundert und hatte früher als Fabrikhalle gedient. Die renovierte Fassade in unterschiedlichen Rottönen erinnerte an eine Mauer aus gigantischen Legosteinen. Durch die Kassettenfenster, groß wie Scheunentore, konnte er die Angestellten in den Büros dahinter erkennen. Der Ausblick in den oberen Stockwerken reichte vermutlich über die Dahme bis hinüber zum Köpenicker Barockschloss. Sebastian ging über die Straße. Jetzt entdeckte er auch die weiß lackierte Metalltafel mit dem Schriftzug »alina.ru«. Die kyrillischen Buchstaben darunter stellten wohl die russische Transkription des Firmennamens dar.

Bevor er das Gebäude betrat, tippte er eine SMS mit folgendem Wortlaut an Franziska: »Bitte rufen Sie mich sofort auf meinem Handy an.«

Ohne die SMS abzuschicken, steckte er sein Telefon zurück in die Seitentasche des Jacketts und trat durch die gläserne Eingangstür. Der Wegweiser neben dem Aufzug verriet ihm, dass alina.ru den gesamten dritten Stock belegte.

Oben angekommen breitete sich das Stockwerk groß wie ein Fußballfeld und nahezu ohne Einzelbüros oder Trennwände vor ihm aus. Die moderne Einrichtung mit meist weißen Möbeln schien nur wenige Jahre alt zu sein. Sebastian entdeckte einen Empfangsschalter mit dem Firmennamen in lateinischen und kyrillischen Buchstaben. Dahinter starrte eine Frau undefinierbaren Alters mit auffällig geschminktem Gesicht und wasserstoffblonden Haaren in den Bildschirm vor sich. So wie sie dabei die Augen zusammenkniff, benötigte sie zweifellos eine Brille.

Er trat zu der Blonden, stellte sich vor und schob ihr seinen Dienstausweis entgegen. Sie griff danach, hatte aber offenbar die Länge ihrer dunkelrot lackierten Fingernägel unterschätzt. So benötigte sie einige Anläufe, um das Plastikkärtchen von der Tischplatte aufzunehmen. Als sie es endlich in Händen hielt, wanderte ihr Blick einige Male zwischen dem Ausweis und seinem Gesicht hin und her. Dabei kniff sie immer wieder die Augen zusammen.

Sebastian versuchte sich an einem Lächeln.

Keine Reaktion.

»Ich habe einen Termin mit Herrn Michail Kusnezow, Frau …«, sagte Sebastian.

»Ich weiß«, kam es mit hartem Ch-Laut zurück. »Sie sind früh und müssen warten.« Ihre Worte klangen mehr nach einem Befehl als nach einer Antwort. Sie schob ihm den Ausweis zurück und deutete auf eine Reihe weißer Plastikstühle, die so bequem aussahen wie die Sitzbänke in einem Linienbus.

Er nickte. »Danke.«

Während Sebastian zur Sitzgruppe ging, hörte er, wie die Frau am Empfang ein Telefonat in Russisch führte. Er nahm auf dem Stuhl Platz, von wo aus er die Blonde am besten sehen konnte. Sie telefonierte nach wie vor, und er verstand immer noch nichts.

Erst jetzt fiel Sebastian auf, dass die Stimmen Dutzender Menschen durcheinanderschwirrten und unentwegt irgendwo in dem riesigen Raum ein Telefon klingelte. Offenbar handelte es sich bei diesem Büro von alina.ru um eine Art Callcenter. Die meisten Angestellten trugen Headsets und bearbeiteten während ihrer Gespräche die Computertastatur vor sich. Sebastian nahm sein Mobiltelefon zur Hand und lehnte sich zurück. Er surfte die Webseite von alina.ru an und klickte sich zu den weiteren Standorten durch. Sie waren über die ganze Stadt verstreut.

Wie aus dem Nichts stand eine gute Viertelstunde später ein kleinerer Mann um die sechzig in einem maßgeschneiderten dunklen Anzug vor Sebastian. Der Begriff »Würfel« war das Erste, was ihm bei seinem Anblick in den Sinn kam. Brust und Schultern waren so breit wie ein Kleiderschrank. Der Oberkörper verjüngte sich zu einer schmalen Taille und bildete so eine überaus sportliche Figur, unzweifelhaft die eines Schwimmers. Durch die massige Figur wirkte sein Kopf klein und ebenfalls würfelförmig. Er saß auf einem kurzen Hals mit ausgeprägtem Adamsapfel. Einem Chamäleon nicht unähnlich standen seine wasserblauen Augen weit hervor. Die wenigen, dünnen blonden Haare hatte er zu einem strengen Seitenscheitel platt gedrückt.

Der Mann trat direkt vor ihn und streckte ihm eine kräftige Hand entgegen. »Guten Tag. Mein Name ist Michail Kusnezow. Sie wollten zu mir.« Um seinen russischen Akzent zu bemerken, musste man genau hinhören.

Sebastian sprang auf und ergriff die angebotene Hand. »LKA Stuttgart. Oberkommissar Franck. Franck mit ck.« Kusnezows Händedruck war beinahe unangenehm fest, und Sebastian fragte sich, ob er auf diese Weise bei seinem Gegenüber die letzten Zweifel an seiner Kraft ausräumen wollte.

Sebastian steckte sein Telefon in die Seitentasche des Jacketts. »Schön haben Sie es hier.«

»Das hat auch eine ganze Stange Geld gekostet.« Kusnezow deutete in den hinteren Bereich der Etage. »Kommen Sie, Herr Franck. Wir sprechen in meinem Büro weiter.«

Sebastian hatte Mühe, Kusnezows schnellem Cowboy-Gang durch das Großraumbüro zu folgen. Dennoch schaffte er es, mit einer Hand in der Seitentasche die vorbereitete SMS an Franziska zu senden. Kusnezow konnte davon nichts bemerkt haben.

Sie betraten ein Büro, das der Größe einer Drei-Zimmer-Wohnung entsprach. Eine Seite bestand ausschließlich aus einer Fensterfront. Der spektakuläre Ausblick entsprach genau Sebastians Vermutung: Von seinem Schreibtisch aus konnte Kusnezow über die Dahme hinweg bis zum Köpenicker Barockschloss schauen. Die wenigen Möbel im Raum bedeckten kaum die großflächigen Orientteppiche auf dem Boden. Die Einrichtung in Nussbaum bestand lediglich aus einem längeren Sideboard, zwei Aktenschränken, dem Schreibtisch samt zugehörigem Ledersessel sowie zwei Stühlen davor. In einer Ecke stand eine Ledercouch, darauf ein orange-beiges Kissen. Die Wände schmückten zahllose großflächige Gemälde, deren Moderne-Kunst-Variante eher durch quietschbunte Farben denn durch künstlerischen Wert auffiel. Eine Stelle jedoch stach besonders ins Auge: Über dem Sideboard hing der lebensecht wirkende Kopf eines Hammerhais. Offenbar scherte sich Kusnezow wenig um das Washingtoner Artenschutzübereinkommen.

Er deutete auf einen der Stühle vor seinem Schreibtisch und nahm selbst dahinter Platz. Statt einer Computertastatur wie bei seinen Angestellten befand sich in Reichweite seiner Arme ein übergroßer Tischrechner mit weit heraushängendem Additionsstreifen. Neben einigen Papierstapeln und Ablagemappen sowie den üblichen Utensilien wie Hefter und Locher entdeckte Sebastian zwei Gegenstände, die er dort nicht erwartet hätte. Zum einen war da diese olivgrüne Metalltrommel in Form einer zu klein geratenen Salatschleuder und jener längliche, ebenfalls metallene Gegenstand, einem Taktstock nicht unähnlich. Beides konnte er erst auf den zweiten Blick einordnen. Oberhalb der ledernen Unterlage zählte er ein halbes Dutzend Bleistifte in unterschiedlicher Länge und mit den typischen Bissspuren eines Stiftkauers. Sebastian würde nie verstehen, wie Menschen derart sorglos Krankheitserreger in ihren Mund stopften. Mund, dachte er, Speichel, DNA-Probe.

Sebastian setzte sich und stellte den Aktenkoffer neben sich ab. »Rauchen Sie?«, fragte er, obwohl er den alten Rauch noch riechen konnte.

»Gelegentlich Zigarren. Wollen Sie eine? Ich kann mit einer Kiste echter Havannas aufwarten.«

»Danke, nein. Ich rauche nicht.« Sebastian winkte ab. »Bevor wir beginnen, möchte ich mich bei Ihnen bedanken, dass Sie so kurzfristig Zeit für mich haben.« Er versuchte, so freundlich wie möglich zu klingen.

Auf Kusnezows Gesicht trat ein weltmännisches Lächeln. »Eigentlich bin ich deutscher Staatsbürger und außerdem eng befreundet mit dem Bürgermeister hier im Bezirk Köpenick. Da weiß man, was man zu tun hat, wenn die Pflicht ruft. Also, wie kann ich Ihnen helfen, Herr Franck? Ihre Kollegin war ja ziemlich ... na, wie soll ich sagen ... geheimnisvoll.«

Bevor Sebastian etwas darauf erwidern konnte, klingelte das Mobiltelefon in der Seitentasche seines Jacketts. Er stieß ein Seufzen aus und hoffte, dass es glaubwürdig klang. »Es tut mir leid, Herr Kusnezow. Aber da muss ich rangehen.«

»Bitte, Herr Franck. Tun Sie sich keinen Zwang an.« Kusnezow lehnte sich zurück und verschränkte die Arme vor seiner massigen Brust.

Sebastian zog das Telefon aus der Tasche. Bevor er das Gespräch annahm, startete er jedoch die Kamera-App des Smartphones. Er hielt sich das Gerät ans Ohr und sagte betont mürrisch: »Oberkommissar Franck.«

»Hallo, Chef. Ich bin's, Franzi. Ich sollte Sie anrufen«, kam es leise aus dem Hörer.

»Was ist denn so wichtig?« Sebastian war sich sicher, dass Franziska schnell merken würde, dass es sich um einen fiktiven Anruf handelte. Er drehte sich zur Seite und drückte mit dem Daumen einige Male auf das Display, um die Kamera auszulösen. Glücklicherweise hatte er den Ton der App schon vor einiger Zeit ausgeschaltet. »Ah ja«, murmelte Sebastian einige Male, drehte dabei immer wieder den Kopf ein wenig und betätigte den Auslöser.

»Soll ich noch weiter dranbleiben, Chef?«, fragte Franziska. Sie hatte verstanden.

Sebastian neigte den Kopf etwas und machte nochmals einige Fotos. »Nein, das ist nicht nötig. Danke.«

»Gut, dann lege ich jetzt wieder auf«, kam es mit einem unterdrückten Kichern zurück.

»Ja, danke. Wiederhören.« Sebastian beendete ebenfalls das Gespräch und steckte das Telefon zurück in die Seitentasche seines Jacketts. Jetzt befanden sich rund ein Dutzend Fotos von Kusnezow auf der Speicherkarte. Eines davon war bestimmt in brauchbarer Qualität. Den ersten Punkt auf seiner Aufgabenliste konnte er damit abhaken.

»Etwas Wichtiges?«, fragte Kusnezow, und für einen Augenblick kam es Sebastian so vor, als ob Misstrauen in seinem Blick läge. Aber das konnte auch Einbildung sein.

»Ja und nein«, gab Sebastian zurück und mühte sich, einen gestressten Eindruck zu vermitteln. »Aber so ist es eben, wenn man nicht alles selbst macht.« Er zuckte mit den Achseln. »Aber wo waren wir eigentlich stehen geblieben?«

»Noch nirgends.« Kusnezow beugte sich wieder nach vorne und legte die Ellenbogen auf den Tisch.

»Ach ja.« Sebastian beschloss, den eher beiläufigen Tonfall des Gespräches hinter sich zu lassen. »Sie sagten, dass Sie eng befreundet wären mit dem Köpenicker Bürgermeister. Ich dachte allerdings zuerst an jemand anderen, als ich Ihren Namen hörte.«

»So? An wen denn?«

»Nikolai Gerassimowitsch Kusnezow. Den sowjetischen Volkskommissar der Marine und Admiral der Flotte der Sowjetunion. Sind Sie verwandt mit ihm?«

»Ein Onkel.« Er lächelte unverbindlich.

Sebastian mochte dieses Lächeln nicht. »Das muss wohl ein entfernter Onkel gewesen sein.«

Auf Kusnezows Stirn trat eine senkrechte Falte. »Zweiten Grades, ja. Warum?«

»Bei dem Ruhm, den seine Familie in Russland genießt, würden Sie wohl kaum in Deutschland wohnen.«

Kusnezows Miene verfinsterte sich für einen Moment, dann hatte er sich wieder unter Kontrolle.

»Aber Sie haben ja Ihre eigene Karriere bei der Gruppe der sowjetischen Streitkräfte in Deutschland gemacht. Oder sollte ich sagen: Westgruppe der Truppen, wie sie nach dem Fall der Sowjetunion hieß?«

Statt einer Antwort musterte Kusnezow ihn reglos.

»Die Bugflagge der sowjetischen Marine hängt an der Wand hinter Ihnen. Das legt die Vermutung nahe, dass Sie früher Marineoffizier waren. Ich denke, Sie gehörten den maritimen SpezNas-Einheiten an. Und wenn ich weiter ausführen darf, vermutlich der siebzehnten SpezNas-Brigade.«

Schlagartig traten Kusnezows Augen noch weiter hervor. »Wie kommen Sie denn darauf?«

Sebastian beschloss, ihn ein wenig zappeln zu lassen. Obwohl er eigentlich schon alles gesehen hatte, ließ er ein weiteres Mal seinen Blick im Zimmer umherwandern. Schließlich sah er wieder zu Kusnezow. »Das war keine Herausforderung. Man muss nur die Augen aufmachen, dann sieht man beispielsweise dieses merkwürdige längliche Ding, das auf Ihrem Schreibtisch liegt. Sie benutzen es als Brieföffner, nicht wahr?«

Die Überraschung in Kusnezows Gesicht schien ehrlich, und Sebastian fuhr unbeirrt fort: »Eigentlich ist es eine Kreuzung aus einem Harpunenpfeil und einem Projektil, das auf einer Patrone sitzt. Ein spezielles Unterwasser-Geschoss. Sie haben hoffentlich die Treibladung entfernt.«

»Sie kennen sich ziemlich gut aus.« Kusnezow hatte sich wieder unter Kontrolle und nickte anerkennend. »Woher wissen Sie das alles?«

»Ich besitze mehrere tausend Bücher. Darunter einige über die Bewaffnung der Roten Armee. Deshalb weiß ich auch, dass man in der früheren Sowjetunion viel Wert auf spezielle Handfeuerwaffen für den Unterwassereinsatz gelegt hat. Unter anderem wurde in den siebziger Jahren eine vierläufige Kipplaufpistole, die SPP-1, entwickelt. Nur diese Waffe passt zu der Munition hier. Und ich gehe jede Wette ein, dass Sie noch eine davon herumliegen haben.«

Kusnezows wasserblaue Chamäleon-Augen rollten für einen winzigen Moment zum Sideboard. Sofort wusste Sebastian, wo er zuerst schauen würde, falls er die Waffe suchen wollte. »Ihr Blick legt die Vermutung nahe, dass ich damit nicht falschliege.«

»Soll das ein Quiz werden? Sie sind doch bestimmt nicht hier, um meinen Lebenslauf zu erraten?« Kusnezows Stimme klang mit einem Mal ungeduldig und hart.

»Das ist korrekt.« Sebastian lächelte.

»Dann kommen Sie endlich zur Sache. Ich hab nicht den ganzen Tag Zeit für Ihre Spielchen.« Seine bisher so offen zur Schau getragene gute Laune ließ jetzt schlagartig nach.

Sebastian räusperte sich. »Welche Art von Waren verkauft alina.ru, Ihre Kaufhauskette, denn so?«

»Sie meinen die Kaufhauskette meiner Tochter. Das Unternehmen gehört ihr.«

»Natürlich, deswegen vermutlich auch der Name alina.ru. Ich vergaß ganz, dass sie als Geschäftsführer im Handelsregister eingetragen ist.«

»Dieses belanglose Zeug hätten Sie mich auch am Telefon fragen können. Oder im Internet nachschauen. Neben unseren Ladengeschäften verkaufen wir auch viel online. Inklusive Lieferservice innerhalb aller Berliner Stadtbezirke.«

»Das ist keine Antwort auf meine Frage.« In Anbetracht der vielen Angestellten mit Headsets hatte Sebastian das bereits vermutet.

»Russische Lebensmittel, Dinge für den täglichen Gebrauch«, gab er kurz angebunden zurück.

»Ich wusste bisher nicht, dass Waffenzubehör zum täglichen Gebrauch gehört.«

»Waffenzubehör?« Kusnezows Schauspiel eines Ahnungslosen war leicht zu durchschauen.

»Macht der Gewohnheit.« Sebastian deutete mit dem Kinn auf das rundliche Metallgefäß auf Kusnezows Schreibtisch. »Das ist ein Trommelmagazin in Russisch Senf-Olive lackiert. Im Gegensatz zu Kurvenmagazinen wegen ihres Gewichtes und den Abmessungen bei den meisten Soldaten nicht besonders beliebt und deshalb oft aussortiert. Viele Offiziere benutzten es als Aschenbecher für Zigarren. So wie Sie heute noch.«

»Es könnte uralt sein.«

»Ist es aber nicht. Die Prägung lautet ›ТУЛА 2012/04‹, was neben dem Herstellungsort Tula in Zentralrussland wohl Fabrikationsjahr und -monat angibt. Ich schätze, Sie haben nicht nur eines davon.« Nur mit derart deutlichen Vorhaltungen würde Sebastian ihm den Schneid abkaufen. Vielleicht nahm es Kusnezow nun mit der Wahrheit etwas genauer.

»Das ist nicht verboten.« Kusnezow hatte es offenbar aufgegeben, weiterhin den Ahnungslosen zu spielen. »Sie können davon ausgehen, dass wir bei alina.ru nichts Illegales verkaufen.«

Genau das nahm ihm Sebastian jedoch nicht ab. Allerdings wäre Kusnezow der Verkauf illegaler Waren nur mit einem Durchsuchungsbeschluss nachzuweisen. Und deswegen war er nicht hier. »Mich interessiert nicht, was bei alina.ru verkauft wird. Unser Augenmerk gilt Ihrem Privatverkauf vor einigen Wochen: einem weißen Porsche Carrera RSR 2.8.«

»Daher weht also der Wind. Haben Sie mir nachgeschnüffelt? Meinen Internetverkehr abgehört?« Jede Freundlichkeit in Kusnezows Stimme war verschwunden. »Sie wissen, dass das verboten ist.«

Sebastian schüttelte den Kopf. »So unwahrscheinlich es Ihnen erscheinen mag, aber wir halten uns bei unseren Ermittlungen an jede erdenkliche Vorschrift.« Bis auf die widerrechtliche Sicherung von DNA-Proben, ergänzte er in Gedanken.

Kusnezows Augen blitzten böse auf. »Was ist überhaupt mit der Karre?«

»Der Wagen wurde als gestohlen gemeldet.« Sebastian wollte sich vorerst auf das Notwendigste beschränken. Vielleicht ließ Kusnezow sich zu einer unbedachten Äußerung hinreißen.

»Gestohlen gemeldet?« Kusnezow musterte ihn. »Auch deswegen kommen Sie nicht von Stuttgart hierher.«

»Wieder richtig. Aber die Fahrgestellnummer dieses Porsches passt zu einem Kapitalverbrechen Mitte der neunziger Jahre in Stuttgart. Der Wagen gehörte dem Opfer und war wie vom Erdboden verschluckt, bis Sie ihn verkauft haben.«

»Welchem Opfer?« Kusnezows Miene hatte sich weiter verdüstert.

»Anselm Friedmann.«

»Noch nie von ihm gehört«, kam es wie aus der Pistole geschossen zurück.

»Wie dem auch sei. Uns stellt sich nun die Frage: Wie sind Sie an den Wagen gekommen?«

»Das ist überhaupt nicht mein Wagen.« Kusnezow hob abwehrend beide Hände.

»Sondern?«

»Ein guter Bekannter aus Russland hat mich gebeten, seinen Porsche in Deutschland zu verkaufen. Hat wohl auf einen besseren Preis gehofft, dachte, es wäre ein Liebhaberstück.«

»Ein guter Bekannter aus Russland«, wiederholte Sebastian und gab sich keine Mühe, sachlich zu klingen. »Das habe ich mir fast gedacht. Und lassen Sie mich raten: Er war es auch, der den Wagen die letzten zwanzig Jahre gefahren hat.«

Kusnezow nickte. Sein Gesicht wirkte für einen Moment wie versteinert.

»Dann benötige ich die Kontaktdaten dieses *guten Bekannten aus Russland*, um mir Ihre Aussage bestätigen zu lassen.«

»Das wird Ihnen nicht viel helfen. Oder sprechen Sie Russisch?« Ein falsches Lächeln trat auf Kusnezows Mund.

Sebastian beugte sich vor und imitierte sein Lächeln. »Sie sollten davon ausgehen, dass das LKA Stuttgart über alle erforderlichen Mittel verfügt.«

»Ich kenne seine Adresse und Telefonnummer nicht auswendig. Aber drüben im Schrank ist seine Karteikarte. Er gehört zu unseren wichtigsten Lieferanten.« Kusnezow stemmte sich aus seinem Stuhl hoch, zog das Anzugjackett glatt und machte sich auf den Weg zum Sideboard.

Die DNA-Probe!, schoss es Sebastian durch den Kopf. Blitzschnell griff er nach dem Bleistift mit den meisten Kauspuren und ließ ihn im Jackett verschwinden. Als er sich wieder zurücklehnte, sah er aus den Augenwinkeln, dass Kusnezow bisher nur die Hälfte der Strecke hinter sich gebracht hatte. Hätte er mal ein kleineres Büro gehabt. Sebastian öffnete den Knopf an seinem

Jackett und atmete erleichtert aus. Mit dem Foto und der Befragung hatte er nun alle drei Aufgaben auf seiner Liste erledigt. Und er hätte sich damit ruhig länger Zeit lassen können.

Mit dem Rücken zu ihm kramte Kusnezow im Sideboard und knurrte einige russische Worte vor sich hin. Sebastian wunderte sich, dass bei alina.ru weiterhin Karteikarten eine Rolle spielten, obwohl große Teile des Geschäftes über das Internet abgewickelt wurden. Und von irgendeinem Computer aus musste er sich schließlich auf der Handelsplattform für die Autoversteigerung angemeldet haben. Doch vielleicht wies der fehlende Computer auf Kusnezows Schreibtisch lediglich darauf hin, dass er ihnen beruflich misstraute.

Die Tür des Sideboards klapperte. Kusnezow machte sich wieder auf den Weg zurück und wedelte dabei mit einer grauen Karteikarte. »Es reicht bestimmt aus, wenn ich Ihnen gleich eine Kopie davon mitgebe. Sie verfügen beim LKA Stuttgart ja über Dolmetscher, wie Sie sagten. Und die sind sicherlich in der Lage, kyrillische Buchstaben zu lesen.« Das falsche Lächeln trat wieder auf sein Gesicht.

Sebastian reckte das Kinn. »Natürlich.«

Kusnezow betrachtete die Karteikarte in seiner Hand. Es schien, als ob er sich im letzten Moment über etwas vergewissern wollte. Dann sah er auf. »Ich denke, wir sind fertig, Herr Franck.«

Sebastian griff nach seiner Aktentasche neben dem Stuhl und stand auf.

Kusnezow setzte sich in Richtung der Tür in Bewegung und sagte plötzlich in einem eher beiläufigen Tonfall: »Dieser Anselm Friedmann. Wie wurde er ermordet?«

Sebastian hielt inne. »Wie kommen Sie denn auf Mord?«

Kusnezows Schritt stockte für einen winzigen Moment. Sogleich hatte er sich wieder unter Kontrolle und ging weiter. »Sie haben es doch gerade eben gesagt.«

»Da muss ich Ihnen widersprechen, Herr Kusnezow. Ich habe nichts von einem Mord gesagt.«

11

Den Rest des Tages verbrachte Marga im Büro. Es wurde Zeit, dass sie die Friedmann-Akte genauer in Augenschein nahm. Jetzt, mit der DNA-Spur, blieb ihr nichts anderes mehr übrig, als offizielle Ermittlungen einzuleiten. Schließlich war genau das der Grund, warum das Dezernat T.O.M. überhaupt installiert worden war.

An Sebastians Vermutung, dass es sich um eine unvollständige Akte handelte, könnte in der Tat etwas dran sein. Noch nie hatte sie eine derart dünne Akte zu einem Mordfall in Händen gehalten. Sie machte einige Anrufe. Doch niemand, mit dem sie sprach, wusste mehr über den Fall. Bald kam es ihr so vor, als wollte auch niemand etwas darüber wissen. Nach den enttäuschenden Ergebnissen ihrer Telefonaktion beschloss sie, sich früher auf den Nachhauseweg zu machen. Marga fuhr den Computer herunter und verstaute die Zigaretten in der Handtasche. Vielleicht würde sie ja noch Lukas antreffen, bevor der zur Arbeit fuhr.

Das Telefon klingelte. Sie kannte die Rufnummer mit der Stuttgarter Vorwahl nicht. Sollte sie den Anruf überhaupt noch annehmen? Sie kniff die Augen zusammen und blickte zur Wand gegenüber. Rolfs surrealistische Mühlenuhr zeigte kurz vor halb sechs an. Lukas ging selten vor sieben aus dem Haus. Etwas Zeit hatte sie also noch.

Widerwillig nahm Marga den Hörer ab. »Kronthaler.«

»LKA, Brändle, KTI«, drang eine junge, weibliche Stimme an ihr Ohr.

»KTI? Nie gehört.« Bestimmt eine Verwaltungsstelle, die sie noch nicht kannte. Hoffentlich hatten die nichts mit dem ausstehenden Disziplinarverfahren zu tun. Vielleicht hätte sie doch das Gespräch besser ignorieren und gehen sollen, als sie noch konnte.

»Kriminaltechnisches Institut. Vor Kurzem hießen wir noch kriminaltechnische Untersuchungsstelle des LKA, Abteilung Forensik.«

»Ach so.« Marga spürte eine gewisse Erleichterung. »Wurden Sie befördert?«

Brändle rang sich zu einem müden Lachen durch. »Nein. Da ist wohl jemand nur auf die Idee gekommen, uns einen neuen Namen zu verpassen.«

»Das scheint beim LKA nicht unüblich zu sein.« Marga stellte sich Brändle als eine Laborangestellte vor, frisch von der Universität, mit weißem Kittel, halb durchsichtigem Haarnetz und heruntergezogenem Mundschutz. In der einen Hand hielt sie einen Glaskolben oder eine Pipette, in der anderen den Telefonhörer.

»Ich rufe wegen der DNA-Spur im Fall Friedmann an. Wir haben da was gefunden.« Brändle hörte sich abgespannt an. Bisher war Marga davon ausgegangen, dass auch Mitarbeiter des Labors sich begeistern konnten, wenn sie etwas Interessantes gefunden hatten. Aber offenbar war der Fund nur einer unter vielen an diesem Tag.

»Und was?« Marga konnte nicht vermeiden, dass sie den Hörer fester ans Ohr drückte.

»Einen winzigen Spermafleck, etwa ein bis zwei Millimeter groß«, kam es nüchtern aus dem Hörer. »Wir haben ihn auf dem Spurenträger gefunden. Soviel ich weiß, ist das der Herrenslip des Opfers.«

»Einen Spermafleck im Slip des Toten?« Marga konnte ihre Enttäuschung nicht verbergen. »Ja und? Das Opfer ist ein Mann.«

Hörbar ließ Brändle die Luft entweichen. »Der Fleck ist nicht *in*, sondern *auf* dem Slip, genauer gesagt außen, hinten. Eine doch eher …«

»… ungewöhnliche Stelle für einen Spermafleck.« Auch bei einem Mann, ergänzte Marga in Gedanken und kramte in ihrer Handtasche nach der Packung Eckstein. Sie fand sie ganz unten, fischte eine Zigarette heraus und schaute sich nach ihrem Feuerzeug um.

»Aufgrund der Position ist nicht auszuschließen, dass es sich um Fremd-DNA handelt«, fuhr Brändle nüchtern fort.

»Und bis wann wissen Sie das?« Marga steckte sich die Zigarette in den Mund und tastete ihre Hosentaschen ab. Wo war dieses verdammte Feuerzeug?

»Die gefundene Menge ist zu gering. Wir müssen die DNA zuerst kopieren.«

»Kopieren? Und wie lange dauert das?« Marga ertastete das Feuerzeug in der hinteren Hosentasche und zog es heraus.

»Schon ein paar Tage. Wir haben hier verdammt viel zu tun.« Brändles Stimme klang mit einem Mal müde. »Das Verfahren ist nicht ganz trivial.«

Marga zündete sich die Zigarette an, nahm einen tiefen Zug und schaute dem Rauch nach, den sie langsam Richtung Zimmerdecke entweichen ließ. Fremde Spermaflecken an einer männlichen Unterhose könnten auf die homosexuelle Ausrichtung des Opfers hinweisen. Damit würde der Friedmann-Fall eine völlig neue Dimension bekommen. Und einige mögliche Motive.

»Sind Sie noch da?«, holte Brändles Stimme sie aus den Gedanken.

»Klar, reden Sie ruhig weiter.«

»Bei der Polymerase-Kettenreaktion können sich ziemlich schnell Fehler einschleichen, da wir einfach die Körperzellen kopieren, die wir finden. Falls die Fremd-DNA mit der des Opfers vermischt ist oder der Spurenträger anderweitig kontaminiert wurde, haben wir ein falsch positives Resultat.«

Falsch positiv? Marga nahm einen weiteren Zug von der Zigarette. »Haben Sie nun ein Ergebnis für uns oder nicht?«

Brändle seufzte ausgiebig. »Irgendwann bestimmt. Aber mit einer Probe des Opfers können wir im Ausschlussverfahren seine DNA sofort zuordnen.«

»Sie machen Witze. Der Mann ist seit über zwanzig Jahren tot. Wie soll ich da an eine DNA-Probe kommen? Ich kann deswegen wohl schlecht die Leiche exhumieren.«

»Nein, natürlich nicht. Die Speichelprobe eines seiner Verwandten reicht vollkommen aus. Vater, Mutter oder Geschwister. Da finde ich noch genügend Übereinstimmungen, um Friedmanns DNA zu identifizieren.«

***

Erst als Sebastian die Tür zu seinem Apartment aufschloss, bemerkte er, dass es draußen bereits zu dämmern begann. Es war spät geworden. Mit über einstündiger Verzögerung hatte die Air-Berlin-Maschine den Flughafen Tegel verlassen. Dafür war der Rückflug deutlich ruhiger gewesen, und er hatte in Ruhe über die Begegnung mit Kusnezow nachdenken können. Ein wenig stolz war Sebastian schon auf das, was er vor Ort erreicht hatte. Nicht nur auf die DNA-Probe, sondern auch auf die Fotos von Kusnezow, die er schon während der Wartezeit im Terminal auf seinem Smartphone überprüft hatte. Die meisten davon waren durchaus brauchbar.

Auf der Hauskontrolltafel hinter der Eingangstür tippte er den sechsstelligen Zugangscode ein. Die Alarmanlage schaltete sich ab, und das Licht in der Wohnung flammte auf. Eine teure Spielerei, die er nachträglich hatte einbauen lassen. Ebenso wie die zentrale Steuerung für Heizung und Beschattung. Er stellte seinen Aktenkoffer ab und wollte die Schuhe ausziehen. Der Ausflug nach Berlin hatte seinen Stiefeletten aus glänzend schwarzem Leder schwer zugesetzt. Sie waren übersät mit Wasser- und Schmutzflecken. Er griff nach dem Vliestuch auf dem Seitenteil des Schuhregals, stellte nacheinander die Füße auf und fuhr so lange über das Leder, bis die Schuhe halbwegs sauber waren. Erst dann zog er sie aus und stellte sie neben die anderen ins Regal. Nachdem das Jackett auf einem Bügel hing, trat er mitsamt Aktenkoffer ins Esszimmer.

Auch noch nach Monaten konnte er sich an dem Ausblick vor seinen Fenstern nicht sattsehen. Besonders abends und nachts, wenn Abertausende Lichter aus der Stuttgarter Talstadt heraufstrahlten, schätzte er die Lage seiner Wohnung. Hoch über der Stadt und nur unterbrochen durch die bunten Farbtupfen der Reklametafeln leuchteten die weißen und orangegelben Lichter um die Wette. Auf der anderen Seite, dort, wo der Talkessel in die Weinsteige überging, blinkte der Degerlocher Fernsehturm in seinem ureigenen Rhythmus. Dieser Blick über Stuttgart gehörte wahrhaftig zu den Reizen, die er vermissen würde. Ansonsten wusste er mit der Stadt nicht allzu viel anzufangen. Oder sie mit ihm.

Sebastian legte die Aktentasche auf dem Tisch ab, stellte im Zahlenschloss den Code ein und hob den Deckel an. Auf der roten Mappe mit der Friedmann-Akte lag die Ausbeute des Tages: Kusnezows Karteikarte und der angekaute gelbe Bleistift, Härtegrad HB, mit seinen DNA-Spuren. Schon auf der Taxifahrt zum Flughafen hatte Sebastian den Stift vorsichtig, wie ein zerbrechliches Schmuckstück, aus dem Jackett gefischt, in eine durchsichtige Asservatentüte gesteckt und sofort in der Aktentasche verstaut. Unter keinen Umständen durfte die Probe kontaminiert werden. Nicht nachdem er wider Erwarten alles so unauffällig hinbekommen hatte. Ein zweites Mal würde er sich das vermutlich nicht trauen. Falls sich überhaupt eine Gelegenheit dazu bot.

Er klappte die Aktentasche wieder zu, verschob die Nummer auf dem Zahlenschloss und trat vor das Aquarium, das wie ein Raumteiler das Ess- vom Wohnzimmer trennte. Ähnlich wie die Stadt vor seinem Fenster schillerten die Schuppen und die fächerförmigen Schwanzflossen der Fische weiß und orange im Licht der Bodenstrahler. Er mochte die beinahe perfekte Form und Färbung der Guppys, die kein Zufallsprodukt spontaner Kreuzung war und wieder verschwand, sondern über Generationen unverändert erhalten blieb.

»Wie geht's euch heute?«, sagte er und griff nach der Futterdose auf dem Aquarium. »Vermutlich hattet ihr keinen so ereignisreichen Tag wie ich.«

Schon diese Worte und die Bewegung mit den Armen reichten aus, dass die Fische sich an einer bestimmten Stelle direkt unter der Wasseroberfläche sammelten und dort wie wild durcheinanderschwammen.

Sebastian öffnete den Klappdeckel des Aquariums und streute etwas Futter auf die Wasseroberfläche. Sofort stürzten sich die Guppys auf die kleinen Flocken, drängten einander ab und versuchten, so viel wie möglich davon abzubekommen. »Nur mit der Ruhe. Es ist genug für alle da.«

Immer wenn er sah, wie sich seine Guppys auf ihr Futter stürzten, wurde ihm klar, dass alle Lebewesen auf der Erde gleich funktionierten. Man musste nur genau hinschauen: Jeder kämpfte um das, was er nicht hatte.

Drüben im Wohnzimmer griff Sebastian nach der Fernbedienung auf dem Couchtisch und schaltete den DVD-Player an. Sekunden später drang der leise und schwermütige zweite Satz aus Schuberts letzter Klaviersonate Nummer einundzwanzig aus den Lautsprechern. Er rückte den weißen Walter-Knoll-Lederhocker vor die Fensterfront, die beinahe die gesamte Südseite einnahm und zum Balkon des Penthouse führte. Obwohl er im Grunde jeden Abend so dasaß, schob er am Morgen den Hocker wieder zurück an seinen Platz als Verlängerung der Ledergarnitur. Allerdings nur um ihn am nächsten Abend wieder an genau der gleichen Stelle zu platzieren. Er setzte sich im Schneidersitz auf den Hocker, stützte die Ellenbogen auf die Schenkel und legte das Kinn in seine Fäuste. Schuberts Klavierspiel erfüllte den Raum, es klang perfekt in Form und Konzeption. Doch die Sonate schaffte noch viel mehr: In Verbindung mit den blinkenden Lichtern der Stadt unter ihm beflügelte die Musik seine Gedanken.

Was sollte er von Kusnezows Auftritt halten? Noch immer beschäftigte ihn seine doch eher beiläufige Frage zur Mordursache. Die Bemerkung war sicherlich kein Beweis dafür, dass er etwas mit Friedmanns Tod zu tun hatte oder mehr wusste, als er zugab. Schließlich musste er bei einer LKA-Ermittlung nach über zwanzig Jahren annehmen, dass es sich nicht um einen alltäglichen Raubüberfall, sondern eher um einen Mord handelte.

Mit der Vermutung, dass Kusnezow während seiner Dienstzeit in der Roten Armee Marineoffizier gewesen war, lag er sicherlich richtig. Sonst hätte er seine Aussage wahrscheinlich nicht unwidersprochen hingenommen. Zumal es Sebastian so vorkam, als ob Kusnezow mit Stolz auf seine Vergangenheit zurückblickte. Nur eines passte nicht in dieses Bild: seine Stationierung in Niederschöneweide. Dort gab es weder eine Kaserne der Volksarmee noch eine der sowjetischen Streitkräfte, wie Franziska schon tags zuvor in Erfahrung gebracht hatte.

Aber was hatte dann ein Marineoffizier wie Kusnezow, der zweifellos Angehöriger der maritimen SpezNas-Einheiten gewesen war, zu Zeiten der DDR in Niederschöneweide zu schaffen?

Sebastian sprang auf, griff sein Notebook vom Sideboard und setzte sich wieder auf den Hocker.

Bereits mit der zweiten Suchanfrage in einer Züricher Bibliothek erhielt er die Antwort: Berlin-Niederschöneweide, Schnellerstraße 19 – Hauptverwaltung Seepolizei. Im zugehörigen Artikel einer schweizerischen Militärzeitschrift stand, dass die Behörde unter sowjetischer Regie für den Aufbau der Volksmarine der DDR zuständig gewesen war. Obwohl die Hauptverwaltung in den sechziger Jahren in der Volkspolizei See aufgegangen war, blieb die Dienststelle in der Schnellerstraße bis zur Wende bestehen. Und zwar als Verbindungsstelle der sowjetischen Marine.

Sebastian klappte den Deckel des Notebooks zu und legte es neben sich. Er würde jede Wette eingehen, dass Michail Kusnezow damals Verbindungsoffizier für die Volksmarine der DDR gewesen war.

***

»Hallo, Lukas, du bist noch da?«, rief Marga, als sie ihren Sohn in der Küche entdeckte. Er hatte sich zwei Toasts mit Nutella bestrichen und war gerade dabei, den ersten davon mit so wenig Bissen wie möglich in sich hineinzustopfen. Er schaffte es in zweien. »Wann fängst du bei Rajesh an?« Wie überall in Stuttgart waren die Pizzalieferdienste seit Jahrzehnten nicht mehr in italienischer, sondern fest in indischer Hand.

»So um sieben«, brachte er zwischen seinen Kaubewegungen hervor. Lukas hatte einen der Ohrstöpsel seines Headsets im Ohr und stierte auf das Display seines Smartphones. Vermutlich sah er sich irgendwelche Filmchen bei YouTube an.

Marga schaute auf die Uhr. »Dann musst du dich aber sputen. Es ist kurz vor halb sieben.«

Lukas gab einen Laut von sich, bei dem Marga wusste, dass er sie zwar gehört, aber im Moment keine Lust auf eine vollständige Antwort hatte.

»Was machen die Geschäfte?« Marga vermutete, dass es sinnlos war, mit ihm ein Gespräch zu beginnen. Trotzdem wollte sie nichts unversucht lassen, zu ihm durchzudringen. Zumal Rolf am Telefon diese merkwürdigen Andeutungen gemacht hatte, die sie noch immer irritierten.

»Gut.« Lukas beachtete sie weiterhin nicht. Er schaute nicht einmal auf.

»Hast du die Telefone schon ausgeliefert?« Es waren sechs iPhones, die Lukas und Dennis vor sich liegen gehabt hatten. Inzwischen wusste sie, dass es sich dabei um einen Wert von einigen tausend Euros handeln musste.

Er nickte, schaffte es dabei aber nicht, sich von dem Film auf seinem Display loszureißen.

»Habt ihr schon wieder neue Bestellungen?« Wie Marga es hasste, so mit ihm zu reden.

Diesmal schaute Lukas kurz auf, bevor er den Kopf schüttelte und nach der zweiten Scheibe Toast griff.

Lange würde sie diese Art der Kommunikation nicht mehr mitmachen. »Kannst du nicht mal das Ding da aus deinem Ohr nehmen? Ich versuche, mit dir zu reden.«

Wieder schaute Lukas auf. Jede Regung in seinem Gesicht drückte Unmut aus. »Ich hab dir doch zugehört.«

»Aber nicht geantwortet.«

»Doch.« Lukas nahm einen großen Bissen und schluckte ihn, ohne groß zu kauen, hinunter.

Marga seufzte. »Bezeichnest du deine einsilbigen Bemerkungen tatsächlich als Antwort?«

Sein Blick wanderte für einen Moment zur Decke, dann wieder auf das Smartphone.

Das erste Mal kam es ihr so unendlich schwierig vor, Zugang zu ihrem Sohn zu finden oder überhaupt etwas zu sagen, das keinen mürrischen Blick bei ihm hervorrief.

Lukas tippte ein paarmal auf das Display. Vermutlich hatte er ein weiteres Video gestartet. Immerhin steckte nur einer der Kopfhörer in seinem Ohr. So blieb zumindest die vage Möglichkeit bestehen, dass er sie weiterhin hörte.

»Du, Lukas«, begann Marga und bemühte sich um einen beiläufigen Tonfall. »Wie kommt ihr denn so günstig an die Telefone?«

»Brauchst du eins?« Das erste Mal zeigte sich in seinem Gesicht etwas anderes als Gleichgültigkeit. »Du solltest dir wirklich mal ein neues zulegen. Wie alt ist das Ding? Fünf Jahre bestimmt.«

Marga beschloss mitzuspielen. »Warum nicht?« Vielleicht kam sie mit dieser kleinen Lüge weiter.

Lukas zog den Kopfhörer aus dem Ohr. »Dennis kennt da jemanden.«

»Kennt da jemanden?« Genau solche Antworten wollte sie eigentlich nicht hören. In ihrem Beruf hatte sie schon zu viel davon gehört.

»So'n Typ, der arbeitet bei einer Spedition.«

»Bei einer Spedition, aha.« Ein ungutes Gefühl beschlich sie. Ein Gefühl, das dem Instinkt entsprang, den jeder bei der Polizei irgendwann entwickelte.

»Ja.« Lukas nickte schnell. »Die Handys haben einen Transportschaden. Nur einen ganz kleinen. Man muss schon genau hinschauen, um sie zu sehen.«

»Welche Spedition? Wie heißt der Typ? Woher kennst du ihn?« Es sprudelte nur so aus ihr heraus. Sie hätte ihn das alles schon viel früher fragen sollen.

Der Rest der Toastbrotscheibe landete auf dem Teller. »Was soll das nun schon wieder?« Lukas' Stimme klang mit einem Mal angriffslustig.

»Ich mach mir Sorgen um dich.« Marga suchte seinen Blick, sah das kurze Flackern in seinen Augen.

»Genau, und deswegen bist du auch so häufig hier.«

»Dafür kann ich nichts.« Sie schluckte. Lukas wusste, wie er sie treffen konnte. »Aber ›Transportschaden‹ hört sich für mich an wie: vom Lastwagen gefallen. Und zwar nicht von selbst.« Es klang vorwurfsvoller als beabsichtigt.

»Glaubst du etwa, wir haben das Zeugs gestohlen?« Seine Augen funkelten böse.

»Sag du es mir.« Wie gerne hätte Marga seinen Vorwurf beiseitegeschoben. Doch dieser Instinkt, der sich in ihr regte, hatte sie noch nie im Stich gelassen.

Sein Blick verdüsterte sich schlagartig. »Ohne meinen Anwalt sag ich überhaupt nichts mehr.« Damit drehte sich Lukas um und ging zur Tür. Der Rest kam ihr vor wie ein Déjà-vu vom Vortag: Er schlug die Eingangstür zu, zog den Helm über und brauste mit seinem Roller davon.

Verdammt. Marga schlug mit der Faust auf den Küchentisch. Sie hätte nicht sagen können, welches Gefühl überwog: Wut über ihr erneutes Versagen oder Zweifel an der Legalität von Lukas' Geschäften. Warum zum Teufel gab er ihr keine Chance, es auf vernünftigem Weg herauszufinden? Aber wenn er sich partout querstellen wollte, konnte auch sie anders. Scheiß auf seine Privatsphäre. Sie ging die Treppen hoch und marschierte schnurstracks in Lukas' Zimmer.

Wie immer lagen seine getragenen Kleidungsstücke kreuz und quer auf dem Boden verstreut, dazwischen einzelne Socken. Die zugehörige zweite fehlte meist. Marga hatte längst aufgegeben, sie zusammenzutragen. Sollte er doch zwei verschiedene anziehen. Sie schaute sich um, wusste weder, wo sie beginnen, noch, nach was sie suchen sollte. Die Smartphones? Sie hatte nicht mitgekriegt, dass er die Geräte gestern oder heute zur Arbeit mitgenommen hatte. Sie wandte sich dem Kleiderschrank zu, riss die Tür auf und kramte unter den Klamottenstapeln. Außer einem Paar dreckiger Sportschuhe, die Lukas schon seit Monaten suchte, befand sich nichts darunter. Auch auf und hinter dem Schrank wurde sie genauso wenig fündig wie unter dem Bett. Vielleicht im Schreibtisch? Der Müllberg darauf hatte sich seit dem Vortag noch weiter vergrößert. Inzwischen gab es auf der Tischplatte kaum noch einen freien Platz.

Mit routinierter Präzision nahm sie den Inhalt der beiden Schubladen in Augenschein. Kabel mit und ohne Stecker, Büroklammern, Stifte in allen Ausführungen und Farben, Speicherkarten, sogar eine Packung Präservative fand sie zwischen harmlosen Papieren und Klausuren des Vorjahres, deren Noten er ihr verheimlicht hatte. Kein Smartphone, keine leeren Schachteln. Obwohl sie zu keiner Zeit glaubte, dass Lukas etwas von der Durchsuchung seines Schreibtisches bemerken würde, verstaute sie alles wieder so, wie sie es vorgefunden hatte. Zum Schluss wandte sie sich dem Bücherregal dahinter zu, das aufgrund seiner hauptsächlichen Funktion als Lager für leere Plastikflaschen eigentlich einen anderen Namen verdient hatte. Doch auch dort fand sich nichts. Gerade als sie das Zimmer wieder verlassen wollte, bemerkte sie das flache schwarze Ding, das unter dem Regal hervorschaute und auf den ersten Blick aussah wie ein kleines Notizbuch. Sie kniete sich hin und zog es hervor. Zum Vorschein kam eine schwarze Geldbörse, die sie noch nie bei Lukas gesehen hatte. Und schon wegen des feinen, teuer aussehenden Leders konnte sie sich auch nicht vorstellen, dass sie ihm gehörte.

Marga klappte die Geldbörse auf. Über vierhundert Euro befanden sich im Geldscheinfach, in den vorderen Fächern zwei Kreditkarten und ein Personalausweis. Sie zog den Ausweis heraus, drehte ihn um und erschrak. Wie erwartet war es nicht Lukas' Personalausweis. Auch nicht der von Dennis. Gleichwohl kannte sie den Mann auf dem Bild und seinen Namen nur zu gut: Sebastian Franck. Franck mit ck.

12

Marga steuerte ihren orangen VW-Campingbus über die mit rötlichem Natursand und Kies bedeckte Zufahrt. Das weitläufige Anwesen der Bankiersfamilie Friedmann in der Bergstraße 113 in Stuttgart Botnang übertraf alles, was sie bisher in ihrer Laufbahn bei der Kriminalpolizei gesehen hatte. Schon alleine die Strecke vom schmiedeeisernen Tor bis hoch zum Parkplatz neben der weiß getünchten, dreistöckigen Villa war länger als die öffentliche Straße vor ihrem Haus in Degerloch. Noch während sie vorhin am Tor mit dem goldenen Metallschild »Familie Friedmann« hatte warten müssen, hielt sie es für denkbar, dass man ihrem alten Campingbus die Einfahrt verwehren könnte. Spätestens dann, wenn bekannt geworden wäre, dass der Wagen immer eine handtellergroße Öllache auf seinem Parkplatz hinterließ. Darauf allerdings freute sie sich bereits jetzt: Ein hässlicher Ölfleck direkt vor einer Bankiersvilla war fast so gut wie Hundescheiße auf dem Gehweg. Und hoffentlich ging er nicht so schnell weg. Sie hasste Banker. Mehr denn je.

Angespannt und stumm saß Sebastian neben ihr auf dem Beifahrersitz und hielt sich am Haltegriff über der Tür fest. Seit sie im Büro losgefahren waren, hatte sich an seiner Sitzhaltung nur wenig verändert. Schon beim Einsteigen war es ihr so vorgekommen, als ob er nur widerwillig Platz nehmen wollte. Außer einigen Kommentaren zur Straßenverkehrsordnung samt zugehörigen Paragrafen hatte er sich während der Fahrt nur dadurch bemerkbar gemacht, dass er einige Male die imaginäre Bremse in seinem Fußraum betätigte. Ein Verhalten, das kaum zu ihm passte. Eigentlich gehörte Sebastian zu den Menschen, die sich immerzu mitteilen wollten. Aber wenigstens hatte sie so die letzte halbe Stunde ihre Ruhe gehabt und darüber nachdenken können, wann und wie sie ihm beibrachte, dass sie im Besitz seiner Geldbörse war. Vor zwei Kilometern hatte sie dann schließlich beschlossen, zuerst mit Lukas zu sprechen. Vermutlich nur deshalb, weil sie sich noch eine Weile an die Hoffnung klammern wollte, dass es eine plausible Erklärung dafür gab.

»Sie können jetzt loslassen. Und bleiben Sie locker«, sagte Marga, als sie ihren Campingbus neben einem weißen Bentley stoppte und den Motor abstellte.

»Ich bin locker.« Sebastian ließ den Haltegriff über der Tür los.

»Sagen Sie das mal Ihrem Gesicht. So wie Sie dreinschauen, bleiben Sie sogar in der Waschanlage angeschnallt.«

Statt einer Antwort schaute Sebastian zur Seitenscheibe hinaus und betrachtete den Bentley neben sich. »Dürfen Sie hier überhaupt parken?«

»Sehen Sie etwa ein Halteverbotsschild?«

»Nein. Aber der Parkplatz ist sicher privat.« Sebastian löste den Sicherheitsgurt und strich seine lachsfarbene Krawatte glatt.

»Natürlich ist der privat. Das ist schließlich ein privates Grundstück.« Und was für ein großkotziges. Aber in Bankierskreisen gehörte es wohl zum guten Ton, sein Geld so zur Schau zu stellen.

»Wissen Sie nicht, was das für ein Wagen ist?« In seiner Stimme lag beinahe etwas Ehrfürchtiges.

»Mir scheißegal, was das für ein Wagen ist. Ich parke genau hier.«

»Das ist ein Bentley Brooklands.« Noch immer musterte er den Wagen durch die Seitenscheibe wie in einem Schaufenster. »V8-Biturbo, fünfhundertsiebenunddreißig PS. Der Wagen kostet neu garantiert mehr als dreihundertfünfzigtausend.«

Da zeigte sich wieder, was diese verdammten Banker mit dem Geld ihrer Kunden machten. »Und wie viel verbraucht diese Bonzen-Karre?«

»Keine Ahnung. Bestimmt zwanzig, fünfundzwanzig Liter.« An seinem Spiegelbild in der Seitenscheibe sah sie, wie er lächelte. »Aber wer diesen Wagen fährt, interessiert sich sicherlich nicht für den Spritverbrauch.«

»Sie kennen sich ziemlich gut mit teuren Wagen aus. Was fahren Sie denn für einen?«

»Einen Mercedes«, gab Sebastian zurück, ohne seinen Blick vom Bentley zu lösen.

»Einen Mercedes?« Marga pustete eine Strähne aus ihrem Gesicht. »Ziemlich konservativ für Ihr Alter.«

Sebastian antwortete nicht.

Marga seufzte. »Wollen Sie noch eine Weile diese blöde Karre anglotzen, oder können wir los?«

Obwohl der Bentley über einen Meter entfernt stand, öffnete Sebastian nur vorsichtig die Tür. Marga stieg ebenfalls aus. Neben dem leuchtenden Weiß des Bentleys wirkte das helle Dach ihres Campingbusses beinahe beige.

Der Kies knirschte unter ihren Füßen, als sie über den Vorplatz gingen. Bunte Blumenbeete säumten die Rasenflächen rundum und leuchteten in allen Farben. Die saftig grünen Grasflächen wiesen nicht die kleinste Beschädigung auf und sahen aus, als ob sie mit der Nagelschere geschnitten worden wären. Marga ging davon aus, dass sie auch nur zu diesem Zweck betreten wurden. Die dreistufige Eingangstreppe vor ihnen flankierten Säulen aus Marmor. Rechts und links stand am Ende jeder Stufe ein schieferfarbener, rechteckiger Topf, aus dem ein akkurat getrimmter Buchsbaum ragte.

Marga war froh, dass sie ein umgebautes Bauernhaus ihr Eigen nannte und nicht ein derart spießiges Anwesen. Auch wenn hier garantiert alles abbezahlt war und die vielen Blumen leuchteten wie auf der Landesgartenschau letzten Mai. Marga wurde langsamer. »Wie aus dem Ei geleckt.«

»Aus dem Ei gepellt«, gab Sebastian zurück.

»Spielen Sie mal wieder den Klugscheißer, Herr Franck?« Marga beschleunigte wieder ihren Schritt, um zu ihm aufzuschließen.

Sebastian blieb stehen. »Manchmal frage ich mich, ob Sie das absichtlich machen.«

»Was machen?«

»Redewendungen verdrehen.«

»Klar mach ich das mit Absicht. Ich will mich nur vergewissern, ob Sie aufmerksam sind.«

»Sie scherzen.«

»Und darauf sind Sie ganz alleine gekommen?«, gab Marga zurück, obwohl sie inzwischen zugeben musste, dass nicht alle

Hoffnung bei ihm verloren war. Das mit Kusnezows DNA-Probe hatte er besser gelöst, als sie erwartet hatte. Auf die Idee, einfach einen angekauten Bleistift vom Schreibtisch zu greifen, wäre sie wohl nicht so schnell gekommen. Das hier sollte nachher einfacher werden.

Sebastian ging weiter bis zur Eingangstür, klingelte und wandte sich ihr zu. »Man sagt ›aus dem Ei gepellt‹ oder ›wie geleckt‹. Und man benutzt es hauptsächlich für Personen, nicht bei Dingen.« Damit drehte er sich wieder der Tür zu und verschränkte die Arme hinter dem Rücken.

Bevor sie etwas darauf erwidern konnte, öffnete sich die Eingangstür und schwang leise knarrend nach innen. Aus dem Halbdunkel trat eine ältere Frau mit hochgesteckten hellbraun gefärbten Haaren, einem Vogelnest nicht unähnlich. Sie trug ein dunkelblaues, halblanges Kleid mit weißem Kragen und ebenso weißen Ärmelaufschlägen, das schon vor Jahren aus der Mode gekommen war. Eine recht große Hornbrille mit brauner Fassung baumelte an einer goldfarbenen Kette um ihren Hals. Im ersten Moment kam sich Marga vor wie in einer Jane-Austen-Verfilmung, als Besucher zuerst von der Haushälterin empfangen wurden, bevor sie eintreten durften.

»Guten Tag«, begann Sebastian und präsentierte seinen Dienstausweis. »LKA Stuttgart. Mein Name ist Franck. Franck mit ck. Das hier ist meine Kollegin Marga Kronthaler.«

Die ältere Frau hielt sich die Hornbrille vor die Augen, musterte zuerst den Ausweis, dann abwechselnd Sebastian und Marga, bis ihr Blick schließlich an ihm hängen blieb.

»Wir würden gerne mit Herrn oder Frau Friedmann sprechen.« Sebastian steckte seinen Ausweis zurück.

Marga beugte sich vor und lächelte. »Dürfen wir reinkommen?«

»Aus welchem Anlass?« Die Stimme der Frau klang noch frostiger, als sie dreinschaute.

»Mordsache Anselm Friedmann«, gab Marga zurück.

Die ältere Frau zögerte einen Moment, trat dann beiseite und deutete in den Eingangsbereich. »Bitte warten Sie hier. Ich melde Sie an.« Sie wandte sich um und verschwand durch eine

Pendeltür, die den Eingangsbereich vom dahinterliegenden Raum trennte.

»Ich melde Sie an«, äffte Marga die Haushälterin nach, als die sich außer Hörweite befand. »Elende Bagage. Die haben bestimmt eine Köchin … und einen Chauffeur.« Und vermutlich die eine oder andere Leiche im Keller, fügte sie in Gedanken hinzu.

»Ich kann mich des Eindrucks nicht erwehren, dass Sie wenig dafür übrighaben, wie die Familie Friedmann ihr Vermögen zur Schau stellt.« Sebastian flüsterte fast.

»Sie sind mir ja ein richtiger Schnellmerker. Aber ein wenig kleiner tät's auch.«

Sebastian verzog den Mund, was vermutlich ein Lächeln darstellen sollte. »Ich kann nichts Tadelnswertes daran erkennen.« Weiterhin hielt er seine Stimme gesenkt.

»Warum flüstern Sie eigentlich?«

Sebastian hob die Achseln. »Ich versuche, diskret zu sein.«

»Diskret?« Das war so ziemlich das Letzte, was sie im Haus eines Bankers sein wollte.

»Diskret, ja.«

Mit einem Quietschen schwang die Pendeltür auf, und die Haushälterin kehrte zurück. »Herr und Frau Friedmann werden Sie jetzt empfangen. Bitte folgen Sie mir.«

Nur mit Mühe konnte Marga eine Bemerkung unterdrücken. Und wäre sie nicht auf die DNA-Probe angewiesen gewesen, hätte sie sich genau in diesem Moment auch nicht zurückgehalten.

Die Eingangshalle hinter der Pendeltür erstreckte sich über zwei Stockwerke. Ein halbes Dutzend Säulen rundum stützte die Galerie im Obergeschoss, zu der eine breite, kreuzförmige Mitteltreppe führte. Alles glänzte in weißem Marmor. Ein fenstergroßes Gemälde im Treppenaufgang zeigte in blassen Farben ein bizarres Motiv. Erst auf den zweiten Blick erkannte Marga, dass es sich um eine halb nackte Frau mit angezogenem Bein handelte. Der Gestalt fehlte der Kopf. Trotz der Größe des Raums gab es nur zwei Möbelstücke, beide aus Mahagoni: eine Vitrine mit historischen Porzellanpuppen sowie einen Sekretär, auf dem ein getrockneter Blumenstrauß arrangiert war. Die spärliche Möblierung war vermutlich auch der Grund, warum der Raum zwar hell, aber ungemütlich wirkte. Nichts lag einfach so beiläufig herum. Marga vermutete, dass alleine die Eingangshalle ein Vermögen gekostet hatte. Die Villa der Familie Friedmann erweckte bei ihr jetzt schon den Eindruck einer Art Schauraum, nur gebaut, um sie mit Staunen zu betreten und mit Stolz zu präsentieren.

Marga und Sebastian folgten der Haushälterin in den nächsten, deutlich kleineren Raum. Auch hier setzte sich die Nüchternheit der Inneneinrichtung fort. Vor der gepolsterten Ottomane an der Wand standen auf einem teuer aussehenden Orientteppich vier passende Polsterstühle um einen dunklen, niedrigen Tisch herum. Alles zusammen hatte so viel Charme wie eine Hotellobby. Fehlte nur noch die Rezeption. Zwei kleinere Gemälde, mehr zweidimensionale Bleistiftzeichnungen, die in kindlicher Art an manchen Stellen mit blassen Farben ausgemalt waren, hingen über der Ottomane. Ansonsten war der Raum vollkommen leer.

Die Haushälterin blieb stehen und deutete auf die Sitzgruppe. Erst jetzt bemerkte Marga, dass ihre Hand leicht zitterte. »Sie dürfen Platz nehmen, wenn Sie wollen.«

»Danke«, gab Sebastian zurück, machte aber keinerlei Anstalten, sich zu setzen.

Marga sah ihr nach, wie sie hinter dem nächsten Durchgang verschwand, und beschloss, ebenfalls stehen zu bleiben. Kaum war die Haushälterin außer Sichtweite, trat Sebastian vor die Ottomane und betrachtete die beiden rahmenlosen Bilder an der Wand. Er murmelte ein paar Worte vor sich hin, verschränkte dann die Hände hinter dem Rücken und beugte sich noch weiter vor.

»Etwas blass die Farben«, sagte Marga und kniff die Augen zusammen. Erst jetzt erkannte sie auf den Bildern die bizarr deformierten Körper von Menschen. Eines davon war ein weiblicher Akt ohne Beine und Arme.

»Das sind zwei Schieles, Frau Kronthaler«, gab er zurück, ohne den Blick von den Bildern abzuwenden.

»Zwei was?« Interessanter als die Gemälde an der Wand fand sie Sebastian, der sich fast die Nase daran platt drückte.

»Egon Schiele, österreichischer Expressionist. Frühzeit, schätze ich.«

»Sind die was wert?« Die Frage hätte sie sich vermutlich sparen können. Bei Friedmanns war sicherlich alles mehr wert, als sie sich vorstellen konnte.

»Darauf können Sie sich verlassen.« Noch immer schien es, als ob er mit den Bildern spräche. »Seine Werke erzielen auf internationalen Auktionen nicht selten Höchstpreise und sind in den Museen begehrt.«

»Und wie viel macht das in Euro?«

Sebastian zuckte mit den Schultern. »Der letzte Schiele, von dem ich weiß, wurde bei Sotheby's für zwei Komma acht Millionen Pfund versteigert. Wobei diese beiden Frühwerke hier vermutlich einiges weniger gekostet haben dürften.«

Marga stieß einen leisen Pfiff aus. »Vielleicht hat er ja Mengenrabatt bekommen, weil er zwei davon gekauft hat.«

Sebastian warf einen vorwurfsvollen Blick über seine Schulter, wandte sich aber sogleich wieder um. »Auch das große Gemälde in der Halle draußen ist von ihm.«

»Das hab ich sofort erkannt.« Marga hatte Mühe, ein Grinsen zu unterdrücken. »Der Typ hat die gleichen blassen Farben verwendet. Vermutlich waren sie noch übrig.«

Sebastian seufzte. »Ich denke, dass Sie sich irren, Frau Kronthaler. Zwischen diesen beiden Werken und dem in der Halle liegen einige Jahre. Und wie bei jedem Maler, so hat sich auch Schieles Stil verändert.« Er wandte sich um, behielt jedoch weiter die Hände hinter dem Rücken verschränkt. »Waren es zuerst kolorierte Handzeichnungen wie diese hier, hat er sich später unter dem Einfluss von Gustav Klimt und der Wiener Secession auf den Expressionismus konzentriert. Zu Lebzeiten wurden seine Werke manchmal als bizarr oder unsittlich bezeichnet. Eine Meinung, die ich übrigens strikt ablehne. Künstler wie Schiele oder Klimt haben damals nur den Konservatismus und traditionellen Kunstbegriff abgelehnt.«

»Ah, ein Kunstkenner«, hörte Marga plötzlich eine Stimme hinter sich und fuhr herum.

Im Durchgang zum nächsten Raum stand ein älterer, etwas

untersetzter Mann mit grauem Haarkranz. Er trug einen hellbraunen Anzug, unzweifelhaft auf Maß geschnitten, ein weißes Hemd mit Manschettenknöpfen und eine rot-beige gestreifte Krawatte samt goldener Nadel. Trotz seines Alters Mitte siebzig konnte er seinen ehemaligen Beruf nicht leugnen. Alle Bankdirektoren sahen gleich aus. Auch wenn sie sich zur Ruhe gesetzt hatten. Die zierliche Frau, die einen halben Schritt hinter ihm stand, war zweifellos deutlich jünger. Marga hätte sie auf Ende fünfzig geschätzt, wusste aber, dass sie mindestens Mitte sechzig sein musste. Ihre engelsgleichen goldblonden Locken hatte sie ihrem Sohn vererbt. Das dunkle, eng anliegende Kleid mit rotem Gürtel betonte ihre schlanke Figur. Um ihren bleichen Hals lag eine Perlenkette. Trotzdem oder genau deswegen wirkte sie neben ihm wie schmückendes Beiwerk, wie das Grünzeug im Blumenstrauß.

»Mein Name ist Dr. Gisbert Friedmann, das ist meine Frau Hannelore«, fuhr er fort.

Die Frau neben ihm nickte stumm. Ihre Gesichtszüge blieben starr und maskenhaft.

»Nehmen Sie doch bitte Platz.« Friedmann deutete auf die Sitzgruppe und ließ sich auf der Ottomane nieder. Trotz seiner eher unsportlichen Figur schien er noch gut zu Fuß zu sein.

Seine Frau setzte sich aufrecht wie in einer Schulbank neben ihn. Sie richtete ihre Beine parallel nebeneinander aus und legte die Arme mit den Handflächen nach oben auf ihren Oberschenkeln ab. Noch immer verzog sie keine Miene. Hannelore Friedmann sah aus wie ein Zuschauer in der letzten Reihe eines Theaters, der nicht wusste, ob ihn das Geschehen auf der Bühne interessierte oder er sich unauffällig davonmachen sollte.

Sebastian nahm auf einem der Stühle gegenüber Platz. Marga setzte sich ebenfalls und begann sogleich: »Sie wissen, warum wir hier sind?«

Friedmanns Miene verfinsterte sich. »Konstanze, unsere Haushälterin, hat uns mitgeteilt, dass es um den Mord an meinem Sohn geht.«

Marga nickte und schlug die Beine übereinander.

»Verstehen Sie mich bitte nicht falsch, aber nach über zwanzig Jahren hier aufzutauchen ist …«, er geriet ins Stocken, schaute einige Male zwischen Marga und Sebastian hin und her, »… schon ungewöhnlich.«

»Das mag sein, Herr Friedmann.« Sebastian rückte auf dem Stuhl nach vorne. »Aber es gibt neue Erkenntnisse. Und wir haben Grund zu der Annahme, dass wir etwas Licht in die Geschehnisse der Mordnacht bringen können.«

Für einen Moment war es Marga so vorgekommen, als ob Hannelore Friedmanns rechtes Augenlid zuckte. Doch wenn dem so war, hatte sie sich schnell wieder unter Kontrolle. Nach wie vor ruhten ihre Hände auf den Oberschenkeln wie tote Fische.

»Und was für Erkenntnisse sind das?« Friedmanns Stirn durchzogen tiefe Falten.

Sebastian beugte sich ihm entgegen. »Wir haben den Wagen Ihres Sohnes gefunden.«

Friedmann straffte den Rücken. Ehrliche Überraschung lag in seinem Gesicht. »Wo?«

»Er wurde vor einigen Wochen im Internet versteigert. Es ist allerdings anzunehmen, dass er in all den Jahren nicht in Deutschland gefahren wurde.«

»Haben Sie den Verkäufer?«

»Wir kennen ihn«, entgegnete Marga und versuchte erneut, im Gesicht von Hannelore Friedmann eine Regung auszumachen. Doch ihre Miene verriet noch immer nichts. Marga wandte sich wieder an Friedmann. »Er beteuert, den Wagen für einen Bekannten versteigert zu haben. Einen Bekannten aus Russland, dessen Identität wir bisher nicht überprüfen konnten.«

Sebastian zog sein Mobiltelefon hervor und hielt es Friedmann hin. »Der Verkäufer heißt Michail Kusnezow. Er wohnt in Berlin. Kennen Sie ihn?«

Friedmann schaute kurz auf das Display und schüttelte den Kopf.

Sebastian steckte das Telefon weg. »In diesem Zusammenhang haben wir die Kleidung Ihres Sohnes nochmals auf DNA-Spuren untersucht. Und dazu gibt es Fragen, die wir stellen müssen.«

Friedmann zog eine verächtliche Grimasse. »Vielleicht wäre vor zwanzig Jahren der richtige Zeitpunkt für Fragen gewesen. Aber jetzt?«

»Damals fehlten die Möglichkeiten.«

»Was haben Sie für Erinnerungen an die Tage, als Ihr Sohn ermordet wurde?« Marga blickte Hannelore Friedmann an, in der Hoffnung, sie würde antworten. Ihre Hand wanderte zum Hals und zupfte an den Perlen der Kette, als wäre sie ein Rosenkranz.

Gisbert Friedmann kam ihr zuvor. »Da war alles wie immer. Anselm schlug sich die Nächte um die Ohren und verbrachte die Zeit auf lauten Partys mit viel Alkohol. So wie es die jungen Leute in seinem Alter eben tun.«

»Und das haben Sie einfach so toleriert? Oder gab es deswegen Streit?«

»Streit? Nein.« Friedmann bemühte sich um ein abgeklärtes Gesicht. Doch Marga entging nicht, dass er sich zusammenreißen musste. »Aber ich habe natürlich versucht, ihm Grenzen zu setzen. Schließlich sollte er irgendwann meine Nachfolge bei der Bank antreten.«

Sie räusperte sich. »Kann es sein, dass Ihr Sohn vor seinem Tod ein homosexuelles Verhältnis unterhielt?« Margas schonungslos ausgesprochene Frage stand im Raum wie etwas gänzlich Unerhörtes.

Schlagartig hörte sie nur noch Friedmanns Atemgeräusche. Ansonsten herrschte Stille im Raum.

Friedmanns Hand zitterte. »Wir sind eine angesehene Bankiersfamilie. Wir können unmöglich einen schwulen Sohn haben.« Seine Stimme überschlug sich fast.

Für einen Augenblick kam es Marga so vor, als ob Hannelore Friedmann etwas sagen wollte. Sie hob den Kopf, jedoch nur um noch kräftiger an der Perlenkette zu ziehen.

»Genau. Und die Erde ist eine Scheibe.« Marga biss sich auf die Lippen. Aber es war bereits zu spät, sie konnte die dämliche Bemerkung nicht mehr rückgängig machen.

»Herr Friedmann«, sagte Sebastian und mühte sich um einen versöhnlichen Tonfall. »Wir benötigen von Ihnen oder Ihrer Frau einen Schleimhautabstrich, um im Ausschlussverfahren die DNA Ihres Sohnes zuzuordnen. Wir können Sie dazu nicht zwingen. Die Abgabe ist freiwillig, würde uns aber die Arbeit enorm erleichtern.« Er zog ein Glasröhrchen mit Wattestäbchen zur Sicherung von Speichelproben aus seinem Jackett und hielt es ihm entgegen.

Friedmann musterte das Röhrchen einige Augenblicke und schüttelte dann den Kopf. »Unser Sohn ist seit zwanzig Jahren tot. Meine Frau und ich haben gelernt, damit umzugehen. Ich möchte, dass Sie uns zukünftig damit in Ruhe lassen.« Jede Zurückhaltung in seiner Stimme war gewichen. Friedmann klang wie jemand, der Anweisungen erteilte. »Oder Sie besorgen sich einen Beschluss vom Staatsanwalt.«

»Wie Sie wollen.« Sebastian steckte das Röhrchen wieder zurück in sein Jackett.

Friedmann hielt sich das linke Handgelenk vor die Augen und sah auf seine Armbanduhr. »Ich denke, wir sind jetzt fertig.« Damit stand er auf.

Marga seufzte. »Es ist Ihre Entscheidung.«

»Natürlich ist es meine Entscheidung.« Friedmann warf ihr einen bitterbösen Blick zu. »Warten Sie bitte hier. Konstanze wird Sie gleich nach draußen begleiten.« Ohne ein weiteres Wort marschierte er davon.

»Kommen Sie gut nach Hause«, vernahm Marga eine helle Frauenstimme. Es war das erste Mal, dass Hannelore Friedmann etwas gesagt hatte. Und dabei sollte es auch bleiben. Sie wandte sich um und folgte ihrem Mann.

Sebastian sah weiterhin zum Durchgang, in dem Friedmann und seine Frau kurz zuvor verschwunden waren. »Er kennt ihn.«

»Wer kennt wen?«

»Friedmann Kusnezow.«

»Und wie kommen Sie darauf?« Was war ihm aufgefallen und ihr nicht?

»Haben Sie bemerkt, wie er auf seine Armbanduhr geschaut hat? Aus höchstens zehn Zentimetern Entfernung. Der Mann ist kurzsichtig.«

»Ja und? Ich sehe auch nicht mehr besonders gut auf die Entfernung.« Was eine maßlose Untertreibung darstellte.

»Ich weiß«, gab Sebastian zurück und deutete ein Lächeln an. »Vermutlich dürfen Sie ohne Brille noch nicht einmal Auto fahren.«

»Seit wann sind Sie auch noch Augenarzt?«

»Vorhin hab ich Friedmann Kusnezows Bild auf meinem Telefon aus etwa zwei Metern Entfernung vor die Nase gehalten. Er hat nur kurz die Augen zusammengekniffen und dann gesagt, er kenne ihn nicht.«

»Und?« Marga konnte nichts Eigenartiges daran finden.

Sebastian lächelte wissend. »So wie der auf seine Armbanduhr geschaut hat, hätte er auf dem Display nicht mal seine Frau erkannt. Nicht aus der Entfernung.«

»Er wusste, dass Kusnezow auf dem Bild ist, nachdem Sie seinen Namen erwähnt haben.«

»Genau.«

Wie aus dem Nichts tauchte plötzlich Konstanze auf. Sie hatte einen Briefumschlag fest an ihren Bauch gepresst.

»Kommen Sie bitte. Ich bringe Sie zur Tür.« Sie deutete Richtung Eingangshalle.

Marga und Sebastian folgten ihr bis in den Vorraum hinter der Pendeltür.

Konstanze blieb stehen und öffnete die Eingangstür. Doch statt den Weg frei zu machen, drehte sie sich um, schaute zu Marga auf und drückte ihr den Briefumschlag in die Hand. »Das soll ich Ihnen von Frau Friedmann geben.« Sie klang immer noch frostig.

Marga kniff die Augen zusammen. Auf dem Umschlag stand nichts. »Aber … warum?«

»Die Fragen, die Sie heute gestellt haben, wollte damals niemand stellen.« Konstanze schlug den Blick nieder. Ihre Stimme hatte einen weichen Tonfall angenommen. »Vielleicht finden Sie damit Ihre Antworten.«

Marga nahm den Umschlag entgegen und nickte.

»Sie sollten jetzt besser gehen.« Mit einem sanften Druck auf Margas Oberarm verlieh Konstanze ihrer Forderung Nachdruck. »Auf Wiedersehen.«

»Ja, Wiedersehen.« Marga trat nach draußen, und sofort schlug die Tür hinter ihr zu.

»Was haben Sie da bekommen?«, fragte Sebastian auf dem Weg zum Parkplatz.

»Im Wagen.« Marga ging weiter zu ihrem Campingbus und stieg ein.

Erst als auch Sebastian die Tür hinter sich zugezogen hatte, öffnete sie den Briefumschlag. Drinnen lag eine goldblonde Haarlocke – unzweifelhaft von Hannelore Friedmanns Haaren.

13

Sebastian nahm Marga den Umschlag ab. Doch statt den Wagen zu starten, kramte sie in ihrer Handtasche. Sebastian glaubte, seinen Augen nicht zu trauen. Sie förderte tatsächlich eine zerknitterte Packung Eckstein No. 5 zutage und steckte sich eine davon in den Mund.

»Wollen Sie hier drinnen etwa rauchen?« Sebastian gelang es nur mit Mühe, seine Empörung zurückzuhalten. Zumal er sich schon auf der Herfahrt nur schwerlich an den Gestank des übervollen, weit offen stehenden Aschenbechers hatte gewöhnen können.

Marga warf ihre Handtasche auf den mittleren Sitz. »Ich hab bestimmt zwei Stunden nicht mehr geraucht. Und außerdem ist das mein Campingbus.«

Sebastian seufzte, rollte den Gurt ab und schnallte sich an. »Können Sie damit nicht noch eine halbe Stunde warten? Dann sind wir im Büro.«

»Sie können ja Ihren Kopf raushalten. Dann haben Sie frische Luft, während ich beim Fahren rauche.« Marga zog eine Grimasse, die wohl ein Lächeln darstellen sollte.

Sebastian dachte im ersten Moment, dass sie scherzte. Doch schon hörte er das Feuerzeug und roch den Qualm der Zigarette. Im nächsten Moment startete sie den Motor und gab derart viel Gas, dass der Kies in die Radkästen prasselte wie bei einem Blechtrommelwirbel. Ihm drängte sich der Eindruck auf, dass es ihr Spaß machte, den sorgsam geharkten Weg zu verunstalten. Er kurbelte die Seitenscheibe hinunter, rückte so weit wie möglich nach rechts und hielt die Nase in den Fahrtwind. Es half nur wenig. Anscheinend zog der gesamte Qualm an seiner Nase vorbei, bevor er durch das Fenster verschwand. Warum zum Teufel kurbelte sie nicht ihre Scheibe hinunter?

Wie von Geisterhand schwang das schmiedeeiserne Tor vor ihnen auf. Auch wenn sie im Grunde gerade eben aus Friedmanns Villa hinauskomplimentiert worden waren, so betrachtete Sebastian ihren Besuch als vollen Erfolg. Zum einen besaßen sie die notwendige DNA-Probe von Anselm Friedmanns Mutter. Und zwar freiwillig. Doch viel wichtiger als das war eine weitere Erkenntnis.

Sebastian beugte sich nach vorne und wischte an einer Stelle den Staub vom Armaturenbrett.

Marga schielte zu ihm. »Soll ich Ihnen meinen VW-Bus am nächsten Samstag zum Putzen hinstellen?«

»Nein. Aber ich mag nichts in den Staub da legen.« Er deponierte den Umschlag auf der gesäuberten Stelle und zog sein Smartphone aus dem Jackett. Friedmanns Verhalten gab allen Grund, argwöhnisch zu sein. Er hatte schlicht gelogen.

»Herr Franck«, sagte Marga. »Sie wissen schon, dass man als Beifahrer auch ohne Freisprecheinrichtung telefonieren darf.«

»Dessen bin ich mir sehr wohl bewusst.«

»Warum starren Sie dann die ganze Zeit auf Ihr Handy? Soll ich vielleicht für Sie anrufen?«

»Besser nicht. Sie haben ohne eine Brille bereits genug Probleme, den Verkehr im Auge zu behalten.« Sebastian wählte Franziskas Nummer und hielt das Telefon ans Ohr.

Marga knurrte etwas Unverständliches. Sebastian tippte auf ein schwäbisches Schimpfwort.

»Ja, ich bin's, Sebastian«, meldete er sich, als Franziska abgenommen hatte. »Überprüfen Sie bitte Gisbert Friedmanns Vergangenheit.«

»Den alten Chef von der Bank?«

»Kennen Sie sonst noch jemand mit diesem Namen?«

»Und auf was genau soll ich achten?« Ihre Stimme klang abgehackt. Offenbar fuhren sie durch ein Gebiet mit schlechtem Empfang.

»Es muss eine Verbindung zu Kusnezow geben. Ich denke, die beiden kennen sich.« Im Hintergrund hörte Sebastian das leise Dudeln von Cems Musik.

»Und wie ich Sie kenne, brauchen Sie das gleich nachher.«

»Natürlich, Franzi. Wie immer.« Sebastian bedankte sich und legte auf.

»Das wäre echt der Knaller«, sagte Marga vor dem nächsten Zug an ihrer Zigarette.

»An diesem Knaller, wie Sie es so emotional ausdrücken, gibt es noch etwas viel Interessanteres. Etwas, das mich ins Grübeln bringt.«

»Muss ich zuerst den Publikumsjoker nehmen, oder sagen Sie es mir auch so?« Marga hatte die inzwischen recht kurze Zigarette zwischen ihre Lippen geklemmt und kniff das rechte Auge zusammen.

Sebastian drehte sein Mobiltelefon in der Hand und schaute auf. »Die wirklich interessante Frage ist doch: Warum leugnet Friedmann, dass er Kusnezow kennt?«

»Für die Antwort sind Sie bei uns schon mal richtig. Das K in LKA steht für ›kriminal‹.« Marga zog erneut an der Zigarette und drückte sie in den Kippen-Berg im Aschenbecher.

»Sie ist nicht aus«, knurrte Sebastian.

»Was ist nicht aus?«

»Die Zigarette. Der Aschenbecher qualmt, und es stinkt wie in einer Bierkneipe.«

»Mein lieber Scholli. Nerven Sie Ihre Mitmenschen immer so?« Sie gab dem Aschenbecher ein paar Stöße mit dem Handballen. Das Knacken von Plastik erklang, und er verschwand im Armaturenbrett. Natürlich nicht, ohne dass zuvor ein Ascheregen auf den Boden davor niederging.

»Jetzt ist er kaputt«, sagte Sebastian.

»Das macht nichts. Auf Ihrer Seite in der Tür ist noch einer.«

Sebastian betrachtete die Innenverkleidung, entdeckte jedoch keinen Aschenbecher.

»Herr Franck, Sie sind ja so ein leichtes Opfer.« Marga grinste und sah ihn für einen Moment an. »Aber Sie sind gut. Besser, als ich erwartet habe.«

»Darf ich das als Kompliment auffassen?«

»Ja, verdammt. Aber drucken Sie es sich nicht gleich auf ein T-Shirt.«

»Ich trage selten T-Shirts.«

»Herr Franck.« Marga schüttelte den Kopf. »Können Sie nicht einmal wie ein normaler Mensch reagieren? Es interessiert nicht, ob Sie T-Shirts tragen. Das war ein Scherz.«

Natürlich, was sonst. Das hätte er sich bei ihr eigentlich denken können. »Offensichtlich haben wir eine unterschiedliche Auffassung von Humor.«

»Ich wusste bisher nicht, dass Sie überhaupt Humor haben. Sie kommen mir vor wie jemand, der auf alles verzichtet, das Spaß macht.« Marga brachte den Wagen hinter einem gelben Baulastwagen zum Stehen, der an einer Ampel wartete.

»Und warum sollte ich das tun?« Sebastian kurbelte die Seitenscheibe hoch. Nicht nur wegen der Abgase des Lastwagens, sondern auch um ihrem forschenden Blick für einen Moment auszuweichen.

Die Ampel schaltete auf Grün. Der Baulastwagen fuhr an und entlud eine gewaltige Wolke pechschwarzer Abgase in Richtung Campingbus. Zum Glück war die Scheibe bereits geschlossen.

Marga schaute wieder auf die Straße und fuhr ebenfalls los. »Da bin ich mir noch nicht ganz sicher. Vielleicht als eine Art Buße.«

»Buße? Und für was?« Inzwischen fühlte sich Sebastian unbehaglich angesichts der Richtung, in die sich das Gespräch entwickelte.

»Für etwas, das in Ihrem Leben geschehen ist.«

Ohne es zu wollen, strich Sebastian über sein Smartphone. Das Display leuchtete auf. Natürlich gab es keine neuen Nachrichten. Das Vibrieren des Geräts hätte er bemerkt. »Und wie kommen Sie darauf?«

Margas Blick blieb stur geradeaus gerichtet. »Ich bin nur neugierig. Das ist so eine Art Berufskrankheit bei Polizisten. Die kriegen Sie auch noch.«

Je näher sie der Innenstadt kamen, desto dichter wurde der Verkehr. Bald ging es nur noch im Schritttempo weiter. Sebastian sah auf seine Uhr. Kein Wunder. Es war kurz nach zwölf Uhr. Die mittägliche Rushhour hatte eingesetzt. Wenig später standen sie dann tatsächlich im Stau, und Marga kurbelte die Seitenscheibe hinunter.

Just in dem Moment, als sie anfahren wollte, schlenderte ein jüngerer Mann in T-Shirt und Bermudashorts direkt vor dem Campingbus auf die Fahrbahn. War es schon Sommer?

Marga trat auf die Bremse, streckte ihren Kopf aus dem Fenster und rief: »Du Halbdackel, mach schneller, oder soll ich nachhelfen?«

Postwendend erntete sie von dem Mann den gestreckten Mittelfinger.

Das, was Sebastian von den Lippen des Mannes ablesen konnte, hätte ihm gut und gerne acht Stunden gemeinnütziger Arbeit eingebracht. »Halbdackel? Das ist schon ein ziemlich merkwürdiges Schimpfwort.«

»Das ist nicht merkwürdig, das ist Schwäbisch. Sie sind doch nicht erst seit gestern in Stuttgart, oder?«

»Nie gehört. Gibt es denn auch einen Volldackel?« Die Frage nach den Dackelversionen hätte er sich sparen können.

»Nein. Aber einen Grasdackel oder Saudackel.« Marga grinste, wurde aber sogleich wieder ernst. »Warum sind Sie eigentlich Polizist geworden? Sie waren ziemlich spät dran.«

»Ich habe studiert.«

»Literatur, ich weiß. Steht in Ihrer Personalakte. Aber Sie haben abgebrochen.«

»Hab ich, ja«, gab Sebastian zurück, obwohl er spätestens jetzt gerne über etwas anderes gesprochen hätte. Sein Vater hatte ihm die gleiche Frage schon Dutzende Male gestellt. Und Sebastian hatte ihm immer die gleiche Antwort gegeben.

»Dafür gibt es einen Grund. Es gibt immer einen Grund.«

»Das ist wohl auch eine Berufskrankheit.«

Marga blies sich eine Strähne aus der Stirn. »Was?«

»Fragen stellen.«

Sie musterte ihn kurz. »Natürlich. Aber es kommt nicht auf die Anzahl der Fragen, sondern auf die Frage selbst an.«

Erneut strich Sebastian über das Display seines Telefons, nur um seine Hände überhaupt mit etwas zu beschäftigen. »Ich bin wütend.«

»Sie, wütend?« Marga riss den Blick von der Straße los und sah ihn mit gerunzelter Stirn an. »Sie schauen überhaupt nicht danach aus.«

Sebastian stieß einen Laut der Resignation aus. Nur weil er seiner Umwelt nicht jede Gefühlsregung mitteilte, hieß das nicht, dass er keine hatte.

»Auf wen?« Marga hatte ihren Blick wieder auf die Straße gerichtet.

Keine Sekunde zu spät. Sie musste einem knallroten Motorroller ausweichen, der die rechte Spur in Beschlag nahm.

Sebastian spürte einen dicken Kloß im Hals und schluckte. »Auf die Polizei.«

»Und dann gehen Sie zur Kriminalpolizei? Muss ich das verstehen?« Marga runzelte die Stirn.

»Nein, das müssen Sie nicht. Mein Vater versteht es heute noch nicht.« Und wird es auch nie verstehen, fügte er in Gedanken hinzu.

»Es hat mit Ihrer Familie zu tun, richtig?« Ihre Frage klang mehr wie eine Feststellung.

Sebastian sah zur Seitenscheibe hinaus. Wild gestikulierend drängte sich ein halbes Dutzend Schulkinder um den Straßenschalter einer Dönerbude. »Hellsehen gehört wohl auch zu Ihren Berufskrankheiten.«

»Ein wenig schon.«

Sebastian musste erneut schlucken, doch der Kloß im Hals wollte einfach nicht verschwinden. »Mein Bruder wurde vor einigen Jahren erschossen. In Hannover, in einer Bank. Er war zur falschen Zeit am falschen Ort.«

»Und der Täter konnte nie ermittelt werden.« Margas Stimme hörte sich mit einem Mal spröde an. Offenbar hatte sie jetzt erst bemerkt, dass ihm ihre Fragen Unbehagen bereiteten.

Das Gesicht seines Bruders tauchte vor Sebastians geistigem Auge auf. Das strahlende Lächeln, die Zahnlücke zwischen den Schneidezähnen und die unzähligen Sommersprossen, die jeden Winter etwas blasser wurden. Noch ein paar Jahre, dann wären sie ganz verschwunden gewesen. Er konnte sogar seine Stimme hören. Alle Tonlagen von klein auf bis zum Stimmbruch. Und riechen. Jenen besonderen Geruch, der nur zu ihm gehörte. Brüder eben, die von klein auf aneinanderhingen wie Kletten. Schnell verblasste das Bild wieder, und andere tauchten auf. Der kalte Fliesenboden einer Bank. Ein lebloser Körper, blutüberströmt. Dann die zusammengesunkene Gestalt seines Vaters, als die beiden Polizisten vor der Tür standen, um ihnen mitzuteilen, dass Daniel nicht mehr lebte. Er sei sofort tot gewesen und habe keine Schmerzen gehabt, hatten sie gesagt. Woher zum Teufel wollten die das überhaupt wissen?

Irgendwo bimmelte eine Straßenbahn.

Sebastian wandte ihr den Kopf zu. »Ich hab Daniel seit damals Hunderte Male sterben sehen. Ich möchte mich nicht darüber unterhalten.« Sie musste nicht wissen, dass er sich die Schuld an seinem Tod gab.

Marga nickte. »Das kann ich Ihnen nicht verübeln. Tut mir leid, dass ich davon angefangen habe.«

Ein unangenehmes Schweigen breitete sich aus. Sebastian kam es so vor, als ob der ohnehin lärmende Motor des alten Campingbusses sich plötzlich so laut anhörte wie eine Kreissäge. »Und worüber unterhalten wir uns jetzt? Das Thema Sebastian Franck scheint wohl erschöpft zu sein.«

Marga schüttelte den Kopf und lächelte dabei. »Sie sind ein hoffnungsloser Fall, Herr Franck.«

Auch Sebastian musste jetzt lachen. Er schob sein Telefon in die Seitentasche und zog den Umschlag vom Armaturenbrett, um ihn ebenfalls im Jackett zu verstauen. Als er ihn falten wollte, bemerkte er, dass sich noch etwas anderes darin befand. Seine Finger ertasteten Pappe, etwa von der Größe einer Kreditkarte.

Sebastian öffnete vorsichtig den Umschlag und spähte hinein. »Da ist noch ein Stück Karton drinnen. Soll ich das mal rausholen?«

»Wollten Sie etwa Fingerspuren sichern?« Marga hob die Augenbrauen. »Dafür ist es zu spät.«

Sebastian fischte den Karton mit zwei Fingern heraus. »Eine Visitenkarte.«

»Von wem?« Marga setzte den Blinker und wechselte auf die linke Spur, um einen gelb-weißen Gelenkbus zu überholen. Auf der Seitenfläche klebte Werbung für das Leuze Mineralbad.

»Hannelore Friedmann. Mit E-Mail-Adresse, Festnetz- und Handynummer.« Sebastian drehte die Visitenkarte um. »Auf der Rückseite steht noch was.«

»Und was?« Sie schwenkte vor dem Bus wieder auf die rechte Fahrspur ein.

Sebastian kniff die Augen zusammen. »Das ist eine ziemlich unordentliche Schrift.«

»Sie sollen nicht die Schönschrift benoten, sondern mir sagen, was da steht.« Marga versuchte, einen Blick auf die Karte zu erhaschen.

Sebastian zog die Karte weg. »Schauen Sie bitte auf die Straße. Ich lese es Ihnen vor.«

»Wegen mir«, knurrte Marga, kniff die Augen zusammen und richtete ihren Blick durch die Frontscheibe.

»Su… ja, suchen …« Sebastian hielt die Karte näher ans Auge. »Suchen Sie Eber… Eberhardt … Lehner.«

»Da ist wohl doch noch jemand an der Aufklärung des Mordes interessiert.« Marga verzog den Mund zu einem zufriedenen Lächeln.

Zurück im Büro klickte Sebastian sich durch den Internetauftritt des Bankhauses Friedmann & Cie. Er suchte nach einem Bild von Gisbert Friedmann, fand jedoch nur seinen Namen neben Maximilian von Uechtland, dem zweiten persönlich haftenden Gesellschafter. Kein Foto, keine Kontaktdaten. Doch die Google-Bildersuche schaffte mit Dutzenden Fotos schnell Abhilfe: Friedmann, während er eine Rede hält, Friedmann bei Empfängen mit und ohne Getränk in der Hand, Friedmann hinter einem Schreibtisch. Nur selten war er mit seiner Frau Hannelore abgebildet. Und wenn, dann blieb sie meist einen halben Schritt hinter ihm und lächelte maskenhaft. Er suchte sich das neueste Foto aus und schickte es mit dem Konterfei von Hannelore Friedmann auf den Drucker. Nachdem er noch die beste Aufnahme von Kusnezow auf dem PC gesichert und ausgedruckt hatte, klebte er die drei Bilder neben die anderen Dokumente an die Wand. Es wurde Zeit, dass das bestellte Whiteboard und das Flipchart geliefert wurden. Sonst müsste er bald mit dem Filzstift auf der Wand herummalen.

Er setzte sich wieder hinter seinen Schreibtisch und startete die Google-Bildersuche für Maximilian von Uechtland, den zweiten Gesellschafter. Google förderte eine beachtliche Ausbeute zutage. Uechtland war jünger als Friedmann, etwa um die sechzig Jahre, und trug trotz seines Alters die halblangen blonden Haare nach hinten gekämmt. Seine meist adrette Kleidung ließ ihn zwar jederzeit wie den soliden Geschäftsmann wirken, aber er trug die modischere Variante. Wenn man Friedmann als seriösen Bankier einstufte, so musste man Uechtland als Lebemann bezeichnen. Im Gegensatz zu seinem Kompagnon gab es von ihm hauptsächlich Fotos mit wechselnden Cocktails in der Hand und wechselnden, meist jüngeren Frauen im Arm.

Sebastian blätterte im Browser zurück und überflog nochmals Gisbert Friedmanns Fotos. Dabei fiel auf, dass er auf keinem der Fotos mit Uechtland abgebildet war. Ein Umstand, dem Sebastian im Moment nicht allzu viel beimaß, aber den er auch nicht gänzlich aus den Augen verlieren wollte. Er beschloss, auch Uechtlands Konterfei auszudrucken und es abseits der anderen an die Wand zu hängen.

Sebastian verschränkte die Hände hinter dem Rücken und betrachtete die Bilder vor ihm. Eine Person fehlte noch: Eberhardt Lehner.

Ein kurzes Klopfen, und die Tür schwang auf. Franziska trat ein. »Hallo, Chef.«

»Ah, Franzi, kommen Sie rein.« Ihre Kleidung wurde von Tag zu Tag schriller. Diesmal trug sie ein lilafarbenes, ärmelloses Shirt mit Dutzenden, teilweise münzgroßen Löchern, deren Verursacher eine Schrotflinte hätte sein können. Dafür schienen auf den ersten Blick das schwarze T-Shirt darunter sowie die obligatorische dunkle Cargohose unbeschädigt zu sein. Mit klackenden Plateauschuhen trat sie neben ihn.

»Ist das Kusnezow?« Sie deutete auf sein Bild an der Wand.

Sebastian nickte.

»Mit den hervorstehenden Augen sieht der Typ aus wie ein Frosch, den man zusammenquetscht.« Franziska grinste und ließ ihr Zahnpiercing aufblitzen.

Sebastian betrachtete das Foto. Die bildhafte Art, wie sie Kusnezow beschrieb, fand er schon beinahe amüsant. Aber sie hatte recht. In Verbindung mit der markanten slawischen Kopfform ein nicht alltägliches Gesicht, das man auch nach über zwanzig Jahren auf einem Foto wiedererkennen könnte. »Haben Sie was gefunden? Irgendetwas, das ihn mit Gisbert Friedmann in Verbindung bringt?«

Franziska zuckte mit den Schultern. »Das weiß ich noch nicht.«

»Lassen Sie mal hören.« Sebastian hatte nicht damit gerechnet, dass sie in der Zeit überhaupt etwas finden würde.

Sie kramte in ihrer Tasche, zog einen Zettel heraus und entfaltete ihn. »Bankhaus Friedmann & Cie. Gegründet 1864 von Lorenz Friedmann, dem Urgroßvater von Anselm Friedmann. Damals waren Familienunternehmen übrigens die typische Organisationsform von Banken. Erst 1931 führte die Bankenkrise in Deutschland zu einer deutlichen Dezimierung der Privatbanken. Viele der kleineren brachen zusammen oder wurden mit größeren verschmolzen.«

»Nicht so Friedmann & Cie.«, sprach Sebastian das Offensichtliche aus.

»Richtig.« Franziska tippte sich an den Kopf. »Und ich hab mich gefragt, warum.«

Sebastian blickte wieder auf die Bilder an der Wand. Kusnezows und Friedmanns Fotos hingen nur wenige Zentimeter auseinander. Ein deutscher Bankier neben einem ehemaligen sowjetischen Marineoffizier und Elitekämpfer. Die zwei könnten unterschiedlicher nicht sein.

»Seit 1931 hat Friedmann & Cie. nicht nur persönlich haftende Gesellschafter, sondern es gibt eine weitere Beteiligung in Höhe von acht Komma fünf Prozent. Damals war übrigens noch der Vater von Gisbert Friedmann«, sie las vom Zettel ab, »Friedrich-Eugen am Ruder.« Franziska schaute auf und kicherte. »Ein voll antiker Name, finden Sie nicht?«

Sebastian betrachtete das Foto von Maximilian von Uechtland. »Auf wen lautet denn die Beteiligung?«

»Garantie- und Kreditbank für den Osten AG.«

Sebastian runzelte die Stirn. »Kenne ich nicht.«

»Kannte ich auch nicht. Aber dann habe ich – Google sei Dank – im Internet das sogenannte SMAD-Handbuch entdeckt, das Handbuch für die sowjetische Militäradministration in Deutschland.« Erneut blitzte ihr Zahnpiercing auf. »Ich kann mir überhaupt nicht vorstellen, wie die früher recherchiert haben. Das hat bestimmt Wochen gedauert.«

Damit hatte sie wohl recht. »Und was haben Sie in diesem Handbuch gefunden?«

Sie schaute kurz auf ihren Zettel. »In den zwanziger Jahren hatte die Bank ihren Sitz in Berlin und war eine Tochter der Gosbank. Die Gosbank ist …«

»… die ehemalige Zentralbank der Sowjetunion, ich weiß. Früher wurden sämtliche bargeldlosen Zahlungen darüber abgewickelt. Und wenn ich mir die Jahreszahl dazu anschaue, liegt die Vermutung nahe, dass es Friedmann & Cie. auch mit sowjetischem Geld geschafft hat, die Bankenkrise in den dreißiger Jahren zu überstehen.«

»Das Beste kommt noch: Die Bank und ihre Beteiligungen gibt es noch heute. Inzwischen ist der Eigner natürlich die russische Zentralbank. Ihr Zweck ist allerdings der gleiche geblieben.«

Sebastian horchte auf. »Zweck? Und welcher?«

»Offiziell befasst sich die Garantie- und Kreditbank mit der Finanzierung deutsch-russischer Handelsgeschäfte. Das war früher schon so, nur eben mit der Sowjetunion.«

»Und inoffiziell?«

Franziska strahlte übers ganze Gesicht. »Transfer von Devisen aus Waffengeschäften. Vielleicht auch Geldwäsche. Vor einigen Jahren gab es deswegen eine staatsanwaltschaftliche Untersuchung. Die wurde aber eingestellt.«

»Und wie kommen wir von der Bank zu Kusnezow?« Sebastian rieb sich das Kinn.

Das Strahlen in Franziskas Gesicht war verschwunden. »Ab jetzt wird's nur noch semi-gut.«

»Semi-gut? Und das heißt?«

»Nach dem Krieg wurde das Filialnetz der Bank stark ausgebaut. Hauptsächlich in Städten sowie anderen Gebieten mit Schwerindustrie und Armeestützpunkten. Und eine der Geschäftsstellen lag bis nach der Wende in Niederschöneweide in der Schnellerstraße 19.«

»Kusnezows Dienststelle.« Das könnte tatsächlich ein Anhaltspunkt sein. »Haben Sie noch mehr?«

Sie schüttelte den Kopf und ließ den Zettel sinken.

»Gute Arbeit, Franzi.« Sebastian nickte anerkennend. »Echt gute Arbeit.«

»Danke.« Sie faltete ihren Zettel zusammen und verstaute ihn in der Hosentasche. »Haben Sie sonst noch was für mich? Sonst geh ich rüber und zu meiner Musik.«

Sebastian musste grinsen. Cem tat ihm jetzt schon leid. »Ja, da wäre tatsächlich noch was.«

Franziska schaute ihn aus ihren dunkel geschminkten Augen erwartungsvoll an.

»Eberhardt Lehner. Versuchen Sie etwas zu diesem Namen herauszubekommen.«

***

Marga griff zum Telefon auf dem Schreibtisch und wählte die Nummer von Lukas' Mobiltelefon. Sie musste das Problem mit Sebastians Geldbörse endlich aus der Welt schaffen. Und sie hatte auch schon eine Idee, wie sie das anstellen könnte.

Wider Erwarten nahm ihr Sohn das Gespräch nach dem dritten Anrufversuch tatsächlich an. Doch statt eines »Hallo, Mama«, »Wie geht's« oder beidem zusammen schlug ihr ein eisiges »Was willst du?« aus dem Hörer entgegen.

»Hallo, Lukas.« Marga versuchte, so ruhig wie möglich zu klingen. »Wo bist du gerade?«

»Zu Hause, warum? Willst du herkommen?« Seine Frage hörte sich an wie ein Vorwurf. Lukas gab sich Antwort und Folgerung dazu gleich selbst. »Dann mach ich mich mit Dennis vom Acker.«

»Dennis ist auch da?«, fragte Marga, noch immer um einen beiläufigen Tonfall bemüht. »Was treibt ihr denn so? Neue Geschäfte anstoßen?« Wenn er gleich wieder auflegte, hätte sie sich den Anruf auch sparen können.

»Wir gehen nachher.« Lukas' Stimme klang weiter frostig und abgehackt, fast wie der Sprachcomputer einer Hotline. Marga war sich sicher, dass es nicht an der Verbindung lag.

»Wohin?«

»Dorthin, wo wir keine Opfer deiner Polizeigewalt werden.«

Kein Lachen, auch kein anderer Laut. Was er gesagt hatte, war sein purer Ernst.

Es fiel ihr sekündlich schwerer, ruhig zu bleiben. »Lukas, so geht es nicht weiter …«

»… was geht so nicht weiter?« Er schaffte es nicht einmal, sie ausreden zu lassen.

»Mit uns beiden. Wir können zuletzt überhaupt nicht mehr miteinander reden.«

»Worüber sollten wir denn reden?«

»Über so einiges. Oder glaubst du, wir können uns jeden Tag aus dem Weg gehen wie zuletzt?«

Lukas antwortete nicht.

Schnell fuhr sie fort: »Niemand geht mehr einfach so, wenn wir etwas zu klären haben.«

Am anderen Ende der Leitung blieb es weiter ruhig.

Marga redete einfach weiter: »Ich werde mich daran halten, und ich denke, du solltest dich ebenfalls daran halten. Denn dort, wo Menschen zusammenleben, braucht es gewisse Regeln, damit es funktioniert.« Sie fühlte sich mit einem Mal an Rolf erinnert, mit dem sie die gleiche Diskussion nicht nur einmal geführt hatte. »Und das ist eine unserer Regeln.«

Nur noch für einen kurzen Moment drang Lukas' leises Atmen an ihr Ohr, dafür war seine Reaktion umso jähzorniger. »Und wie viele dieser Scheißregeln hast du?«

»Ein paar.«

»Und wo kann man die nachlesen?« Er schnaubte wie ein Pferd. »In irgendeinem verdammten Polizeigesetz?«

»Wir beide machen die. Es ist unser gemeinsames Zuhause. Ich will nicht, dass wir uns jeden Tag sehen und uns wie Fremde behandeln.«

Erneut herrschte einen Moment Ruhe, bis Lukas sagte: »Ich hab dich gehört. Gibt's sonst noch was, oder war's das jetzt mit deiner Gardinenpredigt?«

Marga atmete tief durch. »Nicht ganz.«

Erst jetzt begann der Teil des Gespräches, für den sie Lukas angerufen hatte – unzweifelhaft der schwierigere Teil. »Ich möchte, dass du weißt, dass ich immer zu dir stehe, egal, was geschehen ist.«

»Was soll diese blöde Ansage nun wieder?«, kam es aus dem Telefonhörer zurück.

Marga hätte sich ohrfeigen können. Sie hörte sich beinahe so an wie Roman Prechtkranz, ihr ach so geliebter Therapeut vom zentralen polizeipsychologischen Dienst, während einer der Sitzungen.

»Ich hab jetzt keine Zeit mehr. Was willst du eigentlich von mir?« Lukas' Stimme klang ungehalten, und Marga fürchtete, dass er gleich auflegen würde.

Sie schluckte. »Ich war in deinem Zimmer.«

»Dachte ich mir doch«, knurrte Lukas.

Margas Blick blieb am Bild ihrer beiden Söhne hängen, das auf dem Schreibtisch stand. Lukas war damals höchstens dreizehn Jahre alt gewesen. »Hör mir bitte zuerst zu, bevor du gleich wieder sauer auf mich wirst.«

Erneut schnaubte er ins Telefon. »Ich weiß nicht, ob das Wort ›sauer‹ dafür ausreicht.«

Marga redete einfach drauflos. »Unter deinem Bücherregal habe ich die Geldbörse meines neuen Mitarbeiters Sebastian Franck gefunden. Sie wurde ihm vorgestern im Bus gestohlen.«

Keine Reaktion.

»Jetzt frage ich mich natürlich, wie *seine* Geldbörse unter das Bücherregal in *deinem* Zimmer kommt.« Sie flehte innerlich, dass Lukas eine plausible Erklärung dafür parat hatte.

»Bin ich Google? Woher soll ich das wissen?« Aus dem Hörer drang ein Rascheln. Lukas hielt die Sprechmuschel zu, sodass sie nichts davon mitbekam, was er zu Dennis sagte.

Noch immer starrte sie das Foto auf ihrem Schreibtisch an. Äußerlich hatte Lukas mit dem Kind darauf nur noch wenig zu tun. Gleichwohl kam er ihr jetzt, vier oder fünf Jahre später, kaum erwachsener vor.

Erneut drang ein Rascheln aus dem Hörer. »Dennis hat sie gefunden.«

»Und wo, wenn ich fragen darf?«

Wieder hielt Lukas für einen Moment das Telefon zu. »Weiß er nicht mehr.«

»Weiß er nicht mehr, soso.« Marga seufzte. »Ich will überhaupt nichts mehr darüber wissen. Dennis geht noch heute zu irgendeinem Fundbüro und liefert dort die Geldbörse ab.«

Wieder Rascheln. »Er sagt, er macht es.«

»Ihr findet die Geldbörse unten in der großen Küchenschublade. Und noch was …«

»Was?«

»Denkt nicht mal dran, etwas rauszunehmen. Ich weiß genau, was drin ist.«

14

Am Dienstag der darauffolgenden Woche saß Sebastian schon vor acht Uhr morgens und mit einiger Anspannung in seinem Büro. Heute sollte es endlich so weit sein und der ersehnte Bericht des KTI eintrudeln. So jedenfalls hatte es ihm Brändle zugesichert, als er vergangene Woche auf der Rückfahrt von Botnang Hannelore Friedmanns Haarlocke persönlich abgeliefert hatte. In Fernsehkrimis wären sie bestimmt schon einige Schritte weiter. Dort dauerte die Erstellung eines genetischen Fingerabdrucks mit anschließendem Abgleich in der Datenbank nur Stunden statt der üblichen zwei oder drei Tage.

Die Zeit im Büro hatte Sebastian seither meist mit dem Schreiben von Berichten zugebracht, denn inzwischen hatte sich einiges angesammelt. Der Besuch bei Kusnezow, dann der bei den Friedmanns sowie einige Einschätzungen und Aktennotizen mussten zu Papier gebracht werden. Marga war die ganze Zeit über so gut wie unsichtbar gewesen und hatte auch keinerlei Andeutungen gemacht, dass sie selbst den Friedmann-Bericht übernehmen könnte. Gestern war es Sebastian so vorgekommen, als ob den ganzen Tag ihr Büro leer gestanden hätte. Dennoch wurde die Akte Friedmann jeden Tag dicker. Inzwischen füllte sie einen ganzen Aktenordner, und damit hatte er in den letzten Tagen mehr dazu beigetragen als die Ermittler in den Jahren zuvor. Es war wie früher im Studium. Wenn die anderen nur zwei oder drei Seiten einer schriftlichen Ausarbeitung abliefern konnten, so hatte er die doppelte Menge in der halben Zeit geschrieben.

Die Aussage der Zeugin Bristol alias Filipowitsch hatte Sebastian sich bis gestern Abend aufgehoben. Bevor er einen Bericht schrieb, wollte er, dass sie sich Kusnezows Foto ansah. Das Ergebnis war ernüchternd. Sowohl die Aussage als auch die Niederschrift hätte er sich sparen können. Nachdem sie das Foto während ihres gestrigen Besuchs einige Sekunden betrachtet hatte, war sie zu der Einschätzung gelangt, dass er derjenige gewesen sein könnte, der in der Tatnacht in ihrem Etablissement nach Friedmann gefragt hatte. Aber als Sebastian in die Frage das Wort »zweifelsfrei« eingebaut hatte, war sie sich dessen plötzlich nicht mehr sicher gewesen. Und dabei hatte er sich wegen Kusnezows auffälligen Augen so viel von ihrem Besuch erhofft. Inzwischen stufte Sebastian Filipowitschs Aussage schlicht als wertlos ein.

Der Bericht kam dann gegen zehn Uhr, nicht, wie Sebastian es erwartet hatte, per E-Mail, sondern Marga trat mit ein paar losen Seiten in der Hand durch die Tür. Wie immer trug sie eine eng anliegende Jeans und ein buntes Shirt, das eine Nummer zu klein schien. Es war das erste Mal, dass sie überhaupt den Weg über den Gang in sein Büro gefunden hatte.

»Das KTI hat einen Treffer mit der DNA«, verkündete sie und wedelte freudig mit dem Bericht. Schon im nächsten Augenblick stockte sie und schaute verwundert im Raum umher. »Stand dieses Zeugs schon immer hier?«

Sebastian musste grinsen. »Nein, das ist alles am Samstag aufgestellt worden.«

»Von wem?« Marga kniff die Augen zusammen, ihr Mund blieb offen stehen.

»Ich denke, es waren die Monteure.«

»Monteure? Wollen Sie mich verarschen?«

Sebastian beschloss, Marga noch ein wenig zappeln zu lassen. »Sie sahen jedenfalls aus wie Handwerker.«

»Herr Franck.« Marga stemmte die Fäuste in die Hüften, beinahe wäre ihr der Bericht aus der Hand gefallen. »Verkaufen Sie mich nicht für dumm, okay? Also wie zum Teufel sind Sie an das Zeugs hier gekommen?«

»Ich habe es gekauft.« Vielleicht hätte er ihr doch davon erzählen sollen.

»Gekauft?«, echote Marga.

»Ja, gekauft. Das Sideboard, die Bücherregale, die Couch und der Besuchertisch samt Stühlen stammen von Moebelfritz.de, und die Leute von denen haben es auch gleich aufgebaut.«

Marga ließ den Blick über die Einrichtung gleiten, bis ihre Augen an der Couch hängen blieben. »Klassisches Beige, hübsch. Auch die Kissen.«

»Was noch fehlt, ist das ganze Elektronik-Equipment. Dieser Händler ist auch wirklich unzuverlässig. Er hat die Lieferung innerhalb von achtundvierzig Stunden versprochen, und jetzt sind wir schon bei hundertneununddreißig Stunden«, er schaute auf seine Armbanduhr, »und vierzehn Minuten.«

»Elektronik-Equipment ... natürlich. Und wer hat das alles genehmigt?« Marga schien inzwischen vergessen zu haben, dass sie eigentlich wegen des KTI-Berichts gekommen war.

»Niemand.« Sebastian lächelte knapp. »Ich hab's bestellt und bereits bezahlt.«

»Bereits bezahlt? Soso. Haben Sie einen Sponsor oder selbst so viel Geld übrig? Was hat denn das alles gekostet?«

Sebastian hob die Achseln. »Sieben- bis achttausend Euro.«

»So viel?«, entfuhr es Marga. Er konnte deutlich erkennen, dass sie der Betrag überraschte. Aber mit weniger konnte sie für die Einrichtung unmöglich gerechnet haben.

»Frau Kronthaler. Ich verbringe nahezu die Hälfte meiner Zeit in diesem Büro hier, sogar am Wochenende. Und ich denke, dass es noch eine ganze Weile so sein wird.«

»Klar. Im Gegensatz zu mir müssen Sie ja noch Karriere machen.« Sie lächelte breit. »Und Sie waren wirklich am Wochenende hier?«

»Die meiste Zeit jedenfalls. Außer am Samstagabend, da hab ich mir ›Jenůfa‹ angeschaut.«

»Wer oder was zum Teufel ist ›Jenůfa‹?« Auf Margas Stirn standen zwei senkrechte Falten.

Warum überraschte ihn die Frage nicht? »Eine Oper.«

»Ich hab mir am Samstag 'ne Pizza von meinem Sohn bringen lassen und mir ›Desperate Housewives‹ angeschaut.«

»›Desperate Housewives‹? Das kenne ich nicht.«

»Hab ich auch nicht erwartet.« Marga betrachtete die Whiteboards, die zusammen eine vier Meter lange Tafel bildeten und beinahe die gesamte Seite links von seinem Schreibtisch einnahmen. Sebastian hatte alle Dokumente und Bilder von der Wand abgenommen, sie neu geordnet und mit farbigen Magneten auf den Whiteboards angebracht. Anschließend hatte er mit einem schwarzen Filzstift die zugehörigen Namen unter die Fotos geschrieben und Linien eingezeichnet, um die Beziehungen der einzelnen Personen untereinander darzustellen.

»Die beiden Whiteboards und das Flipchart wurden gestern geliefert«, sagte Sebastian, als er Margas Blick bemerkte. »Wo waren Sie da eigentlich?« Das klang vorwurfsvoller, als er beabsichtigt hatte.

Marga musterte ihn mit zusammengekniffenen Augen. »Ich könnte jetzt sagen, das geht Sie einen Scheißdreck an.«

»Könnten Sie, ja.« Sebastian versuchte, seiner Stimme einen beiläufigen Klang zu geben.

»Warum wollen Sie das überhaupt wissen?« Marga schien noch immer gereizt. Möglicherweise steckte etwas Privates dahinter, und es ging ihn tatsächlich nichts an, wo sie am Montag gewesen war.

»Als ich das alles an die Tafeln gehängt habe, hätten wir uns über den aktuellen Stand des Friedmann-Falles unterhalten können. Wir hätten uns bestimmt gegenseitig befruchtet.«

»Gegenseitig *befruchtet*?« Sie musterte ihn von Kopf bis Fuß und zog eine Grimasse. Doch statt seine Wortwahl zu kommentieren, sagte sie nur: »Jetzt bin ich ja hier.«

»Ich hab's inzwischen alleine gemacht.« Sebastian schüttelte den Kopf. »Ich werde nicht schlau aus Ihnen.«

Marga setzte ein falsches Lächeln auf. »Das beruht auf Gegenseitigkeit, Herr Franck.«

»Es ist schwer für mich, vorherzusehen, wie Sie sich verhalten. An einem Tag scheinen Sie völlig desinteressiert an der Lösung des Falles, tags darauf sind Sie kaum zu bremsen.«

»Und Sie sind inzwischen nicht nur Augenarzt, sondern auch Psychoanalytiker?« Margas schnippischer Tonfall verriet ihre Abneigung, mehr über sich preiszugeben.

Sebastian entschied, hartnäckig zu bleiben. Wenn sie weiter zusammenarbeiten wollten, würde er gerne zumindest den Grund für ihr Verhalten kennen. »Sie machen das nicht freiwillig hier, richtig?«

»Wie kommen Sie darauf?«, knurrte Marga.

»Das ist nur schwer zu übersehen.«

»Das geht Sie nichts an.« Marga wandte sich von ihm ab, trat vor die Whiteboards und betrachtete die Bilder. Im Licht, das schräg durch die Fenster fiel, leuchteten ihre Haare fast orange. »Mit diesem Eberhardt Lehner sind Sie wohl noch nicht weitergekommen.« Sie deutete auf den Umriss eines Kopfes, den Sebastian samt dem Namen auf ein weißes Blatt Papier gedruckt und es neben die Fotos von Kusnezow und Friedmann gehängt hatte.

»Franziska hat in Stuttgart und Umgebung niemanden mit diesem Namen gefunden. In Berlin gibt es vier und im gesamten Bundesgebiet achtzehn Eberhardt Lehner. Das wird schwierig.«

»Haben Sie schon Hannelore Friedmann angerufen? Auf der Visitenkarte standen ja einige Telefonnummern.«

»Klar.« Dachte Marga tatsächlich, dass er schliefe? »Frau Friedmann ist unter keiner der Nummern erreichbar. Konstanze, die Haushälterin, hat auf der Festnetznummer abgenommen und uns nur gesagt, dass Frau Friedmann derzeit verreist sei. Wie lange und wohin, weiß sie anscheinend nicht.«

Marga nickte und entsann sich offenbar wieder des Grundes, warum sie in seinem Büro stand. »Ich wollte Ihnen den Bericht der KTI geben.«

Sebastian zuckte mit den Schultern. »Den hätten Sie mir auch per E-Mail weiterleiten können.«

»Hätte ich können, ja. Aber ich mag Papier. Papier, das man anfassen kann. Nicht dieses Computerzeugs.« Marga strich mit der Hand über den Bericht.

Sebastian vermutete, dass sie zu den Menschen gehörte, die ihre E-Mails ausdruckten und danach abhefteten. »In Ihrer Generation ist ja eine gewisse Angst vor Computern normal, aber es ist doch um einiges einfacher und angenehmer geworden in den letzten Jahren.«

»Da haben Sie ja so recht, Herr Franck. Früher war alles schlechter. Da gab's noch Sex, Drugs and Rock'n' Roll. Und heute? Mit Veganern, alkoholfreiem Bier und … Helene Fischer brauchen Sie keine Angst mehr haben.« Sie grinste. »Aber setzen wir uns doch. Auf den neuen Möbeln ist's viel gemütlicher, während wir über den Bericht der KTI sprechen.«

Sebastian wandte sich dem Besuchertisch zu.

»Wir nehmen die Couch«, sagte Marga schnell und nahm einen Moment später dort Platz.

»Sie haben vorhin etwas von einem Treffer erzählt«, sagte Sebastian, als er neben ihr auf der Couch saß.

»Ja. Und unser Mann heißt Lars Stenzel.« Marga wippte auf den Polstern auf und ab. »Gefällt mir.«

»Was?«

»Die Couch. Erinnert mich irgendwie an meine Jugend. So eine hatte ich auch mal.«

Sebastian seufzte. »Freut mich, dass ich Ihren Geschmack getroffen habe. Aber wer ist Lars Stenzel?«

»Ein ehemaliger Stricher, achtundvierzig Jahre alt. Geboren in Stuttgart, wohnt allerdings seit bald zwanzig Jahren in Berlin. Er hat ein paar Vorstrafen wegen Diebstahl und Drogenbesitz. Nichts Ernstes.« Marga stoppte mit dem Wippen, blätterte den dünnen Stapel in ihren Händen durch und hielt ihm ein Schwarz-Weiß-Foto vor die Nase.

Sebastian kannte diese Art von Fotos, auf denen die Person aus verschiedenen Perspektiven abgebildet war. Sie gab es nur von Menschen, deren Personalien die Polizei im Zuge einer Festnahme aufgenommen hatte. Der junge Mann auf diesem Bild sah allerdings aus, als ob er die Prozedur nicht das erste Mal durchlaufen hätte. Mit blassen, gelangweilten Augen schaute er in die Kamera und kaute dabei offensichtlich auf einem Kaugummi herum. Einige Zähne fehlten oder standen schief in seinem Mund und waren vom jahrelangen Rauchen dunkel verfärbt. Auf dem eingeblendeten Schild stand »Stenzel, Lars Frederick« sowie »Polizeipräsidium Stuttgart, 12. Dezember 1992«.

»Friedmanns homosexuelle Ausrichtung scheint sich damit zu bestätigen.« Sebastian dachte an Gisbert Friedmanns Ausbruch, als Marga genau diesen Verdacht während ihres Besuches letzte Woche geäußert hatte.

»Das scheint nicht nur so. Aber dazu kommen wir gleich.« Sie steckte das Foto unter den Stapel und blätterte erneut darin. »Seit Mitte der neunziger Jahre ist er fromm wie ein Lamm. Die Straftaten hat er alle in Stuttgart begangen.«

»Gibt's dafür einen Grund? Sie haben selbst gesagt, es gibt immer einen Grund.«

Marga legte den Kopf schief. »Könnte an einem gewissen Paul Degenhardt liegen.«

»Wer ist Paul Degenhardt?« Irgendwo hatte er den Namen schon einmal gehört.

Marga lehnte sich zurück und legte den Papierstapel auf ihren Schenkeln ab. Er sah, dass sie etwas darauf notiert hatte. »Sein Lebenspartner und Vater ihres adoptierten Kindes.«

»Wie kann jemand mit derartigen Vorstrafen überhaupt ein Kind adoptieren?« Sebastian wusste, dass dazu ein tadelloses polizeiliches Führungszeugnis notwendig war.

»Auch das könnte an Paul Degenhardt liegen«, erwiderte sie in geheimnisvollem Tonfall.

»Wollen Sie mir nicht endlich sagen, wer dieser Paul Degenhardt wirklich ist?« Es störte ihn, dass er noch nicht selbst dahintergekommen war.

Marga nahm den Bericht wieder zur Hand und las: »Paul Degenhardt. Geboren 18. Februar 1956. Bis Mitte der Neunziger Referatsleiter im Landespolizeipräsidium.« Sie schlug die Beine übereinander und sah triumphierend auf. »Er könnte heute unser Big Boss sein; hat sich aber dann doch für eine andere Karriere entschieden: Landesamt für Verfassungsschutz, danach Verteidigungsministerium. Heute ist er Staatssekretär im Bundesinnenministerium.«

»Und das haben Sie heute Morgen alles in Erfahrung gebracht?« Sebastian hätte nicht erwartet, dass Marga derart schnell auf den Bericht reagierte. Nicht nachdem sie gestern, ohne ein Wort zu sagen, gefehlt hatte. Einer jener Tage, an denen sie sich nicht nur kaum, sondern überhaupt nicht an den Ermittlungen beteiligt hatte.

»Das hat mich nur ein paar Anrufe gekostet.« Sie lächelte vielsagend. »Hinzu kommt, dass dieser Degenhardt jemand ist, der gerne im Rampenlicht steht. Schon seit einigen Jahren ist es en vogue, sich als schwuler Politiker zu outen. Seine Partnerschaft mit Lars Stenzel und die Adoption des Kindes sind im Familienregister eingetragen. Stenzel scheint sich um die Erziehung des

Kindes …«, wieder schielte Marga kurz auf ihre Notizen, »… ein elfjähriges Mädchen, zu kümmern.«

»Und?«, fragte Sebastian. Es kam ihm so vor, als ob sie etwas zurückhielte.

Marga setzte sich wieder auf und sah ihn fragend an. »Wie kommen Sie auf *und*?«

Er zuckte mit den Achseln. »Es klang so, als ob noch was kommen würde. Also kein *und*?«

»Nein, kein *und*.«

»Können wir Stenzel mit dem hier festnageln?« Sebastian deutete mit dem Kinn auf den Bericht.

Marga wiegte ihren Kopf hin und her, anscheinend hatte sie noch keinen Entschluss dazu gefasst. »Wir könnten ihn vorladen.«

»Das wird dem Herrn Staatssekretär Degenhardt aber überhaupt nicht gefallen.«

»Das müssen wir riskieren.« Sie schien wenig beeindruckt von der Aussicht, den Lebenspartner eines Staatssekretärs der Bundesregierung zu vernehmen.

»Sie haben recht. Wer nichts wagt, der darf nichts hoffen«, gab Sebastian zurück.

Marga runzelte die Stirn.

»Schiller«, fügte er mit einem Lächeln hinzu und strich seine Krawatte glatt.

»Was Sie nicht sagen.« Marga betrachtete ein weiteres Mal die Einrichtung.

»Was ist?«, fragte Sebastian, als er ihren Blick bemerkte.

»Wissen Sie, was hier drinnen noch fehlt?«

»Ein paar Bilder an der Wand«, gab Sebastian zurück. »Aber die sind schon bestellt.«

Marga schüttelte den Kopf. »Ein Aschenbecher. Oder darf man hier etwa nicht rauchen?«

»Natürlich nicht.«

»Meine Fresse, Herr Franck, das war ein Spaß.« Marga hievte sich aus der Couch hoch und drückte Sebastian den Papierstapel in die Hand. »Ich denke, wir haben uns genug befruchtet. Fragen Sie diese Puffmutter, ob sie Stenzel kennt. Und dann hängen Sie sein Foto an die Tafel. So behalten Sie weiterhin die Übersicht.«

»Haben Sie auch ein Foto von Paul Degenhardt?« Vor Sebastians geistigem Auge schwirrte jetzt das Gesicht eines gertenschlanken, glatzköpfigen Mannes Anfang sechzig herum.

Sie schüttelte den Kopf. »Nein. Aber Sie werden sicherlich schnell eines im Internet finden.« Marga wandte sich zum Gehen, hielt jedoch plötzlich inne und fragte: »Haben Sie eigentlich Ihre Geldbörse wieder?«

»Gut, dass Sie davon anfangen. Ich muss nachher noch im Fundbüro in der Rotebühlstraße vorbeischauen.« Sebastian fasste sich an die Stirn. Das hätte er vor lauter Berichteschreiben beinahe vergessen.

»Wurde sie gefunden?«

»Ja, sie wurde bereits am Freitag abgegeben. Das Fundbüro hat auf meinem Anrufbeantworter eine Nachricht hinterlassen. Ich habe dann gleich zurückgerufen. Und stellen Sie sich vor, das ganze Geld, die Kreditkarten und der Personalausweis, alles ist noch da. Glück muss man haben.« Sebastian hatte es bis zu dem Anruf selbst nicht für möglich gehalten, dass er die Geldbörse zurückbekommen würde.

»Haben die Ihnen auch den Namen des Finders gesagt? Sie wissen schon, wegen des Finderlohns?«, fragte Marga. Sie klang mit einem Mal so interessiert.

»Mike Delfino heißt er. Muss wohl ein Italiener sein.«

»Mike Delfino?« Marga prustete laut los vor Lachen. »Der Mann von Susan Delfino?«

»Das weiß ich nicht. Ich kenne weder Mike noch Susan Delfino.«

Nur langsam schaffte Marga es, sich zu beruhigen.

»Was ist denn daran so komisch?« Sebastian konnte sich beim besten Willen keinen Reim auf ihre Reaktion machen.

»Sie sollten vielleicht doch mehr Fernsehen schauen.« Marga wischte sich eine Träne aus dem Auge.

»Und warum sollte ich das tun?«

»Dann wüssten Sie, dass Mike Delfino Ihre Geldbörse garantiert nicht gefunden hat. Er ist nämlich eine Serienfigur aus ›Desperate Housewives‹.«

Als Marga sein Büro verlassen hatte, setzte sich Sebastian sofort an den Computer und suchte im Internet nach einem Foto von Mike Delfino. Als Resultat lieferte Google Dutzende Seiten eines muskulösen, braun gebrannten Hollywood-Schönlings, meist mit nacktem oder nur spärlich verhülltem Oberkörper. Und offenbar machte genau das auf Frauen in Margas Alter einen großen Eindruck. Er klickte das Ergebnis beiseite und suchte nach Paul Degenhardt. Rasch fand er ein aktuelles Foto von ihm auf der Website der Bundesregierung. Sebastians Erinnerung an den Mann hatte ihn nicht getrogen. Der Staatssekretär im Innenministerium stellte das genaue Gegenteil des Hollywood-Schönlings dar. Degenhardt mit kahl rasiertem Schädel und ausgeprägtem Adamsapfel war so dürr, dass sich unterhalb seiner Wangenknochen bereits tiefe Dellen zeigten. Vermutlich war das auch der Grund, dass er älter aussah als die achtundfünfzig Jahre, die sein Lebenslauf auswies.

Sebastian druckte ein Foto mit angemessener Auflösung von Degenhardt aus, hängte es auf einen freien Platz an der Tafel und griff nach Stenzels Foto, um es daneben anzubringen. Er stockte, wusste aus irgendeinem Grund, dass er die beiden nicht isoliert betrachten sollte. Sebastian nahm eines der Fotos von Anselm Friedmann von der Tafel ab und hängte es mit Stenzel unter Degenhardt. Er trat einen Schritt zurück, verschränkte die Hände hinter dem Rücken und musterte Stenzel auf dem Polizeifoto. Was hast du vor dem Mord in der Tatnacht getan?

Schweißnass liegst du neben ihm im Bett, rauchst schon die zweite oder dritte Zigarette. Der Sex war gut, war geil. Besser als mit jedem anderen. Alles an ihm schmeckt nicht einfach nur nach mehr als bei den anderen, sondern der Geruch seines Körpers lässt dich mit jedem Atemzug fast wahnsinnig werden. Aber dieser Abend muss endgültig der letzte gewesen sein. Er kann nicht wissen, dass du eigentlich mit jemand anderem zusammen bist. Das macht dich traurig und mutig zugleich. Die belanglose Unterhaltung mündet schnell in einen Streit. Einen Streit, den du auch nicht vermeiden wolltest. Denn erst jetzt hast du den Mut, ihm zu sagen, dass du ihn verlassen wirst.

Er glaubt, dass sein Vater der Grund dafür ist. Er fleht dich an, würde seine Hand dafür hergeben, dass du bei ihm bleibst. Aber deine Entscheidung ist längst gefallen. Du kannst nicht anders entscheiden. Es kommt zu unschönen Worten, die keiner mehr zurücknehmen kann. Dann gehst du einfach, schlägst die Tür hinter dir zu und betrinkst dich irgendwo in der Stadt. Doch du weißt nicht, dass du ihn das letzte Mal lebend gesehen hast.

15

Um die Mittagszeit des übernächsten Tages war es so weit. Lars Stenzel saß im Verhörraum Eins des Dezernats T.O.M. Warum die ehemalige Arrestzelle im Kellergeschoss überhaupt nummeriert worden war, konnte niemand sagen. Für Vernehmungen existierte nur dieser eine fensterlose Raum, in dem lediglich ein einfacher, quadratischer Tisch sowie vier unbequem wirkende Plastikstühle standen. Neben einem Tischmikrofon gab es noch zwei Kameras zur Videoüberwachung, die nicht abgeschaltet werden konnten. Ebenfalls nicht abgeschaltet werden konnte ein weiteres, verstecktes Mikrofon, auch wenn der Befragte nicht mit einer Aufzeichnung einverstanden war.

Im Technikraum hinter dem Einwegspiegel beobachteten Marga und Sebastian Lars Stenzel schon seit einigen Minuten. Sie hatte seine Polizeiakte auf grün-weißem Endlospapier ausgedruckt und hielt die gut zwei Dutzend Lagen zu einer Rolle aufgedreht in der Hand. Unter Sebastians rechtem Arm klemmte Friedmanns Ermittlungsakte. Beide hatten damit gerechnet, dass Stenzel mit einem Anwalt erscheinen würde, er war jedoch alleine gekommen. Ein Umstand, der entweder auf grenzenloses Selbstbewusstsein oder Naivität hinwies.

Hätte Franziska nicht seinen Personalausweis geprüft, hätte Marga nicht geglaubt, dass es Lars Stenzel war, der dort am Tisch saß. Er hatte kaum noch etwas mit jenem trotzigen jungen Mann auf dem Polizeifoto von 1992 gemein. Sah er damals noch aus wie jemand, der beim Autoskooter hinten aufsprang, wirkte er jetzt mit weißem Hemd und kariertem Jackett mit Ellbogenschonern wie bei einem Elternabend in der Kita. Stenzel hatte zugenommen, sein Gesicht war rundlicher und der Haaransatz um einige Zentimeter nach oben gewandert. Nichts Ungewöhnliches für einen Mann Ende vierzig. Am auffälligsten jedoch war die Veränderung seiner Zähne. Auf dem Polizeifoto noch schief und verfärbt oder überhaupt nicht vorhanden, strahlten sie jetzt in zwei wohlgeformten schneeweißen Reihen.

Vermutlich hatte Degenhardt sich Stenzels Gebisssanierung einen Batzen Geld kosten lassen. Geblieben war der arrogante Zug um seinen Mund. Stenzel wirkte abgeklärt und schien nicht im Geringsten nervös. Mit verschränkten Armen hatte er sich in seinem Stuhl zurückgelehnt, als ob er sonntagnachmittags in einem Straßencafé säße und die Menschen beim Vorbeischlendern beobachtete.

»Sieht er für Sie aus wie ein Mörder?«, fragte Sebastian, ohne den Blick von Stenzel zu nehmen.

»Jeder sieht für mich aus wie ein Mörder. Egal, wie er im Moment wirkt. Und es wäre besser, wenn auch Sie sich das angewöhnen könnten.«

»Es liegt mir fern, Ihnen zu widersprechen. Gleichwohl kann ich mir nicht vorstellen, dass Stenzel in Friedmanns Tod involviert war.« Sebastian klang, als ob er keine Vermutung, sondern eine Tatsache äußerte.

»Und wie kommen Sie darauf? Haben Sie das mit einem Bergkristall ausgependelt?« In einem ersten Impuls hätte Marga ihn am liebsten von der Vernehmung ausgeschlossen. Es war schon immer ein Fehler, derart voreingenommen einen Verdächtigen zu vernehmen.

Sebastian warf ihr einen irritierten Blick zu. »Natürlich nicht. Ich habe nachgedacht.«

»Nachgedacht?« Marga schüttelte den Kopf. »Das reicht leider nicht. Sie müssen mir schon mit Fakten kommen.«

»Es ist offenkundig.«

»Offenkundig?« Marga glaubte, sich verhört zu haben. »Meinen Sie damit so viel wie: Es liegt auf der Hand?«

Sebastian nickte, ohne eine Miene zu verziehen.

»Sie sind ein ehrgeiziger Polizist, Herr Franck. Das ist gut so. Aber hören Sie auf damit, mir bei jeder Gelegenheit etwas beweisen zu wollen.« Das war noch taktvoll ausgedrückt. Manchmal fragte sich Marga, wie lange sie seine Mätzchen noch ertragen würde.

»Ich möchte Ihnen nichts beweisen. Das ist lediglich meine Einschätzung.«

»Eine derartige Einschätzung können Sie getrost mir überlassen. Ich bin jetzt seit fast dreißig Jahren bei der Kriminalpolizei. Und Sie?«

Sebastian schaute auf seine Armbanduhr. »Soll ich das Wochenende mitzählen?«

Marga seufzte. »Das war eine rhetorische Frage. Darauf müssen Sie nicht antworten.«

»Sie können es sich ja selbst ausrechnen.« Sein Gesicht zeigte noch immer keine Regung, als er sich wieder dem Einwegspiegel zuwandte. »Und jetzt?«

»Herr Franck«, Marga atmete tief durch, »Sie haben eine Art, die mir auf die Nerven geht.«

»Das tut mir leid.« Sebastian verschränkte die Hände hinter seinem Rücken und musterte Stenzel auf seinem Stuhl wie ein gefangenes Insekt unter einer Glasglocke. »Auch die Zeugin Filipowitsch kennt ihn nicht. Das haben wir bereits überprüft. Also, was meinen Sie?«

»Ich meine, dass wir endlich die Vernehmung hinter uns bringen sollten.« Marga setzte sich in Bewegung. »Und das Reden überlassen Sie besser mir. Sonst erklären Sie unseren Gast da drinnen womöglich noch zum Heiligen.«

Stenzel reagierte kaum, als Marga und Sebastian durch die Tür traten. Er drehte lediglich seinen Kopf ein klein wenig in ihre Richtung. Die Augen blickten kalt, seine Miene zeugte von wenig Respekt. So würde es nichts mit einer erfolgreichen Vernehmung. Dazu musste sie ihn schon aus seiner Komfortzone locken.

»Lars Frederick Stenzel«, sagte Marga, nachdem sie beide vorgestellt und mit Sebastian auf der anderen Tischseite Platz genommen hatte. »Sind Sie damit einverstanden, dass unser Gespräch aufgezeichnet wird?«

»Ohne Frederick bitte. Nur Lars Stenzel. Und ja, Sie können das Gespräch aufzeichnen.« Stenzels Stimme klang gelassen. »Ich hab nichts zu verbergen.«

»Mögen Sie Ihren zweiten Vornamen nicht?« Sie entrollte das Endlospapier mit seiner Polizeiakte und legte es vor sich auf den Tisch. Die einzelnen Lagen stapelten sich zu einem Papierstoß von gut einem Zentimeter Höhe.

»Nein.« Stenzel lächelte routiniert, fast geschäftsmäßig. Offenbar hatte er sich vorgenommen, nicht mehr als notwendig zu sprechen.

»Was ist mit dem Namen?« Marga legte es darauf an, zu nerven. Nerven war erste Wahl, wenn man jemanden aus der Reserve locken wollte.

»Was soll schon damit sein? Ich mag ihn nicht.« Stenzels Lächeln wurde dünner.

»Gut, Herr Stenzel. Belassen wir es dabei«, sagte Marga nur, obwohl sie gerne noch angemerkt hätte, dass sie der Name an die beiden Trickfilm-Schweinchen Piggeldy und Frederick aus dem Kinderfernsehen erinnerte.

Sebastian schaltete das Mikrofon auf dem Tisch ein, nannte Datum, Zeit sowie die Namen der Anwesenden und bog den Schwanenhals des Mikros hin und her. Irgendetwas schien ihn an der Position zu stören.

»Wissen Sie, warum Sie hier sind, Herr Stenzel?«, begann Marga, nachdem Sebastian endlich das Mikrofon zu seiner Zufriedenheit ausgerichtet hatte.

»Wer will es sich schon mit dem LKA verderben?« Stenzel hatte sein routiniertes Lächeln wiedergefunden.

Marga erwiderte nichts. Seine Reaktion hatte ihre Sympathie nicht unbedingt gesteigert.

»Spaß beiseite«, fügte er schnell hinzu. »Ich nehme an, es geht um einen Ausrutscher, als ich noch jung war.«

»Ausrutscher?« Marga hob die Stimme. »Bei Ihnen hört sich das an wie eine Ordnungswidrigkeit wegen zu schnellem Fahren. Kennen Sie eigentlich Ihr Vorstrafenregister? Es ist so lang wie die Königstraße.«

»Das waren doch alles Jugendsünden.« Stenzel winkte ab. »Sie müssen wissen, ich hatte früher viel Spaß.«

»Sie hatten in Ihrer Jugend Spaß? Das kann ich mir nicht vorstellen bei so vielen Verstößen gegen das Gesetz.« Marga ließ die einzelnen Lagen des Papierstapels durch die Finger gleiten, griff hinein und las vor: »22. April 1986. Polizeipräsidium Stuttgart. Da war es ein Verstoß gegen das Betäubungsmittelgesetz. Mit achtzehn.«

Stenzel hob kurz die Achseln. »Na und? Heutzutage macht das doch jeder.«

»Was?« Marga zuckte kurz zusammen, hatte sich aber sofort wieder unter Kontrolle. Harte Drogen waren eine ganz andere Kategorie als der eine oder andere Joint, den sie geraucht hatte. »Mit zwölf Gramm Heroin in zwölf Straßenportionen durch die Gegend zu laufen?«

»Der Richter hat damals auf Eigenbedarf entschieden. Da steht bestimmt, dass ich freigesprochen wurde.« Stenzel machte ein unschuldiges Gesicht, als wäre diese Anklage nur eine Frage der Interpretation gewesen.

»Eigenbedarf? Dass ich nicht lache. Wissen Sie, was ich glaube?« Nerven gehörten zum Geschäft.

»Bin ich Hellseher?«

»Sie wollten die Päckchen verkaufen. Ein mieser kleiner Dealer, der sich ab und zu selbst einen reingedrückt hat. Sie waren damals nicht der arme Drogenabhängige, für den Sie sich ausgegeben haben.«

»Und Sie waren damals nicht der Richter.« Mit einem Mal hatte Stenzels Gesicht wieder Ähnlichkeit mit jenem Mann auf dem Polizeifoto. Er reckte das Kinn und blickte gelangweilt und desinteressiert über sie hinweg. Es fehlte nur noch der Kaugummi zwischen seinen Zähnen.

Marga ließ hörbar die Luft entweichen. Sie blätterte ein weiteres Mal durch den Papierstapel, stoppte jäh und schlug die Seite auf. »18. August 1987. Polizeipräsidium Stuttgart. Beischlafdiebstahl.«

»Jetzt wird's aber unanständig«, sagte Stenzel in einem gespielt empörten Tonfall und setzte ein falsches Lächeln auf. »Darf der Jüngling neben Ihnen das alles schon hören, oder wird der noch rot?«

Aus den Augenwinkeln bemerkte Marga, wie sich Sebastian in seinem Stuhl aufrichtete. Sie konnte nicht erkennen, ob er Stenzels Beleidigung einfach wegsteckte oder sich beherrschen musste. »Würden Sie bitte antworten?«

»Sie haben überhaupt keine Frage gestellt. Aber die Anzeige wurde zurückgezogen.« Grenzenlose Arroganz lag jetzt um Stenzels Mund.

Marga hätte nicht sagen können, ob es an Stenzels Miene oder seinen Worten lag, dass sie sich mit einem Mal von ihm provoziert fühlte. »Natürlich wurde die Anzeige zurückgezogen. Ich kann lesen. Der Bestohlene fürchtete um seinen guten Ruf, steht in der Aktennotiz eines Kollegen.«

Stenzel beugte sich ruckartig vor und ließ seine Fäuste mit einem lauten Knall auf den Tisch fallen. »Guten Ruf? Blödsinn. Soll ich Ihnen mal etwas zu solchen Dreckskerlen wie diesem sagen? Am Sonntagmorgen sitzen sie mit Kind und Kegel lächelnd in der Kirche und machen den Rest der Woche auf heile Familie. Aber wenn das Wochenende kommt, suchen sie sich einen Arsch, wo sie ihren Schwanz reinstecken können. Das ist doch ein verlogenes Pack.«

»Herr Stenzel«, sagte Sebastian scharf und straffte den Rücken. »Sie sind nicht hier, um die sexuellen Vorlieben anderer Leute zu bewerten.«

»Oh, der junge Polizeianwärter darf jetzt doch mitmachen.« Stenzel musterte Sebastian wie jemanden, den er unter keinen Umständen ernst nehmen würde. »Wie alt sind Sie eigentlich? Fünfundzwanzig?« Er wandte Marga den Kopf zu. »Haben Sie nicht noch einen Azubi?«

»Kriminaloberkommissar Franck. So viel Zeit und Anstand kann man auch von einem vorbestraften Kriminellen wie Ihnen verlangen.« Mit mäßigem Erfolg versuchte Sebastian, Stenzels abfälligen Blick nachzuahmen. »Und mein Alter geht Sie einen Scheißdreck an.«

Bis gerade eben war Marga davon ausgegangen, dass das Wort »Scheißdreck« nicht in Sebastians Wortschatz vorkam. Sie blickte kurz zur Seite, als könnte sie so feststellen, ob das Wort tatsächlich aus seinem Mund gekommen war. Sie wandte sich wieder an Stenzel. »Anselm Friedmann. Sagt Ihnen der Name etwas?«

»Sollte er das?« Stenzel zog die Stirn kraus. Nach dem Wutausbruch von gerade eben hatte er sich offenbar wieder unter Kontrolle.

»Ja, sollte er.« Marga schob sich eine Strähne hinter das Ohr. »Und überlegen Sie sich Ihre Antwort etwas flotter. Meine Geduld ist in solchen Dingen schnell erschöpft.«

Stenzel zuckte wieder mit den Schultern. »Manchen Leuten ist es einfach nicht gegeben, sich Namen zu merken.«

»Und Sie gehören wohl dazu?«

»Klar.« Stenzel grinste breit.

Marga patschte mit der flachen Hand auf den Papierstapel. »Kennen Sie ihn nun oder nicht?«

»Die Frage hatten wir schon.«

»Aber mit einer beschissenen Antwort von Ihnen. Ich will verdammt noch mal was Vernünftiges von Ihnen hören.«

»Kann sein. Aus meiner Stuttgarter Zeit vielleicht.« Unzweifelhaft legte es Stenzel darauf an, so lange wie möglich den Unwissenden zu spielen.

»Stuttgarter Zeit, soso. Dann wollen wir Ihrem Gedächtnis mal auf die Sprünge helfen.« Marga tat so, als ob sie aus ihren Unterlagen abläse, musterte Stenzel jedoch aus den Augenwinkeln. »Anselm Friedmann wurde im September 1995 im Stuttgarter Leonhardsviertel erschossen.«

Wenn Stenzel etwas davon wusste, dann konnte er es gut verbergen. Er zuckte nicht einmal mit der Wimper. »September 1995? Das war vor über zwanzig Jahren. Dazu hab ich nichts mehr auf dem Schirm.«

»Freut mich, Herr Stenzel, dass Sie so schnell rechnen können.« Lange würde Marga ihm diese arrogante Art nicht mehr durchgehen lassen.

Sebastian blätterte in der Friedmann-Akte. »16. September 1995, um präzise zu sein. Das war ein Samstag. Anselm Friedmann wurde zwischen vier und fünf Uhr morgens mit einem Schuss in den Kopf getötet. Und Sie sind hier, um Licht in die Mordnacht zu bringen.«

»Und wie zum Teufel kommen Sie darauf, dass ich etwas damit zu tun habe?« Stenzel hatte ihn offenbar jetzt als Gesprächspartner anerkannt.

»Ich weiß, dass Sie etwas damit zu tun haben.« Sebastian beugte sich über den Tisch und grinste Stenzel ins Gesicht. »Das hat meine Mutter übrigens früher schon auf die Palme gebracht.«

Stenzel wich etwas zurück. »Was?«

»Meine Neugier. Sie sagte dann immer, ich soll Polizist werden, wenn ich groß bin.«

»Na, dann haben Sie ja noch etwas Zeit.« Stenzel kniff die Augen zusammen und sah Sebastian an, als ob er ihn im nächsten Moment erwürgen wollte.

Der gab sich unbeeindruckt. »Auf Friedmanns Unterwäsche wurden Ihre DNA-Spuren gefunden. Und zwar in einem Spermafleck.«

»Ich habe Ihnen vorhin schon gesagt, dass ich früher viel Spaß hatte.« Stenzel verschränkte wieder die Arme vor der Brust und grinste breit. »Vermutlich war ich einer der ersten in Ihrer DNA-Kartei.«

Marga musterte Stenzels Gesicht. Seine Augen unter den gezupften Brauen leuchteten wasserblau. »Vielleicht fangen wir einfach damit an, dass Sie uns sagen, wo Sie in der Mordnacht waren.«

»Sind Sie noch ganz bei Trost?«

Marga antwortete nicht.

Stenzel schüttelte den Kopf, als könnte er nicht glauben, dass sie das wirklich von ihm verlangte. »Können Sie sich nach zwanzig Jahren noch daran erinnern, was Sie an einem bestimmten Tag getan haben?«

»Vermutlich nicht.« Marga konnte sich ein Schmunzeln nicht verkneifen. »Aber ich muss es auch nicht.«

Stenzel zog ein bekümmertes Gesicht. Marga hätte nicht sagen können, ob er schauspielerte oder nicht. »Sie müssen wissen, ich habe mit meiner Vergangenheit abgeschlossen und wohne seit etlichen Jahren in Berlin. Inzwischen habe ich sogar eine kleine Familie.« Auch seine Stimme klang jetzt weniger aggressiv.

»Herr Stenzel, das geht mir am Arsch vorbei. Außerdem wissen wir das schon.« Langsam hatte Marga die Faxen dicke. »Wir können auch Ihren Lebenspartner … Frau oder Mann … vorladen. Wie sagt man eigentlich?« Ein wenig peinlich war ihr die Frage schon. Sie hätte sich ja informieren können.

»Nur Mann. Ich bin sein Mann, er ist mein Mann.«

»Ich denke, Sie sind sich der Schwere der Anschuldigungen gegen Sie immer noch nicht bewusst. Auf dem Slip des Mordopfers wurde ein Spermafleck mit Ihrer DNA gefunden. Daraus ergibt sich für uns nur ein mögliches Szenario: Sie hatten mit Anselm Friedmann Sex, und zwar kurz bevor er erschossen wurde. Meinen Sie nicht, dass Sie uns eine Erklärung schulden?«

Stenzels Augen wanderten unruhig hin und her. Es war das erste Mal, dass er ihrem Blick auswich. Hatte sie ihn schon dort, wo sie ihn haben wollte?

»Wenn Sie uns nicht sagen, wo Sie in der Mordnacht waren, lasse ich Sie einem Haftrichter vorführen.« Marga wusste nicht, ob Stenzels DNA auf der Unterwäsche des Mordopfers für einen Haftbefehl ausreichte. Schließlich konnte das Sperma nicht nur Stunden, sondern Tage alt gewesen sein. Es gab schlicht keine biochemische Methode, um herauszufinden, wann Sperma auf einen Spurenträger gelangt war. Aber zur Not würde sie ihn einfach ohne Haftbefehl für eine Nacht in der Zelle schmoren lassen. Das hatte schon oft Wunder gewirkt.

Stenzel schaute auf. »Auch nach zwanzig Jahren?«

»Auch nach zwanzig Jahren.« Marga nickte. »Warum erzählen Sie uns nicht einfach die Wahrheit. Dann gehen wir alle hier raus. Sie fahren zurück nach Berlin zu Ihrer Familie, zu Leonie, und wir machen uns einen schönen Abend.«

Stenzel senkte seinen Blick. Er schien zu überlegen.

»Wie alt ist Leonie denn?«, fragte Marga, obwohl sie genau wusste, wie alt seine Tochter war.

»Elf. Sie wird im August zwölf.« Stenzel wirkte erschöpft wie ein Langstreckenläufer, der bald aufgeben musste.

»Wollen Sie nicht etwas Konkretes beitragen? Der richtige Zeitpunkt wäre jetzt gekommen.«

»Das gibt nur wieder Scherereien mit Paul.« Stenzel lehnte sich zurück, ließ Kopf und Schultern gleichermaßen hängen. »Ich hab nichts davon, wenn ich aussage. Im Gegenteil.«

»Doch. Sie steigen in meiner Achtung.«

Mit blassen Augen schaute Stenzel zuerst zu Marga, dann zu Sebastian. Das weiße Hemd unter seinem Jackett erschien mit einem Mal grauer. »Bleibt das unter uns, was ich jetzt sage?«

»Wenn Sie keine Straftat begangen haben, die nicht verjährt ist, kann ich Ihnen das zusichern. Ja.« Er war so weit.

»Dann schalten Sie das Mikro aus.« Stenzel deutete mit dem Kinn auf den Tisch.

Marga gab Sebastian ein Zeichen, dem Wunsch nachzukommen. Der nickte und legte den Schalter am Mikrofon um. Trotzdem würde es eine Aufzeichnung des Gespräches geben.

Stenzel zögerte noch einen Moment und senkte dann seinen Blick wieder in Richtung Tischplatte. »Ich habe schon ein oder zwei Jahre vor Anselms Tod nichts Ungesetzliches mehr getan – Paul zuliebe. Er hat mir geholfen, wieder auf die Beine zu kommen, als ich im Drogensumpf steckte und nicht mehr weiterwusste. Es war wie die Geschichte von ›Pretty Woman‹. Nur eben im echten, dreckigen Leben.« Er sah auf und lächelte vor sich hin. »Und er brachte keine weiße Stretchlimo mit, um mich abzuholen.«

»Heißt das nun, dass Sie damals kein Verhältnis mit Anselm Friedmann hatten, sondern mit Paul Degenhardt?« Sebastian wollte offenbar Stenzels Aussage für die versteckte Aufzeichnung eindeutig bestätigt haben.

Stenzel schüttelte den Kopf. »In der Mordnacht, wie Sie so schön sagen, war ich mit Anselm Friedmann zusammen. Da hab ich zu ihm gesagt, dass wir uns nicht mehr sehen können.« Er schluckte.

»Warum haben Sie Ihr Verhältnis zu Anselm beendet?« Noch vor wenigen Minuten hätte Marga Stenzels Verwandlung nicht für möglich gehalten.

»Warum, warum.« Mit einem Schulterzucken drückte Stenzel seine Resignation aus. »Manchmal kommt die Zeit, da muss man etwas aufgeben. Doch deswegen bringt man niemanden um. Vielleicht sind wir uns zu nahe gekommen. Und das wollte ich nicht. Ich hätte Anselm niemals töten können.«

Sollte Marga ihm das glauben? »Warum haben Sie uns das vorhin nicht schon erzählt? Warum diese Geheimnistuerei?«

»Paul meinte, dass das LKA nichts in der Hand hat und nur blufft. Ich soll nichts zu Anselms Tod sagen.«

»Sie wussten, schon als Sie die Vorladung erhielten, dass es um den Mord an Anselm Friedmann geht, richtig?«

»Ich hab es vermutet, ja.« Stenzel nickte.

»Aber was sollte Ihr Mann dagegen haben?«

»Sie müssen wissen, das politische Leben ist nicht nur in Berlin gewissen Regeln unterworfen. Politiker dürfen zwar schwul sein, aber niemals mit einem Verbrechen in Verbindung gebracht werden.«

Marga lehnte sich zurück, wollte Stenzel jetzt unter keinen Umständen unterbrechen.

»Wissen Sie noch, warum Wulff als Bundespräsident zurücktreten musste? Wegen einer popeligen Rechnung über ein paar Euro, die ein unbekannter Geschäftsmann übernommen hatte. Und damals war er noch nicht mal Präsident.«

Marga nickte. Die Geschichte um Wulff und die Bild-Zeitung kannte inzwischen jeder in Deutschland.

»Die Presse würde Paul in der Luft zerreißen, wenn sie durch meine Aussage in Erfahrung brächte, dass er mit einem ehemaligen Stricher liiert ist, dessen Ex-Freund erschossen wurde. Er müsste noch am gleichen Tag zurücktreten.«

»Wie lange kannten Sie Anselm Friedmann schon?« Sebastian zog einen Stift aus seinem Jackett und schlug die Aktenmappe vor sich auf.

Stenzel wandte ihm den Kopf zu. »Da muss ich überlegen.« Er kratzte sich an der Schläfe. »Ein paar Monate, vielleicht ein halbes Jahr. Nein, warten Sie. Wir haben uns kennengelernt in einer Sportbar in Vaihingen. Die haben an dem Abend diesen Boxkampf zwischen George Foreman und Axel Schulz in Las Vegas gezeigt. Ich kann mir das merken, weil Foremans Sieg nach Punkten ziemlich umstritten war. Das muss irgendwann im Frühjahr gewesen sein.«

»Das Datum kriegen wir raus.« Sebastian machte eine kurze Notiz auf ein loses Blatt in der Aktenmappe. »Hatte Anselm eigentlich Feinde? Wurde er bedroht?«

Stenzel wiegte den Kopf hin und her, schien nachzudenken. »Nicht dass ich wüsste. Er war zwar stinkreich, aber sonst ein Student wie jeder andere. Er wäre bald fertig gewesen. Irgendwas mit Finanzen.«

Sebastian nickte. »Haben Sie mitbekommen, ob er Streit mit jemandem hatte?«

»Ja.« Er stieß einen Laut der Belustigung aus. »Mit seinem Vater, diesem verfluchten Spießer.«

»So meine ich das nicht.« Sebastian lächelte flüchtig. »Hat sich Anselm vor seinem Tod merkwürdig benommen oder von etwas gesprochen, von dem er sonst nicht sprach?«

»Dazu fällt mir im Moment nichts ein.«

Sebastian zog einen Farbausdruck mit Kusnezows Foto aus der Aktenmappe und legte es auf den Tisch. »Kennen Sie den Mann? Stellen Sie sich ihn zwanzig Jahre jünger vor.«

Stenzel beugte sich nach vorne.

»Sein Name ist Michail Kusnezow.« Sebastian blickte ihn erwartungsvoll an.

Stenzel schüttelte den Kopf.

Sebastian nahm den Ausdruck wieder an sich. »Sagt Ihnen der Name Eberhardt Lehner etwas?«

»Lehner?« Stenzels Rückfrage klang wie ein Paukenschlag. »Kann ich das Foto noch mal sehen?«

Sebastian schob ihm den Ausdruck wieder hin.

»Natürlich. Das ist doch dieser russische Soldat. Der ging immer so breitbeinig, als ob er vor lauter Kraft nicht laufen konnte. Dann diese Augen. Wie von einem Frosch. Wie heißt der noch mal?« Stenzel schaute auf und blinzelte.

»Kusnezow. Michail Kusnezow.«

»Ja, verdammt. Jetzt, wo Sie es sagen. Ich habe die beiden ein paarmal gesehen.«

»Wo?«, entfuhr es Marga. Sollte Stenzel tatsächlich etwas zur Lösung des Falles beitragen können? Damit hatte sie nicht mehr gerechnet.

»In Botnang, in Friedmanns Villa.« Stenzel nickte, als wäre es das Selbstverständlichste der Welt.

Marga rutschte auf ihrem Stuhl weiter nach vorne. »Können Sie uns was zu diesem Eberhardt Lehner sagen?«

»Der war auch Soldat. Ein hohes Tier, steif wie ein Besenstiel und immer mit hochrotem Kopf. Oberstleutnant Lehner von der NVA. Oder gab's die damals schon nicht mehr? Jedenfalls war er aus Dresden und hatte diesen fürchterlichen sächsischen Dialekt.« Stenzel verzog das Gesicht.

»Oberstleutnant Lehner aus Dresden«, murmelte Sebastian und notierte erneut etwas.

Damit war Gisbert Friedmanns Behauptung, Kusnezow nicht zu kennen, endgültig widerlegt. »Wissen Sie, warum die drei sich in Botnang getroffen haben?«

Stenzel zögerte, schien zu überlegen. Trotzdem fiel seine Antwort knapp aus, zu knapp. »Geschäfte.«

Marga spürte, dass er mehr wusste. »Was für Geschäfte?«

Stenzel zuckte mit den Schultern. »Anselm sagte einige Male: Bankdirektoren haben immer Dreck am Stecken.«

Es war spät geworden. Als Marga am Abend den Motor ihres Campingbusses vor ihrem Haus in Degerloch abstellte, fühlte sie sich frei von den drückenden Sorgen der letzten Wochen. Nach Rolfs Überweisung hatte die Bank den Kredit nicht gekündigt. Die höheren Raten dürften ihr zwar einiges abverlangen, aber sie war guter Dinge, dass sie es schaffte. Auch die Probleme mit Lukas würde sie in den Griff bekommen. Vielleicht war er ihr sogar dankbar. Schließlich hatte sie ihm gerade eine Menge Ärger erspart. Nicht auszudenken, was hätte geschehen können, wenn die Geldbörse durch einen dummen Zufall bei ihm gefunden worden wäre.

Auch an ihrem Job als Leiterin des Dezernats T.O.M. begann sie allmählich Gefallen zu finden. Sebastian war gewiss ein schwieriger Zeitgenosse, seine Rationalität und Pedanterie einfach nur schrecklich. Dafür schien er aber schwer auf Zack. Und auch ihre Meinung zu den beiden anderen Mitarbeitern musste sie wohl revidieren. Besonders Franziska entpuppte sich als wahres Recherche-Talent. Es hatte keine Viertelstunde und nur zwei Anrufe gedauert, bis sie im Besitz von Eberhardt Lehners aktueller Adresse in Dresden gewesen war. Ihr erster Anruf hatte der Außenstelle des Bundesarchivs in Freiburg gegolten. Dort wurden alle Archivalien der Nationalen Volksarmee und der Militärjustiz der DDR aufbewahrt. Unter anderem die Standorte, Truppenteile sowie Namen und Anschriften ihrer ehemaligen Befehlshaber. Mit Lehners Adresse und einem zweiten Anruf beim Einwohnermeldeamt in Dresden hatte Franziska seine restlichen Daten abgefragt. Seitdem wussten sie, dass Lehner am 14. Februar 1950 in Bautzen geboren worden war, nie geheiratet hatte und 1990 mit Auflösung der NVA auf eigenen Wunsch hin entlassen wurde. Und noch immer wohnte er in Dresden in der Radeberger Straße 12.

Zu Franziskas Enttäuschung konnte sie jedoch nicht alle Informationen telefonisch einholen. Um mehr über den Oberstleutnant Eberhardt Friedrich Lehner und seine Aufgabe bei der NVA in Erfahrung zu bringen, würde sie am morgigen Tag ins Bundesarchiv nach Freiburg fahren. Und Sebastian sollte sich um einen Befragungstermin in Dresden kümmern. Marga spürte, dass Stenzels Aussage sie der Lösung des Falles näher gebracht hatte. Jetzt galt es, eine zentrale Frage zu klären: Welchen Geschäften war die ehrenwerte Dreiergesellschaft um Friedmann, Kusnezow und Lehner damals nachgegangen?

Als Marga nach ihrer Handtasche auf dem Sitz neben sich greifen wollte, streifte ihr Blick den Rückspiegel. Ein Lichtreflex? Im sonst dunklen Innenraum eines Autos, das auf der anderen Straßenseite parkte, glommen zwei Zigaretten auf. Sie hätte nicht sagen können, warum sie ein zweites Mal hinschaute. Vielleicht war es ja eine Art innere Stimme, die ihr sagte, dass der Wagen dort nicht hingehörte. Nicht nur an diesem Abend, sondern überhaupt nicht.

Sie musste sich die Gesichter der beiden Insassen genauer anschauen und tastete nach ihrer Brille in der Handtasche. Verdammt, die lag zu Hause. Marga kniff die Augen zusammen. Die konturlosen Gesichter schienen eher jüngeren Männern zu gehören. Der Fahrer hatte kurze dunkle Haare. Der Mann auf dem Beifahrersitz trug eine helle Baseballkappe, deren Schirm im Lichtschein der Zigarettenglut aufleuchtete.

Was die beiden Männer dort taten, stand außer Frage: Sie beobachteten das Haus, ihr Haus.

Jetzt nur nicht zu auffällig reagieren.

Marga stieg gemächlich aus und schloss den Campingbus ab. Sie ging einmal um den Wagen herum und schlenderte dann die Einfahrt entlang auf die Straße zu, als ob sie auf einem Schaufensterbummel wäre. Ein Mercedes S-Klasse, schwarz oder dunkelblau. Jäh machte sich ein merkwürdiges Gefühl in ihr breit. Jene Art von Gefühl, das man nur unzureichend als Beklemmung bezeichnen konnte. Es war bedrückender. Angst? Für einen Moment hätte sie gerne die Sicherheit der Dienstwaffe in ihrer Hand gespürt.

Sie trat auf die Straße und ging auf den Wagen zu. »Hallo, ich möchte mit Ihnen reden«, rief sie und beschleunigte ihren Schritt.

Hektik kam im Innenraum auf. Der Anlasser heulte in die Dunkelheit. Dann brüllte der Motor auf. Einmal, zweimal.

»Warten Sie bitte«, rief sie lauter, wurde schneller, rannte beinahe.

Wie eine Rakete schoss der Mercedes aus der Parklücke. Stuttgarter Kennzeichen, Cäsar Kaufmann eins fünf null fünf.

»Bleiben Sie doch stehen. Verdammt, so warten Sie doch.« Es war aussichtslos. Schon einen Moment später verschwand der Wagen mit ausgeschalteten Lichtern hinter der nächsten Biegung.

16

»S-C-K-1-5-0-5«, tippte Marga in die Suchmaske, gleich nachdem sie am nächsten Morgen ihren Computer hochgefahren hatte. Mit der Entertaste startete sie die Halterfeststellung. Während noch der blinkende Hinweis »Suche läuft« den aktuellen Vorgang anzeigte, klingelte das Telefon auf ihrem Schreibtisch, und im Display erschien eine Berliner Nummer. Halb acht – wer zum Teufel rief so früh aus Berlin an? Und das direkt auf ihrer Durchwahl? Sollte sie das Gespräch wegdrücken? Sie schaute auf den Bildschirm. Der Computer hatte noch keinen Fahrzeughalter ausgespuckt, und so nahm sie den Hörer ab.

»Bundesministerium des Innern«, flötete eine weibliche Stimme am anderen Ende der Leitung, nachdem sie sich gemeldet hatte. »Einen Augenblick bitte, ich verbinde.«

Es klackte im Hörer, und das Rufzeichen ertönte. Viermal, fünfmal, sechsmal – beinahe im Takt des blinkenden Hinweises auf ihrem Computermonitor. Im nächsten Moment erschien das Ergebnis der Suche. Marga legte auf und zog die Tastatur näher zu sich. Noch bevor sie den Inhalt des Bildschirms ganz erfassen konnte, klingelte das Telefon erneut.

Ihr Blick wanderte zwischen Bildschirm, Tastatur und Telefon hin und her. Das Display zeigte dieselbe Berliner Nummer wie zuvor. Sie seufzte. Das Innenministerium hatte eine zweite Chance verdient. Widerwillig nahm sie den Hörer ab.

Die Prozedur begann von vorne: »Bundesministerium des Innern …« Bla, bla, bla. Die Stimme klang jetzt eher wie eine Blockflöte.

Clirim Kodraj. Welch merkwürdiger Name. Marga musterte jeden Buchstaben des Halternamens auf ihrem Computermonitor, während sie in den Hörer lauschte. Sie gab dem Anrufer noch genau drei weitere Klingelzeichen. Dann würde sie erneut auflegen und den nächsten Anruf aus dem Innenministerium einfach ignorieren.

»Degenhardt«, drang es plötzlich aus dem Hörer. Eine markante, sonore Stimme. »Spreche ich mit Hauptkommissarin Kronthaler?«

»Sprechen Sie, ja.« Marga riss ihren Blick vom Monitor los. Ein frühmorgendlicher Anruf vom Staatssekretär persönlich – das konnte nichts Gutes heißen. »Was kann ich für Sie tun, Herr Degenhardt?«

»Fragen Sie nicht, was Sie für mich tun können, sondern ich für Sie.« Degenhardt war es offensichtlich nicht gewohnt, ein Gespräch ohne Belehrungen zu führen.

»Was können Sie denn für mich tun?« Marga versuchte, nicht spöttisch zu klingen.

Ein Laut der Belustigung drang aus dem Hörer. »Frau Kronthaler, in meinem Job hat man nicht viel Zeit.«

»In meinem auch nicht, Herr Degenhardt«, beeilte sich Marga zu sagen. »Ich muss gleich noch einen Mord aufklären.«

»Schön, dann können wir gleich zur Sache kommen.«

»Welcher Sache?«, fragte Marga, obwohl sie genau wusste, dass er nur aus einem Grund anrief: Lars Stenzels Vernehmung vom Vortag.

»Hören Sie, Frau Kronthaler, ich habe Ihre Personalakte vor mir auf dem Schreibtisch liegen. Also reden wir nicht um den heißen Brei herum.«

Daher wehte also der Wind. Eine Drohung, vielleicht sogar eine kleine Erpressung. Sie versuchte, sich nichts anmerken zu lassen. »Das liegt auch in meinem Interesse.«

»Gut, dann sind wir uns ja einig, dass Sie einige Dinge eher … diskret regeln sollten.«

Marga entschied, ihn weiter zappeln zu lassen. »Was soll ich denn *diskret* regeln?«

»Stellen Sie sich nicht dümmer, als Sie sind. So was geht mir schnell auf die Nerven.« Degenhardts Stimme wurde hart und unnachgiebig. Vermutlich schaute er bereits auf seine Uhr, weil der nächste Termin drängte. Doch das sollte nicht ihr Problem sein.

»Ich stelle mich nicht dumm, Herr Degenhardt. Aber Sie sollten mir schon sagen, was Sie von mir wollen.« Auf keinen Fall würde ihm Marga eine Brücke bauen.

»Gut, Frau Kronthaler, reden wir Tacheles. Dann gibt's wenigstens keine Missverständnisse zwischen uns.« Degenhardt klang überhaupt nicht mehr wie ein Politiker, der Angst hatte, etwas Falsches zu sagen.

»Tacheles. Da bin ich dabei«, gab Marga zurück.

Ein tiefer Atemzug von Degenhardt drang aus dem Hörer. »Wie ich das sehe, haben Sie zwei Optionen.«

»Zwei Optionen?«

»Unterbrechen Sie mich nicht andauernd«, sagte er scharf, um sogleich wieder etwas ruhiger fortzufahren. »Ich mag es nicht, wenn man mich nicht ausreden lässt.« Sie spürte förmlich, wie er sich zusammenreißen musste.

»So geht's mir auch.« Den Einwand hatte sich Marga nicht verkneifen können.

»Option eins: Sie lassen die Aussage meines Mannes bei Ihren aktuellen Ermittlungen unter den Tisch fallen. Es gibt weder eine Niederschrift noch eine Audioaufnahme. Im Gegenzug sorge ich dafür, dass das Disziplinarverfahren gegen Sie eingestellt wird. Vielleicht bekommen Sie sogar Ihren alten Job bei der Stuttgarter Polizei wieder.«

Damit wäre tatsächlich ihr letztes Problem gelöst. »Kein Disziplinarverfahren?«

»Kein Disziplinarverfahren.«

»Und Option zwei?«

»Sie tun das Gegenteil, und bei ihrem Disziplinarverfahren werden strengere Maßstäbe angelegt, als Sie sich überhaupt vorstellen können.«

Dieser verdammte Staatssekretär aus Berlin versuchte tatsächlich, sie am Telefon zu erpressen. Und genau das hätte er nicht tun sollen. »Ich nehme Option zwei.« Nichts würde sie mehr von dieser Entscheidung abbringen.

»Option zwei?« Degenhardt schrie fast. Marga meinte zu sehen, wie sein Gesicht rot anlief.

Ihr Entschluss stand fest. »Option zwei. Sie haben mich richtig verstanden.«

»Sind Sie sich bewusst, was das für Sie bedeutet?«

»Es bedeutet, dass ich mich von Ihnen nicht erpressen lasse.«

Möglicherweise hatte Degenhardt schon vor zwanzig Jahren seine Finger im Spiel gehabt. Das würde auch das frühe Ende der Ermittlungen und die dünne Aktenlage erklären. Aber aus welchem Grund?

»Frau Kronthaler, wenn es die Lage erfordert, kann ich Ihnen den Innenminister in einer Minute ans Telefon holen.«

»Das ist nicht nötig. Aber Sie können ihm schöne Grüße von mir ausrichten. Mein Job hier macht mir wirklich Spaß. Doch das wird ihn wohl kaum interessieren. Er ist ja nicht für das LKA Stuttgart zuständig. Wir sind hier in Baden-Württemberg. Sie wissen schon, das ist dieses Bundesland im Südwesten Deutschlands, wo sie alles können außer Hochdeutsch.«

Klick.

Borniertes Arschloch, dachte Marga und legte ebenfalls auf. Schon im nächsten Moment war ihr Ärger verflogen, und sie spürte das Grinsen auf ihrem Mund. Ein Problem durfte schließlich jeder haben.

Ihr Blick fiel wieder auf den Computermonitor. Clirim Kodraj, geboren 15. Mai 1993, wohnhaft in Stuttgart, Färberstraße 33. Was zum Teufel hatte er gestern Abend vor ihrem Haus zu suchen gehabt? Sie konnte sich keinen Reim darauf machen.

Die Schaltfläche neben Clirim Kodrajs Namen führte zum Bundeszentralregister. Sie klickte darauf, und einige Sekunden später spuckte der Computer tatsächlich zwei Einträge aus. Eine zwei Jahre alte, sechsmonatige Jugendstrafe auf Bewährung wegen Körperverletzung sowie einen Haftbefehl, der außer Vollzug gesetzt worden war, da Kodraj einen festen Wohnsitz in Deutschland hatte. Gegen ihn ermittelte das Polizeipräsidium Stuttgart wegen schweren Diebstahls. Die zugehörige Anzeige war gerade mal einen Monat alt und stammte von einem Fuhrunternehmer aus Ludwigsburg, dem Teile einer Ladung gestohlen worden waren. Der hatte einen Warenwert von rund siebenundvierzigtausend Euro als Schaden angegeben.

Ohne hinzusehen, tastete Marga nach ihren Zigaretten und zündete sich eine davon an, während sie die Liste der gestohlenen Gegenstände überflog. Darauf fanden sich Digitalkameras, Tablets, Handys und einige andere Geräte, mit deren Bezeichnungen sie nichts anfangen konnte. Sie schluckte. Spedition, Ladung, Handys? Verdammt, Lukas, in was bist du da reingeraten?

***

Etwas später an diesem Morgen wählte Sebastian bereits zum dritten Mal die Nummer eines Telefonanschlusses in der Albertstadt, einem für zahlreiche Kasernen bekannten Stadtteil Dresdens. Im Grunde hatte er es schon aufgegeben, Eberhardt Lehner an diesem Morgen zu erreichen. Dafür wusste er inzwischen dank Google Street View, was ihn in der Radeberger Straße 12 erwartete. Es handelte sich um ein zweistöckiges, villenartiges Gebäude mit tief heruntergezogenem Dach, das im ersten Moment so gar nicht zu einem ehemaligen Oberstleutnant der NVA passen wollte. Aber womöglich hatte Lehner aufgrund seiner Stellung zu den eher privilegierten Bürgern der DDR gehört.

»Lehner«, riss ihn eine lang gezogene und dröhnende Stimme aus den Gedanken. Entweder war der Mann am anderen Ende der Leitung schwerhörig oder es nicht gewohnt, sich in normaler Lautstärke zu unterhalten.

»Landeskriminalamt Stuttgart, Oberkommissar Franck. Franck mit ck«, meldete sich Sebastian. »Spreche ich mit Eberhardt Lehner?«

»Am Apparat«, kam es kurz und zackig wie auf dem Kasernenhof aus dem Hörer. Lehner schien sich wohl immer noch in seiner Rolle als Kommandeur wohlzufühlen.

»Herr Lehner, das LKA ermittelt wegen eines Tötungsdeliktes in Stuttgart aus dem Jahr 1995.«

Keine Reaktion.

»Herr Lehner? Sind Sie noch da?« Sebastian lauschte und meinte leise Atemgeräusche zu hören.

»1995? Das ist schon eine ziemlich lange Zeit her.« Sobald Lehner ganze Sätze sprach, schwang in seinem Kasernentonfall unüberhörbar ein sächsischer Dialekt mit.

Sebastian konnte Lehners Zögern nicht einordnen. Hatte er sich eine Antwort zurechtlegen müssen, oder war sein Verhalten dem unerwarteten Anruf aus Stuttgart geschuldet? »Wir würden gerne mit Ihnen ein Gespräch führen und Sie deswegen morgen in Dresden aufsuchen.«

»Mit mir in Dresden?«

»Bei Ihnen zu Hause in Dresden, ja. Vielleicht können Sie uns helfen, etwas Licht in die Sache zu bringen.« Das war noch vorsichtig ausgedrückt. Nach Hannelore Friedmanns Hinweis und Stenzels gestriger Aussage lag gegen ihn zumindest ein Anfangsverdacht vor.

»Wie kommen Sie darauf, dass ich Ihnen dabei weiterhelfen kann?« Lehner klang ahnungslos. Allerdings war es am Telefon auch nicht allzu schwer, den Ahnungslosen zu spielen.

Sebastian hatte nicht vor, weitere Details preiszugeben. Er musste vorsichtig sein. Alles, was er Lehner jetzt sagte, konnte Täterwissen sein. »Bei einer Vernehmung ist Ihr Name gefallen.«

»Mein Name? Bei einer Vernehmung?« Diesmal spürte Sebastian deutlich, dass Lehner versuchte, Zeit zu gewinnen. »Das kann ich mir nicht vorstellen.«

Sebastian sah hinüber zu den Fotos von Friedmann und Kusnezow. Daneben hing das weiße Blatt Papier mit dem Umriss eines Kopfes und der Beschriftung »Eberhardt Lehner«. Mit Glück würde stattdessen morgen dort das Foto des ehemaligen Oberstleutnants der NVA hängen. »Herr Lehner, machen wir es kurz. Wir würden Sie morgen gegen vierzehn Uhr in der Radeberger Straße 12 aufsuchen. Für eine offizielle Zeugenbefragung. Ist Ihnen das recht?«

»Nein, ist es nicht«, entgegnete Lehner schnell. Es klang wie »Rechtsschwenk, marsch«.

Sebastian hatte mit einer derartigen Antwort gerechnet und für den Fall beschlossen, Franziskas Methode anzuwenden. »Herr Lehner, ich denke, Sie sollten eines wissen: Falls Sie uns morgen nicht zur Verfügung stehen – aus welchem Grund auch immer –, lasse ich Ihnen eine gerichtliche Vorladung zukommen. Sagen wir, für Anfang nächster Woche in Stuttgart.«

Am anderen Ende der Leitung blieb es für einen Moment ruhig. Vermutlich wog Lehner seine Optionen ab. »Können wir das nicht telefonisch hinter uns bringen, die Befragung? Ich war nur ein paarmal in Stuttgart.«

Sebastian entschied, Lehner nicht darauf hinzuweisen, dass dem LKA durch Stenzels Aussage sogar das Jahr bekannt war, in dem er sich in Stuttgart aufgehalten hatte. »Nein, können wir nicht. Die Strafprozessordnung sieht eine offizielle Befragung per Telefon nicht vor.«

»So offiziell ist das alles?« Lehner hatte sich jetzt offenbar für die Rolle des Naiven entschieden.

»Offiziell mit Protokoll. Und das werden wir Ihnen einige Tage später zusenden.«

»Hm«, kam es von Lehner nachdenklich aus dem Hörer. Es folgten einige leise Atemzüge. »In dem Fall beuge ich mich der Gewalt. Vierzehn Uhr bei mir zu Hause.« Ohne ein weiteres Wort legte er auf.

Sebastian trat vor das Whiteboard, verschränkte die Hände hinter seinem Rücken und ließ seinen Blick über die Fotos schweifen. Entweder hatte er etwas übersehen, oder es fehlte noch eine entscheidende Information.

Das Telefon auf seinem Schreibtisch holte ihn aus den Gedanken. Franziskas Handynummer leuchtete im Display auf. Womöglich hatte sie im Freiburger Militärarchiv schon etwas Neues zu Lehner herausgefunden. Er nahm den Hörer ab und meldete sich.

»Hallo, Chef.« Franziska klang aufgeregt. »Ich bin zwar noch nicht mit allem durch, aber das hier ist äußerst interessant.«

»Und was ist *das hier*?«

»Haben Sie schon mal was über die ›Aktion Licht‹ gehört?«

»›Aktion Licht‹? Nein, tut mir leid. Nicht dass ich wüsste.«

»Seit den Sechzigern bis zur Wende war das Ministerium für Staatssicherheit auf Schatzsuche.«

»Schatzsuche? Wollen Sie mich auf den Arm nehmen?«

»Keine Schatzsuche im üblichen Sinne.« Franziska lachte. »Vielleicht sollte man es Plünderungen nennen. Es war eine Art ultrageheime Geheimaktion. Im Auftrag von Mielke persönlich wurden Schlösser, Kirchen und die ehemaligen Häuser von Gutsbesitzern systematisch durchforstet, um dort Verstecke für wertvolle Dinge zu finden.«

»Was meinen Sie mit *wertvolle Dinge*?«

»Goldbarren, Gemälde, Schmuck, Münzsammlungen, alles,

was sich einfach und schnell zu Geld machen ließ. Ich hab hier eine Auflistung aus dem Januar 1972. Soll ich vorlesen?«

»Nein, nicht nötig. Wo sind die Dinge jetzt?«

»Das ist ja gerade das Interessante. Einiges ging an den Edelmetallfonds der DDR oder wurde einfach verscherbelt. Aber alles, was nach viel Kohle aussah, sollte im Westen Devisen bringen … ich zitiere mal …«, Papier raschelte, »›sobald das Ministerium für Außenhandel und innerdeutschen Handel die in der Unterredung beim Minister übernommene Verpflichtung zur Herbeischaffung der interessierten Käufer erfüllt hat.‹ Und wollen Sie raten, welche Bank einige der Transfers abgewickelt hat?«

Sebastian spürte, wie sein Herz einen Sprung machte. Es war die fehlende Information. »Da muss ich nicht lange raten. Friedmann & Cie.«

»Genau, Chef, Friedmann & Cie.« Franziskas Stimme triumphierte hörbar.

»Und wie sind Sie auf die ›Aktion Licht‹ gestoßen?«

»Zuerst habe ich herausgefunden, dass Eberhardt Lehner bis zur Wende Verbindungsoffizier für die sowjetische Marine in der DDR war.«

Sebastian stieß einen Pfiff aus. »Verbindungsoffizier für die sowjetische Marine. Dann gibt's nichts mehr daran zu deuteln, dass er Kusnezow kennen muss. Schließlich war der Marineoffizier.« Damit hatte er für den morgigen Besuch bei Lehner einen Trumpf mehr in der Hand.

»Ich hab noch keine Beweise gefunden, aber davon können wir getrost ausgehen. Jetzt kommt's: Anfang der Achtziger war Lehner noch Hauptmann und seine Einheit Teil der ›Aktion Licht‹. Einige der Beutelisten tragen seine Unterschrift.«

»Gut gemacht, Franzi«, sagte Sebastian. Dieses Lob hatte sie sich mehr als verdient. »Und weiter?«

»Nichts weiter. Aber ich bin noch nicht mit allem durch. Das meiste hier ist auf Filmmaterial verkleinert. Kennen Sie Mikrofiches?«

»Mikrofiches? Klar, die wurden vor zwanzig, dreißig Jahren vor allem zur Archivierung benutzt.«

»Und die Lesegeräte, mit denen man die winzigen Bilder anschauen kann?« Diesmal gab Franziska ihm keine Chance auf eine Antwort und redete einfach weiter. »Diese Kisten sind voll old school. Die haben nicht mal ’ne Maus-Bedienung und sehen aus wie Röhrenfernseher aus dem letzten Jahrhundert.« Sie lachte vergnügt ins Telefon.

»Sie bekommen das schon hin, Franzi.«

»Das denke ich auch. Aber es kann länger dauern. Sobald ich mehr weiß, melde ich mich wieder.« Sie legte auf.

Mit einem derartigen Erfolg hatte Sebastian nicht gerechnet. Damit war auch der letzte Zweifel ausgeräumt. Die drei kannten sich, und zwei von ihnen ergänzten sich sogar perfekt: Lehner mit seiner Truppe spürte in der ehemaligen DDR die Wertgegenstände auf, und Friedmann als Bankier sorgte für den unauffälligen Geldtransfer. Nur welche Rolle spielte dabei der sowjetische Marineoffizier Kusnezow?

Die neuen Informationen musste er unbedingt mit Marga teilen. Er eilte über den Gang, klopfte an ihre Tür und trat ein. Der Schreibtisch war verlassen, der Computer ausgeschaltet, und ihre Handtasche fehlte.

Ein Büro weiter saß Cem mit hochgekrempelten Ärmeln hinter seinem Schreibtisch und schlürfte an einer Tasse Chai, als Sebastian eintrat. »Wissen Sie, wo Frau Kronthaler ist?«

Cem schluckte und stellte die Tasse wie in Zeitlupe auf dem Unterteller ab. Er kratzte sich an seinem Dreitagebart, der dicht wie ein Fell wirkte. »Die ist vorhin gegangen.«

»Hat sie gesagt, wohin? Oder wann sie wiederkommt?«

Cem schüttelte gemächlich den Kopf.

Sie hatte tatsächlich schon wieder das Büro verlassen, ohne ihm Bescheid zu geben.

***

Marga stoppte ihren Campingbus in zweiter Reihe, direkt vor der Färberstraße 33. Auf beiden Straßenseiten parkten die Autos Stoßstange an Stoßstange. Clirim Kodrajs dunkler Mercedes war jedoch nicht darunter. Aber das musste bei der Parkplatzsituation nichts heißen. Sie schaltete den Warnblinker ein und stieg einfach aus.

Die Wohngegend im Stuttgarter Osten war geprägt von Mietshäusern aus den fünfziger Jahren, als bei Wohnraum noch Masse statt Attraktivität zählte. Sie trat vor eine gut gefüllte Klingeltafel und fand das Schild mit dem Namen Kodraj. Dritter Stock. Marga drückte die Eingangstür auf, stapfte den nach Kohl stinkenden Treppenaufgang hinauf und blieb vor Kodrajs Tür stehen.

Sie klingelte.

Keine Reaktion.

Marga klingelte erneut. Diesmal deutlich länger. Mit einem Mal kam es ihr so vor, als ob hinter jeder Tür jemand stünde, der sie durch den Spion beobachtete.

Gerade als sie ein weiteres Mal klingeln wollte, hörte sie Geräusche aus der Wohnung.

Ruckartig ging die Tür auf. »Was?«, schrie jemand.

Vor ihr stand ein kleiner, muskulöser Mann Mitte zwanzig mit dunklen Haaren. Bart und Koteletten wirkten auf seinem bronzenen Teint wie aufgezeichnet. Er trug eine gepflegte weiß glänzende Nike-Trainingshose, die ähnlich gut saß wie ein Maßanzug, und ein graues Muskelshirt mit dem Aufdruck »KEEP CALM AND KISS MY ASS«. Eine Baseballkappe auf seinem Kopf fehlte ebenso wenig wie ein Paar bunter Nike-Sportschuhe an den Füßen. Ob es sich bei ihm um einen der Männer aus dem dunklen Mercedes handelte, vermochte sie nicht zu sagen.

»Clirim Kodraj?« Marga versuchte, über ihn hinweg in die Wohnung zu spähen.

»Wer will das wissen?« Der Mann zog die Tür etwas näher zu sich heran, steckte seine Hände in die Taschen der Jogginghose und drückte den Rücken durch. Auch dadurch wirkte er nur wenig größer. Er reichte ihr höchstens bis zum Kinn.

»Mein Name ist Marga Kronthaler. Ich bin Hauptkommissarin beim LKA Stuttgart.« Sie hielt ihm ihren Dienstausweis unter die Nase. »Sind Sie Clirim Kodraj?«

Seine Augen huschten für einen Moment zur Plastikkarte, dann wieder zurück zu ihr.

Marga steckte ihren Ausweis ein. Sie war sich sicher, den

Richtigen vor sich zu haben. »Paragraf drei des Polizeigesetztes Baden-Württembergs gestattet mir, bei Ihnen eine Gefährderansprache durchzuführen.«

»*Gefährderansprache?* Boah ey, was ist das denn?« Trotz seines albanischen Namens sprach er nahezu akzentfreies Deutsch.

»Das erfahren Sie gleich. Hören Sie mir einfach nur zu.«

»Dann sprich zu mir, Frau Kommissar.« Er zeigte zwei Zahnreihen, deren strahlendes Weiß fraglos das Ergebnis intensiven Bleachings war.

»Herr Kodraj, Sie haben in der Vergangenheit nachweislich Straftaten begangen. Es besteht die Prognose, dass Sie auch zukünftig Straftaten begehen.«

»Keine Straftaten. Hab ich dem Richter versprochen.« Seine Beteuerungen wirkten nur wenig überzeugend. Stattdessen schienen ihn seine eigenen Worte zu amüsieren.

»Sie sollen mir zuhören, verdammt.« Marga versuchte, ihrer Stimme einen scharfen Klang zu geben.

Kodraj reckte das Kinn, grinste. »Warum, Frau Kommissar?«

»Ich gebe Ihnen hiermit die Empfehlung, sich zukünftig nicht in der Nähe der Degerlocher Stadtbahn-Haltestelle Albstraße aufzuhalten. Falls Sie sich der vorgenannten Adresse bis auf weniger als fünfhundert Meter nähern, kann Ihnen die Polizei ein Aufenthaltsverbot für diesen Bereich erteilen.« Sie kniff die Augen zusammen, versuchte gefährlich dreinzuschauen und musterte ihn. »Haben Sie das verstanden?«

Kodraj legte seinen Kopf schief und schaute sie mit kalten Augen von unten herauf an. Nichts deutete darauf hin, was in ihm vorging. Alleine sein Blick verursachte Marga eine Gänsehaut.

17

Schon fast eine Stunde schaukelte und rüttelte der ICE Hohenstaufen über die nur scheinbar planen Schienen. Seit der Zug um Viertel nach sieben den Stuttgarter Hauptbahnhof verlassen hatte, saß Sebastian gegenüber Marga in einem sonst leeren Zugabteil. Sofort hatte er die Gelegenheit wahrgenommen, den einzigen Platz in Besitz zu nehmen, der weder verdreckt noch eingerissen oder anderweitig beschädigt war. Unbeeindruckt vom Schmutz um sie herum hatte Marga sich auf den nächstbesten Platz gesetzt. Mit der verratzten Lederjacke und dieser ausgewaschenen Jeans, die sie vermutlich schon die ganze Woche trug, konnte ihr das auch herzlich egal sein. Inzwischen hatte sie den Kopf angelehnt und die Augen geschlossen. Sebastian hätte entgegen der Fahrtrichtung weder sitzen noch ausruhen oder gar schlafen können.

Marga sah aus, als ob sie tatsächlich schliefe, daher versuchte er erst gar nicht, mit ihr über den Friedmann-Fall und Eberhardt Lehner zu sprechen. In den restlichen knapp drei Stunden Fahrtzeit bis Dresden würden sich noch genügend Gelegenheiten bieten. An Schlafen war nicht zu denken, und so blieb ihm nichts anderes übrig, als in der neuesten Ausgabe von »Spektrum der Naturwissenschaft« zu blättern, die er an einem Bahnhofskiosk gekauft hatte. Und wenn er weiter mit beiden Händen das Magazin auf seinem Schoß festhielt, würde er auch nicht in Versuchung kommen, etwas anzufassen. Schon alleine der Gedanke an die unzähligen Erreger in diesem Zugabteil bereitete ihm Übelkeit.

Erneut hatte ihm Marga nicht sagen wollen, wo sie den gestrigen Nachmittag gewesen war. Weder am Abend, als er sie von Franziskas Neuigkeiten zu Lehner unterrichtet hatte, noch heute Morgen. Es war nicht mehr von der Hand zu weisen, dass sie etwas vor ihm verbergen wollte. Immerhin hatte sie sich doch noch entschlossen, den Befragungstermin bei Lehner mit ihm gemeinsam wahrzunehmen.

Ein Ruckeln ging durch den Zug, und das Quietschen der Bremsen signalisierte, dass sie in den Bahnhof Mannheim einfuhren. Sebastian schaute auf seine Armbanduhr. Sie würden mindestens drei Minuten zu spät sein. Einzelne Gebäude der Bahnhofsanlage und erste Schilder mit kryptischen Abkürzungen huschten vorbei. Noch nie hatte er deren Bedeutung verstanden. Immer langsamer schob sich der ICE vorwärts, bis schließlich der Bahnsteig in sein Blickfeld kam. Und unglücklicherweise drängten sich genau an ihrem Gleis die Menschen. Es würde verdammt eng werden, auch in ihrem Abteil.

Der Waggon stoppte direkt vor einer Reisegruppe mit vier Seniorinnen in modern geschnittenen Regenjacken, die sich nur in der Farbe unterschieden. Doch nicht nur in ihrer Kleidung und den Rollkoffern, die sie in Händen hielten, ähnelten sich die Frauen. Sie schienen auch den gleichen Friseur zu haben, der es tatsächlich hinbekommen hatte, eine beinahe identische Dauerwelle in ihre silbernen Haare zu legen.

Mit einem Zischen öffneten sich die Türen. Schlagartig wurde das Gedränge auf dem Bahnsteig aggressiver, und Sebastian fürchtete, die Seniorinnen könnten darin untergehen. Doch weit gefehlt. Aus der Gruppe übernahm eine etwas fülligere Frau in roter Regenjacke die Rolle des Stoßtrupps und bahnte ihren drei Begleiterinnen einen Weg zur Tür. Die anderen folgten ihr auf dem Fuße, und Sekunden später waren alle vier aus Sebastians Blickfeld verschwunden.

Der Waggon wackelte, als die neu Zugestiegenen auf der Suche nach einem Sitzplatz durch die Gänge drängten. Schneller als erwartet leerte sich der Bahnsteig, und das Piepsen für das Schließen der Türen erklang. Kurz darauf setzte sich der Zug mit einem sanften Ruck in Bewegung. Marga schien von alledem nichts mitbekommen zu haben.

Die Schiebetür zum Abteil ging auf, und der Stoßtrupp in der roten Regenjacke lächelte unsicher. Hinter ihr aufgereiht standen die grüne und die beiden blauen Regenjacken, als ob sie beim Bäcker anstünden.

»Hier ist doch noch frei, junger Mann, oder?« Es klang nur wenig wie eine Frage. Sie schien die vier freien Plätze im Abteil bereits als ihren persönlichen Lottogewinn zu betrachten.

»Ja.« Sebastian hoffte, dass sein Widerwille nicht überhört

worden war. Nichts konnte er jetzt weniger gebrauchen als vier dauerquasselnde Seniorinnen, die ihm auf die Pelle rückten und sich den wenigen Sauerstoff einverleibten. Womöglich packten sie gleich noch ihren Reiseproviant aus und krümelten auf die Sitze.

Ehe er sich's versah, standen alle vier Regenjacken samt ihren Rollkoffern gleichzeitig im Abteil. Wohl durch den Krach war Marga aufgewacht und fuhr sich über das Gesicht.

»Können Sie mir vielleicht helfen, junger Mann?«, fragte eine der blauen Regenjacken und deutete zuerst auf ihren Koffer und dann auf das Gepäcknetz.

»Das macht er bestimmt, der junge Mann.« Marga hielt den Kopf schief und grinste. Ihre rotblonden Haare fielen ihr leicht über die Schulter.

Die Räder des Waggons kreischten in den Schienen.

Sebastian seufzte. Aus der Nummer würde er so leicht nicht herauskommen. Er stand auf, strich seine Krawatte glatt und hievte Koffer für Koffer in das Gepäcknetz. Sie waren tonnenschwer.

Jede der Frauen dankte ihm mit einem Lächeln und setzte sich hin. Wenig später begann genau das, was er befürchtet hatte: Sie steckten die Köpfe zusammen und tuschelten. Anfangs leise, sehr bald aber lauter.

»Wir fragen uns gerade, ob Sie zusammengehören«, sagte die Frau in der roten Regenjacke, die direkt neben ihm saß.

»Ja, beruflich«, gab Sebastian zurück.

»Wir auch«, sagte sie das Offensichtliche. »Wir müssen nach Frankfurt auf den Flughafen.«

»Wohin geht's denn?« Marga lehnte sich vor und stützte ihre Ellenbogen auf die Oberschenkel.

»Teneriffa«, sagte die in der grünen Regenjacke. »Zwei Wochen Wellnesshotel. Ist das nicht schön?«

»Das freut mich für Sie. Da wäre ich heute auch gerne hingeflogen.« Marga zuckte mit den Achseln. »Aber wir müssen leider arbeiten.«

»Das ist unser Jahresurlaub«, beeilte sich die Grüne zu sagen. »Wir haben nie damit aufgehört, zu arbeiten. Erna und Heidi«, sie deutete auf die zwei in den blauen Regenjacken, »haben einen Kiosk, Paula bindet Blumen, und ich …«

Wir haben nie damit aufgehört – die fünf Worte hallten in Sebastians Kopf wider, während alle anderen Geräusche um ihn herum plötzlich zu verstummen schienen. Womöglich hatten Lehner und Friedmann auch nach dem Ende der DDR nicht damit aufgehört, Wertgegenstände ins Ausland zu verschieben. Nur dann eben auf eigene Rechnung. Und vielleicht handelte es sich dabei um jene Geschäfte, die Stenzel angedeutet hatte. Je länger Sebastian über seine Hypothese nachdachte, desto wahrscheinlicher erschien sie ihm. Zumal dann auch Kusnezow eine nicht unwichtige Rolle gespielt haben könnte. Auf sowjetischem Eigentum wären die Wertgegenstände vor dem Zugriff der Treuhand sicher gewesen. Gleichzeitig hätte er auch sperrige Dinge wie Gemälde oder Möbel leicht in sowjetischen Fahrzeugen und Schiffen außer Landes schaffen lassen können. Und falls Anselm Friedmann gedroht hatte, mit seinem Wissen an die Öffentlichkeit zu gehen, hatten sie alle ein Motiv, ihn zu töten. Sogar der eigene Vater.

In Frankfurt stiegen die Seniorinnen dann tatsächlich aus. Natürlich nicht, ohne zuvor ein weiteres Mal Sebastians Dienste in Anspruch zu nehmen. Jeden der Koffer, die er in Mannheim ins Gepäcknetz gelegt hatte, musste er nun wieder auf den Boden hieven. Die vier schienen nicht die Einzigen zu sein, deren Ziel Frankfurt hieß. Ihr Abteil blieb leer, auch noch nachdem der Zug den Bahnhof verlassen hatte.

»Wir hätten schon gestern Vorbereitungen für den Termin heute bei Lehner treffen sollen«, sagte Sebastian. Solange er keinen Beleg für die möglichen Geschäfte von Friedmann, Lehner und Kusnezow nach der Wende hatte, wollte er seine neue Theorie für sich behalten.

»So, hätten wir?«, gab Marga vielsagend zurück.

»Ja, hätten wir. Aber Sie waren nicht im Büro, als ich mich mit Ihnen über unsere Vorgehensweise abstimmen wollte.«

Marga kniff die Augen zusammen und musterte ihn scharf. »Das hört sich jetzt an, als ob ich Ihnen Rechenschaft ablegen muss. Herr Franck, da hab ich nach zwei Stunden, ohne eine zu rauchen, echt keine Lust zu.«

Sebastian zuckte mit den Schultern. »Die Hälfte der Zeit weiß ich nicht, was Sie tun. Wenn Sie mir schon nicht sagen, wo Sie hingehen, so wäre ich Ihnen doch sehr verbunden, wenn Sie mir zumindest kurz Bescheid gäben, wann ich Sie wieder zurückerwarten darf.«

Sie lehnte sich zurück und sah nach draußen. Die Landschaft flog vorbei wie in einem Film, der immer schneller lief. Das klopfende Geräusch der Räder auf den Gleisen schwoll zu einem Rattern an. Der Zug beschleunigte weiter.

Sebastian lehnte sich ebenfalls zurück und blätterte in seinem Magazin. Inzwischen hatte er jede Seite vermutlich zweimal gelesen. Aber Feingefühl gehörte eben nicht unbedingt zu seinen Stärken.

»Hören Sie, Herr Franck«, sagte da Marga plötzlich, ließ ihren Blick aber weiter nach draußen gerichtet. »Es wird viel geredet, und bevor Sie's von jemand anderem erfahren …«

Sebastian legte die Zeitschrift auf seine Oberschenkel und schaute auf.

Im Fenster spiegelte sich Margas Gesicht. Sie schien nach den richtigen Worten zu suchen. »Was für ein blödsinniger Name: T.O.M.« Sie lächelte müde. »Ich habe mich nicht um diesen Job gerissen.«

»Das habe ich mir bereits gedacht«, entgegnete Sebastian und verkniff sich jede weitere Bemerkung.

»Aber das ist nun mal der Preis dafür, dass ich weiter im Polizeidienst bleiben kann.« Sie wandte ihm den Kopf zu. Ihre Miene war versteinert und teilnahmslos. »Es gibt ein laufendes Disziplinarverfahren gegen mich. Und ich weiß noch nicht, wie es ausgehen wird.«

»Das Disziplinarverfahren gegen Sie, wegen was wurde es eingeleitet?«

Marga senkte kurz den Blick, sah dann wieder auf. »Verstoß gegen das Betäubungsmittelgesetz«, gab sie schließlich eilig zurück. Es hörte sich an, als ob sie es so schnell wie möglich loswerden wollte.

Sebastian konnte einen erstaunten Laut nicht zurückhalten, beschloss aber, ihre Worte immer noch nicht zu kommentieren.

»Und vermutlich Unterschlagung von Beweismitteln. Aber das ist noch nicht sicher.« Ihre Schultern sanken herab.

»Das ist aber kein Grund, warum Sie manchmal nicht im Büro sind.« Noch wurde Sebastian nicht schlau aus ihr.

»Tja, da gibt es noch eine weitere Auflage. Ich muss jede Woche zum polizeipsychologischen Dienst. Und Sie können sich sicher vorstellen, dass ich das nicht unbedingt an die große Glocke hängen will.« Marga wandte ihren Kopf wieder dem Fenster zu. Ihr Spiegelbild verriet eine Art der Erschöpfung, die mit Schlaf wohl kaum zu vertreiben war. Die Unterhaltung schien für sie erledigt zu sein.

Den Rest der Zugfahrt saßen sie sich meist schweigend gegenüber, außer den beiden Malen, als Marga sicherlich auch wegen ihres niedrigen Nikotinspiegels zur Toilette verschwand. Kurz nach halb zwei, und damit nicht nur drei, sondern inzwischen über elf Minuten zu spät, fuhr der Zug in den Dresdner Hauptbahnhof ein.

Nach einem belegten Brötchen an einem Bahnhofskiosk, das er aufgrund der dicken Butterschicht besser nicht gegessen hätte, brachte sie ein Taxi zur Radeberger Straße 12 in der Dresdner Albertstadt. Seit der Google-Street-View-Aufnahme hatte sich das zweistöckige, villenartige Gebäude äußerlich kaum verändert. Lediglich die Hecken zur Straße hin schienen höher und verdeckten so etwas mehr von der hellgelben Fassade mit den weißen Fensterfriesen.

Der Mann, der ihnen öffnete, musste sich nicht vorstellen. Bis auf seine etwas fülligere Statur sah der ehemalige Oberstleutnant Eberhardt Lehner aus, wie Sebastian sich ihn vorgestellt hatte. Er war groß, trug seine grauen Haare militärisch kurz geschnitten, und der Blick aus seinen blassen graublauen Augen zeugte von Autorität und Entschlossenheit. Einige Falten um Mund und Nase verrieten Lehners Alter weit jenseits der Sechzig. Nicht nur seine Körperhaltung, die wie am Lineal ausgerichtet schien, sondern einfach alles an ihm wies auf seinen früheren Beruf hin. Ihm fehlte lediglich die Uniform, und es würde aussehen, als ob er in der Eingangstür nur noch auf einen militärischen Gruß wartete, um die beiden einzulassen.

Mit einer blitzschnellen Bewegung zog Marga ihren Ausweis aus der Tasche und hielt ihn Lehner direkt unter die Nase. Der zuckte leicht. Aus den Augenwinkeln sah Sebastian, dass sie sich ein Grinsen verkneifen musste.

»LKA Stuttgart«, sagte Marga. »Ich bin Hauptkommissar Kronthaler. Das hier ist mein Kollege Franck.«

»Oberkommissar Franck. Franck mit ck.« Sebastian hielt nun ebenfalls seinen Ausweis hoch. »Dürfen wir hereinkommen?«

Lehners Miene blieb mürrisch, während er einen Schritt zur Seite machte und hinter sich deutete. »Bitte.«

Sebastian und Marga traten ein.

»Ich habe nicht viel Zeit. Sie haben mich gestern beinahe überrumpelt«, sagte er in breitestem Sächsisch und schloss die Tür hinter sich.

»Keine Angst. Wir werden Sie nicht lange aufhalten«, sagte Marga und lächelte unverbindlich. »Wir müssen nachher noch zurück nach Stuttgart. Und diese Zugverbindungen … Sie wissen ja.«

Der Parkettboden knarrte unter ihren Füßen, als sie Lehner in einen größeren Raum mit offenem Kamin folgten. Eine mit grünem Samt bezogene Biedermeier-Sitzgruppe, die aus einer Couch und zwei Sesseln bestand, umschloss einen niedrigen Tisch aus Mahagoni. An den Holzvertäfelungen ringsum hingen zahlreiche Jagdtrophäen, die vermutlich alle aus einem der Bonzen-Jagdreviere der SED stammten. Zwei plakatgroße Ölgemälde an der Wand gegenüber dem Kamin stellten dieselbe Alleenlandschaft dar – einmal im Winter, das andere Mal im Sommer. Anfang 20. Jahrhundert, schätzte Sebastian, und ihm war, als ob er sie nicht zum ersten Mal sähe. Dass es sich nicht um Kopien, sondern um Originale handelte, stand schon alleine wegen der Farbgebung außer Frage.

Nachdem Sebastian es gestern nur vermutet hatte, war er sich jetzt ganz sicher: Dieser Besitz, fast Überfluss, passte nicht zu einem ehemaligen Offizier der NVA. Egal, welchen Rang er früher innegehabt hatte.

Irgendwo klingelte ein Telefon. »Ich bin gleich wieder zurück«, sagte Lehner und verschwand durch eine schwere Holztür neben dem Kamin.

»Sie müssen nicht jedem gleich aufs Auge drücken, dass man Ihren Nachnamen mit ck schreibt«, sagte Marga und nahm die Hirschgeweihe und Keilerhauer näher in Augenschein. Sie nickte anerkennend. »Ganz schön viele. Damit hätte man sogar Obelix einige Male satt bekommen.«

»Obelix?« Er hatte nicht richtig zugehört.

»Kennen Sie den überhaupt?«

Sebastian antwortete nicht, sondern zog sein Smartphone aus dem Jackett, trat vor die Wand gegenüber und machte einige Fotos von den beiden Gemälden. Er drehte sich um, zoomte die Tür heran, durch die Lehner zuvor verschwunden war, und beließ seinen Zeigefinger auf dem Display.

Sekunden später kam Lehner zurück. Marga wandte sich ihm zu. »Wie viele Wildschweine sind das?«

Blitzschnell drückte Sebastian einige Male auf den Auslöser und ließ sein Telefon in der Jackentasche verschwinden, bevor ihr »Gastgeber« etwas bemerken konnte.

»Hier hängt nur ein kleiner Teil. Ich habe mehrere hundert Tiere erlegt«, antwortete Lehner nicht ohne Stolz und deutete auf die Biedermeier-Sitzgruppe.

Draußen ertönte ein Signalhorn, das sich schnell entfernte.

Marga und Sebastian setzten sich. Der Geruch von altem Staub drang in Sebastians Nase. Hoffentlich war das Polster sauberer, als es roch.

»Wie kann ich Ihnen behilflich sein?«, begann Lehner, als er gegenüber auf der Couch Platz genommen hatte. »Sie haben es ja ziemlich eilig gehabt, Herr Franck. Das waren doch Sie, der gestern angerufen hat?«

»Das ist richtig.« Sebastian nickte. »Deshalb möchte ich auch gleich zur Sache kommen. Es geht um ein Tötungsdelikt in Stuttgart aus dem Jahr 1995.«

»Das haben Sie mir gestern schon mitgeteilt.« Lehners Gesichtszüge entspannten sich leicht. »Aber mir ist immer noch nicht klar, wie ich Ihnen da weiterhelfen kann.«

»Deswegen sind wir hier.« Sebastian rutschte auf dem Stuhl etwas nach vorne und zog seine Krawatte glatt. »Der Name des Opfers ist Anselm Friedmann. Sagt der Ihnen etwas?«

»Ich kenne einen Gisbert Friedmann«, gab Lehner zurück. Sebastian hatte nicht damit gerechnet, dass er das so schnell zugeben würde. »Sind die beiden verwandt?«

Auch Marga setzte sich jetzt auf. »Sie kennen einen Gisbert Friedmann und nicht seinen Sohn Anselm?«

Lehner musterte Marga einen kurzen Moment und zuckte dann mit den Schultern. »Woher sollte ich ihn kennen?«

»Weil wir einen Zeugen haben, der aussagt, dass Sie Mitte der neunziger Jahre in Friedmanns Villa ein und aus gingen. Da ist es nur schwer vorstellbar, dass Sie den Sohn des Hauses nie gesehen haben.«

»Kann sein, dass ich ihn vielleicht mal gesehen habe. Was ist das für ein Zeuge?« Lehner hatte ein unschuldiges Gesicht aufgesetzt.

»Das dürfen wir Ihnen leider nicht sagen.« Irgendetwas sagte Sebastian, dass Lehner es mit der Wahrheit nicht so genau nahm. Marga hatte recht. Er musste Anselm zumindest dem Namen nach kennen. Besonders wenn man berücksichtigte, dass er zu jener Zeit ermordet wurde, als Lehner nachweislich schon Jahre mit Friedmann Geschäfte gemacht hatte. »Was ist mit Michail Kusnezow? Kennen Sie ihn auch?«

Diesmal zögerte Lehner. »Michail kenne ich, ja. Zu DDR-Zeiten haben wir zusammengearbeitet.«

»Inwiefern?«

»Er war Verbindungsoffizier. Wir haben eine Zeit lang sogar im gleichen Gebäude gearbeitet.«

»Im Rahmen der ›Aktion Licht‹?« Vielleicht schaffte Sebastian es, ihn zu überrumpeln.

Lehner stieß einen Laut der Empörung aus. »Dazu sage ich nichts. Freuen Sie sich über die Wiedervereinigung und lassen Sie die alten Sachen ruhen.«

»Das können wir nicht. Wir haben einen Mord aufzuklären.«

»Wie schon gesagt, ich weiß nicht, wie ich Ihnen da weiterhelfen kann.« Er lehnte sich zurück und verschränkte die Arme vor der Brust.

Marga atmete hörbar aus. »Herr Lehner, vielleicht sollte ich Ihnen die Rechtslage klarmachen. Wenn Sie etwas verschweigen, das zur Aufklärung des Mordes an Anselm Friedmann beitragen kann, laufen Sie Gefahr, sich der Beihilfe schuldig zu machen.«

Lehner beugte sich vor. »Beihilfe?«

»Ja, Beihilfe. Das Wort sollten Sie kennen.«

Lehners blasse Augen nahmen Marga ins Visier. Er hob seine Hand und zielte mit dem Zeigefinger auf sie. Erst jetzt sah Sebastian die Schwellungen und Knoten an den Fingergelenken. Offenbar litt Lehner an Gicht. »Sie haben doch überhaupt keine Ahnung, von was Sie reden. Ich rate Ihnen, graben Sie nicht so tief. Denn Sie wollen gar nicht wissen, was unten liegt.«

Marga konterte seinen Blick mit einem abfälligen Grinsen. »Haben Sie uns nun etwas mitzuteilen, oder wollen Sie weiter den Unwissenden spielen?«

Lehner schüttelte langsam den Kopf. »Ich habe Ihnen nichts zu sagen.«

»Fällt Ihnen was auf?«

»Ja. Es war ein Fehler, Sie in mein Haus zu lassen. Ich hätte mit meinem Anwalt nach Stuttgart kommen sollen.«

»Nein, verdammt.« Marga blitzte ihn böse an. »Das ist bereits das zweite Mal, dass Sie uns nichts zu sagen haben.«

Sebastian räusperte sich. »Wir beruhigen uns jetzt alle wieder.« Er schlug die Beine übereinander und wandte sich an Lehner: »Wann haben Sie denn Gisbert Friedmann und Michail Kusnezow zuletzt gesehen?«

Lehner atmete tief durch. Er lehnte sich zurück, schien sich tatsächlich zu beruhigen. »Das muss irgendwann vor der Wende gewesen sein.«

»Sind Sie sich sicher?«

»Natürlich bin ich mir sicher.«

»Gut. Und warum haben Sie sich *nach* der Wende einige Male in Friedmanns Villa getroffen? Die ›Aktion Licht‹ war mit dem Ende der DDR sicherlich beendet?«

Lehner zuckte mit den Achseln. »Es gab noch ein paar Dinge zu klären.«

»Ein paar Dinge, aha.« Sebastian entschloss sich zum Frontalangriff. »Wissen Sie, was ich glaube? Sie haben mit der ›Aktion Licht‹ überhaupt nicht aufgehört.«

Er konnte Lehner förmlich dabei zusehen, wie die Worte bei ihm ankamen, er die Bedeutung verstand und dann explodierte. »Was glauben Sie eigentlich, wer Sie sind, Sie kleiner Pisser aus dem Westen?« Jetzt fehlte nur noch, dass er aufsprang und herumhüpfte wie ein Kampfhahn.

Unbeeindruckt von seinem Ausbruch fuhr Sebastian fort: »Sie haben einfach weitergemacht. Sie haben weiter Gemälde, Schmuck und andere Wertgegenstände ins Ausland verschoben. Nur eben auf eigene Rechnung.«

Mit krebsrotem Gesicht sprang Lehner auf. Der gichtige Zeigefinger seiner rechten Hand zielte auf Sebastian. Sein ganzer Arm zitterte, als er losschrie: »Was erlauben Sie sich? Sie kommen an einem verdammten Samstagnachmittag in mein Haus und beschuldigen mich eines groß angelegten Diebstahls?«

Sebastian versuchte, so ruhig wie möglich zu bleiben, und starrte ihn nur an.

»Sind Sie noch ganz bei Trost?« Lehner atmete ein paarmal tief durch. »Ich denke, unsere Unterhaltung ist jetzt beendet.« Mühsam schaffte er es, seine Stimme unter Kontrolle zu bringen. »Ich bringe Sie zur Tür.«

Sebastian schaute zu Marga. Lag da ein Vorwurf in ihrem Blick? Wortlos stand sie auf.

»Herr Franck«, begann Marga, als Lehner die Tür hinter ihnen mehr zugeknallt als zugemacht hatte. »Sprechen Sie Ihre Vermutungen zukünftig mit mir ab, bevor Sie einen Verdächtigen damit konfrontieren.« Trotz des Vorwurfes blieb ihr Tonfall sachlich und ruhig.

»Ich konnte es nicht mit Ihnen absprechen. Dass die drei die ›Aktion Licht‹ auf eigene Rechnung weitergeführt haben könnten, ist mir spontan eingefallen.«

Marga nickte. »Gut, dann hätten wir das geklärt. Aber Ihre Hypothese ist tatsächlich interessant. Damit hätten alle drei ein Motiv.«

»Daran habe ich auch schon gedacht. Aber der eigene Vater als Mörder? Das ist schon ziemlich aus der Luft gegriffen.« Es gab Dinge, die Sebastian sich beim besten Willen nicht vorstellen wollte.

»Ich habe Ihnen vor ein paar Tagen schon mal gesagt, dass Sie nicht so voreilig Ihre Schlüsse ziehen sollten. Wenn Sie wüssten, was ich schon alles erlebt habe in meinen dreißig Jahren Polizeidienst.« Sie presste die Lippen aufeinander, ihr Blick wanderte in die Ferne. »Da schauen Sie in Abgründe und erfahren Dinge, die Sie in Ihren schlimmsten Träumen nicht für möglich gehalten hätten.«

Damit hatte Marga vermutlich recht. Er sollte nur etwas ausschließen, wenn er das Gegenteil davon beweisen konnte. Und so weit war er bisher nicht.

»Vielleicht handelt es sich doch um eine Beziehungstat. Dann haben wir es mit einer Fülle von Motiven zu tun: Rache, Eifersucht, enttäuschte Liebe, das ganze Programm eben. Spontan fällt mir dazu Paul Degenhardt, unser Staatssekretär in Berlin, ein. Möglicherweise hat er damals schon die Ermittlungen torpediert. Und außerdem kann ich diesen elenden Stinkstiefel auf den Tod nicht ausstehen.«

Sebastian schüttelte den Kopf. »Persönliche Geringschätzung schließe ich als Motiv aus.«

Offenbar hatte Marga seinen Einwand überhört. »Was für ein blöder Seckel«, sagte sie und deutete mit dem Daumen zur Tür. »Unser ehemaliger Oberstleutnant ist ja ein verdammter Choleriker. Haben Sie gesehen, wie der Typ fast HB-Männchen gespielt hat?«

»Seckel … HB-Männchen?« Sebastian konnte sich keinen Reim darauf machen.

»›Wer wird denn gleich in die Luft gehen?‹ Kennen Sie nicht?« Marga lachte, winkte aber einen Moment später ab. »Vergessen Sie's einfach.«

»Wie dem auch sei«, gab Sebastian zurück. »Es ist offenkundig, dass Eberhardt Lehner mehr weiß, als er uns gegenüber zugegeben hat.«

»Da stimme ich Ihnen ausnahmsweise sofort zu.« Marga strich eine Haarsträhne hinter ihr Ohr. »Aber die alles entscheidende Frage ist doch, ob es mit dieser ›Aktion Licht‹ oder dem Mord an Friedmann zu tun hat. Sobald wir das beantworten können, sind wir der Lösung ein gutes Stück näher.«

Sebastian zog sein Telefon aus der Jacketttasche und hielt Marga eines der Fotos hin, die er kurz zuvor von den beiden Gemälden gemacht hatte. »Vielleicht bekommen wir hiermit eine Antwort.«

Marga kniff die Augen zusammen und sah aufs Display. »Das sind doch die zwei Gemälde aus Lehners Kaminzimmer. Wann haben Sie die gemacht?«

»Vorhin. Und ich kenne sie beide. Im Moment jedoch komme ich nicht darauf, woher.« Sebastian rieb sich das Kinn. »Aber dabei kann uns jemand helfen.«

»Und wer?«

»Mein Vater.«

18

Eine gute Stunde später, Sebastian und Marga saßen bereits wieder im ICE Richtung Stuttgart, klingelte sein Telefon. Noch bevor er das Gerät aus der Jacketttasche gefischt hatte, wusste Sebastian, dass es sein Vater war, der anrief. Schließlich hatte Sebastian ihm schon im Taxi zum Bahnhof eines der Fotos von Lehners Gemälden per MMS zugesandt und ihn um Rückruf gebeten.

Er nahm das Gespräch entgegen. »Hallo, Vater. Das ging ja schnell.« Es war kaum mehr als eine Floskel. Sebastian hatte geahnt, dass er nicht lange auf seinen Anruf warten musste. Noch immer waren Gemälde Arthurs Leidenschaft, auch wenn er sie nicht mehr ausstellte oder verkaufte. Mehrmals im Monat besuchte er Museen und Galerien oder war als Gastdozent in Kunstakademien in ganz Deutschland unterwegs.

»Ich dachte, du bist zum LKA gegangen, um alte Mordfälle aufzuklären und nicht um verschollene Gemälde zu suchen.« Wie immer hörte sich Arthur an wie der Anchorman eines Nachrichtensenders, so angenehm und melodisch klang sein Bariton. Niemand würde ihn anhand seiner Stimme für einen über Sechzigjährigen halten.

»Ich schließe aus deiner Reaktion, dass du die beiden Gemälde kennst«, gab Sebastian voller Vorfreude zurück.

»Warum schaust du nicht in deine Kunstbücher, Seb?«

»Du sollst mich nicht Seb nennen.« Sebastian wusste, dass sein Vater den Namen immer dann benutzte, wenn er ihn wie einen Schüler behandelte.

»Vielleicht beim nächsten Mal.« Arthur lachte derart laut, dass Sebastian sein Telefon ein gutes Stück vom Ohr weghalten musste.

»Kannst du mir nun was über die beiden Gemälde sagen?«

»Natürlich. Das sind Liebermanns ›Winterallee‹ und seine ›Sommerallee‹.«

»Max … Liebermann?« Die Räder des Waggons kreischten mit einem Mal derart laut, dass Sebastian sein Telefon wieder ans Ohr pressen musste.

»Der Max Liebermann, genau. Maler, Grafiker und bedeutender Vertreter des deutschen Impressionismus. Geboren am 20. Juli 1847 in Berlin, gestorben am –«

»Jaja. Weiß ich doch alles«, unterbrach Sebastian. »Kannst du mir etwas zu den beiden Bildern sagen?«

»Liebermann hat sich in den zwanziger Jahren ins Private zurückgezogen. Damals sind vermehrt Werke in seiner eigenen Ausprägung des Impressionismus entstanden. Aus dieser Zeit stammen auch die ›Winterallee‹ und die ›Sommerallee‹. Aber das wirklich Interessante an den beiden Bildern ist etwas ganz anderes.«

»Vater, bitte, ich habe keine Lust, zu raten.«

»Beide sind verschollen.«

»Was meinst du mit *verschollen*?« Sebastian sah aus den Augenwinkeln, wie Marga aufhorchte.

»Verschollen eben, nicht mehr auffindbar. So viele Bedeutungen hat das Wort nun wirklich nicht.«

Wieso überraschte ihn das nicht? Beutekunst, »Aktion Licht«, und bei einem Verdächtigen tauchen zwei verschollene Gemälde auf. Jede neue Erkenntnis in diesem Fall deutete darauf hin, dass der Mord an Friedmann etwas mit Kunstraub zu tun hatte.

»Wie bist du an die Fotos gelangt?«, holte ihn Arthur aus den Gedanken.

»Das darf ich dir nicht sagen. Nur so viel: Ich selbst habe die Gemälde fotografiert. Sie hingen direkt vor meiner Nase. Sie sind unversehrt, und es sind keine Kopien.«

»Sicher?«

»Natürlich.«

»In dem Fall hast du zwei verschollen geglaubte Gemälde aufgespürt. Die Kunstwelt, und meine Wenigkeit schließe ich da ein, wird dir ewig dankbar sein.«

»Du sollst dich nicht über mich lustig machen. Sag mir besser, was du sonst noch weißt.«

»Hm …« Sebastian hörte, wie sich Arthur über das Kinn rieb. »Liebermanns Witwe hat diese beiden und noch einige andere Gemälde an die Zwickauer Fabrikantenfamilie Albrecht verkauft.«

»Aber Martha Liebermann hat Selbstmord begangen, als ihr die Deportation nach Theresienstadt drohte. Das war … warte mal … 1943.«

»Richtig. Gleichwohl hat der Verkauf stattgefunden, und zwar kurz vor ihrem Tod. Die Bilder waren alle mit Liebermanns Nachlassstempel gekennzeichnet.«

»Und diese Albrechts?«

»Das Ehepaar Albrecht ist noch im Krieg gestorben, bei einem Bombenangriff. Ihre Kinder wurden einige Jahre nach Gründung der DDR enteignet. Gewiss mussten sie die Grundstücke, Häuser und Fabrikgebäude dem Staat überlassen.«

»Und die Kunstsammlung?«

Wieder hörte Sebastian, wie sich Arthur das Kinn rieb. »Es gibt Gerüchte, dass sie vieles davon in einer Jagdhütte verstecken konnten.«

»Und … weiter?«

»Du bist immer noch so ungeduldig, Seb. Genau wie deine Mutter.«

Der Zug verminderte seine Geschwindigkeit, und ihr Waggon rüttelte über eine Weiche, gleich danach über eine zweite. Sebastian atmete tief durch. Warum nur musste er immer von ihr anfangen?

»Lass mich mal nachdenken.«

»Egal, was du tust, tu's bitte schneller.«

Arthur seufzte. »Das war damals nur ein Gerücht. Aber eine Enkeltochter Albrechts behauptet heute noch, dass die Jagdhütte geplündert wurde. Falls das stimmt, hat sich die gesamte albrechtsche Kunstsammlung während der DDR-Zeit in Luft aufgelöst.«

»Das war alles?« Sebastian konnte seine Enttäuschung nicht verbergen. Nur ein Kunstdiebstahl? Sollte sich hier die neue Spur bereits wieder verlieren?

»Nicht ganz. Sie behauptet auch, dass die Kommunisten alles gestohlen hätten. Aber vielleicht hat es ja diese Jagdhütte nie gegeben, und es waren schon die Alliierten, die nach dem Krieg einfach alles eingepackt und mitgenommen haben. Oder die Familie Albrecht hat die Gemälde irgendwann selbst zu Geld gemacht und nach Russland verkauft.«

»Wie kommst du auf Russland?«

»War nur so eine Idee. Schließlich lag Zwickau in der sowjetischen Besatzungszone.« Erneut lachte Arthur laut auf. »Aber was davon letztlich stimmt, musst wohl du herausbekommen. Du bist der Polizist.«

»Ja, der bin ich.«

Arthur räusperte sich. »Und wie ist sie so?«

»Wer?«

»Deine Chefin.«

Sebastian schielte zu Marga. Sie hatte ihren Kopf wieder abgewandt, die Beine übereinandergeschlagen und schaute aus dem Fenster. »Ganz in Ordnung«, sagte er leiser.

»Und wie geht's dir?« Arthurs Stimme klang mit einem Mal kraftloser als sonst. Als hätte ihm irgendwer oder irgendwas den Wind aus den Segeln genommen.

»Du meinst, als Polizist?«

Für einen Moment drangen nur Arthurs leise Atemgeräusche aus dem Hörer. »Auch«, kam es schließlich gedämpft zurück.

»Warte mal.« Sebastian nahm das Telefon herunter und schob die Tür zum Abteil auf. Sofort schwoll das Geräusch des Zuges an. Er trat nach draußen, schloss die Tür und lehnte sich an die nächste Wand. »Geht so. Bin zufrieden«, sagte Sebastian, als er das Telefon wieder am Ohr hatte.

»Vielleicht sollten wir mal wieder zusammen essen gehen. Nur wir zwei. Ich kenne da einen neuen Italiener unten in der Stadt am Marienplatz.«

»Sollten wir, ja.« Sebastian bemerkte erst jetzt, dass seine Antworten einsilbig geworden waren.

»Dann könnten wir in Ruhe quatschen. Nicht nur über deinen Job, der mir immer noch nicht gefällt. Auch über … Daniel.«

Sebastian hatte befürchtet, dass sein Vater davon anfangen würde. Jedes Gespräch mit ihm landete früher oder später unweigerlich beim Thema Daniel. »Du weißt, dass das alles andere als einfach für mich ist.«

»Natürlich. Aber du kannst es nicht dein Leben lang verdrängen. Ich hab's bestimmt schon Hunderte Male gesagt: Manchmal geschehen Dinge ohne unser Zutun. Und dich trifft keine Schuld an seinem Tod.«

Dieses Gespräch wollte er jetzt nicht führen. »Lass uns bitte das Thema wechseln, Vater. Ich möchte jetzt nicht über Daniel reden.«

»Wie du willst.«

Das monotone Klopfen der Räder auf den Schienennähten wurde schneller. Der Zug beschleunigte wieder.

»Interessiert es dich, wie's deinem Mercedes geht?« Arthurs Bariton hatte die alte Lautstärke und Kraft wiedererlangt.

Sebastian spürte, dass er zusammenzuckte. »Wieso? Was ist mit dem Wagen?«

Ein älteres Ehepaar, beide kugelrund und im Rote-Regenjacken-Partnerlook, marschierte hintereinander auf ihn zu. Offenbar gehörte diese Art von Jacken seit Neuestem zur bevorzugten Seniorenbekleidung. Schnell war klar, dass der Platz im Gang nur schwer ausreichen würde. Sebastian ließ die Hand mit dem Telefon sinken, drückte sich ganz an die Wand und verharrte. Einige Sekunden und zwei Ellenbogenstöße später hatten die beiden sich an ihm vorbeigedrängt, und er nahm sein Telefon wieder ans Ohr.

»... Laternenpfahl vor dem Hotel übersehen. Kotflügel hinten und Rücklicht rechts. Aber ansonsten ...«

»Kotflügel hinten und Rücklicht rechts ...« Ohne es recht zu merken, hatte er die Stimme erhoben. Er hätte seinem Vater den Wagen niemals geben dürfen.

Plötzlich drang Gelächter aus dem Hörer. »Seb, Seb. Tut mir leid. Aber du fällst immer wieder darauf rein. Bleib mal locker. Das war ein Spaß.«

»Das heißt, mein Mercedes ist ganz?« Sebastian fiel ein Stein vom Herzen.

»Er hat keinen Kratzer. Und wenn, würde ich es dir nicht sagen.« Wieder Gelächter. »Am Sonntagabend kommen wir zurück, dann kannst du den Wagen ja genauestens inspizieren.«

Etwas später stand Sebastian an einem Stehtisch im Bistrowagen, während er Marga dabei zusah, wie sie zwei Kaffeetassen zwischen den anderen Gästen hindurchjonglierte. Nach dem Telefonat hatte er sich in einem Anflug von Zufriedenheit breitschlagen lassen, mit ihr in dieses Bordrestaurant zu gehen. Es gab kaum freie Plätze, zudem lag ein wildes Stimmengewirr in der Luft. Auch die beiden Regenjacken-Senioren waren da. Sie lehnten an der Fensterablage, tranken Tee und nahmen durch ihren üppigen Körperbau einen großen Teil des Platzes am Stehtisch in Besitz.

Sebastian hatte Marga die Zusammenfassung des Gespräches mit seinem Vater gegeben. Gerne wäre Sebastian danach gleich wieder ins Abteil zurück, doch sie wollte partout noch eine Weile stehen, diesmal mit einem Kaffee.

Marga schaffte es tatsächlich, die beiden Tassen auf dem Tisch abzustellen, ohne etwas dabei zu verkleckern. »Bitte. Ich lad Sie ein. Es gab nur noch Milch aus großen Tüten. Ich hab gleich was reingemacht. Sie nehmen doch Milch?«

Sebastian schielte zur Kaffeetasse, an deren Außenseite sich angetrocknete Kaffeeflecken befanden. Sie war garantiert nicht richtig gespült worden. »Ist die laktosefrei?«

»Weiß ich nicht.« Marga grinste und nahm einen Schluck von ihrem Kaffee. »Aber Laktose schmeckt eh besser.«

Sebastian schob die Kaffeetasse von sich. »Außerdem ist das hier bestimmt Röstkaffee. Da bildet sich Acrylamid. Das steht im Verdacht, krebserregend und erbgutschädigend zu sein.«

»Acrylamid? Das verträgt sich bestimmt gut mit Nikotin. Und um mein Erbgut muss ich mir keine Sorgen mehr machen.«

Sebastian schüttelte den Kopf. Sie war unbelehrbar. »Wie geht's jetzt weiter?«

»Wir machen unseren Job.«

»Geht das auch etwas präziser?«, fragte Sebastian, während er mit einem Ohr den beiden Regenjacken-Senioren zuhörte, die sich über das Wetter in Dresden unterhielten. Ihm war es zu warm, ihr zu kalt.

»Mit den zwei verschollenen Gemälden in der Wohnung erinnert mich Lehner ein bisschen an diesen Beutekunst-Gurlitt aus München. Vielleicht sollten wir ihm auch die Zollfahnder auf die Pelle schicken.« Mit zwei Fingern strich Marga über ihre

Lippen. Es sah beinahe so aus, als würde sie an einer Zigarette ziehen.

»Man sagt ›auf den Hals‹ schicken. Nicht ›auf die Pelle‹. Und außerdem habe ich Zweifel, dass Lehner etwas mit Anselms Tod zu tun hat. Okay, er hat mit Friedmann und Kusnezow zusammen Kunstgegenstände geplündert und dabei viel Geld verdient. Aber ein Mord?«

Marga nahm einen Schluck Kaffee. »Es spielt keine Rolle, ob Sie daran zweifeln. Es wäre möglich. Das reicht.«

Sebastian hob die Achseln. »Möglich bedeutet aber nicht wahrscheinlich. Es bedeutet lediglich nicht unmöglich.«

»Lehner hat ein Motiv. Genau wie Kusnezow. Anselm kam den dreien auf die Schliche und wollte ihren Kunstdiebstahl publik machen, vielleicht um seinem Vater eins auszuwischen. Auch Stenzel hat so was angedeutet. Kusnezow oder Lehner hätten mit dem Mord verhindert, dass Anselm überhaupt etwas sagen konnte. Eines der drei klassischen Mordmotive: Liebe, Geld und die Vertuschung eines anderen Verbrechens.«

»Und wie wollen wir das einem der beiden nachweisen? Nach über zwanzig Jahren?« Sebastians Blick wanderte nach draußen. Verwaschene Konturen flogen so schnell vorbei, dass sie nur für den Bruchteil einer Sekunde eine Landschaft in Grau und Braun erschaffen konnten. Schon im nächsten Augenblick bildeten sich neue Formen wie bei einer Dünenlandschaft, die der Wind unablässig verwandelte. »Wenn wir uns über Möglichkeiten unterhalten, denke ich, dass es Möglichkeit zwei ist.«

Auf Margas Stirn stand eine tiefe Falte. »Und die wäre?«

»Die kenne ich auch noch nicht.«

Marga hob die Augenbrauen. »Herr Franck, Ihre sonderbaren Weisheiten bringen uns nicht weiter.«

»Doch. Sobald wir Möglichkeit eins ausschließen.« Sebastian wusste auch schon, wie.

»Dann lassen Sie mal hören.« Marga nahm einen Schluck Kaffee und schaute ihn erwartungsvoll an.

»Wir konfrontieren Anselms Eltern mit Ihrer Theorie und bitten Friedmann, Lehner und Kusnezow eine Art Falle zu stellen. Er soll andeuten, dass er reinen Tisch machen will und deshalb vorhat, sich selbst anzuzeigen. Und wir hören mit, was die beiden dazu zu sagen haben.«

Marga lachte auf. »Haben Sie schon vergessen, dass wir hochkant aus dieser Bonzen-Villa geflogen sind? Dieser Bankheini wird uns wohl nicht so schnell wieder in sein Haus lassen. Geschweige denn mitspielen.«

»Oh, er wird mitspielen.« Sebastian nickte vehement. »Glauben Sie mir.«

»Was macht Sie da so sicher?«

»Kennen Sie die ZERV?«

Marga schüttelte den Kopf.

»Das ist die zentrale Ermittlungsstelle für Regierungs- und Vereinigungskriminalität. Die freuen sich bestimmt über unsere bisherigen Ermittlungsergebnisse.«

Als sie in Stuttgart ankamen, war es bereits dunkel. Da Margas Haus beinahe auf Sebastians Heimweg lag, teilten sie sich das Taxi nach Degerloch. Marga stieg am Anfang ihrer Straße aus, und Sebastian nannte dem Fahrer die Adresse seiner Wohnung. Der fuhr an, bremste jedoch im gleichen Augenblick wieder. Ein pummeliger Teenager mit einer dunklen Schildmütze war direkt vor dem Taxi auf die Straße getreten. Erschrocken schaute der auf den Wagen. Sein kugelrundes, pickeliges Gesicht leuchtete im Licht des Scheinwerfers. Der Mund unter der großen Nase stand offen.

»Verdammter Trottel«, fluchte der Fahrer.

»Pass halt auf«, schrie der Teenager, nachdem er den ersten Schrecken überwunden hatte. Zwischen seinen Zähnen blitzte ein Kaugummi auf.

Dann sah Sebastian das goldene Schild auf der Mütze: 7 1/8, die Größenangabe. Und mit einem Mal wusste er, wer da im Scheinwerferlicht mitten auf der Straße stand: der Teenager, der ihm an seinem ersten Arbeitstag im Bus die Geldbörse gestohlen hatte.

»Stopp.« Sebastian riss die Tür auf, sprang aus dem Taxi und stand mit drei, vier großen Schritten vor ihm. »Kennst du mich noch?«

Der Teenager schaute auf und kaute dabei auf seinem Kaugummi herum wie eine Kuh. »Bist du schwul oder was?«

Sebastian klopfte auf seine Brusttasche. »Montagmorgen vor einer Woche? Buslinie 41? Klingelt es bei dir?«

Schlagartig stoppte das Kaugummikauen, und sein Mund blieb offen stehen. Einen Moment später hatte er sich immerhin so weit unter Kontrolle, dass er sich stotternd mitteilen konnte. »Ist … ist es wegen dem Geldbeutel? Den … den hab ich zurückgebracht.«

»Des Geldbeutels«, gab Sebastian zurück. Erschreckend, wie wenig Ahnung heutzutage Schüler von Grammatik hatten. Und das in seinem Alter.

»Was?«

»Es muss heißen: des Geldbeutels.«

»Warum?«

Sebastian schüttelte den Kopf. »Genitiv.«

»Dem Genitiv?« Der überraschte Gesichtsausdruck des Jungen wich einem verdutzten. Offenbar gehörte er zu den hoffnungslosen Fällen.

»Nein. Des Genitivs.«

Ein Schrei zerriss die Nacht. Nicht weit entfernt. Eine Frau. Er kam aus der Straße, in der Margas Haus stand und in die sie vor kaum einer Minute verschwunden war.

Sebastian versuchte, etwas zu erkennen. Nichts. Dann ein weiterer Schrei, der abrupt abbrach – Marga. Er rannte los, vorbei an parkenden Autos, die Straße hinunter. Die gelblich leuchtenden Fenster starrten ihn von Weitem an wie rechteckige Augen. Ihr Licht reichte kaum aus, um etwas zu erkennen. Und nur langsam schälten sich die Umrisse der zugehörigen Häuser aus der Dunkelheit. Welches davon war Margas?

Sebastian stoppte, lauschte in die Nacht. Keine Schritte, keine Stimmen, kein Ton, nichts. Merkwürdig, in einer Stadt gab es immer Geräusche. Irgendwas musste er doch hören. Er hielt die Luft an. War da ein Keuchen? Er riss den Kopf herum. Auf der anderen Straßenseite, in einer Einfahrt, halb verdeckt von einem parkenden Fahrzeug, sah er zwei Gestalten. Der Kräftigere von ihnen trug einen länglichen Gegenstand in der Hand. Einen

Baseballschläger? Auf allen vieren versuchte eine dritte Gestalt, vom Boden hochzukommen.

Sebastian zog seine Pistole aus dem Holster und lud die Waffe durch, während er lossprintete. Den Sicherungshebel beließ er auf gesichert. Schnell hatte er einen guten Teil der Strecke hinter sich gebracht, konnte mehr von den beiden Gestalten erkennen, die sich gegenüberstanden. Der Kräftige mit dem Baseballschläger trug eine Sturmhaube. Und er holte aus, zielte aber nicht auf die Gestalt am Boden, sondern auf die andere, schlankere vor ihm. Die duckte sich, wohl um dem Schlag auszuweichen. So wie sie sich bewegte, musste es sich um eine Frau handeln. Und dann sah Sebastian die rotblonden, halblangen Haare: Marga.

»Aufhören, Polizei!«, schrie Sebastian und rannte weiter auf die beiden zu.

Der Maskierte hielt mitten in der Bewegung inne und schaute zu ihm. Dieser winzige Moment der Unachtsamkeit reichte Marga. Sie holte mit dem Fuß aus und trat ihrem Gegner direkt aufs Knie. Ein gellender Schrei hallte durch die Straße. Der Maskierte knickte mit dem getroffenen Bein ein, konnte sich aber gerade noch mit dem Baseballschläger abstützen. Sofort trat Marga ein zweites Mal zu. Diesmal traf sie den Kopf. Der Baseballschläger fiel klirrend zu Boden, der Maskierte sackte zuerst auf die Knie und fiel dann vornüber.

Inzwischen hatte sich die andere Gestalt aufgerappelt. Auch sie trug eine Sturmhaube und schaute zwischen Sebastian und Marga hin und her. Offenbar rechnete er sich seine Chance auf eine Flucht aus.

»Denken Sie nicht mal daran«, rief Sebastian und zeigte mit der Waffe auf ihn. »Nehmen Sie die Hände hoch, sodass ich sie sehen kann.« Er klappte den Hebel um. »Meine Waffe ist entsichert.«

Die Gestalt riss die Hände über den Kopf.

Marga trat zu ihm. Sie atmete wie ein Langstreckenläufer nach dem Zieleinlauf. »Auf die Knie, Arschloch. Dann mit ausgestreckten Armen auf den Bauch. Und zwar sofort, oder es gibt noch mal eine.«

Als auch der zweite Maskierte auf dem Boden lag, sah Marga zu Sebastian. Sie hielt sich den Kopf, blutete aus der Nase, schien aber ansonsten unverletzt zu sein. »Wo sind Sie so schnell hergekommen, Herr Franck?«

»Sie bluten.« Sebastian sah zum ersten Maskierten, der weiter regungslos am Boden lag.

Mit zitternden Fingern fasste sich Marga an die Nase, hielt sie kurz zu. »Das ist nur Nasenbluten. Hab ich schon als Kind oft gehabt.« Sie kramte in ihrer Hosentasche, förderte ein Papiertaschentuch zutage und drückte es ein paarmal auf die Nase. »Warum sind Sie nicht heimgefahren?«

»Ich hab den kleinen Taschendieb gesehen, der mir letzte Woche die Geldbörse gestohlen hat.« Den Typen mit der Schildmütze hatte er ganz vergessen. Und inzwischen war der wohl über alle Berge.

Sebastian trat neben den ersten Maskierten, kickte den Baseballschläger beiseite und steckte seine Waffe zurück ins Holster. Er kniete sich neben ihn und zog ihm die Sturmhaube bis hoch zur Stirn. Zum Vorschein kam das jugendliche Gesicht eines Mannes mit dunklem Bart und auffälligen Koteletten. Sein Atem ging flach, aber gleichmäßig, als ob er schliefe. »Den hier hat's ziemlich heftig erwischt. Er ist immer noch bewusstlos.«

»Ich hab mich nur verteidigt.« Marga schielte an ihm vorbei zu dem Mann am Boden. Ihr Blick blieb für einen Moment an seinem Gesicht haften. Sebastian war sich nicht sicher, was ihre Miene ausdrückte. Erleichterung? Genugtuung?

»Nur verteidigt?«, wiederholte er.

»Ja, nur verteidigt.« Sie zuckte mit den Schultern und brachte ein gequältes Lächeln hervor. »Sehe ich vielleicht aus wie Mutter Teresa?«

Nein, wie Mutter Teresa sah sie in der Tat nicht aus. Aber es gehörte schon einiges dazu, zwei kräftige Angreifer außer Gefecht zu setzen. Sebastian deutete mit dem Kinn auf den Mann am Boden. »Der sieht gefährlich aus. Kennen Sie ihn?«

Marga nickte.

Du kennst deinen Mörder. Und nur deswegen kann er dir an diesem Abend überhaupt so nahe kommen. Womöglich habt ihr euch sogar im Leonhardsviertel verabredet. Du bist tatsächlich davon ausgegangen, dass er dich einfach nur treffen will, um diese eine blöde Sache aus der Welt zu schaffen. Anfangs läuft es gut, du vertraust ihm. Doch irgendwann später an diesem Abend droht er dir. Zuerst nur mit Worten. Dann mit der Waffe, und erst jetzt bemerkst du deinen Fehler, diesen tödlichen Fehler, den du begangen hast.

Im ersten Moment schaffst du es, ihm zu entkommen. Du kennst jeden Winkel hier, flüchtest durch die Gassen. Doch er weiß genau, wohin du willst. Nichts hat er dem Zufall überlassen. Er kennt dich schon lange, hat sogar damit gerechnet, dass er dich töten muss. Du weißt nur noch nicht, dass er zu allem entschlossen ist. Dich entkommen zu lassen ist keine Option.

19

»Bei Familie Friedmann.« Es war die bekannt frostige Stimme von Konstanze, die sich an diesem Montagmorgen nach dem dritten Klingelzeichen am Telefon meldete.

»LKA Stuttgart, Hauptkommissar Kronthaler«, gab Marga zurück. »Ist Herr Gisbert Friedmann zu sprechen?«

»In welcher Angelegenheit?« Gleiche Frage, gleicher Tonfall.

»Sie wissen, um was es geht.«

»Augenblick bitte.« Sie hörte, wie Konstanze den Hörer beiseitelegte und ihre Schritte sich entfernten.

Noch gestern war Marga nicht davon ausgegangen, dieses Telefonat heute überhaupt führen zu können. Doch die vermutete Gehirnerschütterung war entweder doch keine gewesen oder im Laufe des Sonntags abgeklungen. So hatte sie nach dem Aufstehen beschlossen, ins Büro zu gehen.

Noch am Samstagabend waren Clirim Kodraj und sein Freund Marco Haberstroh dem Haftrichter vorgeführt worden. Dumm für Kodraj, dass es derselbe Richter war, dem er versprochen hatte, sich zukünftig an die Gesetze zu halten. Der hatte kein Erbarmen gezeigt: Untersuchungshaft. Und Marga hatte sich vorgenommen, ihre Aussage so lange wie möglich hinauszuzögern. Schließlich wollte sie Kodraj keine Gelegenheit bieten, schnell wieder freizukommen. Sogar Lukas hatte sich mit einem Mal reumütig gezeigt und bereit erklärt, gegen Kodraj auszusagen. Offenbar hatte er tatsächlich nicht gewusst, dass es sich bei den iPhones um Hehlerware handelte.

Ab jetzt blieb Marga genügend Zeit, sich mit dem Friedmann-Fall zu beschäftigen. Und sie hatte sich vorgenommen, dies mit Nachdruck zu tun.

»Was wollen Sie denn schon wieder?«, tönte Gisbert Friedmanns empörte Stimme aus dem Hörer. »Habe ich mich nicht klar ausgedrückt?«

Marga verspürte kein Interesse, lange um den heißen Brei herumzureden. »Herr Friedmann, Sie haben uns angelogen.«

Ein wütendes Schnauben erklang. »Was soll das?«

Um Friedmann zu beeindrucken, musste sie ihn schon direkt konfrontieren. Und zwar Schlag auf Schlag. Sie durfte ihm keine Chance geben, sich herauszuwinden. »Sie kennen Michail Kusnezow. Das können wir beweisen. Wir können auch beweisen, dass Sie einen gewissen Eberhardt Lehner kennen. Und wir können beweisen, dass Sie drei gemeinsam nach der Wende Kunstgegenstände verschoben haben.« Dass sie Letzteres in Wahrheit nur vermuteten, aber nicht belegen konnten, musste er nicht wissen.

Für eine kurze Weile herrschte Stille am anderen Ende der Leitung. Friedmann schien sogar das Atmen eingestellt zu haben.

»Sind Sie noch da, Herr Friedmann?«

»Was wollen Sie von mir?« Seine Stimme hatte mit einem Mal Ähnlichkeit mit einem Krächzen.

»Schauen Sie, uns interessieren Ihre Kunstplündereien herzlich wenig. Manche Menschen können einfach den Hals nicht vollkriegen.« Die letzte Bemerkung hatte sie sich beim besten Willen nicht verkneifen können. »Aber wir wollen den Mord an Ihrem Sohn aufklären. Und ich erwarte von Ihnen, dass Sie ab sofort mit uns kooperieren. Ohne Ausnahme.«

Friedmann räusperte sich. »Welche Alternativen habe ich?« Er versuchte doch tatsächlich zu verhandeln.

Marga fiel es schwer, sich zu beherrschen. »Einen Hinweis von uns an die zentrale Ermittlungsstelle für Regierungs- und Vereinigungskriminalität. Die stellen Ihnen die Bude auf den Kopf. Und ich sorge dafür, dass Presse und Fernsehen Wind davon bekommen und zur richtigen Zeit bei Ihnen vorm Haus stehen. Das wird garantiert ein schönes Foto, wenn ein Dutzend Ermittler körbeweise Unterlagen aus Ihrem Haus tragen.«

Schon am Nachmittag des gleichen Tages saß Marga ein zweites Mal mit Sebastian im Campingbus auf dem Weg nach Botnang zu Friedmanns Villa. Dieses eine Telefonat und die Drohung mit der ZERV hatten tatsächlich ausgereicht, dass Friedmann sich zur Zusammenarbeit bereit erklärte. Jetzt hieß es nur noch, ihn und seine Frau von dem Plan zu überzeugen, Kusnezow und Lehner mit der fingierten Selbstanzeige zu überlisten.

Marga hatte sich vorgenommen, Friedmann bei den kleinsten Ausflüchten hart anzufassen, ihm sogar mit einer vorläufigen Festnahme zu drohen. Nochmals würde sie sich nicht vorführen lassen.

Der Bentley stand noch am selben Platz, als Marga die Auffahrt hinter sich gebracht hatte. Sie ließ ihren Campingbus direkt daneben ausrollen. »So, jetzt werden wir dieser elenden Bagage mal zeigen, wo der Hammer hängt.«

Sebastian wiegte ein paarmal den Kopf. »Es scheint mir nicht klug, Friedmann jetzt unnötig unter Druck zu setzen. Wenn ich Sie so ansehe, denke ich, dass wir es ein wenig gemächlicher angehen sollten. Schließlich wollen wir auch etwas von ihm.«

»Dieser arrogante Sack kann mir den Buckel runterrutschen. Und zwar kreuzweise.« Marga zog den Schlüssel ab und hielt ihn Sebastian vor die Nase. »Ich stelle die Fragen. Und zwar alle, die ich für richtig halte.«

Sebastian hob abwehrend die Hände. »Einverstanden. Aber besser nicht in diesem Ton.«

»Sie meinen, ich kann nicht freundlich sein? Ich kann sogar scheißfreundlich sein.« Marga stieg aus und knallte die Tür ins Schloss.

Einige Minuten später standen sie im selben Zimmer wie beim letzten Mal und warteten auf Hannelore und Gisbert Friedmann. Marga atmete einige Male tief durch. Und sie schaffte es, ihren Ärger im Zaum zu halten. Vorerst. Sebastian hingegen überbrückte die Wartezeit erneut, indem er sich die Nase an den beiden Schieles hinter der Ottomane platt drückte. Marga konnte sich absolut nicht vorstellen, was er an Gemälden mit derart blassen Farben fand.

Gisbert Friedmann kam alleine. Er grüßte sie knapp und deutete auf die beiden Sessel. Obwohl er ähnlich gekleidet war, hatte sich einiges an ihm verändert: Seine Haltung war gebückt, das Gesicht so blass wie die Farben auf den beiden Gemälden hinter ihm. Er schien um Jahre gealtert, seit sie ihn zuletzt gesehen hatten.

»Wo ist Ihre Frau, Herr Friedmann?«, begann Marga, als sie und Sebastian Platz genommen hatten.

»Ihr geht es heute nicht gut«, gab er zurück und trat vor die Ottomane, um sich ebenfalls hinzusetzen.

»Nun, ich denke, es ist trotzdem notwendig, dass Ihre Frau an dieser Unterhaltung teilnimmt.«

Er drehte sich um. »Weshalb?«

Marga ignorierte die Frage. »Weiß Ihre Frau eigentlich von Ihren … Verstrickungen in die Kunstdiebstähle, die Kusnezow und Lehner für die DDR begangen haben?«

Kaum merklich schüttelte Friedmann den Kopf.

»Oder dass Sie drei nach der Wende auf eigene Rechnung weiter Gemälde geplündert haben?«

Friedmann senkte den Kopf. Seine Tränensäcke hingen schlaff herunter, dunkle Schatten lagen um die Augen. »Sie weiß von alledem nichts.«

»Das habe ich auch nicht anders erwartet«, gab Marga zurück. »Holen Sie bitte trotzdem Ihre Frau.«

»Muss das sein?«

Marga nickte. Keinesfalls würde sie ihm entgegenkommen. »Das ist Teil unserer Vereinbarung.«

»Bitte warten Sie. Ich lasse Ihnen in der Zwischenzeit von Konstanze etwas zu trinken bringen.« Friedmann schlurfte mehr, als dass er ging, und verschwand im nahen Durchgang.

»Warum wollen Sie, dass seine Frau dabei ist?«, raunte Sebastian, als er sich außer Hörweite befand.

»Weil es neben Lehner und Kusnezow einen dritten Verdächtigen gibt. Quasi die dritte Möglichkeit. Paul Degenhardt hat ein Motiv.«

Sebastian nickte. »Eifersucht auf Anselm.«

»Richtig. Hannelore Friedmanns Reaktion auf den Vorwurf, ihr Mann könnte etwas mit dem Tod ihres Sohnes zu tun haben, ist vermutlich ziemlich aufschlussreich.«

»Sie kann alles zum Platzen bringen.«

»Daran wird sie kein Interesse haben.«

»Und woher wollen Sie das wissen?«

»Weibliche Intuition.« Marga konnte nicht verhindern, dass sie grinsen musste.

»Weibliche Intuition?« Sebastian hob die Augenbrauen. »Und

Sie beschweren sich, wenn ich aufgrund rationaler Überlegungen etwas ausschließe?«

»Herr Franck, bitte. Nicht beleidigt sein. Aber Hannelore Friedmann hat bisher noch kein Wort mit uns gesprochen. Und ich will wissen, warum.«

Irgendwann brachte Konstanze Wasser, Saft sowie Gläser auf einem Tablett.

»Wie lange arbeiten Sie eigentlich schon für die Familie Friedmann?«, fragte Marga, als Konstanze das Tablett auf dem Tisch abgestellt hatte.

Über Konstanzes Gesicht huschte ein bitteres Lächeln. »Seit fünfundvierzig Jahren.«

Marga rechnete nach. Anselm wäre heute auch fünfundvierzig Jahre alt. »Dann kannten Sie Anselm von Geburt an.«

Konstanze nickte. »Für seine Betreuung bin ich damals eingestellt worden.« Es waren traurige Augen, aus denen ihr Blick für einen Moment in die Ferne schweifte. »Er war immer so ein lebenslustiges Kind. Auch als er älter wurde. Er musste alles erleben, hat nie etwas auslassen können.«

»Warum haben Sie uns die Karte mit Eberhardt Lehners Namen gegeben? Sie stammte nicht von Hannelore Friedmann.« Aus den Augenwinkeln sah Marga, wie Sebastian aufhorchte.

Nur für einen Moment wirkte Konstanze überrascht. »Sie sollten ihn bei Ihren Ermittlungen nicht übersehen. Ich hab ihn kennengelernt. Er ist ein Choleriker, dem ich alles zutraue.«

»Auch einen Mord?«

Sie zupfte an der dicken Hornbrille, die an einer goldenen Kette um ihren Hals baumelte. »Vielleicht.«

»Wussten Sie von Anselms Homosexualität?«

Es war, als ob ein Ruck durch Konstanze ginge. »Sie müssen mich jetzt entschuldigen. Aber ich habe mich noch um die Einkäufe zu kümmern.« Sie wandte sich zum Gehen.

»Bitte nur noch diese eine Frage.«

Konstanze hielt inne. »Anselm war damals voller Hoffnung, dass sein Vater irgendwann mit der Beziehung zu diesem Lars einverstanden sein könnte.« Damit verließ sie das Zimmer.

»Woher wussten Sie, dass die Haushälterin Lehners Namen

auf die Karte geschrieben hat und nicht Hannelore Friedmann?« Sebastian stand vom Sessel auf.

»Es war nur so eine Vermutung. Aber als Friedmann vorhin sagte, dass seine Frau nichts von den Geschäften mit Lehner und Kusnezow wusste, hab ich mich gefragt, woher sie dann Lehners Namen kannte.«

Sebastian trat zu den Bildern vor die Ottomane. »Und Konstanze kannte den Namen. Schließlich musste jeder an ihr vorbei, falls er mit Gisbert Friedmann sprechen wollte.«

»Etwas spät Ihre Schlussfolgerung, Herr Frank. Aber dennoch richtig.«

Es dauerte gut und gerne nochmals fünf Minuten, bis Marga hinter dem Durchgang etwas rascheln hörte. Inzwischen war die erste Orangensaftflasche leer, während Sebastian vermutlich jeden Quadratzentimeter der beiden Gemälde in Augenschein genommen hatte.

Hannelore Friedmann hatte geweint, ohne Zweifel. Trotz geröteter Augen und geschwollener Lider mühte sie sich um den Anschein von Normalität. Sie war nicht geschminkt. Ihre blonden, sonst so engelsgleichen Locken klemmten wirr unter einem roten Haarreif. Anders als bei ihrem Mann hatte sich auch ihre Kleidung verändert. Statt eines Kleides trug sie eine weite helle Baumwollhose mit unpassendem Oberteil. Lediglich die Perlenkette um ihren bleichen Hals war dieselbe geblieben.

Sie nickte Marga und Sebastian zu, grüßte knapp und nahm auf der Ottomane Platz. Auch diesmal richtete sie die Beine parallel aus und legte ihre Arme mit der Handfläche nach oben auf den Oberschenkeln ab. Gisbert setzte sich neben sie und ergriff eine Hand.

Marga musterte sie. »Wie geht's Ihnen, Frau Friedmann? Fühlen Sie sich in der Lage, mit uns zu reden?«

Hannelore Friedmann nickte. »Ich denke schon.« Ihre Stimme glich einem Flüstern.

»Ich weiß, dass das nicht einfach für Sie ist, aber wir sind bei unseren Ermittlungen zum Mord an Ihrem Sohn einen großen Schritt weitergekommen.«

»Wie weit?«

»Dazu kommen wir gleich.« Marga strich sich eine Strähne hinters Ohr. »Aber zuvor haben wir noch ein paar Fragen.«

»Bitte fragen Sie, Frau Kronthaler.« Gisbert Friedmann drückte Hannelores Hand fester.

»Kennen Sie einen Paul Degenhardt?« Marga schaute zwischen den beiden hin und her.

Hannelore Friedmann blickte zu ihrem Mann. »Das war doch dieser Politiker, der schon zwei Tage später kondoliert hat.«

Gisbert nickte. »Was ist mit ihm?«

»Er war damals Referatsleiter im Landespolizeipräsidium hier in Stuttgart. Es ist möglich, dass er die Ermittlungen behindert hat. Womöglich hat er sogar seinen Einfluss genutzt, dass sie früher als üblich eingestellt wurden.«

»Jetzt, wo Sie es sagen.« Gisbert Friedmanns Blick wanderte ins Leere. »Er drängte immer auf schnelle Ergebnisse. Erzählte uns schon nach wenigen Tagen, dass es sich um einen Raubmord handelt. Der Täter würde zu einer Bande von Autodieben aus Osteuropa gehören. Und es wäre schwierig, ihn überhaupt zu ermitteln.« Er sah wieder zu Marga. »Aber warum fragen Sie?«

»Degenhardt ist offen homosexuell und lebt inzwischen mit Lars Stenzel in einer gleichgeschlechtlichen Ehe.«

Nur ein kleines Zucken um seinen Mund verriet, dass er Stenzel kannte.

Marga fuhr fort: »Ihr Sohn hatte kurz vor seinem Tod ein Verhältnis mit diesem Stenzel.«

Gisbert Friedmann atmete scharf aus. »Was wollen Sie damit andeuten?«

Marga ließ sich Zeit für ihre Antwort. »Nur, dass Paul Degenhardt dadurch ein Motiv hat.«

»Ja, mein Sohn war schwul. War das der große Schritt, den Sie bei Ihren Ermittlungen vorangekommen sind?« Unüberhörbar lag Enttäuschung in Hannelores Stimme.

Marga schüttelte den Kopf. Es wurde Zeit, die Karten auf den Tisch zu legen. »Es gibt auch Indizien, die auf einen anderen Täter hinweisen.«

»Und warum verhaften Sie ihn dann nicht?« Es waren immer die gleichen Vorwürfe, die Angehörige der Polizei machten, wenn es aufgrund einer Vermutung keine schnelle Festnahme gab.

»Weil wir keine Beweise haben. Aber mit Hilfe Ihres Mannes könnten wir den Täter überführen. Eine Selbstanzeige ...«

»Eine Selbstanzeige ...?« Hannelore schaute ihren Mann an, als ob sie Mühe hätte, ihn wiederzuerkennen. »Was hast du damit zu tun?«

Statt einer Antwort senkte Gisbert Friedmann seinen Blick. Seine Frau entzog ihm ihre Hand, griff nach der Kette um ihren Hals und begann, an den Perlen zu zupfen.

Marga ließ einen weiteren Augenblick verstreichen, um ihm eine Gelegenheit zur Antwort zu geben. Doch Gisbert Friedmanns Blick blieb auf den Boden gerichtet. Sie wandte sich wieder an Hannelore. »Wir wissen, dass Ihr Mann ... Geschäfte in der ehemaligen DDR getätigt hat. Offensichtlich illegale Geschäfte.«

»Illegale Geschäfte? Welcher Art?« Entweder war Hannelore Friedmann eine gute Schauspielerin, oder sie hatte wirklich nicht den Hauch einer Ahnung, woher ein Teil des gemeinsamen Vermögens stammte.

Sebastian setzte sich auf. »Kunstdiebstahl, Geldwäsche, Vereinigungskriminalität und vermutlich noch einiges mehr.«

»Was hat das mit dem Mord an Anselm zu tun?« Gisbert Friedmann warf Sebastian einen trotzigen Blick zu. Offenbar hatte er beschlossen, nicht jeden Vorwurf kommentarlos hinzunehmen.

»Du sagst diesmal überhaupt nichts. Ich habe dir schon viel zu lange zugehört.« Hannelore Friedmanns Stimme klang mit einem Mal scharf wie eine Rasierklinge. »Ich will, dass du die beiden Kommissare ausreden lässt.«

Sebastian fuhr fort: »Ihr Mann war in den Jahren nach der Wende fraglos in illegale Geschäfte verwickelt. Konkret geht es um die Plünderung von Kunstgegenständen in der ehemaligen DDR. Dabei hat er mit zwei Männern zusammengearbeitet. Ihre Namen sind Michail Kusnezow und Eberhardt Lehner. Haben Sie diese Namen schon einmal gehört?«

»Das tut doch hier nichts zur Sache.« Gisbert Friedmann hatte zum ersten Mal seine Stimme erhoben.

»Er hat Ihre Frau gefragt.« Marga spürte einen leichten Schwindel, fasste sich an die Stirn. Die Gehirnerschütterung?

Hannelore schüttelte den Kopf. »Nein, noch nie.«

»Wir denken, dass Anselm etwas davon mitbekommen hat und es aus irgendeinem Grund publik machen –«

»Das ist doch Blödsinn, was Sie da erzählen. Völliger Blödsinn«, rief Gisbert so laut, dass ihr Kopf schmerzte.

Hannelore warf ihm einen bösen Blick zu. »Lass sie verdammt noch mal ausreden.«

»... jedenfalls glauben wir, dass einer der ehemaligen Komplizen Ihres Mannes Anselms Mörder sein könnte.«

Gisbert sprang auf. »Das kann nicht sein.«

»Warum kann das nicht sein?« Marga kannte dieses Verhalten. Täter leugneten, Mittäter schoben jede Schuld so weit wie möglich von sich.

»Ich habe ihn nur beschützen wollen.« Gisbert Friedmanns Hände schlossen sich zu Fäusten. Er ballte sie so fest, dass das Weiß der Knöchel hervortrat.

»Was haben Sie?« Mit einem Mal spürte Marga sogar die Kopfschmerzen nicht mehr.

»Ich wollte ihn beschützen.«

Sebastian beugte sich ruckartig vor, als hätte ihn ein Schlag in den Rücken getroffen. »Vor was?«

Gisbert Friedmann ließ sich wieder auf die Ottomane sinken. »Wir wurden damals bedroht. Ich hatte Angst um meine Familie.«

»Vor wem?«, fragte Marga. Damit konnten sie Sebastians Plan mit der fingierten Selbstanzeige und der Falle für Kusnezow und Lehner vergessen.

»Das weiß ich nicht.« Gisbert hob die Achseln. »Ich habe ihn nie gesehen, nur mit ihm telefoniert.«

Hannelore starrte ihn mit offenem Mund an, während ihre Finger nervös mit der Perlenkette um ihren Hals spielten.

Gisberts Blick wanderte wieder zu Boden. »Wir ... die Bank wurde erpresst. Das war im Frühjahr 1995.«

Sebastian räusperte sich. »Herr Friedmann, es ist kein Geheimnis, dass Ihre Bank schon seit einigen Jahrzehnten Waffengeschäfte für die Russen finanziert, womöglich sogar deren Geld wäscht.«

Sebastian hielt inne, wartete offenbar auf eine Reaktion von ihm. Als diese ausblieb, fuhr er fort: »Es gab bereits Ermittlungen. Sie wissen das besser als ich. Diese wurden zwar eingestellt, aber unsere Kollegen haben damals gewiss nicht aus Langeweile das Bankhaus Friedmann & Cie. ins Visier genommen.«

Gisbert Friedmann musterte ihn wenig überrascht. »Ich sollte die Namen meiner Kontakte nennen.« Er seufzte. »Das hätte den Zusammenbruch der Bank bedeutet.«

»Sie haben sich geweigert«, sagte Sebastian.

Gisbert nickte und blickte zu seiner Frau, die jedoch sofort demonstrativ den Kopf abwandte. »Stattdessen haben sie meine Familie bedroht. Die haben gesagt, dass es auch andere Wege gäbe, um an die Informationen zu kommen.«

»Und Sie sind nicht zur Polizei gegangen?«

»Ich konnte damit nicht zur Polizei gehen. Auch das hätte das Ende der Bank bedeutet.« Vergeblich suchte er wieder Hannelores Blick. »Ich habe Kusnezow bezahlt, damit er auf Anselm aufpasst. Er war auch am Abend des Mordes in seiner Nähe. Aber Anselm musste ihn wohl bemerkt haben und hat ihn abgehängt. Kusnezow kam zu spät. Er war schon tot.«

Hannelore zupfte wie wild an den Perlen, die Kette spannte bereits. »Ich habe es immer geahnt. Du bist schuld. Du und deine verfluchte Bank.«

»Bitte, Liebes. Ich habe versucht, uns zu beschützen.«

»Zu beschützen?« Hannelore zog heftiger an der Kette um ihren Hals. Zu heftig. Die Kette riss, die Perlen fielen zu Boden und kullerten umher. Hannelore Friedmann verzog nicht einmal das Gesicht, das Malheur mit der teuren Kette schien sie nicht zu interessieren. »Du lügst. Du hast es nur für die Bank getan«, sagte sie. »Das Leben meines Sohnes. War es diesen hohen Preis wert … deine Bank?« Die letzten beiden Worte hatte sie fast ausgespuckt. Dann sprang sie auf und stürmte ohne ein weiteres Wort aus dem Zimmer.

Marga hörte ihre stampfenden Schritte, wie sie sich hinter dem Durchgang entfernten. Irgendwo schlug eine Tür zu. Dann herrschte im gesamten Haus Stille. Eine Stille, die für Gisbert Friedmann die Hölle bedeuten musste.

»Wissen Sie, wie oft ich mich gefragt habe, ob Anselm noch leben würde, wenn ich damals zur Polizei gegangen wäre?«, fragte Gisbert Friedmann, ohne jemanden dabei anzuschauen. Es war, als ob er mit sich selbst spräche. »Vielleicht wäre dann Hannelores Welt nicht stehen geblieben.«

Marga nickte, sofort kamen die Kopfschmerzen zurück. Sie stöhnte auf.

»Als Kusnezow in dieser Nacht angerufen hat, konnte ich nicht mehr in Hannelores Augen blicken. Ich bin einfach losgefahren, musste mir darüber klar werden, wie ich ihr meine Schuld am Tod unseres Sohnes beibringen konnte. Aber da war nur dieses große schwarze Loch. Bis heute habe ich es nicht geschafft.« Jedes weitere Wort von Gisbert Friedmann entblößte seine Gefühle. Gefühle, die er vermutlich seit zwanzig Jahren verdrängte.

Marga gab Sebastian ein Zeichen, aufzustehen, und hievte sich aus dem Sessel. Zu schnell. Schlagartig kam der Schwindel zurück. Sie hielt sich für einen Moment an der Lehne fest, bis er nachließ.

»Da wären nur noch zwei Kleinigkeiten.« Sebastian war sitzen geblieben.

Friedmann schaute auf. Seine glasigen Augen schienen durch alles und jeden hindurchzusehen.

»Erstens: Warum fehlten Anselms Wagen und seine Geldbörse?«

»Anselms Porsche? Ja natürlich, das war Kusnezows Idee. Es sollte wie ein Raubmord aussehen. Nichts sollte seinen Tod mit der Bank oder der Erpressung in Verbindung bringen. Und später hab ich mich nicht mehr für den Wagen interessiert. Ich glaube, er hat ihn irgendwann verkauft.«

»Zweitens: Was wurde aus dem Erpresser?«

Er zuckte mit den Schultern. »Ich habe nie mehr etwas von ihm gehört.«

Sebastian schien noch nicht zufrieden mit den Antworten. Jedenfalls machte er keine Anstalten, aufzustehen. »Gibt es irgendwelche Beweise für die Erpressung?«

»Sie glauben mir nicht?« Ein Hauch von Empörung mischte sich in seinen niedergeschlagenen Gesichtsausdruck.

»Was ich glaube, spielt keine Rolle.« Sebastian nahm ihn fester in den Blick. »Aber es wäre nur zu Ihrem Vorteil, wenn Sie uns weitere Anhaltspunkte liefern: Zeugen, Mitschnitte von Telefongesprächen, Briefe und so weiter.«

Friedmann schüttelte den Kopf. »Das habe ich doch schon gesagt. Er hat sich immer nur telefonisch gemeldet, im Büro. Und die Gespräche habe ich nie aufgezeichnet.«

»Danke, Herr Friedmann.« Sebastian stand auf. »Bemühen Sie sich nicht, wir finden alleine raus. Sobald es etwas Neues gibt, hören Sie wieder von uns.«

Marga warf einen letzten Blick auf Gisbert Friedmann. Der alte Mann saß mit zusammengesunkenen Schultern auf der Ottomane und sah zu Boden. Dort, wo seine Frau kurz zuvor noch gesessen hatte, lag seine zitternde Hand. Er stand vor den Scherben seines Lebens. Und dennoch fühlte Marga kein Mitleid mit ihm. Sie wandte sich ab.

20

Durch die Seitenscheibe des Campingbusses musterte Sebastian die weiß getünchte Villa der Friedmanns. Im Spiegelbild sah er, wie Marga in ihrer Handtasche kramte. Sicherlich suchte sie wieder nach ihren Glimmstängeln. Sie fand die Packung und fischte sich eine Zigarette heraus.

»Damit haben Sie nicht gerechnet.« Marga deponierte die Tasche auf dem mittleren Sitz.

»Ich war tatsächlich einen Moment verwirrt, was relativ selten passiert.« Sebastian musterte die beiden Marmorsäulen am Treppenaufgang. Die Buchsbäume davor glichen sich wie ein Ei dem anderen.

Marga blickte nun ebenfalls zur Villa. »Für die Friedmanns wird mit dem heutigen Tag nichts mehr so sein, wie es war.«

Der Bentley neben Sebastian strahlte weiß wie Porzellan. Vermutlich war er seit ihrem letzten Besuch nicht bewegt worden. »Das ist schon vor zwanzig Jahren der Fall gewesen. Und Friedmann hat dabei viel Schuld auf sich geladen.«

»Da werden Sie noch so einige kennenlernen von diesen skrupellosen Typen, diesen sogenannten Verbrechern mit weißem Kragen. Sie sind alle gleich. Bieder, eiskalt berechnend und gehen über Leichen. Daran wird sich nie etwas ändern.«

Sebastian wandte ihr den Kopf zu. »›Man kann den Menschen nicht durch ein Gesetz vorschreiben, gut zu sein.‹«

»Schiller?« Marga zündete sich die Zigarette an.

»Oscar Wilde.« Kritisch beäugte er sie, wie sie daran zog. »Andere Menschen haben auch kluge Dinge gesagt.«

»Wegen mir.« Marga nahm einen weiteren Zug von der Zigarette. »Uns gehen allmählich die Verdächtigen aus. Es bleiben nur noch Lehner und Degenhardt.«

»Da liegen Sie falsch.« Sebastian kurbelte die Scheibe hinunter. Sofort zog der Rauch in seine Richtung. »Es gibt jetzt einen weiteren Verdächtigen.«

»Und wen?«

»Friedmanns Erpresser.«

Marga hob die Augenbrauen und startete den Motor. »Falls es den überhaupt gibt.«

Mit der Zigarette im Mund ließ sie den Campingbus die Auffahrt hinunterrollen, vorbei am Transporter einer Gärtnerei aus Vaihingen. Zwei Männer in grünen Overalls schnitten mit armlangen Baumscheren die Büsche am Wegrand zurück.

Sie bremste etwas ab und steuerte den Wagen durch das nur halb offene Eingangstor. »Immerhin können wir jetzt die Aussage dieser Puffmutter einordnen. Auch wenn uns das nicht mehr weiterbringt.«

Daran hatte Sebastian nicht mehr gedacht. Damit war ein wichtiger Teil der Tatnacht rekonstruiert. »Sie haben recht. Es war aller Wahrscheinlichkeit nach Kusnezow, den die Zeugin Filipowitsch in ihrem Etablissement gesehen hat. Und er war in dieser Nacht nicht unterwegs, um Anselm zu töten, sondern um ihn zu beschützen.«

Marga pustete sich ein Haar aus der Stirn. »Sie denken noch immer über die Erpressung nach, richtig?«

Sebastian nickte. Auf den ersten Blick passte alles zusammen. Er sah keinen Grund, warum er Friedmann die Geschichte nicht abnehmen sollte. Aber hatten sie überhaupt eine Chance, den Erpresser nach über zwanzig Jahren zu identifizieren oder gar zu überführen, wenn keinerlei Aufzeichnungen existierten?

Sie erreichten die vierspurige Bundesstraße, die in die Stuttgarter Innenstadt führte. Marga beschleunigte und steuerte den Campingbus auf die linke Spur, um einen Tanklastwagen zu überholen. »Pack den Tiger in den Tank«, verkündeten riesige rote Lettern auf ehemals weißem Grund. Nicht nur die mächtige pechschwarze Abgasfahne, auch die Rostflecken auf Karosserie und Felgen verrieten, dass der Lastwagen seine besten Jahre längst hinter sich hatte.

»Ich weiß nicht, ob ich ihm glauben soll.« Marga drückte die Zigarette im Aschenbecher aus. Irgendwie hatte sie es geschafft, ihn wieder herauszuziehen. Doch geleert war er immer noch nicht. »Unserem Bankdirektor Friedmann traue ich jede verdammte Lüge zu. Auch dass er von einem Unbekannten erpresst wurde.«

Sebastian kurbelte die Seitenscheibe hoch. »Nehmen wir für einen Moment an, er sagt tatsächlich die Wahrheit. Dann scheint eines völlig klar zu sein: Wenn kein Geld, sondern Informationen erpresst werden sollten, scheiden gewöhnliche Kriminelle aus.«

Marga nickte. »Aber wer interessiert sich so sehr für die Kundenliste einer Privatbank, dass er dafür einen Mord in Kauf nimmt? Andere Kunden oder die Konkurrenz bestimmt nicht. Und für Online- oder Computerkriminalität war es damals noch etwas zu früh.«

Sebastian rieb sich das Kinn. »Nicht nur Kunden. Friedmann sagte etwas von Kontakten. Und wenn ich das im Zusammenhang mit Geldwäsche und Waffengeschäften betrachte, fallen mir eigentlich nur Geheimdienste ein.« Ein Umstand, der die Aufklärung zusätzlich erschweren würde.

»Die Geheimdienste?« Marga schaute ihn an, als ob sie ihn zum ersten Mal sähe. »Ist das jetzt nicht ein bisschen weit hergeholt?«

Sebastian zuckte mit den Schultern. »Ich möchte es nicht ausschließen. Und das ist nur eine der Merkwürdigkeiten in diesem Fall. Mich beschäftigt auch die Frage, warum die Erpressung mit dem Tod von Anselm Friedmann plötzlich aufgehört hat.«

»Weil es danach nichts mehr gab, mit dem Friedmann erpresst werden konnte.«

»Fehlende Drohkulisse?« Sebastian schüttelte schnell den Kopf. »Das kann ich mir nicht vorstellen. Aufgeben ist für die bestimmt keine Option.«

»Ich weiß es nicht, Herr Franck.« Marga schaltete in den nächsthöheren Gang und lehnte sich zurück. »Vielleicht lebt der Erpresser einfach nicht mehr. Oder er ist abgetaucht. Manche Täter tun so was.«

»Oder die haben sich ihre Informationen anderweitig besorgt. Friedmann hat vorhin ausgesagt, der Erpresser hätte gedroht, auch andere Wege zu gehen, um an die Informationen zu kommen. Vielleicht haben sie ja tatsächlich einen anderen Weg gefunden.«

»Ihre Geheimdienst-Theorie ist verdammt vage. Kümmern wir uns lieber um die zwei übrig gebliebenen Verdächtigen.«

»Sie meinen Lehner und Degenhardt.«

Marga nickte. »Eberhardt Lehner hatte das gleiche Motiv wie

Kusnezow. Er musste seine Verstrickungen in die Kunstdiebstähle vertuschen.«

»Dann laden wir ihn vor.«

»Warum nicht? Die zwei verschollenen Gemälde in seinem Haus reichen allemal für eine Vorladung. Diesen Choleriker sollten wir nicht so einfach davonkommen lassen.«

»Cem und Franziska können parallel versuchen, so viel wie möglich über ihn herauszubekommen. Interessant wäre vor allem die Zeit, nachdem er seinen Dienst bei der NVA quittiert hat. Wir haben bisher nichts über eine andere Tätigkeit. Aber mit irgendetwas muss er sich ja beschäftigt haben.«

»Gemälde anglotzen?« Marga schmunzelte und schob sich eine Haarsträhne hinters Ohr. Dabei kam ein blau schimmernder Fleck an ihrer rechten Schläfe zum Vorschein. Wohl ein Überbleibsel vom Samstagabend.

»Zwanzig Jahre lang?«

»Warum nicht? Vielleicht sitzt er ja wirklich jeden Tag in seiner Scheißvilla in der Radeberger Straße 14 und schmachtet diese kitschigen Ölschinken an.«

»Erstens handelt es sich nicht um kitschige Ölschinken, sondern um zwei ziemlich wertvolle Liebermanns, und zweitens ist es die Zwölf.«

»Die Zwölf?« Marga zog die Augenbrauen zusammen. Eine tiefe Falte entstand auf ihrer Stirn.

»Zwölf, ja. Radeberger Straße 12.«

»Sicher? Ich dachte, es ist die Vierzehn.«

»Sicher bin ich sicher. Ich kann mir Zahlen gut einprägen. Soll ich Ihnen die PIN zu Ihrem Handy nennen?« Diesmal konnte sich Sebastian ein Grinsen nicht verkneifen.

Marga verzog das Gesicht zu einer Grimasse, die nur wenig mit einem Lächeln gemein hatte. »Manchmal können Sie ja ein richtiger Komiker sein. Wenn Sie so weitermachen, sollten Sie damit auftreten.«

Schnell wurde Sebastian wieder ernst. »Und was machen wir mit Degenhardt?«

»Falls es sich tatsächlich um eine Beziehungstat handelt, bleibt er für mich die erste Adresse.« Es kam ihm beinahe so vor, als ob

Marga sich bereits für Degenhardt als Schuldigen entschieden hätte.

»Beziehungstat …«, murmelte Sebastian vor sich hin. Nur schwer konnte er sich Eifersucht oder enttäuschte Liebe als Motiv für den Mord an Anselm Friedmann vorstellen. Allerdings gab es noch einen weiteren Grund, mit Degenhardt zu sprechen: Seine Zeit beim Verfassungsschutz rückte ihn zumindest in die Nähe der Geheimdienste. »Wir könnten ihn ebenfalls vorladen. Was meinen Sie?«

»Ich meine, dass wir ihm dann schleunigst etwas nachweisen sollten. Sonst kriegen wir eine auf den Deckel. Und das könnte nicht unbedingt förderlich für Ihre Karriere sein.« Margas Worte waren schwer einzuordnen. Einerseits klang sie, als ob sie ihn vor etwas warnen wollte, andererseits hörte sie sich an wie ein Telefonverkäufer. Aber vielleicht war sie sich nur selbst nicht sicher, ob sie diesen Schritt wagen sollten.

Sie wandte ihm den Kopf zu, ihr Blick wurde ernst. »Wollen Sie das wirklich?«

»Ich insistiere.« Nur so würde er seine Theorie mit der Erpressung durch Geheimdienste weiterverfolgen können. Vielleicht war Degenhardt Teil der Lösung.

»Sie tun was?« Marga runzelte die Stirn.

»Insistieren … darauf bestehen. Ich hab da so eine Idee, was uns erwarten könnte.«

»Ich weiß auch ohne Idee, was uns erwartet. Schon wenn wir ihn vorladen. Das dürfen gerne Sie übernehmen.«

Es war ein düsterer Nachmittag. Am Stuttgarter Himmel zog ein Gewitter auf, das die Fensterscheiben in Sebastians Büro erzittern ließ. Gleich nach seiner Rückkehr hatte er Cem und Franziska angewiesen, weitere Nachforschungen zu Eberhardt Lehner anzustellen. Natürlich würde es nicht allzu schwer werden, ihn wegen Kunstdiebstahl und Vereinigungskriminalität anzuklagen. Doch das interessierte Sebastian nicht. Nur die Aufklärung des Mordes zählte. Aber außer einem eher vagen Motiv gab es im Grunde keine wirkliche Spur, die Eberhardt Lehner mit Anselm Friedmanns Tod in Verbindung brachte.

Was sie brauchten, war der Beweis, dass er sich zur Tatzeit in Stuttgart aufgehalten hatte.

Bevor Sebastian versuchen wollte, Degenhardt telefonisch vorzuladen, ließ er noch einmal die Befragung bei Friedmanns Revue passieren. Gestaltete sich der Kontakt mit Angehörigen von Opfern immer so unberechenbar? Eigentlich war er davon ausgegangen, dass ihnen jede erdenkliche Mithilfe bei der Aufklärung des Falles gewährt wurde. So hatte er es zumindest in Erinnerung, als die Polizei ihn und seinen Vater nach Daniels Tod beinahe täglich aufgesucht hatte. Gisbert Friedmann hingegen war nur unter erheblichem Druck bereit gewesen, sie ein weiteres Mal zu empfangen. Hatte er womöglich mehr zu verbergen, die Erpressung nur erfunden, wie Marga argwöhnte?

Es schien auch nach über zwanzig Jahren nur schwer möglich zu sein, mit Hannelore Friedmann über ihren Sohn zu sprechen. Der Schmerz musste noch immer tief sitzen. Fraglos gab sie ihrem Mann zumindest die Mitschuld an seinem Tod. Das hatte sie vorhin nicht nur so dahergesagt, sondern es war im Lauf der Jahre in ihr herangereift. Allmählich drängte sich Sebastian der Eindruck auf, dass die Ehe der Friedmanns seit dem Tod ihres Sohnes nur noch auf dem Papier bestand, nur existierte, weil es dem Ansehen der Familie und der Bank schadete, sich scheiden zu lassen.

Sebastian kam hinter dem Schreibtisch hervor, trat vor die Tafel und verschränkte die Hände hinter seinem Rücken. Auf Augenhöhe hingen die Fotos von Friedmann, Stenzel, Degenhardt, Kusnezow und Lehner. Ihre Gesichter blickten ihn an, und er hatte das Gefühl, sie schon lange zu kennen. So verschieden ihre Lebensgeschichte auch war, eines hatten sie alle gemeinsam: eine Verbindung zum Mordopfer. Trotzdem war der Ermittlungserfolg bisher ausgeblieben. Sobald sie einen Verdächtigen ermittelt hatten, löste sich der Verdacht gegen ihn schneller in Luft auf, als er aufgekommen war.

Er musterte das Gesicht von Lars Stenzel, dem ehemaligen Kleinkriminellen und Stricher, der zwar mit Anselm Friedmann in der Mordnacht Sex gehabt hatte, aber zugleich mit Paul Degenhardt, seinem jetzigen Lebenspartner, ein Verhältnis unterhielt. Falls er bei seiner Vernehmung keine oscarreife Leistung abgeliefert hatte, fiel er als Täter definitiv aus. Etwas weiter rechts davon hingen die Fotos von Michail Kusnezow und Eberhardt Lehner. Zwei Komplizen, die sich bei Kunstplündereien in der ehemaligen DDR zwar eine goldene Nase verdient hatten, aber zumindest im Fall von Kusnezow nichts mit dem Mord zu tun hatten. Schon alleine sein Alibi durch Gisbert Friedmann sprach dagegen. Sebastian nahm den dicken schwarzen Filzstift zur Hand, der normalerweise für die Beschriftung der Tafel vorgesehen war, und kreuzte die Fotos von Stenzel und Kusnezow durch. Sein Blick blieb an Degenhardts kahl rasiertem Schädel hängen. Die dürre Erscheinung mit tiefen Dellen in den Wangen und dem ausgeprägten Adamsapfel sollte nicht darüber hinwegtäuschen, dass ein Staatssekretär im Innenministerium schon ein ziemlich dicker Fisch war. Erst jetzt wurde Sebastian so richtig bewusst, auf was sie sich mit ihm eingelassen hatten.

Es half nichts. Er musste ihn vorladen, wenn sie im Friedmann-Fall weiterkommen wollten. Er setzte sich hinter seinen Schreibtisch und griff nach dem Zettel mit der Berliner Telefonnummer, den ihm Marga zuvor mit den Worten »Direkte Durchwahl zur Hölle« gegeben hatte. Er tippte sie ein, der Rufton erklang.

Draußen donnerte es. Ein Blitz ließ die weißen Flächen der Tafel grell aufleuchten.

»Vorzimmer Staatssekretär im Innenministerium Paul Degenhardt. Sie sprechen mit Magarete Abel-Hansen. Was kann ich für Sie tun?« Sie hörte sich nicht an, als ob sie etwas für ihre Anrufer tun wollte.

»Guten Tag, Frau Abel-Hansen. Landeskriminalamt Stuttgart, Kriminaloberkommissar Franck.« Sebastian drehte sich auf seinem Stuhl zum Fenster. Schwere graue Wolken zogen über den Himmel. Es war nur noch eine Frage der Zeit, wann es zu regnen begann. »Ich würde gerne mit dem Herrn Staatssekretär persönlich sprechen.«

Abel-Hansen sog scharf die Luft ein. »Ich fürchte, das ist nicht möglich. Sie sind hier im Bundesinnenministerium.« Sie redete in einem Ton, als ob sie mit jemandem spräche, der nur schlecht Deutsch verstand.

»Es geht um eine amtliche Vorladung zur Zeugenbefragung am kommenden Montag bei uns in Stuttgart. LKA Dienststelle Bernhardstraße 22. Neun Uhr.«

»Das tut nichts zur Sache, Herr Franck. Der Herr Staatssekretär hat Termine.«

»Die habe ich auch«, sagte Sebastian und bemühte sich, nicht allzu schnippisch zu klingen.

»Wie stellen Sie sich das vor? Ich kann doch nicht Hinz und Kunz zum Herrn Staatssekretär durchstellen.«

»Ich heiße weder Hinz noch Kunz, Frau Abel-Hansen. Mein Name ist Franck, Franck mit ck.«

»Ja. Das sagten Sie bereits.« Sie schien kurz davor, das Gespräch zu beenden.

»Dann richten Sie ihm doch bitte Folgendes aus: Falls ihm diese mündliche Vorladung nicht ausreicht, kann ich ihm eine schriftliche zustellen lassen. Ich gehe allerdings davon aus, dass in diesem Fall weitere Personen Kenntnis darüber erlangen. Ich denke nicht, dass das im Interesse des Herrn Staatssekretär liegt.«

Abel-Hansen seufzte. »Gut. Geben Sie mir bitte nochmals die Daten. Ich werde Ihr Anliegen an den Herrn Staatssekretär weiterleiten.«

Sebastian wiederholte die Angaben, verabschiedete sich und legte auf. Mehr war nicht zu erwarten gewesen.

Er blieb sitzen, starrte zum Fenster hinaus und verfolgte einzelne Wolkenfetzen, wie sie über den Himmel jagten und dabei bizarre Figuren bildeten. Die Baumwipfel bogen sich im Wind, der weiter zulegte.

Marga hatte natürlich recht gehabt damit, dass sie Degenhardt schleunigst etwas nachweisen sollten. Doch das war leichter gesagt als getan. Zumal sich Sebastian noch immer nicht mit dem Gedanken anfreunden konnte, dass es sich um eine Beziehungstat handelte. Welches Motiv sollte Degenhardt denn haben, wenn Stenzel nicht ihn, sondern Friedmann verlassen wollte? Rache, Eifersucht, enttäuschte Liebe, hatte Marga gesagt. Doch nichts davon ergab einen Sinn.

Die ersten Regentropfen klatschten wie dicke Käfer auf die Fensterscheibe. Sie wurden schnell mehr, vereinigten sich mit anderen und rannen in kleinen Rinnsalen herunter. Als sich ein halb transparenter Wasserfilm auf dem Glas gebildet hatte, fiel ihm das Fliegengitter ein, das er anbringen wollte. Es fehlte noch immer.

Was blieb, war die Verwicklung irgendeines Geheimdienstes in Anselms Tod. Die Theorie schien mehr als gewagt, und Beweise waren schlicht keine vorhanden.

»Hallo, Chef«, rief da jemand hinter ihm. Er hatte niemanden hereinkommen gehört.

Sebastian drehte sich im Bürostuhl zum Schreibtisch. Vor ihm stand Franziska. Ein Lächeln huschte über ihr bleiches Gesicht. Er fragte sich, wie sie es täglich schaffte, die dunkle Schminke exakt gleich zu verteilen. »Stehen Sie schon lange da?«

Sie schüttelte schnell den Kopf, als wollte sie seine Frage weit von sich weisen. »Ich wollte Sie nur nicht stören.«

»Gibt es etwas Neues zu unserem NVA-Oberstleutnant?« Das Rauschen des Wassers übertönte das anhaltend tiefe Grummeln des Donners. Inzwischen war es im Büro derart dunkel geworden, dass er mit dem Gedanken spielte, das Licht anzuschalten.

Franziska nickte. Die roten Buchstaben auf ihrem schwarzen Oberteil wirkten wie Blutspritzer. »Ich hab noch mal beim Einwohnermeldeamt in Dresden angerufen. Lehner hat vor Kurzem einen neuen Reisepass beantragt, weil ihm der alte letztes Jahr in Vietnam gestohlen worden war.«

»Vor Kurzem?« Warum sollte das relevant sein? »Franzi, wir interessieren uns eigentlich dafür, was er in den neunziger Jahren mit seiner Zeit angefangen hat.«

Ein wissendes Lächeln trat auf ihre Lippen. »Das weiß ich doch, Chef. Aber Lehner hat bereits mehrere Pässe beantragt. Die sind nämlich nur zehn Jahre gültig. Sein erster Reisepass stammt aus dem Jahr 1991.«

»Verstehe«, sagte Sebastian, obwohl er noch keine Ahnung hatte, worauf sie hinauswollte.

»Ich hab mir die Nummern aller Reisepässe geben lassen und die vietnamesische Botschaft angerufen. Lehner ist seit 1991 jedes Jahr für vier Wochen nach Vietnam geflogen. Und zwar immer im September.«

»Vietnam im September?« Sebastian stand auf und trat vor die Tafel. »Sagen Sie jetzt bitte nicht, dass er auch im September 1995 dort war.«

Ein Blitz ließ Franziskas Gesicht für einen Augenblick grell aufleuchten. Sie nickte.

»Dann war er während des Mordes an Friedmann überhaupt nicht im Land. Außer …« Er sah zu Franziska. »… außer er wäre früher wieder ausgereist.«

Sie ließ den Kopf hängen. »Das waren stets sogenannte Einmalvisa. Die gelten nach einer einmaligen Einreise dreißig Tage lang. Sobald man ausreist, wird das Visum ungültig. Und ich hab hier die Angaben für 1995: Lehner ist am 2. September in Vietnam eingereist und erst am 28. September wieder ausgereist.«

»Das war nach Friedmanns Tod.« Sebastian griff nach dem dicken schwarzen Filzstift und kreuzte das Konterfei von Eberhardt Lehner durch. Wenn Gisbert Friedmann nicht der Mörder seines Sohnes war – und davon wollte er einfach ausgehen –, blieb damit nur noch Paul Degenhardt übrig.

21

Wie die meisten neueren öffentlichen Gebäude der Stadt war das Stuttgarter Polizeirevier Eins von außen betrachtet schlicht und zweckmäßig. Manche würden auch sagen: hässlich. Kantige Formen, graubrauner Beton und dunkle Glasflächen. Auch im Inneren gab es außer einer Sitzgruppe in buntem Cord und einigen Pflanzenkübeln wenig Gemütliches. So auch im Büro von POM Alexander Tilburg, einem etwas dicklichen Mittdreißiger mit Dreitagebart und viel zu großen Koteletten. Marga saß ihm mit Lukas an einem unaufgeräumten Schreibtisch gegenüber und wartete, bis er seine Unterlagen zurechtgerückt hatte und der Computer die richtige Eingabemaske anzeigte.

Noch gestern Nachmittag, als sie von Friedmanns Befragung aus Botnang zurückgekommen war, hätte sie den heutigen Termin im Polizeirevier am liebsten abgesagt. Kopfschmerzen und Schwindel waren heftiger geworden. Sie hatte sogar mit dem Gedanken gespielt, ihren Hausarzt aufzusuchen, wäre bereit gewesen, sich seine Gardinenpredigt anzuhören, weil sie noch immer rauchte. Denn inzwischen musste es das dritte oder vierte Mal sein, dass sie ihm versprochen hatte aufzuhören. Erst nachdem sie sich einige Stunden zu Hause hingelegt hatte, war es besser geworden.

Siedend heiß fiel Marga ein, dass sie vergessen hatte, Sebastian Bescheid zu geben. Obwohl sie sich fest vorgenommen hatte, ihn darüber zu informieren, wenn sie nicht ins Büro kommen konnte. Mit Sicherheit würde er ihr nachher wieder vorrechnen, wie viele Stunden sie schon gefehlt hatte.

Aber dieser Termin hier ging vor. Margas Plan lautete, die Ermittlungen gegen Clirim Kodraj möglichst in die Länge zu ziehen. Erst würde Lukas aussagen, dann Tage später sie. So verging schon mal einige Zeit, in der die Voraussetzungen für Kodrajs Haftentlassung auf Kaution nicht gegeben waren. Lukas hatte sich wider Erwarten sofort dazu bereit erklärt. Aber auch für die minderjährigen Söhne von Kriminalpolizistinnen galt: nicht ohne Erziehungsberechtigten.

Viel Eindruck machte ihre Anwesenheit auf Tilburg offenbar nicht. Alles an ihm wirkte zögernd, fast gemächlich, beinahe wie die uniformierte Variante von Cem. Marga verstand nicht, wie jemand eine derartige Langsamkeit überhaupt ertragen konnte. Sie vermutlich nicht mehr lange.

Tilburg kramte in einer Schublade und zog ein Diktiergerät hervor. »Sind Sie damit einverstanden, dass ich die Aussage Ihres Sohnes hiermit aufnehme.«

Marga nickte geduldig. Wenigstens konnte es jetzt gleich losgehen.

Tilburg zupfte mit der freien Hand am Krawattenknoten und zog seine Uniformjacke glatt. Vielleicht ging er davon aus, dass die Aufzeichnung der Aussage auch eine korrekt sitzende Kleidung erforderte. Dann räusperte er sich und schaute auf. »Zuerst brauchen wir die Namen.«

»Gut, dass Sie es sagen.« Marga versuchte sich an einem Lächeln. »Ich dachte schon, das hätte noch Zeit.«

Offenbar hatte Tilburg die Ironie überhört. Er schaltete das Diktiergerät ein und nannte mit hölzerner Stimme das Datum sowie die Namen der Anwesenden. Es dauerte beinahe so lange wie die Staumeldungen am Freitagnachmittag im Verkehrsfunk.

»Welche Straftat willst du zur Anzeige bringen? Ich darf doch Du sagen?« In Zeitlupe schob ihm Tilburg das Gerät unter die Nase.

Lukas schien überrascht, dass er tatsächlich etwas sagen sollte. »Klar.« Er setzte sich auf, behielt jedoch die Arme vor der Brust verschränkt. »Clirim Kodraj hat mir ...«

Marga beugte sich nach vorne. »Betrug zum Nachteil von Lukas Kronthaler.«

Tilburg blickte das Diktiergerät in seiner Hand an, schaute dann zum Computerbildschirm und schließlich zu ihr. Am Klicken registrierte Marga, dass er das Gerät ausgeschaltet hatte. »Sie wissen nicht zufällig die Deliktnummer für das Programm? Dann muss ich nicht suchen.«

»Die weiß ich nicht. Aber das können Sie auch nachher ausfüllen. Sie haben ja die Aufnahme.« Marga deutete mit dem Kinn auf das Diktiergerät in seiner Hand.

Mit einem Nicken zeigte Tilburg, dass er mit der Vorgehensweise einverstanden war. Nicht auszudenken, wie lange sie hier noch sitzen müssten, wenn er im Ein-Finger-Such-System Lukas' Aussage eingäbe.

Marga warf Lukas einen Blick zu. Er sah gelangweilt drein. Offenbar bereute er schon jetzt, neben seiner Mutter in einem Polizeirevier zu sitzen. Wenigstens gab er sich nicht so ultralässig, wie sie befürchtet hatte. Auch das T-Shirt war sauber, und wider Erwarten hatte sie ihn überreden können, die Jeans bis zum Bund hochzuziehen und die Baseballkappe im Auto zu lassen.

»In welcher Form hat dich Clirim Kodraj betrogen?« Tilburg hielt ihm erneut das Diktiergerät hin.

Lukas schaute zu Marga, dann wieder zu Tilburg. »Er hat uns gestohlene Handys untergejubelt.«

»Jetzt hab ich vergessen, das Diktafon einzuschalten.« Tilburg musterte das Gerät in seiner Hand, als ob es sich um den Tricorder aus dem Raumschiff Enterprise handelte. »Kannst du das wiederholen?«

Lukas wartete, bis Tilburg das Diktiergerät eingeschaltet hatte. »Er hat uns gestohlene Handys untergejubelt.«

Es fehlte nicht mehr viel, dann würde Marga der Kragen platzen. Sie hatte nicht den ganzen Tag Zeit für die Aufnahme einer läppischen Aussage. Für gewöhnlich dauerte das nicht länger als eine Viertelstunde.

Klick. Erneut hatte er das Diktiergerät ausgeschaltet.

Jetzt reichte es ihr. »Geben Sie das Ding mal her.« Sie hielt Tilburg die Hand hin.

Der sah für einen Moment auf das Gerät, gab es dann aber ohne ein weiteres Wort an Marga weiter.

Lukas machte ein Gesicht, als würde er sich für seine Mutter schämen, sagte jedoch nichts.

»Also, Lukas«, begann Marga, nachdem sie das Diktiergerät eingeschaltet hatte. »Seit wann kennst du Clirim Kodraj.«

Lukas setzte sich ganz auf, die Unterarme auf den Tisch gestützt. »Dennis und ich haben ihn und Marco letztes Jahr vor den Sommerferien kennengelernt.«

»Marco wer?«

»Marco Haberstroh aus Vaihingen. Die zwei hängen immer zusammen ab.«

Mit einem Seitenblick sah Marga, dass Tilburg mit dem Zeigefinger der rechten Hand etwas in seinen Computer tippte. »Und wo oder bei was habt ihr die beiden kennengelernt?«

Lukas rieb sich ein paarmal über das Kinn. »Bei uns auf dem Schulhof. Die haben dort alles Mögliche verkauft. Handys, MP3-Player und so was eben. Viele waren ganz scharf auf das Zeugs, weil es so ultrabillig war.«

»Hast du oder Dennis damals schon irgendwas bei ihnen gekauft?«, fragte Marga.

Lukas hob abwehrend die Hände. »Nein, nie. Das kannst du Dennis fragen.«

Darauf würde Marga gerne verzichten. Bei Dennis war sie sich nicht sicher, wie genau er es mit der Wahrheit nahm. »Von wem hast du die Telefone, die du in den letzten Wochen bei deinen Pizza-Kunden verkaufen solltest?«

»Die haben wir alle von Clirim.«

»Weißt du, woher Clirim Kodraj die Telefone hatte?« Marga rollte mit den Augen hin und her, hoffte, dass Lukas das Richtige sagte.

Lukas schüttelte den Kopf. »Er hat nur gesagt, dass es sich um kleine Transportschäden handelt. Und deswegen könnte er sie uns für die Hälfte des Ladenpreises verkaufen. Das wäre eine echte Win-win-Situation.«

»Wie habt ihr die Geräte bezahlt?«

Lukas musste offenbar nicht lange nachdenken, seine Antwort kam prompt. »Er hat uns immer für vier Wochen Kredit gegeben. Erst dann wollte er das Geld von uns.«

»Hat das immer geklappt?«

»Was geklappt?«, fragte Lukas und sah zu Tilburg, wohl um ihrem Blick auszuweichen.

»Hattet ihr immer genügend Geld, um die Geräte nach diesen vier Wochen bezahlen zu können?«, wiederholte Marga die Frage, obwohl sie genau wusste, dass er schon beim ersten Mal verstanden hatte.

Lukas stieß einen Laut der Enttäuschung aus. »Anfangs schon.

Aber dann lief es nicht mehr so rund mit dem Verkaufen.« Er zuckte mit den Schultern. »Ich hab oft die gleichen Kunden. Und wer kauft schon drei oder vier iPhones? Auch wenn sie noch so billig sind.«

Das hätte Marga ihm schon früher sagen können. Aber er hatte nie gefragt. Oder sie hatte sich zu wenig gekümmert, was er so mit Dennis trieb. »Was geschah dann? Kodraj wollte doch sicher sein Geld.«

»Was wohl?« Lukas verzog das Gesicht zu einer abfälligen Grimasse. »Er hat mich verfolgt, ist mir mit seinem Scheißmercedes nachgefahren, wenn ich Pizza ausgeliefert hab. Einmal hat er mich sogar mit der Stoßstange angerempelt. Ich hätte mich fast samt Roller gelegt.«

Marga schluckte. Sie hätte nicht sagen können, ob sie froh darüber sein sollte, dass sie erst jetzt davon erfuhr. Am liebsten hätte sie Lukas für seine Beichte geohrfeigt. Sie schaltete das Diktiergerät aus und wandte sich an Tilburg: »Wir erweitern die Anzeige auf versuchte Körperverletzung und Gefährdung im Straßenverkehr.«

Mit einem Mal kam so etwas wie Hektik bei Tilburg auf, was bei ihm bedeutete, dass er beide Hände für die Tastatur benötigte. »Die Deliktnummern kenne ich auswendig.« Er hämmerte auf der Computertastatur herum, als ob er einen Fortsetzungsroman tippen würde.

Bisher dachte Marga, dass Deliktnummern lediglich dreistellig waren. Egal. Sie schaltete das Gerät wieder ein. »Kodraj hat euch also bedroht? Auch anderweitig?«

Lukas nickte. »Mit seinem Baseballschläger. Damit haben er und Marco immer rumgemacht, wenn es ums Bezahlen ging.«

Sofort spürte Marga wieder den Schmerz an ihrer Schläfe. Den Baseballschläger kannte sie nur zu gut. »Das erfüllt den Tatbestand der Nötigung und Erpressung«, sagte sie an Tilburg gewandt und dann zu Lukas: »War das der Grund, dass Kodraj und Haberstroh am Samstag bei uns vorm Haus standen?«

Lukas' Blick wanderte zur Tischplatte.

»War das der Grund?«, wiederholte sie lauter.

»Ich denke schon.« Lukas schaute auf. Ihre Augen trafen sich, und Marga spürte, dass es ihm unendlich leidtat, was am Samstag geschehen war. Und es war dieser Blick, der ihr als Entschuldigung reichte.

Marga schaltete das Gerät ab und legte es vor Tilburg auf den Tisch. »Wir sind durch. Sie können es abtippen und an die Staatsanwaltschaft weiterleiten. Danke.«

Als Marga später an diesem Vormittag in Sebastians Büro trat, stand er vor der Tafel und hatte wie immer die Hände hinter dem Rücken verschränkt.

»Tut mir leid, Herr Franck«, rief sie ihm entgegen. »Ich hab ganz vergessen, Sie zu informieren. Aber ich musste heute Morgen mit Lukas eine Aussage zu Kodraj machen.« Sie trat neben ihn und stemmte die Fäuste in die Hüften. »Was hab ich verpasst?«

»Nicht allzu viel. Außer dass uns ein weiterer Verdächtiger abhandengekommen ist.« Sebastian deutete auf das durchgeixte Bild von Eberhardt Lehner. »Er war zur Tatzeit in Vietnam.«

»Sicher?«

Sebastian nickte. »Sicher. Sofern nicht jemand mit seinem Pass eingereist ist.«

»Verdammt. Dann bleibt nur noch dieser Stinkstiefel aus dem Innenministerium.« Sie musterte Degenhardts Foto. Nach dem Telefonat letzte Woche und seinem Erpressungsversuch wurde ihr schon beim Anblick übel. Sie wandte sich ab.

Plötzlich stand jemand im Raum: ein Mann im schwarzen Anzug, ohne Krawatte, mit blonden, militärisch kurzen Haaren, bestimmt einen Meter neunzig groß und breit wie ein Kleiderschrank. Niemand hatte angeklopft, niemand hatte ihn gebeten einzutreten.

»Guten Tag«, sagte er und schaute zuerst zu Marga, dann zu Sebastian. »Frau Kronthaler, Herr Franck, wie ich annehme.« Seine Aussprache klang norddeutsch.

Marga und Sebastian sahen sich an, dann wieder ihn und nickten beinahe simultan.

»Entschuldigen Sie, dass ich einfach so reinplatze. Mein Name ist Erichsen. Hier mein Ausweis.« Er zog ein schmales Etui hervor und klappte es auf. Zum Vorschein kam ein Ausweis, den Marga noch nie gesehen hatte.

Auch Sebastian schien überrascht, kniff die Augen zusammen und schielte auf den Ausweis.

»Wie Sie sehen, ist mein Amt bei der Bundeswehr für Sicherheitsfragen zuständig.« Er klappte den Ausweis zusammen und steckte ihn wieder weg. »Wir kümmern uns im Moment um … den Schlamassel, den Sie da gerade anrichten.«

»Schlamassel?« Marga glaubte, sich verhört zu haben, und wusste nicht, ob sie sich darüber ärgern oder es mit Humor nehmen sollte.

Erichsen hob die Augenbrauen. »Zwingen Sie mich bitte nicht, ein anderes Wort dafür zu verwenden. Ich denke nicht, dass es Ihnen gefallen wird.«

Was erlaubte sich dieser Typ eigentlich? Kam ungefragt in ihr Dezernat und spielte den großen Zampano. »Was wollen Sie eigentlich von uns?«

»Es geht um Ihre aktuellen Ermittlungen.«

Erichsens plötzliches Auftreten wurde immer mysteriöser. »Woher wissen Sie davon?«

»Nun, wie schon gesagt, wir sind bei der Bundeswehr für Sicherheitsfragen zuständig.«

Marga stemmte die Fäuste in ihre Hüften und streckte den Rücken durch. Trotzdem reichte sie Erichsen höchstens bis zum Kinn. »Mir fehlt ehrlich gesagt die Phantasie, was unsere Ermittlungen mit der Sicherheit der Bundeswehr zu tun haben könnten.«

»Können wir uns für einen Moment hinsetzen?« Erichsen deutete auf Sebastians neue Couch. »Ein schönes Stück haben Sie da. Hatte meine Mutter früher auch.«

»Bitte nehmen Sie doch Platz«, sagte Sebastian, zeigte jedoch zur Sitzgruppe.

Erichsen setzte sich auf einen der Besucherstühle. Es knarrte. »Es geht um den Mord an diesem jungen Mann. Anselm Friedmann«, begann er und wartete, bis Marga und Sebastian ebenfalls saßen. »Sie interessieren sich dafür, inwieweit Staatssekretär Paul Degenhardt darin involviert sein könnte.«

»Involviert?«, wiederholte Marga. Erichsen hatte schon eine

merkwürdige Ausdrucksweise. »Wir sind hier etwas altmodisch. Bei uns nennt man das schlicht verdächtig.«

Erichsen nickte, als würde er nur deshalb zustimmen, damit sie zufrieden war. »Ganz im Vertrauen … meine Vorgesetzten sind davon nicht begeistert.«

»Warum?« Marga schob sich eine Strähne hinter das Ohr und berührte mit den Fingern die Schläfe. Noch immer schmerzte die Stelle etwas.

Erichsen ignorierte ihre Frage. »Ich hatte in den letzten Tagen häufig Kontakt mit einem langjährigen Beamten des Verteidigungsministeriums, Herrn Berthold Haase. Mit zwei a natürlich. Er hat damals die Angelegenheit betreut.«

»Welche Angelegenheit?«

»Die Angelegenheit Friedmann & Cie.«

»Geht das etwas genauer?« Es war, als ob Marga ihm jedes Wort aus der Nase ziehen müsste.

»Später vielleicht. Aber ich trage ein interessantes Dokument bei mir, das …«

»Können Sie uns dieses *interessante* Dokument vorlegen?« Sebastian hatte sich weit vorgebeugt und sah Erichsen herausfordernd an.

Der warf ihm einen kurzen Blick zu, als wollte er ihn für die Unterbrechung tadeln. »In diesem Dokument versichert Herr Haase an Eides statt, dass er am Samstag, den 16. September 1995, bis nach zwei Uhr mit Paul Degenhardt eine Besprechung in Berlin hatte.«

»Eine Besprechung in Berlin, aha«, wiederholte Sebastian in einem ungewöhnlich abwertenden Tonfall.

Erichsen ließ sich nicht aus der Ruhe bringen. »Wie ich informiert bin, geschah der Mord an Anselm Friedmann noch am gleichen Morgen, zwischen vier und fünf Uhr in Stuttgart, über sechshundert Kilometer von Berlin entfernt. Sie verstehen, was ich sagen will?«

Sebastian legte den Kopf schief und musterte Erichsen. »Sie wollen damit andeuten, dass Herr Haase sich an Details wie Uhrzeiten erinnern kann, obwohl die Tatnacht über zwanzig Jahre her ist?«

Erichsen zuckte mit seinen mächtigen Schultern. »Dafür gibt es Protokolle.«

»Das ist ja praktisch.« Marga konnte ein verächtliches Grinsen nicht unterdrücken. »Protokolle für die Tatzeit. Ein wunderbares Amt, in dem Sie da arbeiten.«

»So sehe ich das auch, Frau Kronthaler.« Erichsen schien sich tatsächlich zu amüsieren.

»Wieso hat der Herr Degenhardt bisher diese … *Besprechung* … in der Tatnacht nicht erwähnt?«, fragte Marga.

»Vermutlich hatte er es schlicht vergessen.« Ein falsches Lachen erklang. »Kein Wunder nach über zwanzig Jahren.«

Marga sah zu Sebastian, dann wieder zu Erichsen. »Erwarten Sie wirklich, dass wir Ihnen das glauben?«

»Das überlasse ich Ihnen. Es entspricht trotzdem der Wahrheit.« Erichsen lehnte sich zurück. Der Stuhl ächzte unter seinem Gewicht. »Für Ihre Kooperation in dieser Sache kann ich Ihnen im Gegenzug Informationen anbieten, die im Zusammenhang mit Ihrem Fall stehen.«

»Sie hören mich nicht Nein sagen.« Informationen gegen einen Verdächtigen. Kein so schlechter Tausch, falls es sich nicht um belangloses Zeugs handelte.

Erichsen lächelte unverbindlich. »Zuallererst möchte ich Ihnen versichern, dass niemand aus unserem Amt etwas mit dem Tod von Anselm Friedmann zu tun hat. Wir hatten während der Operation alles unter Kontrolle.«

»Ist das der Grund, warum Friedmann tot ist?«

Unbeeindruckt von ihrem schnippischen Ton fuhr Erichsen fort: »Wie Sie bereits wissen, waren Friedmann & Cie. in Geschäfte verwickelt, die damals unser Interesse weckten. Wir sind für Sicherheitsfragen …«

»… bei der Bundeswehr zuständig«, unterbrach Marga und seufzte. »Jaja, das hatten wir bereits ein paarmal. Kommen Sie bitte zur Sache.«

»Es ging um eine Namensliste der Geschäftspartner, die wir gerne in unseren Besitz gebracht hätten. Gisbert Friedmann, der damalige erste Direktor von Friedmann & Cie., zeigte sich uns gegenüber jedoch resistent.«

»Resistent?« Welch merkwürdiges Wort für die mangelnde Bereitschaft, sich erpressen zu lassen.

»Resistent, ja«, wiederholte Erichsen in einem Tonfall, als könnte er selbst nicht glauben, dass Gisbert Friedmann derart unerwartet reagiert hatte. »Friedmann lehnte unser Ansinnen kategorisch ab.« Er schaute kurz zu Sebastian, dann wieder zu Marga. »So waren wir gezwungen, die sexuelle Ausrichtung seines Sohnes zu nutzen, um die besagte Liste in unseren Besitz zu bringen.«

»Wollen Sie damit andeuten, Ihr Amt hat jemanden auf Anselm Friedmann angesetzt, um ihm eine … eine Liebesbeziehung vorzuspielen? Und quasi als Liebesbeweis sollte der Junior die Bank seines Vaters … ausspionieren?«

Erichsen machte eine entschuldigende Geste. »Mein Amt ist für Sicherheitsfragen bei der Bundeswehr zuständig. Auch wenn diese Operation inzwischen einige Zeit her ist, müssen Sie verstehen, dass wir keine nähere Auskunft über unsere Methoden geben können.«

»Verstehen wir, natürlich.«

Erichsen schien die Ironie in Margas Stimme überhört zu haben. »Wie dem auch sei. Wir hatten auch eine andere, eine zweite Quelle. Und durch die brachten wir bereits Monate zuvor die Liste in unseren Besitz.«

»Und wer war diese zweite Quelle?« Sebastian war inzwischen auf seinem Stuhl ganz nach vorne gerutscht. Gespannt hing er Erichsen an den Lippen.

Doch der machte nur ein bedauerndes Gesicht. »Auch das darf ich Ihnen leider nicht sagen.«

»Ich habe den Eindruck, dass Sie uns zu vielen Dingen nichts sagen dürfen – oder wollen.« Sebastian lehnte sich zurück und verschränkte die Arme vor der Brust. Er konnte seine Enttäuschung nur schwer verbergen.

»Das bringt mein Job so mit sich, Herr Franck.«

Auch Marga hatte sich mehr erhofft. »Das war jetzt alles ein bisschen mager. Oder haben Sie noch weitere Informationen für uns?«

»Nein. Nichts weiter.« Erichsen drückte sich mit seinen

schaufelgroßen Händen von den Knien ab und stand auf. »Frau Kronthaler, Herr Franck, das war's schon, was ich Ihnen mitteilen wollte.«

»Lassen Sie uns bitte noch die eidesstattliche Versicherung von diesem Herrn Haase da? Wir würden sie gerne zu unseren Unterlagen nehmen.« Sebastian stand ebenfalls auf. Neben Erichsens kräftiger Gestalt mit den breiten Schultern wirkte er beinahe wie ein Strich.

Erichsen hielt inne. »Tut mir leid, Herr Franck, aber das Dokument ist im Moment nicht für Dritte bestimmt. Aber seien Sie versichert, dass wir es bei Bedarf der Staatsanwaltschaft zur Verfügung stellen.« Er nickte knapp. »Einen schönen Tag wünsche ich noch.«

»Was war das denn?«, fragte Sebastian, als Erichsen im nächsten Augenblick durch die Tür verschwunden war.

»Das war Herr Erichsen. Sein Amt ist bei der Bundeswehr für Sicherheitsfragen zuständig.« Marga konnte ihren Blick nicht von der Tür losreißen.

»MAD. So einen Ausweis will ich auch.«

22

Sebastian trat vor die Tafel und strich mit dem Filzstift das Foto von Paul Degenhardt durch. Mit der eidesstattlichen Versicherung von Berthold Haase gab es im Mordfall Anselm Friedmann keine Verdächtigen mehr. Ihre Ermittlungen standen im Grunde wieder am Anfang.

Neben ihm stemmte Marga die Fäuste in die Hüften und betrachtete ebenfalls die Tafel. Ein Ausdruck der Frustration lag auf ihrem Gesicht.

»Worum verdammt geht's hier eigentlich, Herr Franck? Sie haben doch bestimmt schon Dutzende Male darüber nachgedacht. Diesmal reicht mir Ihr Bauchgefühl. Denn ich weiß ehrlich gesagt nicht mehr weiter.«

Bloßes Bauchgefühl würde sie nicht weiterbringen. Ganz im Gegenteil, jetzt kam es erst recht auf rationales Denken an. Sebastian ließ seinen Blick ein weiteres Mal über die Reihe durchgeixter Bilder gleiten. »Es gibt nur zwei weitere Möglichkeiten: Wir kennen nicht alle Verdächtigen, oder wir schließen sie zu schnell wegen ihres Alibis aus.«

Marga zuckte mit den Schultern. »Das ist bei Ermittlungen nun mal so. Alibis schließen Personen als Täter aus.«

»Nicht unbedingt. Es könnte sich auch um einen Mord im Auftrag eines Verdächtigen handeln.« Sebastian deutete auf das lebensgroße Bild von Anselm Friedmanns Leichnam. »Und hier gibt es Anzeichen eines Auftragsmordes. Er wurde mit einem einzigen Schuss in den Kopf getötet. Und was wäre die normale Reaktion des Täters gewesen?«

»Flucht«, gab Marga schnell zurück.

»Genau. Doch nicht so hier. Der Täter sucht seelenruhig nach Geschoss und Hülse und nimmt beides mit. Dazu ist einiges an Selbstbeherrschung notwendig.«

»Ein Profikiller?« Marga verzog das Gesicht, als hätte sie in eine Zitrone gebissen. »Ohne Auftraggeber ist da nicht viel zu machen. Übliche Motive oder persönliche Beziehungen treffen nicht zu. Und nach über zwanzig Jahren den Täter zu ermitteln scheint mir aussichtslos.«

»Ich weiß. Kein Motiv. Nur Mittel und Möglichkeit.«

Marga fummelte wieder an ihren Haaren herum. »Haben Sie nicht noch eine andere, vielleicht … einfachere Idee?«

Sebastian verschränkte die Hände hinter dem Rücken und marschierte zum einen Ende der Tafel, drehte um und kam zurück. »Vielleicht suchen wir ja am falschen Ort nach unseren Verdächtigen.«

»Sie meinen, wir haben uns zu sehr auf die Kunstplündereien fixiert und den Blick verloren, was von Belang ist?«

Statt einer Antwort ging Sebastian an ihr vorbei.

»Bleiben Sie doch endlich stehen. Das macht mich ganz verrückt.«

»Was?« Er drehte sich um. Mit den Fäusten in den Hüften, den zusammengepressten Lippen und dem lila schimmernden Hämatom an ihrer Schläfe wirkte Marga wie ein Preisboxer.

»Dass Sie immer herumlaufen müssen.«

»Ich brauche das beim Nachdenken.« Erneut ging er an ihr vorbei, zum anderen Ende der Tafel. »Nur dann ergibt sich eine neue Perspektive. Sollten Sie auch mal versuchen.«

»Nee. Ich stehe lieber.«

»Was ist, wenn es um etwas ganz anderes ging?« Sebastian wandte sich wieder um und suchte Margas Blick. »Wir sollten versuchen, die zentrale Frage zu beantworten: *Cui bono?*«

»Kui was?«

»*Cui bono?* Das ist Latein und heißt: Wem zum Vorteil? Wem nutzt sein Tod?«, wiederholte Sebastian.

»Herr Franck, ich verlange ja nicht, dass Sie Schwäbisch mit mir reden, aber Deutsch wäre schon mal nicht schlecht.«

»Sie mögen keine Akademiker, ich weiß. Aber ein wenig Allgemeinbildung schadet nicht.«

»Jaja. Saudumms Gschwätz.« Marga machte einen Schritt nach hinten und trat ihm so in den Weg. »Und hören Sie verdammt noch mal damit auf, herumzulaufen wie ein Tiger im Käfig.«

Sebastian sah kurz auf, wandte ihr dann den Rücken zu und marschierte in die entgegengesetzte Richtung.

»Wer zum Teufel ist das?«, hörte er da Margas Stimme und fuhr herum. Sie deutete auf ein Foto, das am unteren Rand der Tafel hing. Vom Opfer Anselm Friedmann abgesehen war dieses das einzige, das er bisher nicht durchgestrichen hatte.

Sebastian trat neben sie und starrte auf den smart lächelnden Mann mit den halblangen blonden Haaren. »Maximilian von Uechtland.«

»Und wer soll das sein?«

»Er ist der zweite persönlich haftende Gesellschafter des Bankhauses Friedmann & Cie.«

»Gisbert Friedmanns Kompagnon?« Ihr Tonfall hatte sich leicht verändert. Sebastian war noch nicht sicher, wie er das deuten sollte. »Und warum hängt der hier?«

»Der Vollständigkeit halber.« Er konnte sich vage daran erinnern, dass Franziska Uechtlands Bild dort unten angebracht hatte, beim gemeinsamen Umhängen der Bilder und Dokumente von der Wand an die Tafel.

»Der Vollständigkeit halber? Und ich dachte schon, Sie hätten mal wieder nachgedacht.« Marga schüttelte den Kopf, als könnte sie es immer noch nicht fassen.

Sebastian spürte Unbehagen in sich aufsteigen. »Glauben Sie, er hat was mit dem Mord zu tun?«

»Was ich glaube, ist unwichtig. Schon alleine wegen seiner Beziehung zu Gisbert Friedmann kommt er als Täter in Frage.« Marga warf ihm einen vorwurfsvollen Blick zu. »Außerdem haben Banker immer Dreck am Stecken.«

Schweiß trat auf Sebastians Stirn.

»Schweres Versäumnis, Herr Franck. Sonst sind Sie doch immer so korrekt.«

Sebastian schluckte. An Uechtland hatte er tatsächlich nicht mehr gedacht. Und normalerweise vergaß er nie etwas.

»Überprüfen Sie schleunigst diesen Kerl. Ich will alles über ihn wissen.« Marga musterte ihn, als ob sie an seinem Verstand zweifelte. »Was ist? Hat's Ihnen die Sprache verschlagen? Das ist altmodische Polizeiarbeit. Sollten Sie auch mal versuchen.« Damit verließ sie sein Büro.

Sebastian nahm den Magneten von Uechtlands Foto ab und

hängte es neben Gisbert Friedmann. Doch ihn beschäftigte nicht nur der zweite Gesellschafter von Friedmann & Cie. Seine Gedanken galten weiterhin Erichsens Auftritt von vorhin. Durch Degenhardts Alibi könnten sich neue Anhaltspunkte ergeben, die Sebastian mit der Aussage seines Lebenspartners Lars Stenzel abgleichen sollte. Es wurde Zeit, sich nochmals die Aufzeichnung anzuhören, die es eigentlich nicht geben dürfte.

Eine gute Viertelstunde später hatte Sebastian Cem angewiesen, alle polizeilichen Dateien und Register nach Maximilian von Uechtland zu durchforsten. Franziska sollte in der Zwischenzeit möglichst viele Informationen aus dem Internet zusammentragen, damit sie sich ein umfassendes Bild von Friedmanns Kompagnon machen konnten.

Weitere fünf Minuten später befand sich die Aufzeichnung von Stenzels Vernehmung auf seinem Computer, und er startete die Aufnahme. Aus dem Lautsprecher drang das Klappern einer Tür sowie Schritte, dann Stühlerücken. Marga stellte sich sowie Sebastian vor und diskutierte mit Stenzel über dessen zweiten Vornamen Frederick. Erst jetzt erkannte Sebastian, dass sie ihn damit nur hatte provozieren wollen. Es gab doch noch einiges, das er von ihr lernen konnte.

Stenzel brauchte einige Zeit und Antworten, um wieder souverän zu klingen. Alles Hinweise, die er auf der offiziellen Aufzeichnung nicht finden würde. Diese begann etwas später und war für Sebastian von untergeordnetem Interesse. Er schob den Regler für den Fortschritt der Aufnahme so lange nach rechts, bis er Stenzels Bitte vernahm, das Mikro abzuschalten.

Der darauffolgende Teil war nur auf der verdeckten Aufnahme vorhanden und schon alleine wegen Stenzels veränderter Tonlage interessant. Entweder war er ein begnadeter Schauspieler, oder Marga hatte es tatsächlich hinbekommen, dass er aus sich herausging. Aber was war es gewesen? Was hatte ihn so eingeschüchtert, dass er sich plötzlich bereit erklärte, auszusagen?

Sebastian spulte etwas zurück. Marga hielt Stenzel vor, dass er mit Anselm Friedmann kurz vor seinem Tod Sex gehabt hatte. Der antwortete nicht, und Marga drohte ihm mit dem Haftrichter. Stenzel zögerte, vergewisserte sich, ob sie es ernst meinte. Schließlich versprach Marga, dass er nach Hause zu seiner Familie, zu Leonie konnte, sobald er ausgesagt hatte. Dann kam die Frage nach Leonies Alter. Und mit Stenzels Antwort, eher dem Tonfall der Antwort, wusste Sebastian: Es war der Gedanke an seine Tochter, der ihn dazu gebracht hatte, sich zu den Vorwürfen zu äußern.

Sebastian zog Block und Stift heran und zeichnete zwei Spalten. Die erste beschriftete er mit »Degenhardt«, die zweite mit »Friedmann«. Unterhalb der beiden Namen wollte Sebastian aufzählen, was Stenzel mit der jeweiligen Person verband. Als Erstes schrieb er »Leonie« in die Degenhardt-Spalte. Stenzel erzählte derweil, dass er wie bei »Pretty Woman« von Paul Degenhardt aus der Gosse gerettet worden war, zugleich aber ein Verhältnis mit Anselm Friedmann hatte. Sebastian stoppte die Aufnahme. Zwar hatte er »Pretty Woman« nie gesehen, aber er wusste, dass der Film von einem Geschäftsmann und einer Prostituierten handelte, die sich ineinander verliebten. Degenhardt war der Geschäftsmann und Stenzel die Prostituierte. Sebastian notierte »Dankbarkeit« in die erste Spalte. Mit Anselm Friedmann jedoch entstand daraus eine Dreiecksbeziehung, für die es auf den ersten Blick keine Begründung gab.

Sebastian startete die Aufzeichnung, und Stenzels inzwischen matte Stimme erklang: »Manchmal kommt die Zeit, da muss man etwas aufgeben. Doch deswegen bringt man niemanden um.« Diese Worte, dieser erstickte Tonfall verstärkten Sebastians Überzeugung, dass Stenzel nicht der Mörder von Anselm Friedmann war.

»Liebe«, notierte er in der Friedmann-Spalte, während Stenzel über homosexuelle Politiker und Bundespräsident Wulffs Fehltritt sprach. Schon wollte Sebastian vorspulen, als er hörte, wie Stenzel sagte: »Irgendwas mit Finanzen.« An Anselms Studentendasein hatte Sebastian tatsächlich nicht mehr gedacht, und so schrieb er das Wort »Finanzstudium« in die Friedmann-Spalte, obwohl das Studium offenkundig nichts mit Stenzel zu tun hatte. Schließlich kam das Gespräch auf Kusnezow und Lehner, die Stenzel nach einigem Hin und Her auf den Fotos erkannte.

Alles klang ehrlich, passte zusammen. Knapp und zögerlich kam Sebastian allerdings Stenzels Antwort auf Margas Frage nach dem Grund der Treffen in Friedmanns Villa vor: »Geschäfte«. Konnte oder wollte er nicht mehr dazu sagen? Sebastian notierte »Zeuge« in die Degenhardt-Spalte.

Bei seinen nächsten Worten zuckte Sebastian zusammen. Nicht weil sie ihn überraschten, sondern weil Marga vorhin fast das Gleiche gesagt hatte: »Bankdirektoren haben immer Dreck am Stecken.«

Der Rest der Aufzeichnung bestand nur noch aus Unwichtigem wie Stenzels Wohnung in Berlin sowie seiner Verabschiedung. Sebastian schaltete ab und betrachtete seine Liste. Bis auf die beiden Gefühle »Liebe« und »Dankbarkeit« handelte es sich um konkrete Begriffe. Aber es waren nicht die Worte selbst, die ihn störten, sondern, dass sie sich in verschiedenen Spalten befanden. Auf den ersten Blick gab es keinen Grund, warum Stenzel eine Beziehung zu Friedmann eingegangen war. Schließlich war er glücklich mit Degenhardt liiert. Dieses Szenario schien nur denkbar, wenn es damals um etwas anderes ging als Liebe. *Dankbarkeit.* Was, wenn Stenzel Friedmann seine *Liebe* nur vorspielte? *Degenhardt.* Und mit Erichsens Informationen von vorhin ergab plötzlich alles einen Sinn. Sebastian nahm den Stift zur Hand, machte in der Friedmann-Spalte hinter das Wort »Liebe« ein Fragezeichen und schrieb »Romeo« darunter.

***

Es war bereits die zweite Zigarette, die Marga zu ihrem scheußlichen und mittlerweile lauwarmen Automatenkaffee rauchte. Sie stand am Fenster und ließ sich den Auftritt dieses MAD-Mitarbeiters im Kleiderschrankformat nochmals durch den Kopf gehen. Offenbar hatten sie mit Degenhardts Vorladung in ein Wespennest gestochen. Ein Umstand, der ihr nicht allzu viele Sorgen bereitete. Immerhin konnten sie Degenhardt damit als Verdächtigen ignorieren. Entweder hatte er tatsächlich nichts mit dem Tod von Anselm Friedmann zu tun, wie die angebliche eidesstattliche Versicherung bestätigte. Oder aber Degenhardt würde dafür sorgen, dass sie ihm niemals eine Verwicklung nachweisen konnten. Egal, das Resultat sollte in beiden Fällen das gleiche sein.

Etwas verärgert war sie allerdings wegen Sebastian. Er hatte mit Maximilian von Uechtland doch tatsächlich einen möglichen Verdächtigen nicht beachtet. Ein typischer Anfängerfehler, der immer dann passierte, wenn man voreilige Schlüsse zog. Etwas, das sie ihm noch abgewöhnen musste. Das Klingeln des Telefons riss Marga aus ihren Gedanken. Sie wandte sich dem Schreibtisch zu. Eine Stuttgarter Nummer, die ihr irgendwie bekannt vorkam. Sie drückte ihre Zigarette im Aschenbecher aus und nahm das Gespräch entgegen.

Die Stimme des Mannes am anderen Ende der Leitung hatte sie noch nie gehört. Wohl aber seinen Namen: Klaus Oberholzer, Präsident des Landeskriminalamtes Stuttgart und damit ihr direkter Vorgesetzter.

»Frau Kronthaler.« Er klang sanft, dennoch ließ der Tonfall keinerlei Zweifel an seiner Autorität aufkommen. »Was macht die Kunst?«

»Ich bin zufrieden, Herr Kriminaldirektor«, gab sie zurück. Sie hatte Oberholzer erst einmal gesehen. Vor einigen Jahren bei der Einweihung eines Polizeigebäudes. Damals wirkte der etwas hemdsärmelige Mittfünfziger, als wäre er in seinen Anzug gezwungen worden.

»Lassen Sie doch bitte meinen Dienstgrad weg. Der ist so sperrig, und ohne spricht es sich leichter.« Ein gelöstes Lachen drang aus dem Hörer. »Kommen Sie gut voran?«

»Wir sind kurz vorm Abschluss unseres ersten Falles. Dem Tötungsdelikt an Anselm Friedmann. Sie wissen schon, dieser Bankierssohn, der vor etwa zwanzig Jahren im Leonhardsviertel erschossen wurde.«

»Da kann ich mich noch gut dran erinnern. Es war damals in allen Zeitungen.« Oberholzer räusperte sich. »Und genau deshalb rufe ich auch an.«

Daher wehte also der Wind. »Degenhardt?«

»Sie ahnen es schon: ja. Ich hatte gestern einen Anruf von ihm. Er hat sich über Ihre Ermittlung ausgelassen.«

»Ermittlung ausgelassen, soso.«

»Sie haben ihn vorgeladen, den Herrn Staatssekretär. Ganz schön keck.« Oberholzers Stimme blieb weiter sachlich.

»Natürlich. Wir hatten ein paar Fragen an ihn. Schließlich gehörte er zum engeren Kreis der Verdächtigen.«

»*Gehörte?* Warum die Vergangenheitsform?« Oberholzer klang ehrlich verwirrt.

»Wir hatten heute Besuch vom MAD. Und die haben uns darauf hingewiesen, dass Degenhardt ein Alibi für die Tatnacht hat. Anscheinend existiert die eidesstattliche Versicherung eines Mitarbeiters aus dem Verteidigungsministerium.«

»Bundesverteidigungsministerium? Sie schrecken vor nichts zurück. Doch damit fällt er als Verdächtiger aus.«

Marga stieß einen Schwall Luft durch die Nase. »Wie man's nimmt. Aber Degenhardt ist wohl tatsächlich raus.«

»Ich bin mir nicht sicher, ob ich erleichtert sein soll. Aber vielleicht ist es ja besser, wenn Sie ab jetzt kleinere Brötchen backen.« Wieder folgte ein Räuspern, und Marga wusste, dass das Gespräch noch nicht beendet war. »Ich rufe auch wegen der anderen Sache an. Sie wissen schon, wegen des Disziplinarverfahrens.«

Marga schluckte. Sollte es das schon gewesen sein mit der Stelle als Dezernatsleiterin? Würde Oberholzer jetzt die Versetzung in ein unbedeutendes Polizeirevier oder gar ins Archiv ankündigen? Womöglich noch Schlimmeres?

»Schauen Sie, Frau Kronthaler«, fuhr er fort, »das Dezernat T.O.M. ist ein Lieblingsprojekt unseres Innenministers. Es wäre schade, wenn ich bereits nach wenigen Wochen die Leitung neu besetzen müsste.«

Margas Herz schlug bis zum Hals. Oberholzers Einleitung hörte sich schon mal vielversprechend an.

»Aber ich kann ein Disziplinarverfahren nicht einfach so unter den Tisch fallen lassen. Besonders nicht, wenn ich sehe, dass es um einen Verstoß gegen das Betäubungsmittelgesetz geht. So wie in Ihrem Fall.«

Jetzt würde sie doch die Quittung bekommen.

»Sie verstehen meine Lage.« Oberholzer seufzte. »Einerseits will ich Ihre Stelle nicht neu besetzen, andererseits kann ich meinen Polizeibeamten einen derartigen Gesetzesverstoß nicht durchgehen lassen.«

Marga rechnete mittlerweile zumindest mit einer Kürzung ihrer Dienstbezüge. Und damit konnte sie die Vereinbarung mit der Bank gleich wieder vergessen. Sie würden ihr das Haus wegnehmen.

»Deshalb habe ich Folgendes entschieden: Bringen Sie Ihren ersten Fall, diesen Friedmann-Fall, in einer angemessenen Zeit zu einem erfolgreichen Ende. Sagen wir, innerhalb der nächsten Woche. Denn wer will schon eine erfolgreiche Dezernatsleitung austauschen? Ich sicher nicht. In dem Fall behalten Sie Ihre Stelle, und das Disziplinarverfahren wird mit einem Vermerk in Ihrer Personalakte geschlossen.«

»Wirklich? Das würden Sie tun?« Marga hätte vor Freude an die Decke springen können.

»Ja, wirklich. Zeigen Sie mir, dass Sie die richtige Person auf diesem Platz sind. Und ich habe noch eine Bedingung.«

»Und welche?« Für diese Perspektive würde Marga fast jede Bedingung akzeptieren.

»Wirbeln Sie zukünftig nicht mehr so viel Staub auf.«

***

Geheimdienste: Würden die auch männliche Mitarbeiter für Liebesbeziehungen zu homosexuellen Zielpersonen einsetzen? Die Vorstellung erschien Sebastian zwar ungewöhnlich, aber keinesfalls unmöglich. Damit ergab sich aber ein geradezu unerhörter Verdacht, dem er nachgehen musste. Sebastian blätterte in der Akte nach Stenzels Kontaktdaten, nahm den Telefonhörer zur Hand und wählte dessen Berliner Festnetznummer.

Er lauschte den Rufzeichen, und tatsächlich hob Stenzel ab. Sebastian meldete sich, und im ersten Augenblick kam es ihm so vor, als ob Stenzel wieder aufgelegt hätte.

Schließlich drang ein mürrisches »Was wollen Sie denn schon wieder?« aus dem Hörer.

»Es tut mir leid, dass ich Sie stören muss, Herr Stenzel. Aber zu Ihrer Vernehmung von letzter Woche ergeben sich noch ein paar

Fragen, die ich klären möchte.« Sebastian versuchte, so höflich wie möglich zu klingen.

»Ein paar Fragen? Waren das nicht schon genug?« Stenzels barscher Tonfall änderte sich nur wenig. »Hören Sie, ich hab beim letzten Mal schon Ärger mit Paul bekommen. Und ich denke, Ihre Kollegin auch.«

Sebastian beschloss, nicht darauf einzugehen. »Wir hatten heute Besuch von einem gewissen Herrn Erichsen vom MAD. Sagt Ihnen der Name etwas?«

»Erichsen, MAD? Ich kenne niemanden mit dem Namen.« Seine Antwort klang ehrlich.

»Wie dem auch sei. Dieser Erichsen deutete an, dass einige Monate vor dem Mord jemand auf Anselm Friedmann angesetzt worden war.«

»Angesetzt?«, wiederholte Stenzel, als ob er nicht richtig verstanden hätte.

»Ja. Diese Person sollte Friedmann eine Liebesbeziehung vorspielen, um an eine Liste mit Kontakten der Bank seines Vaters zu gelangen. Es ging dabei um Waffengeschäfte und Geldwäsche.«

»Waffengeschäfte und Geldwäsche?«, echote Stenzel. »Und was hat das mit mir zu tun?«

Sebastian seufzte. Das war zu viel der Nachfragerei. Stenzel schindete Zeit. »Die Indizien sprechen dafür, dass Sie diese Person waren.«

Stenzel reagierte prompt, knapp und unbeherrscht. »Sie sind doch nicht ganz bei Trost.«

»Herr Stenzel, mich interessiert Ihre ehemalige Tätigkeit für den MAD nicht. Außerdem ist das alles längst verjährt. Auch falls es damals von strafrechtlicher Relevanz gewesen sein mag. Aber der Mord an Anselm Friedmann verjährt nie. Und ich bin mir sicher, dass Sie genau wie ich an der Aufklärung des Mordes an Ihrem ehemaligen Freund interessiert sind.« Das war nur eine Ahnung, bestenfalls eine Vermutung. Lediglich sein Eintrag »Liebe«, den Sebastian in der Friedmann-Spalte seiner Liste mit einem Fragezeichen versehen hatte, deutete darauf hin.

Statt zu antworten, drang nur Stenzels schweres Atmen aus dem Lautsprecher.

»Das Gespräch bleibt unter uns«, fügte Sebastian hinzu, als er nach einer Weile immer noch nichts gesagt hatte. »Sofern Sie Ihrem Mann nichts davon erzählen.«

Erneut war lediglich Stenzels Atmen zu hören. »Ich werde nur mit Ja oder Nein antworten.« Er räusperte sich. »Und ich werde keine Namen nennen.«

»Einverstanden«, gab Sebastian zurück. Alles, was er jetzt von ihm zu hören bekam, würde besser sein als nichts. »Herr Stenzel, haben Sie 1995 im Auftrag von Paul Degenhardt Anselm Friedmann eine Liebesbeziehung vorgespielt, damit der an eine Kontaktliste von Gisbert Friedmanns Bank kommt?«

»Ja«, kam es nach einem winzigen Zögern aus dem Hörer.

»Sind Sie an die Liste gekommen?«

»Nein.«

Das hatte Erichsen bereits angedeutet, als er die zweite Quelle erwähnte. »Trotzdem haben Sie im September 1995 die Beziehung zu Anselm Friedmann beendet?«

»Ja.«

»Weil die Liste von einer anderen Quelle besorgt wurde und Sie Paul Degenhardt deswegen zurückrief?«

Diesmal zögerte Stenzel länger, und Sebastian hätte nicht darauf wetten wollen, dass er die Wahrheit sagte. »Ja.«

»Gut, Herr Stenzel. Kommen wir zu den Geschäften, die Sie hinter den Besuchen von Kusnezow und Lehner vermuteten. Wissen Sie, um was es ging?«

»Ja. Aber das ist irrelevant«, gab Stenzel zurück und brach damit seinen eigenen Vorsatz, nur mit Ja oder Nein antworten zu wollen.

»Was meinen Sie damit, es sei irrelevant?«, fragte Sebastian. Trotz Stenzels unerwarteter Redseligkeit wurden seine Antworten damit nicht sinniger.

»Irrelevant für die Aufklärung des Mordes. Anselm wusste nichts davon.«

»Und woher wissen Sie davon?« Schon im nächsten Augenblick bereute Sebastian seine Frage.

»Ich weiß es eben.« Stenzels Stimme hatte wieder den frostigen Tonfall vom Beginn des Telefonats angenommen. »Mehr werde ich dazu nicht sagen.«

Sebastian musste mit Bedacht vorgehen, falls er nicht riskieren wollte, dass Stenzel auflegte. »Wenn Anselm nichts von den illegalen Geschäften seines Vaters wusste, warum hat er dann Ihnen gegenüber erwähnt, dass Bankdirektoren immer Dreck am Stecken hätten?«

»Vielleicht hat er ja überhaupt nicht von seinem Vater gesprochen.« Lag da ein geheimnisvoller Unterton in Stenzels Stimme, oder bildete Sebastian sich das nur ein?

»Sie meinen, es war nur eine allgemeine Aussage wie … wie ›Autoverkäufer sind die früheren Pferdehändler‹?«

»Das glaube ich nicht.«

»Sondern?«

Ein Rascheln drang aus dem Hörer. »Ich muss jetzt gehen, Leonie vom Klavierunterricht abholen.«

»Nur noch diese eine Frage.«

»Nein. Ich habe schon zu viel erzählt. Ich kann Ihnen nicht mehr dazu sagen.«

»Warum?«

»Ich will nicht mehr zurück. Ich will, dass mein Leben so bleibt, wie es ist.« Klick. Stenzel hatte aufgelegt.

23

Nachmittags saßen sie alle in seinem Büro. Marga hatte auf der Couch Platz genommen, Sebastian auf einem Besucherstuhl und neben ihm Cem und Franziska, beide jeweils mit einem dünnen Papierstapel auf dem Schoß.

»Um etwas über Uechtland zu erfahren, reicht es, wenn man die einschlägigen Blätter der Klatschpresse liest.« Franziska lächelte und ließ ihr Zahnpiercing aufblitzen. »Bunte, Frau im Spiegel, Echo der Frau und so weiter.« Sie hielt die Ausdrucke einiger Heftseiten kurz hoch und gab sie dann an Sebastian weiter. »Das stammt alles aus den neunziger Jahren. Man kann so was inzwischen in den Archiven der Verlage im Internet einsehen und als PDF runterladen.«

Sebastian betrachtete eine Seite der Bunten vom September 1997. »Maxi & Sophie: Alles über ihre geheime Party«, stand da unter einem Foto von Uechtland neben einer jüngeren brünetten Frau im roten Abendkleid. Der nächste Ausdruck von »Frau im Spiegel« stammte aus dem Jahr 1998 und zeigte wieder Uechtland, diesmal im Smoking, mit einer blonden Frau im blauen Kleid. Auch sie war deutlich jünger als er. »Maxi & Carla: Neues Glück?«, fragten die fetten schwarzen Buchstaben darüber.

»Zwar ist es in den letzten Jahren etwas ruhiger um unseren Maxi geworden«, fuhr Franziska fort, »aber noch immer zeigt er sich gerne mit Frauen in der Öffentlichkeit. Allerdings sind auch die inzwischen älter.«

Sebastian gab die Seiten an Marga weiter.

»Unser Maxi ist wohl ein richtiger Playboy«, sagte Marga, nachdem sie einige der Seiten überflogen hatte. »Zumindest mal gewesen.«

»Könnte man so sagen. Er ist derzeit das vierte Mal verheiratet, mit Tanja Berger, der achtunddreißigjährigen Tochter eines Stuttgarter Promi-Zahnarztes. Dabei hat Uechtland schon sechs Kinder von seinen drei ehemaligen Frauen.«

»Dann steht ja einer weiteren Generation geldgieriger Banker nichts mehr im Wege.« Marga verzog das Gesicht zu einem spöttischen Grinsen.

»Natürlich. Und eine seiner Töchter arbeitet bereits bei Friedmann & Cie. im Investmentbanking.«

Marga gab Franziska die Ausdrucke zurück. »Und wie alt ist diese Tochter?«

»Elena ist sechsundzwanzig. Aber im Gegensatz zu ihrem Vater scheint sie einen weniger glamourösen Lebensstil zu bevorzugen. Ich habe zumindest nichts anderes in Erfahrung bringen können.«

»Haben Sie noch mehr?«, fragte Sebastian. Dass Uechtland ein Lebemann war, der mit Geld nur so um sich warf, hatte er schon bei den ersten Fotos vermutet, die es im Internet von ihm gab. Eines davon hing an der Tafel.

»Nicht mehr viel. Das Übliche, passend zu seiner Kragenweite. Neben der Villa auf dem Killesberg hat er noch eine weitere am Starnberger See samt Jacht und Anlegeplatz. Aber Cem hat noch was Interessantes gefunden.«

Cem blickte in die Runde. »Ich hab mir die Polizeiregister angeschaut. Alle, die mir zur Verfügung standen: POLAS, ComVor, CRIME und INPOL. Leer gefegt.«

»Leer gefegt?«, wiederholte Sebastian. Was sollte das schon wieder heißen?

»Ja, leer gefegt. Uechtland hat alles über sich löschen lassen. Alles, was nicht zu einem Verfahren führte.«

»Und das sagen Sie erst jetzt?« Marga richtete sich auf.

Cem zuckte mit den Achseln. »Ich wollte Franzi nicht unterbrechen.«

»Die Frage ist: Warum lässt er seine Einträge löschen?«, sagte Franziska. »Was hat er zu verbergen?«

»Gab es denn ein Verfahren?« Sebastian wusste bisher nicht, dass überhaupt die Möglichkeit bestand, Einträge aus Polizeiregistern löschen zu lassen.

»Ja, ein privatrechtliches.« Cem blätterte in Zeitlupe durch seine Notizen auf dem Schoß, schaute auf, dann wieder in seine Papiere. »Da ist es: 14. Oktober 1998. Maximilian von Uechtland gegen Spielbank Baden-Baden GmbH. Und jetzt raten Sie mal, warum?«

»Weil sie ihn nicht reinließen?«, fragte Marga.

»Genau andersherum. Weil sie ihn spielen ließen. Und er hat an diesem Abend prompt mehr als einhundertzwanzigtausend Euro verloren.«

Franziska grinste. »Klasse Plan. Geld verprassen und jemand anderem die Schuld dafür in die Schuhe schieben.«

»So ähnlich.« Cem lächelte knapp. »In Deutschland gibt es ein sogenanntes Spielsperr-Register. Man kann seinen Namen da draufsetzen lassen und kommt dann nicht mehr in die Kasinos. Das machen pathologische Spieler, um ihre Spielsucht in den Griff zu kriegen.«

Sebastian rutschte auf seinem Stuhl nach vorne. »Und unser Uechtland stand im Spielsperr-Register. Aber die Baden-Badener ließen ihn trotzdem spielen.«

»Exakt. Und das war auch der Grund, warum er von der Baden-Badener Spielbank Schadensersatz für seinen Verlust wollte.«

»Ist er damit durchgekommen?« Es würde Sebastian überraschen, wenn Uechtland tatsächlich etwas erhalten hätte.

»Nein.« Cem schüttelte den Kopf. »Aber das ist auch nicht das Interessanteste daran.«

»Sondern?«

»Uechtland stand schon mal im Jahr 1995 kurz in diesem Register.« Cem fuhr sich mit der Hand über sein unrasiertes Kinn. Es klang, als ob er etwas abschleifen würde. »Und zwar nicht freiwillig, sondern die Spielbank Lindau hat ihn wegen Überschuldung aufnehmen lassen.«

Marga stieß einen leisen Pfiff aus.

»Es kommt noch besser: Anfang 1996 stand er bereits nicht mehr drauf. Das heißt, er hat innerhalb weniger Monate seine Überschuldung so weit abgebaut, dass ihn das Lindauer Spielkasino wieder vom Register nehmen ließ.«

»Wir haben es also mit einem Lebemann und notorischen Spielertypen zu tun, dem in der Vergangenheit das eine oder andere Mal das Geld ausgegangen ist.« Marga stand auf und trat vor Uechtlands Konterfei an der Tafel. »Aber warum zum Teufel hat er seine Einträge löschen lassen, was …«

»… will er verbergen?«, ergänzte Sebastian. »Haben Sie nicht noch mehr für uns?« Er schaute zwischen Franziska und Cem hin und her.

Cem schüttelte langsam den Kopf, während Franziska in ihrem Papierstapel blätterte. »Wenn man sich den ganzen Blödsinn aus den Klatschblättern antut, gelangt man zu der Überzeugung, dass Uechtland keine Zeit mehr zum Arbeiten haben kann.«

»Warum?«

»Uechtland ist voll viel unterwegs. Es gibt Fotos aus dem Golfclub Donaueschingen, einem Segelverein aus Hagnau am Bodensee, dann beim Schützenfest in Bad Cannstatt, einer Ausfahrt des Vereins der historischen Porschefahrer e.V. in Südtirol, um nur einige zu nennen. Und er ist immer Mitglied in diesen Vereinen. Vermutlich fände ich noch mal ein halbes Dutzend davon, wenn ich mir den Rest durchlesen würde. Aber das wäre dann wie Privatfernsehen: Man wird dumm, wenn man sich dem zu lange aussetzt.«

»Sagten Sie Schützenfest?«, fragte Sebastian aus einem inneren Impuls heraus. »Ist er tatsächlich Mitglied in einem Schützenverein?«

Franziska sah auf ihre Notizen und nickte. »Schützenverein Bad Cannstatt, ja.«

Mit hektischen Bewegungen, die so gar nicht zu ihm passen wollten, rutschte Cem auf seinem Stuhl hin und her. Und mit einem Mal wirkte er nicht mehr wie ein gemütlicher Teddybär, sondern eher wie ein Zappelphilipp aus dem Verkaufsfernsehen. »Ich glaube, ich hab doch noch was.«

Marga fuhr herum. Alle Blicke hingen an Cems Lippen.

»Er hat eine Waffenbesitzkarte«, druckste er herum.

»Und damit rücken Sie jetzt erst raus?« Marga funkelte ihn böse an. »Meinen Sie nicht auch, dass diese Information schon früher angebracht gewesen wäre?«

Cem machte ein Gesicht, als wäre er beim Rauchen auf der Schülertoilette erwischt worden. »Es ist nur eine grüne. Die wird normalerweise für Sportschützen ausgegeben.«

Marga ging auf ihn zu und stemmte die Fäuste in die Hüften. »Und welche Waffen sind dort eingetragen? Ich hoffe, auch das haben Sie nachgeschaut.«

Schnell senkte Cem den Kopf und blätterte in seinen Notizen. Als er wieder aufschaute, schien er erleichtert. »Es ist nur eine SIG Sauer 1911.22, Kleinkaliber.«

Das passte nicht. Sebastian sah zu Marga. »Es ist nicht die Mordwaffe. Friedmann wurde mit einer großkalibrigen Pistole erschossen. Laut Ballistik neun Millimeter oder größer.«

»Sie hätte es aber sein können, verdammt.« Marga hatte die Augenbrauen zusammengezogen. Auf ihrer Stirn stand eine steile Falte. »Ihr müsst zukünftig professioneller arbeiten, ihr könnt nicht einfach mal eine Waffe oder einen Verdächtigen unter den Tisch fallen lassen.« Sie presste die Lippen aufeinander und schaute in die Runde. »Will sonst noch jemand etwas ausschließen?«

Cem schaute auf seine Notizen. Franziska senkte ebenfalls ihren Blick und kratzte sich an den Händen.

Sebastian räusperte sich. »Ich hab vorhin mit Lars Stenzel telefoniert. Ich dachte, er könnte etwas zu unserem MAD-Besuch beitragen. Schließlich besteht Erichsens Aussage lediglich aus unbewiesenen Behauptungen.«

»Und? Hat er?«

»Stenzel hat zugegeben, dass er damals von Degenhardt auf Anselm Friedmann angesetzt wurde, um über ihn an die Kontaktliste der Bank zu kommen.«

Marga schien einigermaßen überrascht. »Und das hat er Ihnen einfach so erzählt?«

»Ja. Ich denke, Stenzel liegt noch immer viel daran, dass der Mörder seines ehemaligen Freundes gefunden wird.«

Marga schaute kurz zur Tafel. »Degenhardt und Stenzel sind schon durchgestrichen. Auch für mich kommen die beiden als Täter nicht mehr in Frage.«

»Da ist noch was anderes.«

»Was?« Marga legte den Kopf schief und musterte ihn.

»Es ist nur so eine Vermutung«, beeilte sich Sebastian zu sagen. Aus irgendeinem Grund drängte sie heute geradezu auf eine schnelle Lösung des Falles. Er würde wohl nie aus ihr schlau werden.

»Spannen Sie uns nicht auf die Folter, Herr Franck. Wir haben nicht den ganzen Tag Zeit dafür.«

»›Dreck am Stecken‹ …«, sagte Sebastian. »›Banker haben immer Dreck am Stecken.‹ Das waren die Worte, die Sie heute Morgen benutzt haben.«

Marga zuckte mit den Achseln. »Kann sein.«

»Ich habe mir die Aufzeichnung von Lars Stenzels Vernehmung nochmals angehört. Er hat ausgesagt, dass Anselm Friedmann ihm gegenüber diese Worte auch einige Male verwendet hat.«

»Damit hatte Friedmann wahrscheinlich recht. Aber das bringt uns wohl kaum weiter.«

»Er war kurz davor, sein Finanzstudium abzuschließen, kannte sich mit Bankgeschäften aus, und möglicherweise hatte er sogar Einblick in einige Geschäfte von Friedmann & Cie. Ich betrachte es daher als weiteren Anhaltspunkt.«

»Für was?«, hörte er Marga fragen.

Du stehst im Archiv der Bank. Du bist schon einige Mal dort gewesen. Immer nur kurz, wolltest keinen Verdacht erregen. Heute jedoch kannst du dir Zeit lassen. Niemand ist mehr im Gebäude. Du suchst nach den Unterlagen, die Lars von dir will. Für wen arbeitet der überhaupt? Egal, tue ihm den Gefallen, sonst wird er dich verlassen. Du spürst es.

Es geht um Transaktionen mit russischen Namen. Hohe Beträge, die aus Drittländern kommen oder dorthin überwiesen wurden – bevorzugt über weitere Banken auf den Kanalinseln oder in der Karibik: den Jungferninseln, den Kaimaninseln oder den Bahamas.

Eine Reihe eigentümlicher Transaktionen weckt dein Interesse. Buchungen von Depotkonten auf ein und dasselbe interne Abgrenzungskonto. Die einzelnen Beträge sind nicht besonders hoch, aber regelmäßig und betreffen etwa ein Dutzend verschiedene Kundenkonten. Weniger regelmäßig, dafür mit größeren Beträgen gibt es Monate später Buchungen auf ein weiteres Konto. Schon an der Nummer dieses Kontos erkennst du, dass es sich um ein Gesellschafterkonto handelt.

»Anhaltspunkt für was, Herr Franck?« Marga hatte ihre Stimme angehoben. »Hören Sie mir überhaupt zu?«

Sebastian fuhr auf. »Anselm Friedmann hat von Bankern geredet, und er kannte genau zwei näher. Es könnte also durchaus sein, dass er nicht seinen Vater, sondern Uechtland gemeint hat.«

»Zwei Banker …« Marga spazierte zur Tafel, starrte eine Weile Uechtlands Foto an und sagte dann unvermittelt: »Er ist es. Er ist die zweite Quelle.«

»Die zweite Quelle?« Sebastian hatte keine Ahnung, auf was sie hinauswollte.

Sie wandte sich um. »Dieser MAD-Kleiderschrank hat vorhin gesagt, dass sie die Kontaktliste schon Monate zuvor über die zweite Quelle in ihren Besitz gebracht haben. Und wer käme dafür in Frage?« Marga klopfte mit dem Zeigefinger ein paarmal auf Uechtlands Bild. »Er ist diese zweite Quelle.«

Sebastian wiegte den Kopf hin und her, fand ihre Schlussfolgerung aber letztlich übereilt. »Wir haben zwar eine Reihe von Indizien, die auf Uechtland hinweisen. Aber wie sollen wir ihm das beweisen?«

Marga kam zurück und grinste in die Runde. »Wir kriegen das sogar so hin, dass es uns der Staatsanwalt nicht gleich wieder um die Ohren haut.«

»Nach zwanzig Jahren?« Sebastian schaute zu ihr auf.

»Was wir brauchen, ist sein Geständnis«, sagte sie, als wäre es das Einfachste der Welt.

»Geständnis?« Sebastian schüttelte den Kopf, er glaubte, sich verhört zu haben.

»Das ist nicht so schwierig, wie es auf den ersten Blick aussieht«, gab Marga zurück. Er sah ihr an, dass sie sich in ihrem Kopf schon einen Plan zurechtgelegt hatte. »Mit Friedmanns fingierter Selbstanzeige und der Falle für Kusnezow oder Lehner hatten Sie schon die richtige Idee. Sie war nur für den Falschen aufgebaut.«

»Sie meinen, Gisbert Friedmann soll seinem Kompagnon eine Falle stellen?« Sebastian rieb sich das Kinn. Eine Falle funktionierte nur, wenn der Köder stimmte. Aber welchen sollten sie für Uechtland auslegen?

»Genau.« Marga schob mal wieder eine Strähne hinter ihr Ohr. Das Hämatom an ihrer Schläfe hatte inzwischen eine bräunlich gelbe Färbung angenommen. »Er soll Uechtland klarmachen, dass er auf Unterlagen gestoßen ist, die darauf hindeuten, dass sein eigener Kompagnon Geld unterschlagen hat. Garniert mit ein paar Infos, die Franzi und Cem herausbekommen haben. Irgendwas mit seiner Spielsucht oder dem Spielsperr-Register. Vielleicht fällt ihm ja selbst was ein.«

Die Idee war gut. Verdammt gut sogar. Und eine andere Möglichkeit, an ein Geständnis von Uechtland zu kommen, schien Sebastian nach der langen Zeit nahezu ausgeschlossen. »Friedmann könnte vorgeben, Uechtland zur Rede stellen zu wollen. Wir sitzen im Nebenzimmer und hören uns an, was er zu sagen hat.«

»Dann los, stellen wir Friedmann unseren Plan mal vor.« Marga sah ihn auffordernd an. »Was ist? Worauf warten Sie?«

»Wie? Meinen Sie jetzt gleich?«

»Natürlich jetzt gleich. Ich hab doch vorhin schon gesagt, dass wir nicht den ganzen Tag Zeit haben.«

Sebastian schaute auf seine Armbanduhr. »Wir sind sicher nicht vor halb sechs bei ihm.«

»Das ist genau die richtige Zeit, um desillusionierte Banker zu besuchen.« Marga bedeutete ihm mit einer Geste aufzustehen.

Sebastian sprang von seinem Stuhl auf und zog Jackett und Krawatte glatt. Warum nur legte sie plötzlich ein derartiges Tempo an den Tag? Als hätte sie einen Abgabetermin für die Aufklärung des Falles.

Gisbert Friedmann, erneut in Anzug und Krawatte, empfing sie diesmal nicht im Besuchszimmer mit den zwei Schieles unter der Ottomane, sondern in seinem Arbeitszimmer. Der große dunkle Raum mit hohen, getäfelten Wänden roch nach Leder und Poliermittel. Sebastian meinte sogar, alten Rauch zu riechen. Regale mit schweren Büchern sowie einige wertvolle Gemälde schmückten die Längsseiten des Raumes. Einen großen Teil der gegenüberliegenden Seite nahm ein massiv aussehender Schreibtisch aus Teakholz ein, auf dem ein kleiner Globus und die üblichen Utensilien wie Hefter, Locher, Stifte und Schreibmappe lagen. Alles natürlich in einer Ausfertigung, die Friedmann offenbar für standesgemäß hielt. Sebastian erkannte einen Füllfederhalter, für dessen Wert eine vierköpfige Familie gut und gerne eine Woche Urlaub machen konnte.

Sie nahmen auf einer Sitzgruppe mit wuchtigen grünlichen Ledersesseln Platz, die vor einem mit schweren Vorhängen verdunkelten Fenster stand. Kaum eine Regung war in Friedmanns faltigem Gesicht zu erkennen, als sie ihn mit ihrem Verdacht gegenüber seinem Mitgesellschafter Maximilian von Uechtland konfrontierten. Er wirkte wie versteinert und hatte die Hände zu Fäusten geschlossen, mit denen er gewiss nicht hätte zuschlagen können. Die meiste Zeit sah er sie nicht an, bis Marga die Geldwäsche, den MAD und die Kontaktliste der zweiten Quelle ansprach.

Friedmann streckte den Rücken, wirkte mit einem Mal nicht mehr so apathisch. »Können Sie beweisen, dass er meine Bank verraten hat?«

Sebastian musste schlucken. Das konnte nicht wirklich die erste Frage eines Vaters sein, dem die Polizei den vermeintlichen Mörder seines Sohnes nannte.

Auch Marga schien überrascht. Aber nur für einen Moment. Nachdem sie bisher leise und mit Bedacht geredet hatte, hob sie jetzt ihre Stimme. »Herr Friedmann, es geht nicht darum, ob Uechtland dem MAD die Kontaktliste einiger Ihrer Kunden weitergegeben hat. Er könnte der Mörder Ihres Sohnes sein. Haben Sie das verstanden?«

Friedmann nickte. Gleichwohl sah es nicht so aus, als ob er tatsächlich verstanden hätte. »Was wollen Sie von mir?«

Marga lehnte sich zurück, schlug die Beine übereinander. »Rufen Sie Uechtland an. Sagen Sie ihm, dass Sie auf Unterlagen gestoßen sind, die darauf hinweisen, dass er Kundengelder unterschlagen hat.«

Friedmann sah zwischen Marga und Sebastian hin und her. Nur einmal gab es eine Regung in seinem sonst so versteinerten Gesicht: Er blinzelte. »Warum sollte ich das tun?«

»Wir glauben, dass Anselm die Unterschlagung entdeckt hat«, gab Sebastian zurück. »Und damit hat Uechtland ein Motiv.«

Marga hob die Augenbrauen und nahm Friedmann in den Blick. »Außerdem sind Sie es Ihrer Frau schuldig, den Mörder Ihres Sohnes zu überführen.«

Friedmann ließ die Schultern wieder sinken. »Maximilian

ist nicht dumm. Er hätte diese Transaktionen – sofern es sie wirklich gab – in anderen versteckt. Das wird er mir nicht abnehmen.«

»Das ist zweitrangig.« Sebastian rutschte auf seinem Sessel nach vorne. Das Leder quietschte. »Sagen Sie ihm, dass die Polizei bei Ihnen war und Sie über seine Spielsucht ausgefragt hat. Und Sie würden sich jetzt überlegen, die Unterlagen der Polizei zu übergeben.«

»Falls Uechtland etwas mit der Unterschlagung zu tun hat, wird er alle Hebel in Bewegung setzen, um an die Unterlagen zu gelangen«, sagte Marga.

Friedmann nickte und hielt seine Armbanduhr dicht vor die Augen, um die Zeit ablesen zu können. »Es ist kurz nach sechs. Maximilian müsste noch in der Bank sein.« Er hievte sich aus seinem Sessel und schlurfte zum Schreibtisch. Marga und Sebastian folgten ihm. Friedmann griff nach dem Telefonhörer, drückte eine Kurzwahltaste und schaute auf.

Marga gab ihm ein Zeichen, den Lautsprecher anzuschalten. Friedmann drückte eine weitere Taste, und das Rufzeichen hallte durch den Raum.

»Hallo, Gisbert«, schepperte eine männliche Stimme aus dem Lautsprecher. Gleichwohl hörte sie sich sonor und freundlich an. »Wie du siehst, kenne ich deine Telefonnummer immer noch auswendig.«

»Hallo, Maximilian«, gab Friedmann in einem Tonfall zurück, der seltsam mechanisch klang.

»Warum so niedergeschlagen? Was betrübt dich? Du solltest wirklich wieder ins operative Geschäft. Dann kommst du auf andere Gedanken.« Ein schallendes Lachen folgte. »Wir haben eine Neue hier, nebenan im Firmenkundenbereich. Junge, Junge, ist die gebaut. Hinterteil erste Sahne, und die Möpse bestimmt im Katalog bestellt, wenn du weißt, was ich meine.« Uechtlands Lachen nahm einen ausfälligen Ton an. »Da könnte man doch glatt noch mal schwach werden.«

»Maximilian, ich muss mit dir reden.« Friedmann ließ sich auf den Stuhl hinter seinem Schreibtisch sinken.

»Oh, du klingst aber ernst. Brauchst du einen Kredit?« Erneut folgte das schallende Lachen. »Ich kann dir da eine Bank empfehlen.«

»Bitte, Maximilian, lass die Scherze.«

Uechtlands Lachen verstummte. »Also, schieß los.«

»Wir wollten anfangs der Woche einige Dinge entsorgen. Da waren auch Sachen von Anselm dabei. Und in einer Kiste lagen Kopien unserer alten Buchungsblätter. Du weißt schon, die, die wir in den Neunzigern noch benutzt haben.«

Uechtland blieb stumm.

»Jedenfalls habe ich mir die Blätter genauer angesehen und Buchungen gefunden, die ich mir nicht erklären kann. Sie haben alle mit einem deiner Gesellschafterkonten zu tun.«

Uechtland reagierte noch immer nicht. Sebastian meinte allerdings, leise Atemgeräusche aus dem Lautsprecher dringen zu hören.

Friedmann sah zu Sebastian und Marga. »Die Polizei war auch schon da.«

»Warum das denn?«, fragte Uechtland.

»Sie rollen den Mord an Anselm wieder auf. Sie haben mich auch über dich ausgefragt und behauptet, du hättest früher Spielschulden gehabt.«

»Blödsinn.« Uechtlands Antwort kam viel zu schnell und viel zu bestimmend, als dass sie wahr sein könnte. Er hatte doch tatsächlich Dreck am Stecken. Jetzt mussten sie nur noch herausfinden, wie viel.

»Hast du Ihnen von den Buchungsblättern erzählt?«, fragte Uechtland. Sein Tonfall war mit einem Mal betont zurückhaltend, beinahe schon wachsam.

»Nein.«

Uechtland atmete hörbar aus. Sebastian konnte seine Erleichterung förmlich spüren.

Friedmann umklammerte den Hörer, als fürchtete er, er könnte aus der Hand fallen. »Am besten, du kommst vorbei. Vielleicht kannst du mir die Buchungen ja erklären.«

»Ich kann nachher noch kurz bei dir vorbeischauen«, kam es schnell aus dem Lautsprecher.

Marga schüttelte den Kopf.

Friedmann hatte verstanden. »Nein, heute geht es leider nicht. Morgen, irgendwann am Abend?«

»Gegen sechs?«

Friedmann schaute zu Marga. Die nickte. »Gut. Dann bis morgen Abend um sechs«, gab er zurück und legte auf.

»Das haben Sie gut gemacht, Herr Friedmann«, sagte Marga. »Morgen Abend wissen wir, was er mit dem Tod Ihres Sohnes zu tun hat.«

»War das Maximilian?«, hörte Sebastian plötzlich eine Stimme hinter sich und fuhr herum.

Hannelore Friedmann stand in der Tür. Sie sah schrecklich aus. Das ungeschminkte Gesicht wirkte noch bleicher. Ihr roter Haarreif war verrutscht und schaffte es kaum, die wirren blonden Locken zurückzuhalten. Die Perlenkette fehlte.

»Stehst du schon lange da?«, fragte Friedmann, noch immer mit dem Telefonhörer in der Hand.

Sie schüttelte den Kopf. »Ich hab dich gehört und wollte nur wissen, mit wem du redest.«

»Es war Maximilian, ja. Er kommt morgen Abend kurz vorbei. Die Polizei will mit ihm reden.«

Hannelore Friedmann nickte schwach, drehte sich um und verließ den Raum ohne ein weiteres Wort.

Sebastian sah ihr nach, bis sie im Dunkel des Flurs verschwunden war, und wandte sich dann an Friedmann. »Sie wissen nicht zufällig, ob Uechtland eine Waffe besitzt?«

»Er ist Ehrenmitglied in einem Schützenverein. Da gibt es Waffen zuhauf.« Friedmann legte den Telefonhörer zurück.

»Das ist uns bekannt. Auf ihn ist eine Kleinkaliberpistole angemeldet. Aber sonst?«

Friedmann runzelte die Stirn, schien nachzudenken. »Vor vielen Jahren hab ich ihm mal eine Pistole geschenkt.«

»Eine Pistole geschenkt?« Marga sah ihn entgeistert an. »Niemand verschenkt in Deutschland Pistolen.«

»Ich weiß. Aber Maximilian war schon immer fasziniert von Waffen, und er wollte ›eine richtige‹, wie er sich ausdrückte.«

»Und die haben Sie ihm dann besorgt, einfach so?« Der ungläubige Ausdruck auf Margas Gesicht wollte nicht verschwinden.

Friedmann zuckte mit den Schultern. »Kusnezow hatte Zugriff auf russische Armeebestände. Aber das ist bestimmt schon dreißig Jahre her. Ich weiß nicht mal, ob sie überhaupt noch existiert.«

»Dann war es eine russische Pistole?«, fragte Sebastian. »Vielleicht eine Makarow?«

Friedmann nickte. »Ja genau, eine Makarow.«

Sebastian schaute zu Marga. Er sah ihr an, dass sie es wusste: Die Makarow hatte ein Kaliber von neun Millimetern.

24

Der folgende Tag begann mit einem klaren Himmel. Der Regen der vergangenen Nacht hatte eine saubere Stadt hinterlassen, und es sah danach aus, als ob ein sonniger Frühlingstag auf Stuttgart zukommen würde. Doch schon gegen zehn wurde die Luft zunehmend stickiger, und wie so oft legte sich eine Dunstglocke über den Stuttgarter Talkessel. Um die Mittagszeit dann zogen im Westen dunkle Wolken auf, als würden sie ankündigen, dass die beste Zeit des Tages bereits vorbei war.

In Margas Büro war es kaum weniger schwül als draußen. Sie schwitzte und hätte nicht sagen können, ob es am Wetter oder ihren Hitzewallungen lag. Sie hatte schlecht geschlafen und verspürte seit dem Aufstehen eine merkwürdige Anspannung. Eigentlich war sie davon ausgegangen, dass sich diese Unruhe im Laufe des Tages legen würde. Doch das Gegenteil trat ein. Die Aussicht auf Uechtlands Überführung machte sie nervöser, als sie es vor sich selbst zugeben wollte.

Im Laufe des Vormittags hatten Sebastian und ein Techniker des LKA zwei Mikrofone in Friedmanns Arbeitszimmer platziert. Die zugehörige Abhörtechnik stand einige Räume weiter in einer Art Abstellkammer bereit. Marga rechnete mit zwei Stunden Zeit für die letzten Vorbereitungen vor Ort, und so hatten sie beschlossen, spätestens um drei Uhr zu Friedmanns Villa nach Botnang zu fahren.

Eine Viertelstunde vor der Zeit tauchte Sebastian in ihrem Büro auf. Trotz seines immer gleichen Äußeren mit Anzug und Krawatte wirkte er irgendwie verändert. Erst auf den zweiten Blick erkannte Marga, warum. Auch er war einfach nur nervöser als sonst.

»Sind Sie sicher, dass wir keine SEK-Einheit brauchen?«, fragte Sebastian. Nach heute Morgen war es bereits das zweite Mal, dass er diese Frage stellte.

»Ja«, antwortete sie deshalb gleichlautend wie am Vormittag. »Uechtland hat immerhin eine Makarow.«

»Keine Angst, Herr Franck, ich beschütze Sie.« Marga legte Zigaretten sowie Feuerzeug in ihre Handtasche und strich über den Stahl der Pistole, die sie zuvor ins Seitenfach gestopft hatte. »Haben Sie Ihre Dienstwaffe dabei?«

Sebastian klopfte wie zum Beweis auf sein Jackett.

»Dann fahren wir jetzt.« Marga nahm ihre Tasche vom Schreibtisch und ging zur Tür.

»Wir nehmen meinen Wagen«, sagte Sebastian.

Marga hielt inne, wandte sich um. »Darf man da rauchen?«

»Natürlich nicht.«

»Bei mir darf man«, gab Marga zurück. Er fiel doch immer wieder auf den gleichen Scherz herein.

»Dafür fällt mein Wagen vor Friedmanns Villa weniger auf als Ihr Campingbus. Uechtland muss ja nicht gleich von Weitem erkennen, dass etwas nicht stimmt.«

»Nicht stimmt? Was stimmt an meinem Wagen nicht?«

»Er passt nicht dorthin.«

Marga zuckte mit den Schultern. »Dann fahren wir eben Mercedes. Ich wollte mich schon immer mal konservativ fortbewegen.« Sie ging weiter. »Habe ich Ihnen eigentlich schon erzählt, dass mein Opa bis ins hohe Alter mit seinem schwarzen Mercedes rumgefahren ist? Aber immer nur sonntags. Und manchmal durften wir Kinder mitfahren. Ich glaube, es war eine S-Klasse, ein Diesel. Jedenfalls roch der Wagen nach Heizöl, wenn er ihn angelassen hat.«

»Ich fahre keine S-Klasse. Auch keinen Diesel.«

»Das macht nichts, Herr Franck. Mercedes ist Mercedes. Eine Spießerkarre eben.«

Draußen auf dem Parkplatz blieb Sebastian vor einem Auto stehen, das sie hier noch nie gesehen hatte.

»Verdammt, was ist das denn?«, entfuhr es ihr.

»Meine Spießerkarre.«

Marga musterte den zweitürigen Sportwagen, dessen Lack funkelte wie frisch poliertes Tafelsilber. Der Wagen war lang, breit und derart flach, dass das dunkelrote Stoffverdeck ihr gerade mal bis zur Brust ging. Eine unauffällige Verfolgung schien damit ausgeschlossen.

»Sobald Sie Ihren Mund wieder zumachen können, dürfen Sie ruhig einsteigen. Die Tür ist bereits aufgeschlossen.« Sebastian deutete zur Beifahrerseite.

»Mein lieber Scholli«, entfuhr es Marga. »In welcher Besoldungsgruppe sind Sie gleich noch mal?«

»A9«, erwiderte Sebastian, und Marga konnte ihm ansehen, dass er nur mit Mühe ein Grinsen unterdrücken konnte. »Passen Sie beim Einsteigen bitte auf und schlagen Sie sich den Kopf nicht an. Der Wagen ist ziemlich niedrig. Schwierig, wenn man nicht mehr ganz so beweglich ist.«

»Oh. Ich vergaß ganz, dass Sie sich als Komiker noch was dazuverdienen.«

Die ersten Regenschauer aus den blumenkohlförmigen tiefgrauen Wolken ließen nicht lange auf sich warten. Sebastian verringerte immer wieder die Geschwindigkeit, sobald ein Lastwagen in der Nähe des Mercedes auftauchte. Marga kam es so vor, als ob er Angst hätte, Schmutz auf den frisch polierten Lack abzubekommen. Mit dem Campingbus hätte sie einfach überholt. Auch dann gäbe es keine Dreckspritzer. Aber er wollte ja unbedingt fahren.

Als sie die Auffahrt zu Friedmanns Villa hinauffuhren, war aus den Schauern eine Art Landregen geworden. Es goss Bindfäden. Sebastian stellte seinen Wagen nicht neben dem Bentley ab, auf dessen schneeweißem Lack Tausende Regentropfen hafteten wie Perlen, sondern kaum einsehbar neben der Villa.

»Was wir brauchen, ist Uechtlands Geständnis, Herr Friedmann«, sagte Marga, als sie und Sebastian kurze Zeit später im Arbeitszimmer standen.

Im Gegensatz zu ihrem Besuch am Vortag waren die Vorhänge zurückgezogen, und trotz des trüben Wetters drang genügend Licht durch das riesige Kassettenfenster. Der Raum sah noch größer und überraschend freundlich aus, ähnlich einem Salon oder einem Kaminzimmer. Jetzt im Tageslicht konnte Marga erkennen, dass die Vertäfelung aus dem gleichen rötlichen Teakholz bestand wie der Schreibtisch. Einige der größeren Tafeln schmückten helle Intarsien, die stilisierte Tiere darstellten.

Offenbar sollte damit eine Art Höhlenmalerei nachempfunden werden.

Sebastian verschränkte die Arme vor der Brust. »Nur mit einem Geständnis können wir sicher sein, dass der Staatsanwalt ihn anklagen wird.«

»Wie soll ich das anstellen?« Friedmann schaute zwischen Marga und Sebastian hin und her. Wie die letzten Male trug er einen perfekt sitzenden dunklen Anzug mit weißem Hemd und Krawatte. Die Niedergeschlagenheit der letzten Tage schien etwas nachgelassen zu haben. Gleichwohl wirkte er unbeholfen wie ein kleines Kind.

Marga trat näher an den Schreibtisch und betrachtete die bronzene Leuchte, die über zwei Gelenkstangen an einem massiven, halbkugelförmigen Fuß angebracht war. Innerhalb des Lampenkörpers befand sich das erste Mikrofon. Ein zweites hatte der Techniker unter dem Besuchertisch am Fenster angebracht. »Sagen Sie ihm, dass die Polizei davon ausgeht, er hätte etwas mit Anselms Tod zu tun.«

Friedmanns Mundwinkel zuckten. »Und falls er mir das nicht abnimmt? Sie hätten ihn doch dann längst schon zu einem Verhör vorgeladen.«

Marga seufzte. »Lassen Sie sich was einfallen. Sie sind doch sonst nicht so auf den Kopf gefallen.« Sobald Sie Profit daraus schlagen können, fügte sie in Gedanken hinzu.

»Was ist, wenn er die Buchungsblätter sehen will?« Friedmann wirkte mit jeder Frage nervöser. Offenbar wurde ihm jetzt erst klar, auf was er sich eingelassen hatte.

Verdammt, daran hatten sie überhaupt nicht gedacht. »Haben Sie nichts, was einer oberflächlichen Überprüfung standhält? Etwas, das er nicht gleich als Täuschung erkennt?«

Friedmann zuckte mit den Schultern. »Ich habe noch einige Aktenordner mit alten Buchungsblättern. Die stammen von meinen Gesellschafterkonten. Aber wenn er sich die näher anschaut, wird ihm der Schwindel sofort auffallen.«

»Das müssen wir riskieren«, gab Marga zurück. Es war ihre einzige Chance, Uechtland festzunageln.

Friedmann presste die Lippen aufeinander, was seinem faltigen

Gesicht etwas Maskenhaftes verlieh. Er schien nicht überzeugt von ihrem Plan.

»Wo ist eigentlich Ihre Haushälterin, Konstanze?«, fragte Sebastian.

»Ich habe ihr für heute Abend freigegeben. Sie ist gleich gegangen, nachdem sie Sie reingelassen hat.«

»Und Ihre Frau?«

»Ich weiß es nicht.« Friedmann wich seinem Blick aus, sah zu Boden. »Sie ist heute Morgen gegangen. Mit einem Koffer.«

»Weiß sie Bescheid?«

Friedmann schaute wieder auf. »Dass Sie Maximilian für Anselms Mörder halten?«

Sebastian nickte.

»Auch wenn es gestern nicht den Anschein machte, aber sie hat jedes Wort meines Telefonates mit ihm mitbekommen.«

»Was haben Sie zu ihr gesagt?«

»Nichts.« Friedmann schüttelte den Kopf. »Wir haben seit gestern kein Wort miteinander geredet.«

***

Einige Zeit später saß Sebastian vor einem Notebook, das per Funk die Audiosignale der beiden Mikrofone in Friedmanns Arbeitszimmer ausgeben und aufzeichnen konnte. Die unerwartet große, fensterlose Abstellkammer verfügte über genügend Platz, um neben einem klappbaren Tisch problemlos zwei Campingstühle für ihn und Marga aufzunehmen. An einer Wand hingen Besen, Schrubber sowie verschiedene Bürsten, Eimer und Lappen. Im Regal gegenüber lagerten eine ganze Batterie Plastikflaschen und Kanister mit und ohne Sprühkopf. Sebastian registrierte Glasreiniger, Scheuermilch, Kalkentferner und Dutzende andere Reinigungsmittel, deren Zweck sich ihm nicht immer gleich erschloss. Und genauso roch es auch: nach Putzmittel und Bohnerwachs. Hoffentlich drang genügend Sauerstoff durch die nur einen Spalt geöffnete Tür.

Sebastian schaute auf seine Armbanduhr. Kurz nach halb sechs. Bald würde es so weit sein. Er spürte, wie seine Anspannung weiter zunahm. Marga schien vom bevorstehenden Einsatz nicht sonderlich beeindruckt. Sie hatte sich zurückgelehnt, die Arme vor der Brust verschränkt und die Augen geschlossen.

»Wir könnten nochmals die Übertragungsqualität und die Aufnahme testen«, sagte er, um überhaupt etwas zu tun.

»Das haben wir schon dreimal«, entgegnete Marga, ohne ihn anzusehen. »Sind Sie eigentlich nervös?«

»Nein«, log er. »Wie kommen Sie darauf?«

Marga regte sich nicht, ließ die Augen geschlossen. »Sie hampeln die ganze Zeit auf Ihrem blöden Stuhl herum. Das quietscht.«

Sebastian lehnte sich zurück. Der Campingstuhl quietschte tatsächlich. »Ich mag es nicht, wenn sich mein Gehirn im Leerlauf befindet.«

»Dann zählen Sie doch die Putzmittel drüben im Regal.«

»Das habe ich bereits. Es sind vierunddreißig Flaschen, vier davon doppelt und ein Wachs für Skier. Ich kann Ihnen inzwischen sogar die Markennamen samt Füllmengen auswendig sagen. Soll ich?«

»Nein. Erzählen Sie mir von Ihrem Vater.«

»Warum?«

»Reden senkt die Nervosität.«

Sebastian war sich nicht sicher, ob er überhaupt von seinem Vater erzählen wollte. »Was wollen Sie denn wissen?«

Marga musterte ihn für einen Moment. »Mich würde zum Beispiel interessieren, woher er die beiden Gemälde in Lehners Haus kennt.«

»Das ist sein Beruf. Vor einigen Jahren hatte er eine Galerie in Hannover.«

Marga schob wieder Haarsträhnen zurecht. »Und warum nicht mehr? Ist er in Rente?«

»So ähnlich.« Diese oberflächliche Antwort würde ihr wohl nicht reichen.

»So ähnlich?« Marga warf ihm einen Seitenblick zu, der ihm seine Vermutung bestätigte.

Sebastian griff nach der Computermaus und klickte wahllos auf dem Bildschirm herum. »Er hat die Galerie verkauft und ist nach Stuttgart …«

Das Klingeln an der Haustür ließ ihn verstummen.

»Es geht los.« Marga setzte sich auf.

Schritte auf dem Flur, die Eingangstür wurde geöffnet. Gedämpfte Stimmen drangen durch die angelehnte Tür bis in die Abstellkammer. Wieder Schritte, diesmal von mindestens zwei Personen in unterschiedlicher Geschwindigkeit. Die Stimmen wurden lauter, dann wieder leiser, aber nie so deutlich, dass Sebastian verstehen konnte, was sie redeten.

Er setzte die Kopfhörer auf. Noch blieb es in Friedmanns Arbeitszimmer still. Nur das Rauschen des Blutes in seinen Ohren war zu hören.

Wieder die Geräusche von Schritten, diesmal im Kopfhörer. Sebastian startete die Aufnahme.

»... verdammtes Scheißwetter«, hörte er plötzlich eine unbekannte Stimme in seinem Ohr. Sie konnte nur zu Uechtland gehören. Sebastian gab Marga ein Zeichen, ebenfalls die Kopfhörer aufzusetzen.

»Ja.« Hoffentlich würden Friedmanns einsilbige Antworten Uechtland nicht misstrauisch machen.

Die Schritte entfernten sich vom Schreibtisch, und Sebastian schaltete auf das zweite Mikrofon unter dem Besuchertisch am Fenster.

»Nimm doch Platz, Maximilian.« Friedmanns Stimme klang fahrig und gefährlich nah am Wimmern.

»Was ist los mit dir, Gisbert? Du scheinst angespannt zu sein.« Uechtlands Lachen klang gezwungen.

»Es ist nicht einfach. Die Polizei hat alles wieder aufgewühlt. Alles, für was wir zwanzig Jahre lang gebraucht haben, um es zu vergessen.«

»Und wie geht's Hannelore?«, fragte Uechtland. Sebastian hätte nicht sagen können, ob das Interesse an Friedmanns Frau nur geheuchelt war.

»Sie ist seit Tagen ganz durch den Wind.« Friedmann hatte seine Stimme wieder im Griff. »Sie ist fort.«

»Was heißt fort?«

»Sie ist heute Morgen mit einem Taxi weggefahren. Ich weiß nicht, wo sie hin ist.«

»Das tut mir leid für dich. Ehrlich.« Ein Klatschen erklang, als ob Uechtland sich mit den Händen auf die Oberschenkel geklopft hätte. »Aber ich habe nicht viel Zeit, mein lieber Gisbert. Kommen wir zum eigentlichen Grund meines Besuches. Wo sind sie?«

Friedmanns Reaktion ließ einen Moment auf sich warten. »Der Karton hinter dem Schreibtisch.«

»Ich will mir die Buchungsblätter anschauen.«

»Nachher. Zuerst muss ich wissen, ob etwas dran ist an dem, was die Polizei über dich erzählt.«

Das Quietschen von Leder erklang. Offenbar hatte Uechtland seine Sitzposition verändert. »Was erzählen die denn?«

Erneut zögerte Friedmann seine Antwort hinaus. »Dass du ein notorischer Spieler bist und Spielschulden hattest.«

»Wenn dem so wäre, was ich weit von mir weise, wäre es wohl meine Privatangelegenheit.«

»Nicht, wenn du Geld vom Militärischen Abschirmdienst genommen hast, um deine Spielschulden zurückzuzahlen.«

»Militärischer Abschirmdienst? ... MAD?« Uechtland stieß einen Laut der Belustigung aus. »Aus welchem Grund sollte mir der MAD Geld geben?«

»Lass das Theater, Maximilian.« Friedmann atmete laut. »Sie wissen, dass du ihnen die Kontakte unserer Russlandgeschäfte geliefert hast.«

»Was soll das?« Uechtland hatte die Stimme gehoben. »Der Bank geht es blendend. Unsere Bilanzsumme steigt von Jahr zu Jahr, die Anzahl der Kunden größer als eine Mio ebenfalls. Darauf solltest du dein Augenmerk legen.«

»Du hast gegen unseren Kodex verstoßen.« Friedmanns Atemgeräusche wurden lauter und schneller.

»Kodex?« Uechtland spuckte das Wort förmlich aus. »Kodex ist was für Versager. Oder glaubst du vielleicht, dein Vater oder Großvater hätte die Bank mit irgendeinem dämlichen Kodex so weit gebracht?«

»Natürlich. Auch die hatten ihren Kodex. Und der lautete damals wie heute: Das Bankgeheimnis ist heilig.«

»Bankgeheimnis? Du machst dich lächerlich. Geldwaschen

für russische Waffengeschäfte und das Bankgeheimnis hochhalten? Eine ziemlich verlogene Moral. Unser Geschäft ist dreckig. Ansonsten hättest du Diakon werden sollen.«

»Hast du nun oder hast du nicht?«

»Natürlich habe ich dem MAD eine Liste geliefert.« Ein schallendes Lachen folgte. »Eine mit alten Kontakten. Die Trottel waren zufrieden und haben uns in Ruhe gelassen. Das hast du alles mir zu verdanken.«

Sebastian suchte Margas Blick. Statt ihres zufriedenen Nickens hätte sie auch sagen können: Ich hab's doch gewusst. Denn Uechtland hatte soeben zugegeben, dass er die zweite Quelle des MAD war.

»Und warum dann noch das Geld von den Kundenkonten?« Nichts mehr an Friedmanns Stimme ließ auf Nervosität schließen. »Aus Buchungsblättern, die Anselm entdeckt hat, geht eindeutig hervor, dass du Kundengelder unterschlagen hast.«

Für eine Weile herrschte Ruhe im Kopfhörer. Sebastian befürchtete schon, dass sie ein Problem mit der Übertragung hatten.

Dann plötzlich ein Räuspern. »Der MAD kam ein paar Monate zu spät«, sagte Uechtland. »Ich brauchte schon vorher Geld. Aber betrachte es als zusätzliche Tantieme, weil ich die Bank gerettet habe.« Es folgte eine kleine Pause, bis er fortfuhr: »Also, was ist? Darf ich jetzt sehen, was in dem Karton ist?«

»Das soll niemand bemerkt haben?« Friedmann hörte sich an, als ob er sich nicht vorstellen könnte, dass so etwas unter seinen Augen geschehen war.

Wieder quietschte Leder. »Es stammte von Konten, deren Inhaber schon damals nicht mehr lebten. Totes Kapital im wahrsten Sinne des Wortes.«

»Und die Erben?« Offenbar wusste Friedmann tatsächlich nichts von den Unterschlagungen.

Uechtlands Lachen klang falsch, und das Echo im Kopfhörer machte es noch gefühlloser. »Entweder gab es keine, oder die haben bis heute keine Ahnung von der Existenz der Konten. Schwarzgeld sozusagen, das keiner kennt und von dem auch du nie wissen wolltest, woher es stammt.«

Sebastian starrte auf den Fortschrittsbalken der Aufnahme.

Vierzehn Minuten, zweiunddreißig Sekunden. Und noch kein Wort über Anselm Friedmann. Die Sekunden verrannen, während im Kopfhörer Stille herrschte.

»Da ist noch etwas anderes, was ich mit dir besprechen muss.« Die Sicherheit in Friedmanns Stimme schwand erneut.

»Und was?«

»Die zwei Polizisten, die hier waren, behaupten, dass du in den Mord an Anselm verwickelt bist.« Friedmann atmete laut, das Sprechen schien ihm schwerer zu fallen. »Ich werde deshalb die Unterlagen nicht dir, sondern der Polizei aushändigen. Die werden schon wissen, was damit zu tun ist.«

Sebastian bereute das erste Mal, dass sie keine Kamera in Friedmanns Arbeitszimmer aufgebaut hatten.

»Einen Teufel wirst du tun.« Ein Rascheln erklang, dann ein metallisches Klicken, das Sebastian schon Dutzende Male gehört hatte, aber nicht zuordnen konnte. Er schaute zu Marga, die mit gesenktem Blick angespannt zuhörte.

»Was soll das, Maximilian?« Friedmann schrie fast.

»Geh mir aus dem Weg.« Erneut drang Rascheln aus dem Kopfhörer. Ein Stuhl fiel um. Dann heftiges Atmen und Stöhnen, das Sebastian keiner Person zuordnen konnte.

Er sprang auf. Das Kopfhörerkabel spannte sich, zog beinahe das Notebook vom Tisch.

»Da rüber mit dir. Ich nehme den Karton jetzt mit.« Auch Uechtlands Stimme klang jetzt erregt. Und mit einem Mal wusste Sebastian, woher das metallische Klicken stammte: vom Sicherungshebel einer Pistole.

»Anselm ist dir auf die Schliche gekommen, richtig? Musste er deswegen sterben?«

»In alles musste der Rotzlöffel seine Nase stecken. Für seinen kleinen Arschfickerfreund. Es war nur eine Frage der Zeit, bis er auf die Geschäfte mit unseren russischen Partnern gestoßen wäre. Dann wäre die Bank erledigt gewesen.«

»Du hast ihn deswegen erschossen?«, rief da Friedmann.

»Ich sage es nur noch einmal.« Uechtlands Tonfall ließ keinen Zweifel an seiner Entschlossenheit aufkommen. »Geh mir aus dem Weg, oder ich drücke ab.«

Uechtland hatte eine Waffe. Sebastian zog den Kopfhörer herunter, griff nach seiner Pistole und riss die Tür auf.

Im nächsten Moment peitschte ein Schuss auf. Er zuckte zusammen. Hatte Uechtland tatsächlich abgedrückt?

Er sprintete los, den Gang entlang, hörte Marga hinter sich, wie sie fluchte. Die Tür zum Arbeitszimmer stand halb offen. Noch konnte Sebastian nicht erkennen, was sich dahinter abspielte.

Im Laufen hebelte er eine Patrone in den Lauf der Pistole und entsicherte sie. Noch fünf, sechs Schritte bis zur Tür.

»Vorsicht«, rief Marga mit unterdrückter Stimme hinter ihm. »Nicht reinstürmen.«

Sebastian stockte, stoppte ganz. Sie hatte recht. Er sollte sich zuerst einen Überblick verschaffen. Er schlich auf die Tür zu, drückte sie mit der Fußspitze auf. Doch das, was er sah, passte nicht zu dem, was er erwartet hatte.

***

Immerhin hatte Sebastian auf sie gehört und war nicht in Friedmanns Arbeitszimmer gestürmt wie ein blutiger Anfänger. Er schien lernfähig.

Marga trat neben ihn, spähte an ihm vorbei in den Raum. »Verdammt«, entfuhr es ihr. Gerade noch leise genug, dass im Arbeitszimmer niemand Notiz von ihnen nahm. Sie konnte sich keinen Reim auf das Geschehen machen.

Drinnen lag nicht etwa Gisbert Friedmann auf dem Boden, sondern ein anderer Mann mit halblangen blonden Haaren. Unzweifelhaft handelte es sich um Uechtland. Ein riesiger roter Fleck breitete sich auf dem rechten Hosenbein seines hellen Sommeranzugs aus. Offenbar hatte er einen Schuss in den Oberschenkel abbekommen. Leises Wimmern erklang, er war bei Bewusstsein.

Gisbert Friedmann stand mit weit aufgerissenen Augen einige Meter abseits vor seinem Schreibtisch. Er hatte keine Waffe in der Hand und starrte abwechselnd zu Uechtland auf dem Boden, dann zu einer Stelle im Raum, die Marga nicht einsehen konnte.

Dafür konnte sie die Makarow sehen. Die Waffe lag neben Uechtland auf dem Boden, jedoch außerhalb der Reichweite seiner Arme.

Marga gab Sebastian ein Zeichen, die Tür weiter zu öffnen, egal, ob sie nun bemerkt werden würden oder nicht.

Sebastian nickte, drückte die Tür weiter auf. Marga entsicherte ihre Pistole.

Hannelore Friedmanns Blick raste hektisch durch den Raum. Ihre Hand mit der winzigen Pistole zitterte wie alles an ihr. Die blonden Locken, die sie zuletzt noch mit einem Haarreif zurückgebunden hatte, standen in alle Richtungen ab. Mit dem ungeschminkten und eingefallenen Gesicht sah sie aus, als ob sie tagelang nichts gegessen hätte. Die helle Baumwollhose samt Oberteil hing an ihrem Körper herunter wie ein leerer Sack. Marga war sicher, dass sie seit ihrem letzten Besuch ihre Kleidung nicht gewechselt hatte.

»Legen Sie die Waffe weg, Frau Friedmann«, sagte Marga so ruhig wie möglich. Sie hatte ihre Pistole zu Boden gerichtet, Sebastian hingegen zielte auf sie.

Hannelore Friedmann riss den Kopf herum, schien erst jetzt bemerkt zu haben, dass sich noch jemand anderes im Raum befand. Sie fixierte Marga und Sebastian aus Augen, die wild entschlossen dreinblickten. Als ob sie nicht wahrhaben wollte, dass eine Waffe auf sie gerichtet war, wandte sie ihren Kopf wieder Uechtland zu. »Sie bleiben stehen. Ich habe ihm nur ins Bein geschossen.«

»Legen Sie die Waffe weg, Frau Friedmann«, wiederholte Marga lauter und sah kurz zu Sebastian. »Oder mein Kollege wird auf Sie schießen.«

»Er wird nicht auf mich schießen. Sonst ist der Abschaum hier auf dem Boden tot.« Hannelore Friedmann machte einen Schritt auf Uechtland zu. »Du hast Anselm getötet. Du hast ihn einfach erschossen und im Dreck liegen lassen.«

Uechtland stöhnte auf. »Ich … verblute, brauche einen Arzt, bitte.«

»Einen Arzt? Anselm hat auch kein Arzt geholfen.« Sie lachte auf, doch es klang hohl. »Vielleicht besorge ich dir nachher sogar einen Arzt.«

»Frau Friedmann, bitte«, rief Marga, obwohl sie ahnte, dass Worte Hannelore Friedmann nur schwer von ihrem Vorhaben abhalten konnten.

Uechtlands Wimmern wurde lauter. Inzwischen glänzte beinahe das gesamte Hosenbein hellrot.

Marga tastete ihre Taschen ab. Verdammt, ihr Telefon lag im Abstellraum. Wenn Uechtland nicht bald einen Arzt bekäme, würde er verbluten.

Unbeirrt redete Hannelore Friedmann weiter: »Aber zuerst will ich dein Geständnis. Hier und jetzt, vor den beiden Polizisten.«

Uechtland presste die Lippen aufeinander. Lange würde er nicht mehr durchhalten.

»Was ist?« Hannelore Friedmann stieß ihn mit dem Fuß an sein verletztes Bein.

Uechtland stöhnte auf.

»Du hast Anselm erschossen. Sag es endlich.« Hannelore Friedmann klang zu allem entschlossen.

»Ja, ja, ja … ich brauche einen Arzt … schnell.« Seine Stimme schwand. Er schien kurz vor einer Ohnmacht.

»Warum? Kriegst du auch den Hals nicht voll wie Gisbert?« Plötzlich schwenkte Hannelore Friedmann den Lauf der Waffe auf ihren Mann.

Marga hörte, wie Sebastian scharf die Luft einsog. »Nicht schießen«, raunte sie ihm zu. »Nicht schießen.«

»Er war alles, was ich hatte.« Tränen rollten Hannelore Friedmanns Wangen hinunter. »Glaubst du, mich interessiert der ganze Dreck hier? Dieses Haus, deine verdammten Gemälde, die Bank, dieser beschissene Reichtum?«

»Hören Sie auf, Frau Friedmann.« Marga schrie fast, sie musste verhindern, was gleich geschehen würde. »Wenn Sie das jetzt tun, werden Sie den Rest Ihres Lebens hinter Gittern verbringen.«

Hannelore Friedmann wandte ihr den Kopf zu. Marga sah in das Gesicht einer gebrochenen Frau, die mit dem Tod ihres Sohnes selbst gestorben war.

»Bitte«, sagte Marga, »tun Sie's nicht.«

Uechtlands Atem ging schwer, er wimmerte nur noch ganz

leise. Sebastians Blick pendelte zwischen ihm und Gisbert Friedmann hin und her. Der stierte auf die Waffe in der Hand seiner Frau und wirkte dabei seltsam ruhig, beinahe entrückt, als ob ihn das alles nichts mehr anginge.

»Das Leben meines Sohnes«, sagte Hannelore Friedmann. »Das war der Preis für ein Dasein, das ich nie wollte.« Die Pistole polterte zu Boden. Ihre Stimme wurde zu einem Flüstern. »Ein hoher Preis.«

Epilog

Es dauerte noch weitere zwei Wochen, bis Marga den ersten Entwurf des Abschlussberichts zum Mordfall Anselm Friedmann in Händen hielt. Nach über zwanzig Jahren eine vernachlässigbare Verzögerung. Maximilian von Uechtland hatte noch versucht, sein erpresstes Geständnis als bloße Ausrede abzutun, um ärztlich versorgt zu werden. Außerdem hätte er angesichts der auf ihn gerichteten Pistole Todesangst ausgestanden, so sein Anwalt. Doch neben seiner Makarow PPM, die die Ballistik als mutmaßliche Tatwaffe identifiziert hatte, wurde während einer Hausdurchsuchung der passende Schalldämpfer bei ihm gefunden. Zusammen mit den anderen Indizien war damit die Beweislage derart erdrückend, dass ihm nichts anderes mehr übrig blieb, als ein Geständnis abzulegen. Vielleicht half dabei auch ein Angebot der Staatsanwaltschaft Stuttgart nach, die Nennung einiger russischer Namen bei der Forderung des Strafmaßes zu berücksichtigen. Gleichwohl stand einer Anklageerhebung wegen Mordes nichts mehr im Wege. Und nur das zählte.

Uechtland hatte in seinem umfassenden Geständnis nicht nur den Mord an Anselm Friedmann zugegeben. Er gestand auch die Unterschlagung von Kundengeldern in Höhe von zweieinhalb Millionen Euro sowie seine Spitzeltätigkeit für den Militärischen Abschirmdienst. Mit dem Geld für die veraltete Kontaktliste hatte er tatsächlich 1995 einen großen Teil seiner Spielschulden zurückzahlen können und wurde aus dem Spielsperr-Register ausgetragen. Obwohl der Bericht nichts davon erwähnte, war er damit fraglos die zweite Quelle gewesen. Sebastian hatte einige Textstellen nach einem Anruf Erichsens wieder entfernt. Keinen Staub aufwirbeln.

Marga klappte den Aktendeckel zu. Natürlich hätte man alles weniger geschwollen und kürzer ausdrücken können. Aber wie immer hatte Sebastian gute Arbeit geleistet. Überhaupt war die Zusammenarbeit mit ihm inzwischen angenehmer als anfangs befürchtet. Obwohl er noch gelegentlich als Klugscheißer nervte.

Auch Franziska passte hervorragend ins Team genauso wie Cem, dem man für alles nur etwas mehr Zeit lassen musste.

Weitere Anklagen gegen Gisbert Friedmann, Michail Kusnezow und Eberhardt Lehner wurden von der ZERV vorbereitet. Die Ermittlungen wegen Kunstdiebstahl und Vereinigungskriminalität würden allerdings noch einige Monate dauern. Bis dahin durfte nur Friedmann wegen seines fortgeschrittenen Alters auf freiem Fuß bleiben. Seine beiden Komplizen hingegen mussten wegen Fluchtgefahr in Untersuchungshaft.

Für das führerlose Bankhaus Friedmann & Cie. gab es schon die ersten Übernahmegerüchte. Und in der Tat sah es so aus, als wollte sich die Deutsche Bank unbedingt ein weiteres Problem ans Bein binden.

Marga fischte sich eine Zigarette aus der Eckstein-Packung, zündete sie an und nahm einen tiefen Zug. Langsam ließ sie den Rauch entweichen und blickte ihm nach, wie er sich an der Zimmerdecke auflöste. Es war erst die dritte Zigarette an diesem Tag. Vielleicht schaffte sie es doch irgendwann, mit einer Schachtel auszukommen.

Hannelore Friedmann hatte sie seit dem Abend von Uechtlands Verhaftung nicht mehr gesehen. Marga wusste noch nicht einmal, ob sie noch bei ihrem Mann in der Botnanger Villa wohnte oder ausgezogen war. Verständlich wäre es. Sie hatte lange genug die Fassade einer glücklichen Ehe wahren müssen. Was für ein Leben hatte sie wohl geführt, im Schatten eines Mannes, der nur auf Besitzstand und Status achtete? Aber auch sie würde sich einer Anklage nicht entziehen können. Schließlich hatte sie auf Uechtland geschossen mit einer Waffe, deren Herkunft nicht nachvollzogen werden konnte. Die Kollegen der Stuttgarter Kriminalpolizei ermittelten bereits. Bisher verweigerte Hannelore Friedmann jede Aussage.

Marga hievte sich aus ihrem Stuhl, trat ans Fenster und betrachtete den knorrigen Laubbaum am Straßenrand. Schon lange hatte sie den alten Mann mit Trenchcoat und hellgrauem Tirolerhut nicht mehr gesehen. Sein Dackel pinkelte wohl inzwischen einen anderen Baum an.

Für Clirim Kodraj und seinen Freund Marco Haberstroh stand

der Verhandlungstermin bereits fest. Und es würde ein großes Wiedersehen vor Gericht geben: Marga, Sebastian, Lukas und Dennis waren als Zeugen vorgeladen. Der Staatsanwalt forderte fünf und dreieinhalb Jahre Jugendstrafe wegen Diebstahls, Hehlerei und Körperverletzung. Durch den tätlichen Angriff auf einen Polizeibeamten sollten beide keine Chance haben, dass die Strafen zur Bewährung ausgesetzt würden. Und da Kodraj nicht über einen deutschen Pass verfügte, drohte ihm sogar die Ausweisung.

Zwei Rotkehlchen näherten sich dem Laubbaum, schwirrten einige Runden um die Krone und ließen sich dann in ihrem Nest nieder. Offenbar hatten die beiden vor ihrem Fenster eine Heimat für den Sommer gefunden.

Sebastian hatte sich bereits einen neuen Fall unter den Nagel gerissen. Marga wusste noch nicht, um was es ging. Nur, dass er nicht ganz so alt wie der Friedmann-Fall war, dafür aber erheblich mehr Unterlagen produziert hatte. Entlang einer Wand in seinem Büro stand eine ganze Reihe Aktenordner. Einige Fotos daraus lagen schon vorsortiert auf einem Tisch, den er extra für diesen Zweck besorgt hatte.

Auch Marga hatte sich vorgenommen, einen Fall aufzuklären. Doch die Akten dazu würde sie nicht im LKA Stuttgart finden. Sie riss ihren Blick vom Laubbaum los, drückte die Zigarette im Aschenbecher aus und nahm den Telefonhörer zur Hand. Die Rufnummer, die sie eintippte, hatte sie sich schon gestern auf einem Zettel notiert.

»Polizeipräsidium Hannover«, drang nach wenigen Klingelzeichen eine weibliche Stimme an ihr Ohr.

»LKA Stuttgart, Kriminalhauptkommissar Marga Kronthaler. Bitte verbinden Sie mich mit Ihrem Archiv.«

»Augenblick bitte.« Es klackte, und Warteschleifenmusik erklang, bis sich einige Zeit später eine ältere, männliche Stimme meldete.

Marga stellte sich erneut vor. »Ich benötige Kopien der Ermittlungsakten eines Tötungsdelikts in Hannover. Der Name des Opfers ist Daniel Franck. Franck mit ck.«

Nachwort

Bundeskriminalamt und einige Landeskriminalämter versuchen derzeit tatsächlich, die Täter alter, bisher nicht aufgeklärter Tötungsdelikte mit modernen Ermittlungsmethoden zu überführen. Besonders im Vordergrund steht dabei die erneute forensische DNA-Analyse, da in früheren Jahren oft die Menge des Genmaterials zur Extraktion der DNA nicht ausreichte. Wie im Roman beschrieben wird in diesem Fall die sogenannte Polymerase-Kettenreaktion (kurz: PCR) angewandt, um die DNA-Stränge zu vervielfältigen. Diese Methode eignet sich besonders für lang zurückliegende Fälle, da sich DNA-Material bei richtiger Lagerung nicht zersetzt. Trotz aller Fortschritte auf dem Gebiet muss auch mit einem Mythos aufgeräumt werden. Obgleich viele Kriminalromane und -filme, wohl aus dramaturgischen Gründen, eine komplette DNA-Analyse samt Datenbankabgleich innerhalb von Stunden suggerieren, werden tatsächlich Tage dafür benötigt.

Inzwischen kann die forensische Genetik im Dienste der Gerichte und Ermittler auf eine rund dreißigjährige, äußerst erfolgreiche Geschichte zurückblicken. Sie begann mit dem ersten Mörder, der durch seinen genetischen Fingerabdruck überführt wurde. Und es handelte sich zugleich um die erste DNA-Reihenuntersuchung der Welt.

Zwischen 1983 und 1986 wurden in Großbritannien zwei Frauen vergewaltigt und getötet. Die Polizei war überzeugt davon, dass es sich um den gleichen Täter handeln musste, der zudem aus der Gegend stammte. Und – der Täter hatte in beiden Fällen Spermaspuren hinterlassen. Einer der Beamten hatte von Alec Jeffreys gehört, der gerade eine Methode zur Gewinnung von DNA-Profilen entwickelt hatte. Seine Analyse ergab, dass die DNA-Spuren an beiden Opfern vom selben Täter stammten. Daraufhin wurden in zwei Orten der Umgebung alle Männer zwischen sechzehn und fünfundvierzig aufgefordert, eine Blut- oder Speichelprobe abzugeben. Es beteiligten sich alle Männer, bis auf einen: Colin Pitchfork, der den Test umging, indem er einen Kollegen zum Bluttest schickte. Eine weitere Kollegin hörte von dem Betrug und meldete ihn der Polizei. Die DNA in Pitchforks Blut stimmte mit der DNA der Spermaspuren überein.

Im nächsten Beispiel wird deutlich, dass es trotz DNA-Analyse keine absolute Sicherheit über die Täterschaft geben kann. Als am Morgen des 4. April 1962 an James Hanratty eines der letzten Todesurteile Großbritanniens vollstreckt wurde, war der Aufschrei groß. Er sollte Michael Gregsten erschossen und dessen Freundin Valerie Storie vergewaltigt haben. Trotz widersprüchlicher Aussagen des Opfers wurde Hanratty schuldig gesprochen und hingerichtet. Im April 2002 wurde der Fall neu aufgerollt. Inzwischen war es durch PCR möglich, kleinste Teile eines DNA-Stranges zu vervielfältigen. Und diese Methode wurde auf einen winzigen Spermafleck in der Unterwäsche des Opfers angewendet. Die DNA passte zu Hanrattys DNA. Trotzdem blieben Zweifel an seiner Täterschaft. Für PCR wird die DNA nur einer einzigen Zelle benötigt. Und damit kann auch eine einzige Zelle, die nur zufällig auf dem Spurenträger haftet, die Probe verunreinigen. Und Gelegenheit dazu gab es in Hanrattys Fall: Die Polizei transportierte seine Kleidung und die des Opfers im gleichen Karton. Doch warum wurde dann keine andere männliche DNA gefunden?

Die DNA-Analyse kann jedoch nicht nur helfen, Täter zu überführen, sondern auch die Unschuld Verdächtiger zweifelsfrei zu beweisen. Ein besonders krasser Fall ist der Japaner Iwao Hakamada. Er saß über fünfundvierzig Jahre in der Todeszelle, weil er 1968 eine vierköpfige Familie ermordet haben sollte. Als Beweis ließ das Gericht damals Kleidungsstücke gelten, die vierzehn Monate nach der Tat auftauchten und mit Blutflecken der Blutgruppe Hakamadas übersät waren. Das daraufhin ausgesprochene Todesurteil hatte der Ex-Profiboxer immer wieder angefochten. Gleichwohl wurde es 1980 noch vom obersten Gericht Japans bestätigt. Trotzdem forderten Hakamada und sein Rechtsbeistand eine Wiederaufnahme, und es gelang ihnen schließlich, das Gericht von der Durchführung einer DNA-Analyse der Blutflecke auf den Kleidungsstücken zu überzeugen. Am

27. März 2014 entschied das Bezirksgericht in Shizuoka aufgrund der neuen DNA-Befunde, dass die Beweise offenbar gefälscht worden waren und Iwao Hakamada sofort freizusprechen sei. Inzwischen ist er über achtzig Jahre alt und hat mehr als die Hälfte seines Lebens unschuldig hinter Gittern verbracht.

Wie immer möchte ich dieses Nachwort auch nutzen und mich bei den Menschen bedanken, ohne die dieses Buch nie entstanden wäre. Zum einen bei Dr. Michael Wenzel von meiner Agentur Editio Dialog in Lille sowie bei Lothar Strüh für das kompetente und angenehme Lektorat. Meiner Frau Sabine und meinen beiden Kindern Laura und Luca bin ich dankbar für ihre Unterstützung und Ideen. Die Veröffentlichung letztlich möglich machten die Mitarbeiter vom Emons Verlag aus Köln. Danke an alle.

Thilo Scheurer
Im Dezember 2015

Thilo Scheurer
SCHWARZER NECKAR
Broschur, 272 Seiten
ISBN 978-3-89705-998-6

»›Schwarzer Neckar‹ ist fesselnd geschrieben, es fällt schwer, ihn aus der Hand zu legen, bevor der Mörder dingfest gemacht ist.«
Neue Rottweiler Zeitung

»Ein fast unerträglich spannender Höhepunkt, der es spielend mit dem Finale von ›Das Schweigen der Lämmer‹ oder Hitchcocks ›Psycho‹ aufnehmen kann.« Südkurier

»Ein originelles und überzeugendes Debüt, das als klassischer Polizeikrimi beginnt und sich im Verlauf immer mehr zu einem atemberaubenden Thriller steigert.« Schwarzwälder Bote

www.emons-verlag.de

Thilo Scheurer

LETZTE AUSFAHRT NECKARTAL

Broschur, 272 Seiten

ISBN 978-3-95451-189-1

»Das fesselt, das packt einen, man fiebert mit. Bis zum Ende.«

Neue Rottweiler Zeitung

www.emons-verlag.de